U0909466

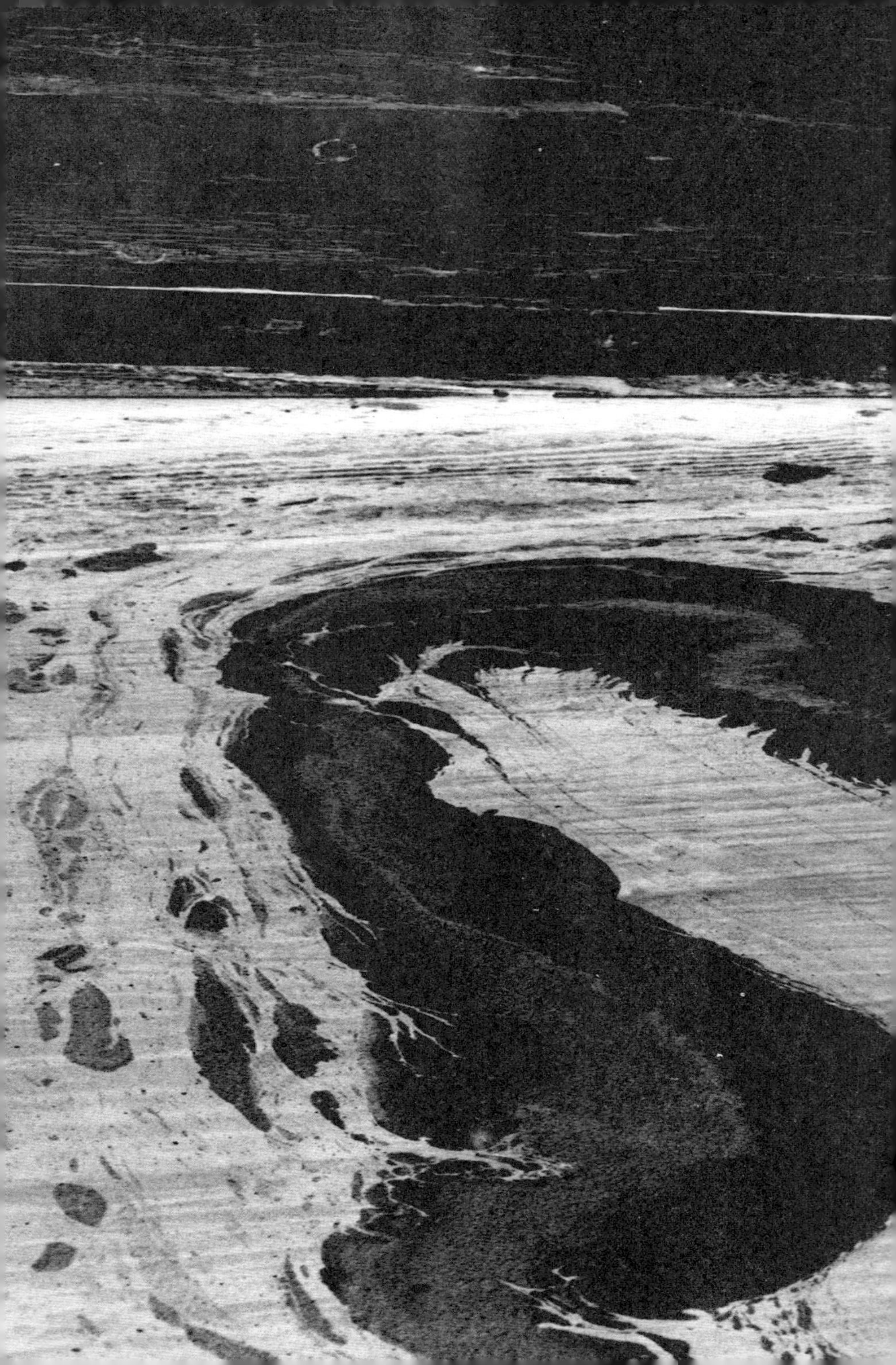

朝夕之间
王跃文
最新长篇小说
陕西师范大学出版社

第一章

一

关隐达从地委大院里走过，忽听身后有人议论："秘书是最容易学坏的。"

他顿时两耳发热，不敢回头。不知这话是谁说的？最近陶凡刚出任西州地委书记，关隐达走出去就显眼多了。他跟陶凡当秘书已快三年了，原先认识他的人却并不多。

六年前，大学毕业临分配，系主任王教授告诉关隐达，省委组织部来选人，看中他了。关隐达问是去干什么？王教授说上面要笔杆子。王教授并没有替自己卖人情的意思，只是告诉他进了官场，该如何如何。王教授说，最要紧的，是要去掉你身上的诗人气质。上面看中你，就因为你发表过作品。但人家是要你去写官样文章，不是要你去写诗。关隐达虽是懵懂，却也知道进官场只怕是他最好的去向。只是不太明白，诗与官场那么不相融。古时的官员们可都会吟诗作赋，风雅得很啊。

六年间，关隐达见识了不少。他眼看着地委秘书长张兆林三七开的小分头慢慢梳成了大背头，就成了地委副书记。副秘书长吴明贤的头发越来越稀疏，最后秃了顶，就熬成了地委秘书长。而原任地委书记伍子全，本是腰板挺直，红光满面，退下来没多久，就腰躬背驼，鸡皮鹤发了。关隐达自己呢？先几年不怎么走运，有人背地里叫他书呆子。自从跟了陶凡当秘书，什么都顺畅了。

秘书的确是最容易学坏的！关隐达那天听谁背后议论秘书，并不生气，只是没来由地脸红。似乎人家透过他的背膛，看出他身上的某些坏来。尽管他并不觉得自己哪里坏。他后来老琢磨那句话，越想越有道理。当了秘书，身边围着转的人就多起来。有下面部门和县市的头头，有企业老板，三教九流，应有尽有。这些人贴着你，哄着你，给你些小便宜，心里不一定就把你当回事。你自己一不小心，就忘乎所以起来，不知道自己姓什么了。还有个意思，他只能闷在心里想想，万万不可说出来。他想当秘书的假如跟的领导是个混蛋，见的就尽是些蝇营狗苟的事，要保证不学坏就更难了。据说美国民间流行一句话：总统是靠不住的。关隐达套用这句话，暗自交待自己：领导是靠不住的。

不过这话最多只是关隐达私下里的幽默。别人并不这么看。有种奇怪的病毒，叫做个人崇拜，无时无刻不在空气中弥漫。官场的人们很容易感染上这种病毒，他们眼睛开始发花，误认上司为神人。陶凡任地委书记后第三天，就在县处以上干部大会上作了个报告。题目听上去很大气，有毛泽东风格，叫《形势与展望》。他没叫秘书班子起草讲稿，自己随口讲来。整整讲了一个半小时，下面掌声不断。事后地委办又把陶凡的讲话录音整理了，发表在地委《内参》上。陶凡做报告的功夫了得，干部直说他是西州迄今最有水平的地委书记。

起初总有那么些人，见着关隐达，就说他人好，不像张兆林的秘书孟维周，一天到晚不知道自己是谁。关隐达记住有句俗话：不是是非人，不听是非话。他就说小孟其实人也不错的。慢慢的就没有谁在他面前说孟维周的坏话了。关隐达不同别人说人是人非的，那样既有失厚道，又免不了会惹麻烦。再说了，在他面前说孟维周如何如何的人，背过头去会不会又说他关隐达呢？当秘书的，千百双眼睛盯着，总会让人盯出些毛病来。孟维周才从大学毕业，就车前马后地跟着张兆林跑，难免有些少年得志的意思。有人看不惯，孟维周就是个不知天高地厚的年轻人了。不过在关隐达面前，孟维周还是很有分寸，言必称关兄。毕竟关隐达是地委书记的秘书，而孟维周只是副书记的秘书。

西州的老百姓说，从去年冬上开始，就尽是些怪事儿。都腊月底了，天还冷不下来。年轻姑娘高兴，可以穿裙子。老年人看着摇头，说如今年轻人，什么都不懂，只顾着玩，眼看着灾年要来，还蒙在鼓里。黎南县修公路，黎阳山先天挖开了，一夜间又合上了。老百姓急了，说是修公路惊动了龙脉。上面派地质队的来看了，说是自然现象，没什么了不起的。还是有人不信，硬说要天下大乱了。又老是打雷。冬雷是凶兆，明年不会好过的。

老百姓关心的事，官场却不会在意。官场对气候的变化越来越麻木，热有空调，冷有暖气。甚至对季节的变化也很漠然，农民春种秋收，自己忙去，用不着官员们瞎操心。他们便放心落意想大事，干大事。今年开春以来，西州官场最大的事，就是地委头头儿换了人。老百姓正关心着种种凶险的异兆，官场却在关心地委人事变动。各种神秘的小道消息如水之东逝，不舍昼夜。好多种人事方案在流言中渐渐形成了。喜欢议论官场人事的，满脑子只有官场，可他们的表情通常是毫不在乎。有点儿像人们谈论电视剧角色，谁演唐僧更合适，孙悟空可以尝试换换人。其实他们密切关注着官场人脉，巴望着新上来的官儿同自己沾着点儿什么，同学也好，老乡也好，战友也好。哪怕新任领导只同自己同姓，或是偶然间同自己打过照面，他们也会莫名其妙地兴奋。最后谜底揭开了，既出乎意料，又耐人寻味。陶凡原是党群副书记，地委三把手，竟然越过一级台阶，出任地委书记。张兆林一觉醒来，成了地委副书记，更让人吃惊。地委秘书长虽说是领导班子成员，但直接出任地委副书记，在西州还没有先例。地委秘书长要任实际职务，通常还得从行署副专员干起，至少要干到个常务副专员，才重新当上地委委员。所以那些按正常程序走的秘书长，总是觉得冤枉了。

西州人说起官场，又有了新的话题。陶凡和张兆林上头有什么人？官场上的人发达了，没谁相信你是能力强，或是业绩好。准说你上头有人。陶凡同省委书记原来是省一化工厂的同事，大家都知道。但平时也看不出陶凡得到了什么特殊照顾。他两年前调来西州，在地委副书记位置上坐着，就不见动静了。从他到西州那天起，就有人说他本来就是派下来接班的，马上就要任专员或是书记了。两年时间不算长，但总有人盼着西州地委早些走马换将，自己也许会时来运转。这些人着急，两年时间就太漫长了。陶凡自己却是什么也不说。他只管自己份儿内的事。该他管的，别人水都泼不进；不该他管的，他决不插手。话不多，却是说一句，算一句。谁想找他套近乎，多说几句话，准会自讨没趣。有人就说陶凡是金口玉牙。此话誉毁各半：既是说他讲话算数，说一不二；又是说他架子天大，不好接近。后来陶凡当上地委书记，人们说法又变了：人嘛，有本事，就有脾气。

关隐达并不觉得陶凡架子大，他只是不爱多话。也可以说陶凡是做人干脆。陶凡很少同下级寒暄，见面只谈工作。谈完工作，你还想多热乎几句，他就漠然地望着你。你就不好意思了，只好陪着笑告辞。起初关隐达也不太适应陶凡的性格，慢慢也就习惯了。陶凡有什么吩咐，就叫声小关，要么一天到晚不会叫他半句。关隐达就得时刻跟着他，怕他找不着人。有些时候又不知应不应跟着，只得试探着问问，很为难的。

后来陶凡竟同关隐达多说些话了。缘由很偶然。有个星期天，陶凡在办公室看文件。关隐达没事，也得在办公室守着。闲着无聊，拿了些废报纸练毛笔字。关隐达没其他爱好，就喜欢写几笔。有回吴明贤到单身楼去找人，随意敲开关隐达房门。见关隐达正在狂书怀素体，就说："小关，练书法呀!"关隐达忙说："什么书法，练练字，练练字。"吴明贤歪着头看了半天，说："龙飞凤舞啊。"关隐达知道吴明贤认不得狂草，却只是嘿嘿地笑。他害怕同吴明贤多说话，弄不好就出麻烦。果然后来吴明贤找他谈话，要他多琢磨琢磨正经事，别老想着当书法家。但关隐达仍是手痒，有空就想练几笔。只是不敢再让领导看见他练字了。忽听着陶凡叫："小关，走吧。"原来是中饭时间了。陶凡从不进关隐达办公室的，那天居然推门进来了。关隐达慌了，忙放下毛笔。陶凡走了过来，细看了关隐达的字。关隐达脸红心跳，手足无措，却见陶凡的脸色渐渐开朗起来，最后就微笑了。"小关，你的字很不错啊!"陶凡点头不已。

西州官场人都知道，陶凡是书画两绝。但是他从来不肯给别人写字，也不肯题招牌。总有人不死心，求他给公司或是酒店题字。原先他是副书记，就总说，你找伍书记吧。伍子全的字实在不敢恭维，可他也照样题字。现在伍子全退下去了，他题写的招牌也该撤下来了。慢慢的，西州境内伍子全体就让舒同体取代了。因为陶凡仍不肯题字。

自那以后，下基层的路上，陶凡高兴了就会同关隐达说说书法。陶凡没有了地委书记的味道，关隐达自然更是谦虚。有时车开到半路，陶凡会让车停下来，叫关隐达坐到后面来，两人好说话。就不像领导和秘书了，倒像两位书法同道在切磋。陶凡随口就能说出各种书法流派的沿革、风格、代表人物以及掌故轶闻。关隐达不得不佩服。说到些书法名家的趣事，陶凡会爽朗大笑。听着陶凡的笑声，关隐达甚至有些感动。他想平时那么威严的陶书记，其实多么亲切！关隐达平时只顾练字，从未做过追根溯源的事。从此他就满世界找书法理论书看。关隐达恶补书法理论，不是想在陶凡面前去炫耀，的确是有了兴趣。他知道，自己想在陶凡面前谈书法，再过十年都没资格。但也得尽量多知道些，免得出洋相。

司机刘平，就因为伺候过好几位地委书记了，说不出的傲气。首长司机好像都是这个脾气。起初刘平对关隐达也是不太在乎的。不知从谁那里开始的规矩，地委书记上下班，必须是司机同秘书一块儿接送。其实地委领导的家离办公室不远，从山上抄近路，走过那条鹅卵石小径，只需几分钟。每天早上七点五十，刘平就在关隐达楼下使劲儿按喇叭。关隐达下楼略微迟了些，刘平就沉着脸。关隐达也不计较，心想司机嘛，就这个修养。

有天清早，关隐达吃完早饭，坐在房里等候刘平的喇叭声。眼看着时间差不多了，却不见喇叭声响起来。突然听见敲门声，有人喊道："关科长，好了吗？"

关隐达开了门，见是刘平，竟有些吃惊。"关科长好了？"刘平又问。他一向叫关隐达小关的。

关隐达说："好了，走吧。"

上了车，刘平说："关科长，陶书记对你好器重啊。"

关隐达知道这可是不好谦虚的，总不能说陶书记不器重自己吧。就说："陶书记很关心人，对你也不错啊。"

刘平脑子简单些，直说：“我跟过这么多地委书记，就是怕陶书记。我跟着他两年多了，他没同我说过几句话。”

关隐达笑道：“领导是不是关心人，不在于说多少话。”

刘平忙说：“关科长说的是。”

关隐达说：“刘平，别叫我科长，就叫隐达吧。”

刘平却坚持要叫关科长，也就由他去了。

慢慢的，越来越多的人看出了陶凡对关隐达的器重。他们弄不明白，严厉得几乎有些冷酷的陶凡，惟独对关隐达很是随和。有时候，陶凡正同关隐达有说有笑的，下面的头头儿汇报工作来了，陶凡的脸色立即就冷了。人们便断定，关隐达前程无量。

围着关隐达转的人自然就多起来了。关隐达知道，他同陶凡亲近起来，就因了书法的缘故。像掌握了某种官场秘笈，关隐达暗自有些得意。有回地委秘书长吴明贤请教关隐达：“老弟，陶书记对我们总没个好脸色，对你却那么好。我摸不着头脑啊。”

这是个危险话题。关隐达忙玩笑道：“吴秘书长说笑话了。陶书记只是把我当小孩，笑笑也行，骂几句也行。对你们领导就不一样了，那是谈正经事，自然要一本正经了。”

随便吴明贤怎么说，关隐达只是敷衍过去。他觉得吴明贤年纪也不小了，好歹也是地委领导，还是这么不老成？吴明贤说的这些话，都是应该咽落肚子里去的，他却全部说了出来。偏偏还找陶凡的秘书来说。关隐达心想自己幸好不是奸臣，不然吴明贤就死定了。吴明贤却是使劲儿套近乎，还送给他一本书，日本人写的，叫《操纵上司术》。关隐达只看了书名，不太自在。心想这吴明贤说不定心术不正。回去翻了几页，就没了兴趣。书中讲的无非是公司里的人际艺术，翻译者哗众取宠，弄了个吓人的书名。吴明贤只怕是冲着书名，以为弄到本官场宝典。这本书只是在关隐达的枕头下压了几天，就被他丢掉了。

别说关隐达现在没有操纵欲，就是他有那心思，陶凡又岂是谁操纵得了的？陶凡天生是操纵别人的。他的虎气是天生的。哪怕当初他只是副书记，他往地委会议室一坐，气度就不一样。自从他第一次开会坐了那张沙发，再也没人敢去坐。有一回例外，他的那张沙发让管政法的副书记郭达坐了。他端着茶杯站了几秒钟，郭达马上让了位。郭达开了玩笑，想替自己解除难堪："我坐了陶书记的宝座了。"陶凡只作没听见，埋头整理手头的文件夹。

官场人说话含蓄，比方说谁有个性，多半是说他脾气坏。西州上上下下都知道张兆林是个有个性的人。原先他只是个秘书长，很多部门和县市领导都畏惧他三分。下面干部有意见，说他架子比地委书记都要大。牢骚背地里发，当面还得服服帖帖。谁也弄不明白，张兆林又不会吃人，大家为什么怕他。地委其他领导对张兆林都很客气，并不仅仅把他当做大内总管。张兆林在书记们面前也没有太监相，俨然就是地委领导。秘书长做得如此威风，在西州历史上从没见过。有个机密后来让个别人知道了，原来张兆林同伍子全是相交多年的把兄弟。这个机密让小道消息一传，似乎并不让张兆林的形象打折扣，他的分量反而更重了。张兆林看上去却是很平和的，他只要不真的生气，总是微笑着。有人背后就叫他笑面虎。俗话说，就怕笑面虎，吃人不吐骨。但万物都是相生相克的，张兆林在陶凡面前很是恭敬。陶凡对张兆林却没什么特别礼遇，照样黑着脸。张兆林头一次见着陶凡的批示，笑着说："陶书记的字真漂亮。"陶凡没接腔，只道："你去办吧。"

陶凡刚来西州，在招待所里住了几个月。没房子住，正好碰着上面禁止建设楼堂馆所。张兆林很为难，请示陶凡。陶凡说："我住招待所很好，天天有人换被子，吃饭也是现成的。"

张兆林捉摸透陶凡的意思，又说："再不建新房，干部们真要住办公室了。建吗？地委不能带这个头。"

陶凡说："就没有办法想？"

张兆林说："我向伍书记汇报过这事。伍书记意思，让我请示一下您。"

陶凡说："请示我干什么？我没房子住，就嚷着要建楼？"

张兆林忙说："伍书记意思，是听听各位书记意见，想个办法。机关多年没建宿舍了，住房紧得不得了。但是地委机关一动土，各部门都要跟着上。大家都建，影响就不好，说不定就会成为全省的典型。"

陶凡说："不建楼，建平房吧。"

张兆林笑笑，说了句调侃话："城里人说乡里人，没有饭吃，就吃面吧。"

陶凡却没有笑，只道："我不是同你开玩笑。招待所后面的山，空在那里干什么？山上的柑桔树又值得了几个钱？在上面建些平房，地委领导去住。"

张兆林答道："只怕是个办法。山上的柑桔品种也老化了，要改良。"

"不要改良了。全部砍掉，另外栽吧。"陶凡说。

张兆林问："仍栽柑桔？"

陶凡说："不要指望院子里的果树能有多少收成。就栽桃树吧。"

"桃树？"张兆林有些吃惊。

陶凡说："最好是观赏桃，不要指望着它结桃子。"

张兆林还在犯疑惑，陶凡又说话了："地委领导没房子住，在山上搭个平房，总算不过分吧。"

只两三个月工夫，二十来栋平房就建起来了。满山的柑桔树全部砍掉了，改栽了桃树。山头疏朗多了，添了些画卷气象。那些平房因山势而错落，散布开来，虽格局相同，却并不显得单调。

陶凡出任地委书记这年，西州没出什么大事。这年头，总像要出事的样子，却终究还算太平。为着那些异兆，西州的百姓白操心了。

二

地委大院里级别高的老干部太多了。西州当年是个土匪窝，剿匪战役打得相当惨烈。后来，那些剿匪功臣大多留下来了。又因为西州太穷了，难得出业绩，干部上去的就少。外地干部又很少愿意进来。很多南下干部享受着地厅级、副省级待遇，却只能终老西州。不论谁当地委书记，他们首先得稳住老干部。这似乎成了西州传统。西州地区的老干部工作年年被评为省里先进，外地老干部局看着羡慕，却不知这中间有多少无可奈何。老干部们自己无职无权，可他们的老领导、老战友如今都是上面的大人物。他们没别的能耐，至少可以让你难受。这些老人年纪多在七十岁左右，正是发脾气的时候。

每天清晨，关隐达起来跑步，都会碰上位留着长辫子的老人舞剑。什么年头了，还有留长辫子的？关隐达难免有些好奇，偷偷儿注意过老人。老人的辫子灰白色的，梳得不怎么规整，像是胡乱搓成的草绳。他舞起剑来却是气定神闲，宛若仙人。晨练的老人很多，他们见面会点头致意，或是边运动边聊天。只有这位长辫老人，总是半闭着眼，不答理任何人。也没人去打扰他。长辫老人四周方圆三十来米，无人近前。

关隐达后来才知道，长辫老人竟是西州第一任地委书记陈永栋。这是位传奇而古怪的老人。西州剿匪时，他是个连长。民间流传很多陈永栋的故事，什么生擒匪首活阎王啦，什么智取匪巢金鸡界啦。很多别人的事迹，或是电影里面的故事，也被老百姓敷衍到了他身上。剿匪那会儿，陈永栋的名字在西州吓死人。小孩哭着，只要喊声陈永栋来了，马上就钻进妈妈怀里大气都不敢出了。西州情况太复杂了，只有陈永栋才镇得住。他就被留了下来。虽然只是个连长，却当上了地委书记。当时他老婆孩子仍在山东老家的农村里。他一个人住单身宿舍，敲着钵子吃食堂过了好多年。后来省委领导反复做工作，他才同意把老婆孩子迁来西州。却坚决不让家人在城里落户，硬是叫他们在西州郊区当了农民。家里人都生气，不太理他。前几年老婆死了，儿孙们就再也没来看望过他。家人几十年都闷着股气，既进不了城，又不想正经当农民，所以总是受穷。就越发怨他，没把他当亲人。他却是越老越古怪，家人都把他当神经病。人们想不起陈永栋什么时候开始留辮子的。隐约记得有年，很长时间不见他了，几乎把他忘记了。他突然在机关里露了面，就留着长辮子了。

老人住的是六十年代的地委领导房子，三室一厅，七十多平米。这栋楼现在住的都是科级干部。地委领导早搬进了四室两厅的新房子，老人就是不肯搬。他住的是一楼，窗帘长年垂着，门也总是闭着。就是夜里，也不见里面有灯光。没听谁说进过那屋子。

老人总是独自在院子里走过，或扛着剑，或提着菜篮子。从没见他买过鸡鸭鱼肉，菜篮子里永远只见蔬菜。每月十二号上午，他会准时赶到机关财务室领工资。财务室的人再怎么忙，见老人去了，便会放下手头的事，赶紧把老人的工资发了。老人接过钱，细细数过一遍，然后抽出几张最新的票子揣在手里，再把其余的钱拿手绢小心包好，塞进贴身口袋里。不管财务室有多热闹，老人都是旁若无人地数钱包钱，才半闭着眼睛出门去。老人一出门，财务室里的人就吐舌头，封着嘴巴笑。

老人手里揣着几块钱，径直去地委办，找支部书记交了党费。支部书记总会说："陈老，您每个月都是第一个交党费！您的党性真强！"只有这时候，陈永栋的脸上才会露出淡淡的笑容。却不说什么，又半闭着眼睛，转身走了。

地委领导见着陈永栋进办公楼了，都会装着不知道，守在办公室里绝不出门。他们甚至不会高声说话，只埋头看文件。他们会不经意瞟瞟窗外，又望着陈永栋拖着长辫子走出办公楼，消失在下坡的阶梯上。他们谁也不愿正面碰着陈永栋。

陶凡早就知道陈永栋这个人了。说来也怪，都几年了，陶凡从来没有碰见过他。陶凡的脑子里，陈永栋只像一个传说，神秘得不可思议。老干部局的局长刘家厚汇报工作时，陶凡专门问起了陈永栋。刘家厚说："陈永栋同志轻易不说话，说起话来天摇地动。"陶凡不明白，问："何以天摇地动？"刘家厚说："陈老在老干部中间很有威信，大家都信他的。好几位地委书记，就因为惹得陈永栋恼火了，在西州就呆不下去了。"陶凡猜得着是怎么回事，却只得说些场面上的话："老干部是党的财富，我们要重视和关心他们。他们有意见，肯定是我们自己工作有问题。关键是要多联系，多沟通，争取老同志的支持和谅解。"

陶凡倒是没有把陈永栋想象得多么可怕。自己同他没有夙怨，他平白无故不会发难的。就怕有人找茬儿，去调唆他。老干部们肚子里通常都埋着股无名火，谁去一拨弄，就会燃起来。陶凡当上地委书记后，免不了也要过老干部关。他要了份老干部名单，逐个儿琢磨。看看他们的资历，真叫人肃然起敬。很多老同志都是枪林弹雨中过来的。陶凡忽然有些感慨，心想这些老人都是枪口下捡回的性命，要让他们好好活着。他们想发脾气，就让他们发发脾气吧。

陶凡不想按照惯例，只是在老干部工作会议上讲讲话，表示自己如何关心老同志。他排了个时间表，想挨个儿同老同志沟通。他想第一个就拜访陈永栋老人。都说陈永栋是个倔老头，想找他聊天十有八九会碰钉子。没有办法，也得硬着头皮去碰碰。

可是陶凡还没来得及去拜访，就碰着陈老了。地委办公楼建在山坡上，楼外有个小坪，小车可以直接开到坪里。正对着办公楼大门的是宽大的石级路。那天下午，陶凡带着关隐达，往办公楼去。刚爬上几级阶梯，就见陈永栋出了办公楼，低头往下走。陶凡忙站住了，招呼道："陈老书记，您好!"

陈永栋本来就站在上方，气势更有些居高临下了。他半睁了眼睛，瞟着陶凡："你是谁?"

陶凡笑笑，上去握手："我是陶凡。"

陈永栋半天才伸出手来，轻轻搭了下，就滑过去了，淡淡地说："哦，新书记?"

陶凡说："我刚接这个摊子，需要您老多支持。"

"你说假话，我能支持什么?怕我们老骨头坏事吧!"陈永栋说。

陶凡笑笑，避过锋芒，说："陈老书记，我哪天专门到您那里坐坐，行吗?"

陈永栋说："我是不欢迎别人进屋坐的。听说你也有这个毛病?"

"我只在办公室谈工作。"陶凡说。

"还是不一样。"陈永栋说罢，低头走了。

陶凡不明白陈永栋这话是什么意思。关隐达怕陶凡尴尬，就说："陈老真的好怪啊。"

陶凡严肃道："小关你别乱说。"

陶凡进了办公室，回头叫道："小关你进来坐坐吧。"

陶凡从来没有叫关隐达进办公室坐过的，不知今天有什么大事？关隐达望着陶凡，胸口忍不住砰砰跳。陶凡半天不说话，眼睛望着窗外。窗外正是刚才他碰上陈老的石阶梯。那石阶梯让休息平台分作两段，各段九级，共十八级。陶凡无意间数过的。刚才陈老刚好站在休息平台下面第一级，陶凡只好站在下面不动了。他若往上再走一步，陈老只怕就擦过他的肩膀下去了。他站在下面，既显得谦恭，又堵住了陈老。可是陈老眼皮都懒得抬一下，真让人不好受。

"小关，你猜猜，陈老为什么留着辫子？"陶凡突然问道。

这时吴明贤敲门进来了。陶凡说："老吴你等等吧。"吴明贤笑笑，退出去了。

关隐达就明白这个问题的重要性了，认真想了想，说："我只能瞎猜。我想，陈老要么就是对新的形势不适应，留辫子是他的抗议方式。就像西方有些年轻人，要反抗主流社会，就故意穿奇装异服。要么就是陈老学年轻人，想换个活法，所谓老夫聊发少年狂。要么这个不好说……要么就是有人说的，他有神经病。"

"你以为哪种情况可能性最大？"陶凡又问。

关隐达说："我想十有八九是第一种情况。老同志大多有牢骚。他过去是地委书记，而且是西州地区第一任地委书记。同样资历的，谁不是成了省部以上干部？他离休多年才补了个副省级待遇，又只是个虚名。加上他可能看不惯现在社会上的一些事情，就越来越古怪了。说不定，他脑子多少也有些问题，不然留那么长辫子干什么？"

陶凡听罢，没任何态度，只道："你去吧。叫吴明贤来。"

关隐达去了吴明贤那里，说："吴秘书长，陶书记请你。"

吴明贤笑眯眯地，道：“小关！”吴明贤把小关二字叫得意味深长，甚至同男女之间暗送秋波差不多。关隐达笑笑，回了自己办公室。他越来越看不起吴明贤。这人当初老是找他的茬，现在见陶凡很满意他，就对他格外热乎。关隐达心想，你吴明贤堂堂地委委员，犯不着在我面前赔小心啊！

每天下班，关隐达送陶凡到家，都得问问晚上有没有事。陶凡若是晚上工作，关隐达就不能休息。今天陶凡说晚上没事。

送回陶凡，刘平说：“关科长，我送送你。”

关隐达忙说：“不要送，我走走，几步路。”

关隐达就在中途下车了。他不能让人家说闲话，一个秘书，就得小车接送。上班随小车一起走，是为了接陶凡，下班就不能让小车送到楼下了。可是刘平每次忍不住都要说送送他。

陶凡晚上不是没事，只是不想让关隐达跟着。他想独自会会陈老。不带秘书去，一则不在老书记面前摆架子，二则遇上难堪也没人在场。吃过晚饭，他交待夫人林静一，说散散步，就出门了。

陶凡沿着蜿蜒小径，缓缓下山。两年多过去，山上的桃树都长好了。正是暮春，满山落红。暮色苍茫中，落花多了几分凄艳。说不清什么原因，陶凡就喜欢桃树。每天上下班，他要在桃林中过往好几次。树影婆娑，屋舍隐约。他禁不住会深深地呼吸，感觉着有股清气浑身流动。

下了山，陶凡径直去了陈老住的那栋楼。想了想，估计栋头一楼那套就是陈老的家。却不见屋里有灯。陶凡试着敲了门，没人答应。又敲了几次，门终于开了。

果然是陈老，问：“你找谁？”

“陈老书记，我是陶凡呀，来看看您老。”陶凡说。

陈老不说话，转身往里面走。陶凡见他没有把门带上，就跟了进去。灯光很昏暗，窗帘遮着，难怪外面就看不见光亮了。屋里有股霉味，很刺鼻。客厅里几乎没有家具，就只一张桌子，两张长条木椅。桌子是老式办公桌，上面隐约可见“西州地委办置”的字样，只怕很有些年月了；木椅也是过去会议室常用的那种，上面却刷有“西州专员公署置”，竟是五十年代的物件了。没有任何家用电器，惟一值钱的就是桌上摆放着的小收音机。

“陈老，您身体还很健旺啊。”陶凡自己坐下了，注意不让自己挑二郎腿。

“一个人来的?”陈老答非所问。

陶凡说：“我一个人来看看您老，想听听您的意见。有别人在，反而不方便。”

“又不讲反动话，有什么不方便的?”陈老说。

“那也是啊。我这是非工作时间，自己出来走走……”

没等陶凡说完，陈老接过话头：“到你们手上，公私就分明了啊。难怪你一定要到办公室才谈工作。八小时之外，是你自己的时间。”

陶凡说：“陈老啊，我跟您说啊，现在风气不如以前了，到你家里来的，都是有事相求的，总要送这送那。好像空着手就进不了门。所以啊，我就立了个死规矩，绝不在家里接待客人。”

陈老眼睛睁开一下，马上又半闭着了，问：“真是这么回事?”

陶凡笑道：“我为此事得罪过不少人的。有人说进我的门，比进皇宫还难。由他们说去吧。”

陈老说：“这么说，我俩的毛病一样了。我还以为不一样哩。我那会儿，上门送礼倒没什么。可是到了家里，他们就会套近乎，老领导呀，老战友呀。我听着这些话就烦。我就死也不让他们进我的屋。快三十年了，没几个外人进过我的家门。

有人说我家是阎王殿，我也由他们去说。”

陶凡无意间挑上了二郎腿，又放了下来。他想原来陈老并不像别人说的那么不近人情。“陈老，您生活上有什么困难吗？有事就要找我啊。您不要找其他人，直接找我就是了。”陶凡说。

“我没困难。是群众有困难，很多群众还很困难，你是书记，要多替群众办实事啊。”陈老的眼睛总是半睁半闭着。

陶凡说：“陈老告诫得是啊。现在有些同志，群众观念淡薄了，这有违党的宗旨。”

陈老低着头，像是自言自语：“我们都是共产党人，我们是为人民服务的。我们来自五湖四海，为了同一个革命目标，走到一起来了。这个这个……方针政策决定之后，干部是决定因素。我们要听取群众意见，哪怕是反对过我们的意见。李鼎铭先生，一个民主人士，他的意见提得好，我们就接受了，这个精兵简政……”

陶凡不打断老人的话，不停地点头。陈老说的都是毛主席语录，却像有些人唱歌，从这首歌跑到那首歌里。见陈老停顿了一下，陶凡就说：“我会按照您的意思去办的。陈老，我想看看你的房子，可以吗？”

“没什么可看的。”陈老说着就站了起来，领着陶凡往里走，又说，“我只用客厅，一间房，还有厨房和厕所。那两间用不着，锁了好多年了。”

进房一看，里面就只有一张床，连凳子都没有一张。那床也是公家的，上面刷了字。床上的被子叠得整整齐齐，就像营房里的军人床。

陶凡胸口不由得发麻：“陈老，您生活太清苦了。”

陈老像是没听见，什么也不说，就出来了。陶凡跟了出来，说：“陈老，您身体没什么事吗？我让老干局定期组织老同志检查身体，您老参加了吗?”

陈老说：“我身体没问题。”

“您安排个时间，我陪您去医院看看。”

陈老望望陶凡，又是那句话：“我身体没问题。”

陈老虽不像人们说的那样不近人情，却总是冷冷的。两人说了很多话，其实是你说你的，我说我的。陶凡总是顺着陈老说，或是听他多说些。想同陈老完全沟通，肯定不可能。如果把陈老想象成很有见识的老领导，语重心长地提出些好意见，或是把他想象成隐世高人，一语道出治世良策，那就是电影俗套和通俗小说了。陈老真诚、善良、质朴，可他说的却是另一个世界的话。这就是所谓代沟吧。代沟不是隔阂，而是进步。当然进步是有代价的。很多陈老看不惯的事情出现了，那就是代价。陶凡只能对陈老表示深深的敬意，仅此而已。

从陈老家出来，陶凡在桃岭上徘徊。人们约定俗成，早把这片山叫做桃岭了。陶凡被某种沉重的情绪纠缠着，胸口堵得慌。历史真会作弄人，同陈老他们开了个天大的玩笑。谁又能保证自己如今做的工作，几十年之后会不会又是个玩笑呢？他丝毫不怀疑陈老某种情怀的真实，但老人只能属于另一个时代了。夜风起了，桃花缤纷而下。又一个春季在老去。陶凡感觉手中的事千头万绪，时光又如此匆匆。着急是没用的，事情再多，也得一件件去做。

此后个把月，陶凡白天再怎么辛苦，晚上也得抽时间去走访老干部。他再也不是一个人去了，总是带着关隐达。说是专门把关隐达带来，今后老领导有事，可以找他陶凡，也可以让关隐达带个话。其他老同志就不像陈老了，他们哪怕再怎么拿架子，心里多少还是感激的。陶凡还没走上几户，消息早传出去了。后来陶凡再上别家去，他们就早做了准备，递上报告来。或是替子女调工作，或是要求换个大些的房子，或是状告

某个在位的干部。陶凡差不多都是当场表态，所有要求都答应解决。只有告状的，他就谨慎些。他话说得严厉，批示却决不武断，只是要求有关部门认真调查落实。

老人家高兴起来，就跟小孩子差不多了。他们逢人就说陶书记是个好书记，西州有希望了。有几位老干部甚至联名写了感谢信，贴在了地委办楼前。望着那张大红纸，陶凡心里说不出的难堪。他不想如此张扬，会出麻烦的。

果然过不了几天，就有人说，陶凡笼络人心的手腕真厉害，只怕非良善之辈。原来老干部中间也是有派系的。多年政治斗争，整来整去，弄得他们之间积怨太深了。他们的拥护或反对，看上去很有原则，其实没有什么原则。只是那句经典教导在作怪：凡是敌人反对的，我们就拥护；凡是敌人拥护的，我们就反对。不过这些话一时还传不到陶凡耳朵里去。

三

陶凡提议，改造地委招待所，建成三星级宾馆。自然不能像老百姓修房子，修就修吧。政府修宾馆，总得讲出个重大意义。陶凡在地委领导会上说，西州要加快发展，必须吸引各方投资，巧借外力。外商来考察，连个睡觉的地方都找不着，这哪行？所以改造地委招待所势在必行。

消息一传出，说什么话的都有。意见最大的是老干部。他们认为招待所都嫌豪华了，还要弄成宾馆？招待所不就是开会用用吗？非得睡在高级宾馆里才能想出方针政策？毛主席的《论持久战》是在窑洞里写的哩！

正是此时，有的老干部吵着要修老干活动中心。刘家厚拿了报告来找陶凡：“全省就只有我们地区没有老干活动中心了。

我们尽管年年被评为先进单位，但省里年年都督促我们建老干活动中心。”

地委研究过多次，都说老干活动中心暂时不修。财政太紧张了。怎么突然又提出来了呢？肯定是老干部们冲着修宾馆来的。陶凡想这刘家厚也真不识时务，怎么就看不出老干部是怎么想的。他也不批评刘家厚，只说：“你把报告放在这里吧。”

本来没刘家厚的事了，他却还想找些话说：“陶书记，陈永栋同志这回参加了我们组织的体检。这可是头一次啊。”

“老人家身体怎么样？”陶凡问。

刘家厚说：“具体情况我还不了解。”

陶凡听着就来火了，黑了脸说：“家厚同志，你真不像话！你是老干局长，管什么的？一管他们精神愉快，二管他们身体健康！其他的都是大话套话！”

刘家厚没想到陶凡会为这事发火，脸红得像猴子屁股。他后悔自己多嘴，刚才走了就没事了。陶凡放缓了语气，说：“陈老你们并不了解，都把他当神经病。老人家眼睛亮得很哩！我们要多同他联系，多请示汇报。你马上去把陈老体检的情况弄清楚，告诉我。”

刘家厚嘿嘿一笑，出去了。陶凡想这老干活动中心的事，真是个麻烦。有条件的话，可以考虑，无非就是建栋房子。但是西州太穷了，捉襟见肘啊。再说陶凡对建老干活动中心是有看法的，觉得这种思路有些怪。他在北京街头看到那些中国妇女什么中心，中国青少年什么中心，中国工人什么中心，心里就犯疑：在北京修栋房子，挂上“中国”的牌子，全中国的妇女、青少年和工人阶级就享福了？荒唐！

不一会儿，刘家厚回来了，说：“陈老身体没大问题，只是有点低血糖。”

陶凡正批阅文件，头也没抬，只道：“知道了。”

陶凡没必要说再多的话。他知道刘家厚肯定会去外面宣扬，陶凡如何关心陈老身体。此话一传，意义就不单是陶凡关心陈老一个人，而是关心全体老干部了。刘家厚自然乐意做这种渲染，说明陶凡对老干工作多么重视。刘家厚哪怕自作多情，也愿意相信陶凡对自己是赏识的。

陶凡正忙着手头的事，见刘家厚还没走，就说："老干活动中心的事，还是暂缓。你要做做老同志工作。可考虑改善老同志娱乐、休闲和锻炼的条件。一个门球场少了，再修一个。还可以腾两间办公室作棋牌室，让老同志玩玩扑克，下下象棋。你们还可以多组织些活动，比方搞书画比赛。我想老同志会理解我们工作难处的。"

"我们按照陶书记指示办。老同志一向是支持地委工作的。"刘家厚只能这么说，好让陶凡有面子，也让自己有面子。可他心里实在没底。他这老干局，实际上成了老干部信访局。老干部找上老干局，多半只为一件事，就是提意见。

不久，省里竟转回一封老干部的上访信。那信的意思是说，老干部们觉悟高，体谅财政难处，主动放弃修老干活动中心的要求，为的是节约资金帮助改造中小学危房；但西州地委领导讲排场、比阔气，要修豪华宾馆。可见西州地委班子是个铺张浪费的班子，贪大求洋的班子，办事不切实际的班子。因此强烈要求省委严肃处理西州地委的错误做法。

省委管老干工作的周副书记批示道：转西州地委。

陶凡见周副书记的批示很原则，事实上没任何意见，心里就踏实了。再琢磨这封上访信，无非是个别老同志想不通。就由他去吧。陶凡便只在信访件上签了个"阅"字。

关隐达将这信送还秘书科存档，吴明贤却跑来问道："陶书记，省里转回的那封老干部的上访信，要不要转老干局一阅？"

“我签了那么大个阅字，你没看见?”陶凡说。

吴明贤还没明白陶凡的意思，又问：“我的意思，这封信怎么处理?”

陶凡笑了起来，望着吴明贤：“老吴啊，我阅了不算数?”

吴明贤脸顿时红了，忙说：“不是这意思。”

陶凡又笑道：“不是这意思，你说是什么意思？反正是你没领会我的意思。改造招待所，个别老同志有看法，这很正常。我们要求所有人包括所有老同志都理解和支持地委的工作，这是不现实的。我们不是不重视老同志的意见，但少数服从多数，这也是党的原则啊。这事就不要再提了，免得没事也弄得沸沸扬扬。”

吴明贤说：“我是见这封信里有些措辞太激烈了，有必要在老同志中间澄清一下……”

陶凡摇头道：“老吴啊，你真是个书呆子。你以为有些意见真的就可以统一的吗？你以为有些看法和谣言真的就可以澄清的吗？你以为什么情况下都可以万众一心的吗？我知道你也许是一片好心，见这封信说到地委时有些过激言论，就想做些化解工作。我说不必要，老吴。地委连这点儿雅量都没有，怎么做工作?”

吴明贤像是恍然大悟，点头不止：“对对对，陶书记你看，我一时糊涂了。”

陶凡心想，你哪是一时糊涂？从没见你精明过。吴明贤当秘书长，是陶凡提议的。外人以为陶凡如何赏识吴明贤，其实不然。他内心对吴明贤的评价是六个字：有文才，少干才。好在配了几位能干的副秘书长，也就误不了事。参谋班子的力量格局，陶凡有意这么维持的。张兆林任秘书长时，太强硬了。总让参谋班子强硬下去，不太合适。必须结束张兆林时代。陶凡对吴明贤总是正式场合抬举，私下场合批评。吴明贤便看上去很是体面，实际上硬不起来。副秘书长们心里不服吴明贤，但碍着陶凡面子，又不得不在场面上敷衍。吴明贤也并不因为私下里挨了几句骂，就对陶凡离心离德。毕竟是陶凡提拔了他。吴明贤教子教孙都会说，陶凡是他的大恩人。

陶凡推出吴明贤当秘书长，还有更深远的考虑。头上有个一官半职的，都会担心一朝天子一朝臣。陶凡上任后，只从县委书记里面提了个副专员，整个县市和部门班子没动一个人。人们见前任地委书记的人马原封不动，就都说陶书记正派。其实陶凡用不着急于动人。他坐上地委书记位置，只需找下面头头脑脑谈次话，前任的人马不就是他陶凡的人马了？况且他原本就是管干部的副书记，同下面干部处得本来就算不错。他现在当了一把手，下面干部也没有换了主子的感觉。当初考虑秘书长人选，本来可以从县委书记中物色的。但怕一时摆不平，干脆就暂时提拔了吴明贤。毕竟吴明贤的资格也算老，提了也过得去。县委书记里面有两位资格老的，却不是陶凡最中意的。陶凡暗自看重的，资历还稍微欠了些。陶凡心里有数，一两年间，地区人大和政协有几位头头相继到了退休年龄，就让他们去人大和政协任职。那两位县委书记安排了，陶凡自己中意的人就可以提到实际岗位上来。目前让吴明贤充任秘书长，是个权宜之计。

县市和部门的头头们都在算着账，这次轮到谁上去了，下次又轮到谁了。到底怎么个轮法，大家心里都有数。反正不会光按资历或政绩用人，其中学问玄妙得很，不可言传。陶凡暗暗盘算着，成竹在胸。

有天，陈老突然跑到陶凡办公室来了。陶凡正在听吴明贤汇报几件事儿，忙叫吴明贤过会儿再来。吴明贤便亲自替陈老倒了茶，退出去了。陈老依然是长发，却没梳成辫子，随意披着，像个老嬉皮士。

陶凡问："陈老有什么吩咐吗？"

陈老没什么表情，说："下面班子，老放着不动也不行。"

陶凡心想陈老开始干预地委工作了，这就不对了。但他不好多说什么，只道："地委会统筹安排的，请陈老放心。陈老有什么具体意见吗？"

陈老望了眼陶凡，有些生气的样子，说："你以为我想提议用哪个干部吗？我没那私心！"

"哪里，我不是这个意思，是想听听陈老意见。"陶凡笑道。

陈老半低着头说："你上来后，干部队伍稳定，大家都说你是个好人。这说明你正派，很好。但是不能做老好人。干部队伍稳定固然好，但稳定时间过长了，就不行了。毛主席说得好，流水不腐，户枢不蠹。八大军区司令员都要换换防哩。"

陶凡说："陈老，您这个意见，地委会考虑的。我们正在运筹，有个过程。您老放心，我会尽力带好西州这个班子。"

陈老说："不行的，就要坚决下掉。"

"行，我们会的。"陶凡问道，"陈老，您血糖有些低，要注意营养，注意休息。"

陈老慢慢抬起头，问："你怎么知道的？"

陶凡玩笑道："我是地委书记，什么都得管啊。"

"我身体没事的。"陈老起身走了，脸上的笑容似有若无。

四

星期日，关隐达想好好儿睡睡觉。他问过陶书记了，今天没什么事儿。陶书记星期日很少空闲的，不是在农村或工厂，也是坐在办公室看文件。昨天陶书记那意思，这个星期天连文件也不看了。

关隐达总是睡眠不足，可成天还得生龙活虎的样子。他奇怪自己的精力竟然不如陶书记。陶书记五十多岁了，总是红光满面，精神抖擞。他每天工作十五六个小时，关隐达只跟在后面打转转都觉得累。关隐达本是每天晨跑的，今天没有早起，一直迷迷糊糊睡着。早饭也懒得吃了。

忽听得有人敲门。问声是谁，不见人回答。他不开门，门又响了。他睡眼迷糊，开门看看，大吃一惊。原来是陶陶，笑吟吟地站在门口。关隐达只穿了裤衩，很不好意思，忙说对不起。陶陶递了个塑料袋进来，说："我爸爸找你哩。"

关隐达不知陶陶递了个什么东西，接了过来，说："我洗个脸，就来。你先去吧。"

关隐达抬手一看，见陶陶递给他的塑料袋里装着几个包子。他匆匆洗漱了，跑下楼去。却见陶陶站在楼下等他。关隐达说："陶书记说今天没事的，我才睡了懒觉。"

陶陶说："又没谁怪你。你吃呀。我猜你肯定没吃早饭，顺便带些来。"

关隐达问："你爸爸说有什么事吗？"

陶陶笑道："我跑腿来叫你就不错了，还要管你们有什么事？爸爸本来要打电话给值班室，让他们来叫你。我反正想下来走走，就来了。"

关隐达不习惯在路上吃东西，可也没法子，只好抓着包子嚼起来。想快些吃完，就有些狼吞虎咽了。陶陶就笑，说："你慢些，别噎着了。"

关隐达笑笑，说："我斯文不起来啊。"

碰着些熟人，都同关隐达打招呼，眼睛却瞟着陶陶。他们不太认识陶陶，看他们的眼神，肯定以为关隐达带了个女朋友。陶陶还在上大学，不怎么在家。也有认得陶陶的，目光就有些异样。他们的目光就在关隐达和陶陶的脸上飞来飞去。关隐达觉得不是滋味，只想快些到陶书记家里。

“陶陶，我昨天到你家，还没见你回来哩。”关隐达问。

陶陶说：“才放假。火车是昨天半夜才到。”

关隐达笑道：“我现在很怀念大学生活。一个暑假，差不多两个月，多过瘾!”

“人说不准的。我们现在就只盼着早些出来工作。”陶陶说。

关隐达问：“你不打算再深造了？比方出国留学?”

陶陶说：“我现在还没这个想法。”

迎面碰见吴明贤过来了，笑眯眯的。陶陶认识他，叫道：“吴叔叔好。”

“我老远就认出是陶陶了。才回来吧?”吴明贤说着，就望望关隐达，眼睛亮晶晶的。

关隐达说：“吴秘书长，陶书记找我。”

吴明贤点头说：“我知道了。你跟陶书记说，我在办公室等他。”

吴明贤走远了，陶陶说：“小关，我爸爸很喜欢你。你哪些地方好？我爸爸可是很少在家里说起干部的。”

关隐达笑笑：“你也叫我小关，你多大了?”

陶陶也笑了，说：“我总不能叫你关科长吧?”

关隐达脸红了，说：“科长好大的官？拜托你了。”

陶陶调皮道：“你叫我陶陶，我就叫你关关。”

关隐达笑道：“还关关雎鸠哩！不好听。”

陶陶在关隐达肩上使劲拍了一板，说：“谁同你关关雎鸠!”

“得罪大小姐了，小生不敢造次。”关隐达玩笑道。

“不能叫关关，叫隐隐也不好听，就叫达达……”陶陶突然噤了口，脸羞得通红。

关隐达也红了脸，望着别处，只当什么也没听见。

两人沉默着，上了桃岭，到了陶家小院。陶凡正在廊檐下的大方桌上挥毫泼墨。听得关隐达来了，陶凡并不抬头。关隐达凑上去看看，见陶凡正在题写桃园宾馆招牌。他觉得奇怪，陶凡是从来不题字的。已写了好几张，陶凡低头斟酌着。

“小关，你说哪张好些?”陶凡问。

关隐达歪头看了会儿，说：“我更喜欢这张。”

陶凡点头说：“那就选这张了。”

陶陶望望爸爸，偷偷儿笑了。她眼睛想瞟着关隐达，目光却只落在他的脚下。

林姨出来了，笑道：“小关来了？老陶也怪，我的话他都不信，就信小关的话。”

关隐达不好意思似的，说：“这是陶书记信任我啊。”

陶陶终于抬头望了关隐达，说：“关隐达，怎么话一到你嘴里，就成官腔了?”

陶凡听着就笑了。林姨却骂陶陶：“你对关哥真没礼貌。”

陶陶吐吐舌头，似乎觉得关哥两字好玩，怪腔怪调地说：“关哥。”

说笑间，陶凡稀里哗啦吃完了早餐。他嘱咐关隐达拿好那张字。陶陶早把她爸爸的包拿出来了。关隐达伸手去接包，陶陶低头递了过来。关隐达只觉脸上发烧，浑身的筋骨有些僵硬。

关隐达回头向林姨道再见，却见陶陶躲在她妈妈身后，红了脸望着他。关隐达胸口便跳得厉害。每个寒暑假，关隐达都会见着陶陶，两人只是打个招呼，说几句客气话。没想到他这次竟弄得心慌意乱的。上次寒假，陶陶跑到关隐达宿舍里玩，问他，听说你是个诗人？关隐达笑笑，什么诗人？这年头说人家是诗人，等于骂人啊。陶陶说，不会吧！我可喜欢诗了。陶陶便把关陶达发有作品的杂志通通借走了。后来陶陶开学走了，却没有来还杂志。关隐达说不清为什么，只盼着陶陶早些放暑假。

这个季节的桃叶最茂盛，晨风吹拂着，吧嗒吧嗒地响，脆生生的好听。陶凡背着手，缓缓走在小路上。他星期天只要不出机关大院，从不劳动司机刘平。人们慢慢地发现，陶凡对一般工作人员倒很宽厚，对领导干部就严厉了。

陶凡突然问道："小关，陶陶同你很谈得来？"

关隐达不知陶凡此话何意，有些紧张，顿了会儿，答非所问："陶陶很活泼。"

"其实是顽皮。"陶凡笑道，"她大学都快毕业了，还像个孩子。她也没想过将来干什么。我意思是让她继续学业，最好能出国留学。她却没个真话告诉我。如今孩子啊，不知听谁的话。"

陶凡说起女儿，语气似乎无可奈何，神情却是慈祥的。关隐达瞟了眼陶凡，晨光正照在这位父亲脸上，那脸色是少有的柔和。

"你们年轻人容易沟通些。你找陶陶说说，问问她有什么想法。你可以把我的意思转告给她。"陶凡说。

关隐达应道："行啊，我找她说说。"

吴明贤见陶凡去了，忙说："陶书记早。我去叫张书记。"

陶凡说："是请张书记，不是叫张书记。"

吴明贤笑笑，忙改口说："是请，对对，是请。"

其实陶凡自己平时也是要么说请，要么说叫。可听吴明贤说去叫哪位地委领导，心里就别扭。

陶凡在办公室坐下没多久，张兆林就进来了。后面跟着孟维周。关隐达同孟维周便争着替领导们倒茶。两人倒了茶，刚要走开，陶凡说："你们俩不要走，又不是研究军机大事。"

吴明贤就问："那我就开始汇报了？"

原来是研究几栋干部宿舍改造。机关多年没修干部宿舍了，住房相当紧张。财政口袋里没钱，上面对领导机关建房卡得又紧。地委办研究了个变通方案，改造几栋宿舍，加大面积。吴明贤汇报完了方案，说："我们征求了这几栋宿舍住户的意见，大多数都很欢迎，但也少数同志不同意。主要是老同志。陈永栋同志就反对改造宿舍，他说自己现在房子都嫌大了，还加什么？他还给我上了一课，说他们刚进地委机关，地委书记都住单身宿舍。"

陶凡说："关键是把改造方案弄好，老同志的工作慢慢做去。上面说不建楼堂馆所，这个政策我们要坚决贯彻执行。但是也要从实际出发，不是说干部房子也不要住了。办公楼我们可以暂时不考虑改造或是新建，但干部住房要重视。怕自己丢官帽子，就连干部生活都不考虑了，这种事情我陶凡是不会做的。你们放手搞，上面要追究，我做检讨吧。"

张兆林说："陶书记这个指导思想是对的。不从根本上解决干部生活问题，单讲调动干部积极性，不行啊。老干部的工作，只要过细，会通的。他们都是政治水平很高的老领导，通情达理。"

吴明贤笑道："只有陈永栋同志的工作难做些。我有个想法，干脆告诉他，就说他住的那栋房子已是危房，必须改造加固，这是人命关天的事。"

陶凡沉了脸说："怎么做工作，是你的方法。我总不至于同意你去欺骗老领导吧。"

研究完了宿舍改造，关隐达把陶凡题写的桃园宾馆拿了出来。大家自然都说好字好字。张兆林说："陶书记，您怎么不落名呢？"

陶凡笑道："陶某名值几何？就不签了吧。"

吴明贤笑道："还是落名好些。伍书记的字都是落名的。"

吴明贤那意思，分明是在贬伍子全。陶凡听着便有些不快，心想伍子全才从地委书记位置上下去几个月啊！孟维周也说："还是落名好些，陶书记的字，可以传世的。"陶凡知道自己下去了，字肯定也要被拿掉的。他心里有些感慨，却只是微笑着摇头。只有关隐达不说话，低头欣赏这四个字的韵味。招牌字难写，不是所有书法家都擅于此道。陶凡不是正经的书法家，可他这字作招牌倒是再好不过了。关隐达心想，何必留名？如果留了名，这字过不了几年就会被换掉的。不留名呢？说不定就留下去了。他见陶凡写的桃园宾馆四字结体宽博，墨气淋漓，暗自叹服。真是奇怪，看陶凡的字，越看越像他的人，沉稳而威严。

整个暑假，陶陶老是去关隐达的宿舍玩。陶凡临时要找关隐达，也是陶陶争着去报信儿。林姨看出些意思了，就问陶凡："老陶，你不觉得陶陶有些怪吗？她平时可是傲气得很啊。"

陶凡说："陶陶也大了，由不得我们了。我看哪，关隐达这小伙子人还不错。"

林姨笑道："这么说，你同意他们了？"

陶凡说："没影的事，说说就说说，还当真？小关倒是个好苗子。再过一年半载，我会考虑让他下去锻炼一下。陶陶这孩子，也不知道上进。我想让她继续学业，她只想早些出来工作。我让小关专门找她谈了，她就是这个意思。"

林姨微叹道："女儿家，有个吃饭本事就行了，随她吧。"

那天吃过晚饭，陶凡突然想起要去办公室。陶陶忙说："爸爸我去叫关哥。"

陶凡望着夫人笑笑，回头对女儿说："我只是去处理几个文件，用不着叫小关。"

陶陶说："有他在身边，你方便些。我去叫他吧。"

陶凡摸摸女儿的头，笑道："你就去吧。你叫小关去办公室，我不在家里等他了。"

陶陶说得那么急，钻进房间却半天没出来。等她出来了，爸爸早走了。陶陶换了件漂亮的裙子，眼睛不敢望妈妈。妈妈就当什么也没看见，只吩咐说早去早回。

陶陶下山走得不紧不慢，怕汗湿了裙子。望见了关隐达的宿舍，她胸口就咚咚地响。敲了门，听得关隐达应了声，门却半天才开。原来关隐达才洗完澡，刚换好衣服。

“陶陶，你坐吧，我先洗衣服。”关隐达望着陶陶，憨憨地笑。

陶陶说：“你没时间洗衣服了，我爸爸在办公室等你。”

关隐达说：“好吧，我回来再洗。”

陶陶说：“你去吧，衣服我替你洗。”

关隐达慌了：“这怎么行呢?”

“怎么不行呢?”陶陶说罢就抢过了脸盆。

关隐达红了脸笑道：“那就谢谢你了。”

关隐达刚准备走，陶陶又说话了：“我明天回学校了。”

“明天？一个暑假真快。”

“这个暑假我哪里也没去玩，一晃就过去了。”

“等你爸爸去省里开会，我来看你。”

“你一个人去看我，还是跟我爸爸去?”

关隐达玩笑道：“跟着你爸爸，伴君如伴虎。我敢开小差?”

陶陶突然低了头，递了个纸条关隐达。关隐达只觉手心火辣辣的。他下楼走了很久，不敢打开那张纸条。晚风吹在脸上，软得像锦缎。

五

人生真是奇妙，很多不经意的事情，也许正是神秘的暗示。五年前的某个凌晨，关隐达正在招待所后面的林子里做锻炼，忽听得哪里传过说话声。透过林子望去，只见一辆黑色轿车里钻出个中年汉子。马上又有位夫人，有位少女下了车。张兆林同地委组织部长正围着下车的几位握手。没隔几分钟，又驰来一辆轿车，下来几位中年男人。张兆林他们忙又围上去握手。那位少女雪白而文静，大人们正在寒暄，她便漫不经心地四处打量。她往林子方向张望了好一会儿，关隐达以为她看见他了，忙转过身去。

吃过早饭，关隐达才听人说，上面派了位地委副书记来，叫陶凡。过了两天，关隐达就成了陶凡的秘书。他猜想那位少女肯定是陶凡的女儿，却很长时间没见着她。直到陶家搬进桃岭，关隐达才不时在他们家的庭院里见到她。听林姨叫女儿名字，关隐达才知道那少女叫陶陶。陶陶正上着高中。她喜欢坐在庭院里的石头上看书，随外人怎么进进出出，她头总是不抬起来。关隐达就越是想看清她的脸，却总看不着。他见过她很多回了，仍想不起她的轮廓。有时无端地想起陶陶，头脑中只是一片模糊的白。

有个秋日的午后，关隐达同陶凡坐在庭院里谈书法。林姨端了西瓜上来，说别光顾着说话，口都干了，吃西瓜吧。关隐达正客气着，突然感到左脸痒痒的，像有只蝴蝶在上面挠。他偏过脸去，见陶陶正坐在他左边的石头上，睁大了眼睛望着他。他胸口猛地空了一下，那一刻，耳朵也聋了，眼睛也花了。陶陶也红了脸，忙埋下头去看书。

记得那是星期天，陶凡难得有个清闲。两人聊了会儿，来了兴头，就铺开纸来写字。陶凡总把笔塞给关隐达，说你露几手吧。陶凡的哈哈打得越响亮，林姨脸上的笑容就越慈祥。关隐达想林姨那样子就像自己的母亲。陶凡全神贯注写字了，就没人出声。草虫吱吱，清风不言。

关隐达上了办公楼前的台阶，终于忍不住了，就着路灯打开了纸条。见上面一句话也没有，陶陶只写下了她大学的通信地址。

半年以后，年底了，省纪委来了个调查组，不同地委打招呼，住进了新开张的桃园宾馆。陶凡听说了，觉得有些不祥。但他装聋作哑，不去理会。心里没鬼，怕什么？又怕是冲着别的地级领导来的，心里就挨个儿猜猜。还真拿不准谁会有什么问题。

过了几天，省纪委调查组才说要同地委领导见面。陶凡这才知道，改造招待所的事还有人揪着不放，后来又加了件改造机关宿舍的事。陶凡不愠不火，调查组问什么就答什么。调查组的人说话注意方法，尽量不提陶凡本人，只说西州地委如何。陶凡却屡次纠正，说他个人要承担主要责任。

又过了个把月，陶凡被省纪委通报批评。吴明贤送了通报来，很不好意思。陶凡却是没事似的，并不细看，只是粗粗浏览几眼，就交还吴明贤。笑道："老吴，这是我头一次受处分，值得纪念。你把这通报复印一份给我吧。"吴明贤摇头笑道："陶书记，这算什么处分？"

官场上的任何故事，都会有多种民间版本。陶凡挨了处分，自然有人高兴。多数人却是更敬重他了。这事在普通干部那里传开了，就增添了很多好玩的细节。他们说陶凡擂着桌子同省纪委的人干，表白自己改善干部的住房条件不会有错，改善西州的接待条件也不会有错。

有人私下里却恨恨的：陶凡太厉害了！一年之内，县级干部班子让他神不知鬼不觉地慢慢地就换掉了，起初大家以为他不会玩一朝天子一朝臣的老把戏。

凡事都有头一回。自从陶凡题了桃园宾馆的字，找他题字的就越来越多了。实在推脱不了的，只好硬着头皮题了。不出半年工夫，西州城里很多招牌都换上了陶凡体。陶凡谨慎起来，发誓不再题字了。但是西州爱好书法的人却是越来越多。城里书法班的生意格外地好。一到星期天，很多家长便带着小孩去学书法。

元旦前夕，吴明贤请示陶凡，想在地机关干部中举办一次书法比赛。陶凡说："你们弄吧，这事就不要请示我了。"

吴明贤说："我的意思是，想请地委领导最好也能参加，这对干部是个鼓励。"

陶凡说："地委领导就不参加吧。我们参加了，谁当评委？不能请省委领导来吧。下面同志当我们的评委有顾虑，会影响公正性。"

吴明贤笑道："缺了地委领导，书法比赛的意义就得打折了。"

陶凡也笑了，说："老吴学得幽默了。你说打几折？这样吧，地委领导，你分头汇报一下，他们愿意的，就请写副字，只参展，不参赛，表示对这项活动的支持。"

吴明贤沉吟道："不知哪几位领导愿意题字？"

陶凡看出吴明贤的意思了，他是担心有的领导字拿不出手，不肯题字。就说："你找地委领导分头汇报一下就行了，不一定都要他们题字。没谁要求领导都是书法家，只是表示个意思。"

吴明贤点头道："有您这个指示，我心里就有底了。"

关隐达听说要搞书法比赛，很有兴趣。可他的作品迟迟没交出去。吴明贤亲自抓这事，见了关隐达就问："小关，怎么还不见你的大作交来？你的呼声最高啊！"关隐达就笑，说："哪里哪里，地委机关藏龙卧虎，我小关算什么？集体活动，我会积极参加的。我一定按时交稿。"其实关隐达心里早有谱了，只是还没时间创作。他想今人的书法作品，写来写去无非李白、杜甫、白居易，要么就是苏轼、辛弃疾，不太有意思。更低俗的，不是“宝剑锋自磨砺出，梅花香自苦寒来”，就是“书山有路勤为径，学海无涯苦作舟”。关隐达原是很得意自己的诗作的，这回突然暗生惭愧了。他想若将自己的诗写成书法作品，简直有些滑稽。他有种奇怪的感觉，似乎书法必须配古诗文。比方新诗，最多只能入硬笔书法。现代人已没文采可言了，只好拾古人牙慧。关隐达想即便是用古诗文，也应尽量特别些，贴切些。他一直喜欢张孝祥的《念奴娇·洞庭青草》，气势豪放，正合狂草气韵。这些天他跟陶凡出去，坐在车里老琢磨作品的布局谋篇，手忍不住在膝头比划着。

有天晚上，刘平跑到关隐达宿舍，进门就笑，很不好意思的样子。关隐达见他有些忸怩，同平日是两个人，觉得奇怪。

“刘平你今天怎么了？不是有人替你介绍了女朋友吧？”关隐达笑着问。

刘平嘿嘿一笑，说：“关科长，我也想参加一下书法比赛，是个学习机会嘛。”

关隐达说：“那好啊，你参加书法比赛，比地委领导参加意义大多了。”

“哪里哪里。”刘平摇头说着，就从怀里掏出张纸来。展开一看，原来是他的书法作品。没想到刘平的字还过得去。他写的是楷书，还算周正，只是嫌呆板了。

“很好啊，你是练过书法的嘛！”关隐达点头赞道。

刘平说：“哪里，我原来毛笔都不会捏。见你和陶书记天天练书法，我也跟着偷偷儿学，越学越有意思。学点东西好啊，光开个车，没味道。”

听了这话，关隐达就琢磨出刘平的心思了。刘平是想逐步武装自己，好有机会转为干部。机关司机差不多都有这个想法，人之常情。不过刘平悟性还行，他没读多少书，能把字的架子弄稳，就不错了。关隐达见刘平写的是“春眠不觉晓，处处闻啼鸟”，便说：“我建议你把内容换一下。这诗听得大家耳朵都起茧了，没意思。”

“换什么呢？我听关科长的。”刘平很是恭敬。

关隐达琢磨了一会儿，就把李白那首《赠汪伦》写了下来，说：“李白这首诗也是耳熟能详的，但比春眠要好些。你还要注意章法，书法作品很讲究布局，包括字的疏密，墨的浓淡，落款等等。你先把这首诗的每一个字写熟了，再来找我。”

刘平头点个不停，说了很多恭维话。他见关隐达桌上满是龙飞凤舞的字，一个也认不得，便说：“关科长的字真漂亮。”

关隐达看出刘平的意思，便说这是宋朝张孝祥的一首词，念道：

> 洞庭青草，近中秋，更无一点风色。玉鉴琼田三万顷，着我扁舟一叶。素月分辉，明河共影，表里俱澄澈。悠然心会，妙处难与君说。
>
> 应念岭表经年，孤光自照，肝胆皆冰雪。短发萧骚襟袖冷，稳泛沧溟空阔。尽挹西江，细酌北斗，万象为宾客。扣舷独啸，不知今夕何夕。

刘平听了，就像一筐黄豆从头上倒下来，耳朵缝里都没夹着一颗。嘴里却道：“真好，古人的文章就是好。”

截稿日期只有几天了，关隐达才最后选了副自己最满意的字去参赛。正好那天陶凡也将自己的字交给关隐达。陶凡只写了“崇实”二字，用的魏碑笔法。下面题了长款，由“实”字说开去，用语古雅，告诫广大干部如何如何。关隐达细细读了题款，很佩服陶凡的文字功夫。

书展弄得像回事，陶凡和张兆林等地委领导亲自去看了。

举行了简短的开展仪式，吴明贤请陶凡讲话。陶凡就讲了几句，说地委机关开展些有意义的文化活动，很有必要，可以陶冶干部的情操，并促成一种爱学习，钻业务的良好风气。

关隐达留意看了看，发现地委、行署所有领导都题了字。有些领导的字实在上不了台面。张兆林写的正是“书山有路勤为径，学海无涯苦作舟”，落款题曰：与全体干部共勉。张兆林的字有些张牙舞爪，很不像他本人的温文尔雅。关隐达暗自觉得好玩，心想真难为这些领导了。他们为着这题字，肯定伤透了脑筋。如果不题几个字，好像不给陶凡面子。大家都以为这次书法比赛，分明是吴明贤投陶凡所好。再说了，只要有领导题字，其他领导都得题，不然显得没位置似的。只是有些人的字实在见不得客。

陶凡很有兴趣的样子，背着双手，挨次浏览参赛作品。走到关隐达作品前面，陶凡站了会儿，微微点头。关隐达就浑身发热，不好意思。陶凡却不说关隐达的字，只说张孝祥的词：“这首词意境阔大，笔酣兴健，怀抱高远。肝胆皆冰雪，表里俱澄澈。杜甫有句诗，心迹喜双清，就是这种意思。真是妙处难与君说啊!”

陶凡心里却颇感奇怪：关隐达怎么独独选了张孝祥？这首词豪放，孤高，通透，但字字句句都隐含着贬官情绪。想是关隐达喜欢词的意境，忘了张孝祥的处境吧。陶凡不是个神经兮兮的人，可是刚才默念着张孝祥的词，心里竟微微一震。他心里越是说不出的叹惋，脸上就越是笑得慈祥。

张兆林见陶凡如此赞赏，便说：“小关的字，真好。你跟着陶书记，就是不一样。”

张兆林这话，前面的意思是夸关隐达，后面的意思就是吹陶凡了。关隐达就不知该点头还是摇头，只好傻笑。他点头就是不谦虚，摇头就是不承认自己跟着陶书记受益匪浅。更难堪的却是孟维周，他的钢笔字都自觉丢人，莫说是毛笔字了。他没有交作品参赛。听张兆林夸奖关隐达，他脸红耳热。他认不得狂草，目光就上下翻飞。原来条幅下方附了张白纸，是用小楷写的原文。

陶凡走到刘平作品面前，却大加赞赏："刘平，你的字也不错嘛。好！好！同志们都像刘平这么爱学习，提高机关业务水平就能落到实处了。"

张兆林就微笑着望望刘平。吴明贤嘴里说声"小刘"，忍不住抬手拍了拍他的肩膀。刘平抓耳挠腮的，脸红到了后颈上。

这边没人留意，张兆林的司机马杰早黑着脸了。马杰很傲气，连孟维周都不放在眼里。他头一次见了孟维周的字，就意味深长地笑了。马杰没事坐在孟维周办公室，喜欢找张纸，掏出钢笔写字。通常写他在部队唱过的军旅歌曲的歌词。有一次，马杰本来知道张兆林不用车了，却在孟维周那里一屁股坐下来不走了。孟维周有个材料得赶出来，很是着急，弄得头都大了。马杰坐在他对面写字，头一晃一晃，弄得纸沙沙地响。孟维周心里烦，却不好说什么。孟维周想自己不夸他的字，他是不会走了。于是像是才发现似的，说："马杰的字好漂亮。"马杰便不写了，发起牢骚来："老子在部队时，要我干文书，我不干。我喜欢开车，跟军首长开了五年车。那老王八蛋假正经，自己不拿群众一针一线，也不给群众一针一线。到头来我连干部都没转成。不然，老子还是这个样子？"他说罢把笔一丢，起身出门。突然想起笔是他自己的，又转回来取了去。

孟维周心里憋着股气，同关隐达说起过马杰。关隐达便觉得小孟还欠老成，这种事情有什么好说的？不值得放在心里的。他却从此有意无意间留意马杰，还真是孟维周说的那个味道。陶凡表扬了刘平的字，马杰就像没听见，眼睛望着别处。

几天后，书法比赛揭晓了。关隐达获第一名，刘平也获了个纪念奖。

不久马杰碰上关隐达，神秘兮兮地说："关科长，你获了奖，有人还不服气。"

关隐达笑道："服气不服气，都只有这么大的事。不就是奖了条毛巾，两块香皂嘛。"

马杰见关隐达并不关心是谁不服气，好像有些失望。却仍不死心，就说："他说西州附庸风雅学书法的，都是拍陶书记的马屁。他说了两句老话，我记不全。什么楚王细腰。读了几句书，说起话来就是孔夫子的卵包，文绉绉！"

关隐达忍不住笑了起来，觉得马杰这个"文绉绉"的歇后语大概是他说过的最有水平的话了。关隐达一听便知，马杰说的是孟维周。他猜想孟维周大概是说了"楚王好细腰，宫中多饿死"的话。关隐达不知孟维周这话是在什么场合说的，也许是开玩笑。他并不在意这事，倒是替小孟担忧。心想孟维周当秘书都这么久了，还是这么不老成。他不改掉这个毛病，迟早要吃亏的。

六

图远公司老总舒培德转弯抹角找了来，硬要请关隐达帮忙，求陶书记替他们公司写个招牌。关隐达一巴掌把门封得天紧，说："陶书记指示过，今后再不题招牌了。"

舒培德却是好磨歹磨，坐在关隐达办公室不肯走。他从关科长喊到关老弟，最后居然讲起了大道理："关老弟，不是我舒培德想拉虎皮作大旗，我是要为私营企业争地位，争发展。我图远公司目前虽不是西州头块牌子的私营企业，可我敢说是发展前景最好的。政府说要支持我们私营企业发展，这不错。但是落到实处，卡我们的多，帮我们的少。关老弟，我们难啊！”

舒培德说了一大通，好像陶凡不题字，政府说支持私营企业发展就是句空话了。自然不是这个道理。关隐达只想早些打发他走，就答应向陶书记汇报一下。舒培德就千恩万谢了，直说他做老兄的心里有数。关隐达听了这话不太舒服。怎么个有数？你送砣金子我不敢要哩！

关隐达本来只是想搪塞，舒培德却是穷追不舍。他隔三差五就来找关隐达，一磨就是个把小时。关隐达又不能发火，只好不断地编些话来哄人。几乎没人见关隐达发过火，大家都说他的修养真好。他哪里是不想发火？有时被人逼急了，真想捶桌子哩。但他只能微笑。他不能让别人说陶凡的秘书架子太大了。张兆林当秘书长那会儿就老是嘱咐：秘书是领导的门面，事关领导形象。关隐达有回遇了点事儿，心里正委屈着，张兆林又在会上强调：秘书是领导的门面，领导的耳目，领导的左右手！关隐达听着没好气，暗自骂道：他妈的，秘书是门面、耳目、左右手，反正不是个人。旧时讲文武百官是朝廷鹰犬、走狗，可都不是贬义的；若干年后说起秘书是领导的门面、耳目、左右手，会不会成了贬义呢？

舒培德只敢找关隐达，就因陶凡太有煞气了。碰上别的地委领导，舒培德只怕早就自己上门去了。关隐达没想到舒培德如此难缠。他原想只需稍稍拖拖，舒培德就知趣了，不会再找他了。领导工作有个重要方法，就是一个字：拖。很多领导都用此法应付那些棘手的事儿，局面弄得四平八稳。可轮到关隐达偶尔用一回，却失灵了。

他只好硬着头皮找了陶凡：“陶书记，图远公司总经理舒培德找我好多回了，想请你给他公司题写招牌。我回了他，却回不掉。这个公司的情况您很了解，还算是私营企业健康发展的好典型。”

陶凡沉默片刻，缓缓说道：“最近我接到好几位私营企业主的来信，说下面有关部门把支持私营企业发展放在嘴巴上，实际工作中却是关、卡、压。地委对此应有个态度。好吧，我同意替他题个招牌。隐达你把个关，下不为例了。”

关隐达心中暗喜，没想到陶凡这么爽快就答应了。他知道陶凡不是个随便说话的人，却也并不马上告诉舒培德事情办妥了。直到陶凡将字题好了，他才通知了舒培德。舒培德电话里说尽了感谢的话，然后十几分钟就赶到了关隐达办公室。

舒培德打开陶凡的题字，脸色顿时发光。他想掩饰自己的兴奋，嘴却怎么也合不拢。他笑了老半天，应该同关隐达说几句客气话了。他便咬住嘴唇，想让嘴皮子合上。可那嘴皮子像是橡皮做的，一弹又咧开了。

关隐达说：“老舒，你坐下吧。陶书记早就说过了，不再给任何单位题字。这次破了例，可见陶书记对私营企业的发展是非常重视的。”

“那是，那是。”舒培德点头应道，脸上仍是喜不自禁。

关隐达又说：“陶书记题这个字的意义在于，表明私营企业是社会主义经济的重要组成部分，这个思想不能停留在口头上，而应落实到行动上。”

“正是，正是。”

“但是，”关隐达调整一下坐姿，身子往后靠靠，目光自然深远起来，“老舒，你们企业在今后的发展中就更要加强自律。因为陶书记为你们题了字，你们就是万人瞩目了。所以，你们一定要合法经营，加快发展，争取成为西州个体私营经济的典范。”

舒培德说：“有领导支持，我有信心把企业搞得更好。”

"这些都是陶书记的意思。"关隐达笑笑，让语气舒缓些，"地委对你是寄予厚望的，你可不能给陶书记脸上抹黑啊。"

舒培德赌咒发誓道："请关科长转告陶书记，我会用公司更好的效益来向他报喜。我舒某人用人格担保，决不给陶书记丢脸。"

关隐达微笑着点头，没有出声。望着舒培德那肥硕的脑袋，他真怀疑那里面还装着什么人格。舒培德是怎么富起来的，在西州是个谜。据说他早年做生意，亏得一塌糊涂，背了一屁股债。人突然就失踪了。过了五六年，他突然出现在西州，已是某外国公司的国内代理。有几年他四处考察，说要投资。两年前，他注册了自己的公司，说是不再给外国人打工了。有人怀疑他只是个空架子，兜里其实没钱。可他还了人家的账，点的却是现票子。这个人反正说不清。可世风却是只认结果。

舒培德倒是很会办事。他将陶凡题的公司招牌制了两块：一块是霓虹灯箱的，安装在图远公司楼顶，西州城里通城看得见；一块是檀木雕刻的，悬挂在图远公司正门上方。不知舒培德哪里弄来那么好的檀木板，足有米多宽。制作也讲究，那檀木板是锯开后有意不做修整的，形状随意，连树皮都原封不动。字是宝石绿的，檀木板是做旧处理的，显得古朴厚雅。有回陶凡乘车从图远公司门前路过，注意看了看那块檀木招牌。轿车一晃而过，陶凡竟回过头去盯了足有五秒钟。他平时是很少回头的，走路如此，坐在车上也是如此。他习惯平视前方，目光深沉而辽远。陶凡没说什么，关隐达心里却明白了。他想陶凡很满意那块檀木牌匾，自己总算没把事情办糟。

舒培德同关隐达混熟了，有事没事会跑来坐坐。他也算知趣，生怕误了关隐达事，聊上几句就走了。有回，关隐达告诉他："你那块檀木招牌做得好，陶书记很满意。"

舒培德笑道："西州上上下下都知道陶书记是个读书人，品味很高。我估计陶书记喜欢这种风格，不敢搞得太俗气了。但霓虹灯箱又不能不搞。搞企业就是这样，方方面面都要想得周全些。"

关隐达见舒培德如此精明，暗自佩服。舒培德笑起来，脸上的肥肉鼓作圆圆的两坨。关隐达印象中，舒培德这种脸相的人应该很鲁钝的。可是这个肥头大耳者恰恰聪明过人。慢慢的，舒培德竟时时出现在陶凡的庭院里了。

西州官场上的人都知道，陶凡的家门是很难进的。有回，关隐达送陶凡回家，正好行署副专员黄大远来汇报工作。陶凡边问边往屋里走："你有什么事？"黄大远跟在陶凡身后，那意思是想随他进屋。陶凡却突然转过身来，站在门口，面无表情。黄大远刚抬起的脚退了回来，自找台阶："我就不进去口头汇报了，报告在这里，请陶书记过目。"陶凡接了报告，转身就进了屋。关隐达见黄大远脸色很难看，不好意思下车同他打招呼。黄大远见刘平正在倒车，站在一边避让，脸仍是垮着。关隐达只好按下车窗，问："黄专员，您是回家还是下山去？"黄大远便低了头，挥挥手，懒得正眼望他一眼，说："你们走吧。"关隐达便叫刘平慢些倒车，让黄大远先走。黄大远昂了昂头，夹着包走了。刘平也灵泛，故意让黄大远稍稍走远些，才倒车下山。不一会儿，轿车同黄大远擦身而过。关隐达偷偷瞟了眼，见黄大远还是一脸黑气。刘平忍不住说道："关科长，陶书记好有威信啊！"

舒培德尽管隔上些日子就上桃岭去，陶凡却从没让他进过屋，也不同他多说话，每次见面就问："你有什么事吗？"意思很明白，没事你就走人。舒培德却总能找个由头，向陶凡汇报几句。陶凡也不是每次都批条子，多是说他几句，怪他屁大的事也找上门来。舒培德就点着头笑，心悦诚服的样子。

有天夜里，舒培德敲了陶凡的门。林姨开了门，表情很客气，话却说得硬："小舒，是你呀。老陶晚上不会客的，你知道。"

舒培德说："我知道，很不好意思。林姨，我就不进去了。是这样的，朋友送我一方老砚，我想陶书记用得着。"

林姨摇手道："小舒，老陶你知道，他不会要的。"

舒培德说："只是一方砚，不是值钱东西。我拿着是和尚的篦子，没用。"

实在推不掉，林姨就说："你就放在这里吧。要是老陶骂人，你还得取回去。"

次日一早，关隐达准时上了桃岭。陶凡正在欣赏那方老砚，翻来覆去地看个不厌。那砚台随物赋形，古色古香。砚池有深山老潭的意思，古灵精怪；潭岸奇石嶙峋，不露斧凿；深潭高岸是舒展的荷叶，荷叶上一只青蛙正鼓眼蹬腿，转瞬间就会跳下潭去。古潭的黑，荷叶的绿，青蛙的黄褐，颜色都是自然天成。

关隐达连声感叹，直说："造物神奇，简直不可思议。"

陶凡点头说："这是一方上好的端砚，稀罕稀罕。"

"现在哪里还能弄出这么好的砚台？"关隐达问。

陶凡说："我细细看过，这方砚没有任何题款，但肯定是古砚。"

陶凡从来都是早几分钟赶到办公室的。今天因为欣赏砚台，竟然迟到了五分钟。

七

舒培德果真厉害，很快就成了西州私营企业的头块牌子。

西州的国有企业怎么也搞不好，个体企业却是红红火火。地委笔杆子弄出很多文章，多是以陶凡的名义发表。省里就重视起来，派人下来整材料。时下流行说“现象”，所谓“西州现象”就这么诞生了。

省里想在西州开个现场会，促进全省个体私营经济发展。可是有些理论家们还在为个体私营经济的概念打文字官司。省委书记亲赴西州调研，同陶凡彻夜长谈。陶凡的心情竟有些沉重，说：“我们再也不要在概念上做文章了，而应从实际出发。西州各县市的财政过去都很穷，这几年收入上升很快。为什么？我们算了账，原来个体私营经济对财政的贡献增长了十五倍，占了财政收入的百分之六十到七十多。忽视基本的经济事实，钻进经济或政治概念中去玩文字游戏，不行啊。”

省委书记说：“你的忧虑我有同感。但中国的问题让有些人弄起来，就不会是简单的经济问题，而是政治问题。都说一切以经济建设为中心，但现实生活中或是关键时候，政治仍然是中国最大的事情。我反复考虑过，我们省里如果率先开个发展个体私营经济经验交流会，在全国就出风头了。却不知道是祸是福。但是这项工作又太重要了，必须开个会促促。”

陶凡说：“我建议会还是要开，只是会议名称起得策略些。不叫经验交流会，而叫研讨会。只要各地市一把手都参加会议，效果一样。”

省委书记哈哈大笑起来，说：“老陶，你可是老奸巨猾啊。好好，就叫研讨会吧。你们好好准备一下，这个会议要开得有历史意义。”

不论哪里来人调研私营经济，必然要去舒培德公司。舒培德就得细细汇报，说自己的经验主要是哪几条。陶凡亲自去了一次，听舒培德汇报了个把小时。那天陶凡很高兴，竟同意在他公司吃了中饭。乘陶凡上洗漱间去了，关隐达对舒培德说：

“你情况介绍得不错。我有个建议，你要根据不同的汇报对象，准备几种不同版本的汇报材料。上级领导来了，你汇报要简短，最多十分钟。留下时间由他提问题。今天陶书记一声不吭听你讲了个把小时，已经是稀罕事了。说明陶书记很看重你。”

舒培德忙说：“都是关科长关照得好。”

关隐达接着说：“领导大概会提什么问题，你事先要有所准备。每次领导提过的问题，你要记住，说不定下次别的领导还会问到。若是上级单位写材料的笔杆子来了，你就要讲详细些，时间也可以长些，个把小时没关系。新闻记者来了，你只需讲三两句，就由他们提问题得了。他们了解情况从来都只是表面上，深入不下去的。还有，你要注意些措辞。比方说，你喜欢说自己的经验主要是哪几条。这不好，别人听着以为你不谦虚。你要把经验说成做法，说我的做法主要是哪几条。”

舒培德点头不止，说：“关科长说得对。你这么一点，我就通了。”

舒培德确实一点即通。他不断地汇报，一而再，再而三，快训练成职业新闻发言人。他出现在桃岭的次数越发多了。陶凡对他客气起来，竟请他进书房坐过一次。全省发展私营企业研讨会上，舒培德作了书面发言。舒培德发言时，坐在主席台上的省委书记偏过头，同陶凡耳语了几句。两人都微笑着点了点头。眼尖的人看得出，省委书记很欣赏舒培德。私营企业主只要会来事，都会成为政协委员的。年底，舒培德也成了省政协委员。

西州城里都在说，陶凡要上去了，说是任副省长。人们说省里工业搞不好，陶凡在西州抓私营企业有经验，想让他去管工业。老百姓习惯把升官的道理想得简单，以为上面再不启用陶凡说不去了。好事者都问关隐达，陶书记真的会走吗？关隐达只是笑笑而已，不置可否。说陶凡要上去，不是头次了。这次却是真的。关隐达不久前随陶凡去了趟省委。省委书记同陶凡在办公室谈话，关隐达就在书记秘书那里坐着。这位秘书平时不怎么理人的，这回对他格外热情。其实每年年底，关隐达都要代陶书记去省城看望省委领导，送些土特产去，自然也要送给他们的司机和秘书。可这位省委书记的秘书，你再怎么送礼，他都是板着个脸。这回他却是笑容可掬，倒了茶过来，叫关隐达老弟。关隐达觉得奇怪，心想早几天听到的传闻可能是真的了。果然，这位秘书说："关老弟，你也随陶书记调过来算了。"关隐达就笑，含糊了几句。

关隐达年年去送礼，慢慢看出些道道来了。他发现别的地市委书记都是亲自带着人去敲门，而西州却是地委办领导同关隐达去送礼。送的也只是西州土特产。难怪那位省委书记秘书怎么也没兴趣。关隐达便想陶书记只怕难得有所作为。有年关隐达去送礼，竟见张兆林的车也在省委大院里穿梭。原来张兆林每年开组织工作会议期间，都得在省里拜拜码头。省里的会都安排在年头年尾开，正是大家联络感情的好时机。古时候，冬天朝贡叫炭贡，夏天朝贡叫冰贡。如今不仅有炭贡、冰贡，还有病贡、喜贡、丧贡，等等。陶凡却是什么时候都不贡，就算年底派人送送土特产，也是迫不得已。这是西州多年的惯例，陶凡也不好不依。可是这早就落伍了。

关隐达最怕的事，就是年底去省里进贡。不知要打多少电话，不知要约多少人，不知要托多少关系，有时躲在人家楼外不知要等候多久。真不是人做的事。像陶凡那种性格，怎么愿如此委屈？

这次陶凡竟然也要上去了，出乎关隐达的意料。可是陶凡却像什么事也没发生，带着关隐达一声不响往西州赶。用人的事，从开始有风声，到尘埃落定，总得一年半载的。空口说的还不算，硬要白纸黑字才作数。中间充满变数，说不定一夜之间，什么都落空了。莫说盘子里的鸭子会飞走，就算吃进口里的鸭子，有人要你吐出来，你不敢咽下去。一路上陶凡不怎么说话，闭着眼睛假寐。关隐达知道陶凡没睡着，却又不能说话，只好懒洋洋地看风景。

消息本来早就在西州传开了。自从陶凡去了趟省城，关于他荣升的事就成了西州的热门话题。却没几个人敢在陶凡面前提这事，只是跑到他那里汇报的人越来越勤了。陶凡那里看不出什么变化，他从地委大院里走过，依然沉稳地踱着方步，目光深沉而辽远。人们碰见他，只会远远地点头致意，没敢随便上来握手。陶凡认为必要，他会主动同你握手。不然，你伸过手去，他要么装着没看见，要么淡淡地抬手同你搭一下就算了。

张兆林的大背头梳得越来越光滑了。有人竟从他的发型看出名堂来，说他会接任地委书记。有些老干部闲着没事，就注意着晚上去谁家的人多。他们发现，最近天一断黑，上张兆林家去的人比春节还多。这种迹象又反过来印证，陶凡真的要走了。

人们总以为陶凡马上就会走了，可是迟迟不见有什么动静。直到年底省里开人大会前夕，人们才突然发现：陶凡上调的事其实早就黄了。省里确定的副省长候选人是外地区的地委书记。

西州城又沸沸扬扬了。可是太刺耳的议论，关隐达是听不见的。有人同关隐达说起这事，很同情的样子："陶书记太斯文了，不肯上去送礼。"关隐达便说："陶书记是不准大家瞎说这事的。他说组织上安排干部，自有道理。若是按自己的意愿，谁都想当大官。"

陶凡其实什么话也没说。关隐达看不出他有任何情绪，只是见他最近老爱写狂草。关隐达每日清早去接他，见他的几案上总是满纸的急风骤雨，酣畅淋漓。

慢慢的，陶凡又开始写端重沉着的魏碑。关隐达心里有数，知道陶凡心里宁静些了。关隐达跟随陶凡日子久了，自然就有了感情；又因为他喜欢陶陶，陶凡在他心目中就像父亲似的。关隐达在陶凡面前便越发细心，只想让陶凡畅快些。他有事没事，晚饭后都要去陶凡家。陶凡有时同他聊天，有时就独自呆在书房里。若是陶凡没空，关隐达就陪林姨说说话，要么就帮着收拾庭院。庭院里栽着些花木，需要浇水、施肥、修剪。

清净了些日子，忽然听得有人说，陶凡只怕要出事了。关隐达迟迟才听说这事，外面早说得有鼻子有眼。说是陶凡同舒培德之间不干净。谁都知道陶凡从不在家接待客人的，只有舒培德上他家去就像走亲戚。

关隐达没法将这事同陶凡说，只是干着急。他相信陶凡，知道这是谣言。但听凭谣言流传，只怕会影响陶凡的威信。

有封群众来信，注明陶凡同志亲启，并在“亲启”二字上打个着重号。关隐达便将这信送给陶凡。陶凡看看信封，说：“不管亲启不亲启，你先看吧。”

关隐达打开一看，脑子嗡嗡地响。这是封署名“老同志”的匿名信，批评陶凡贪污受贿，让过去信任他的老干部们痛心。信中说他当地委书记几年，业绩不错，群众有目共睹，但他私欲太重，不洁身自好，终究会沦为历史的罪人。措辞严厉，说是批评，其实是咒骂。

关隐达本不想把这信交给陶凡，怕他难受。可是陶凡见他半天没回话，竟跑来问他：“小关，那信讲了什么重要事？”

“胡说八道！”关隐达把信给了陶凡，就随他去了办公室。

陶凡看完信，笑道：“你相信吗？”

关隐达说：“没人相信的。”

陶凡说："说明有人开始弄名堂了。让他们弄去吧。舒培德就送我个砚台，我很喜欢。就算上面来人调查，我会如实汇报，但不会退回去。哪怕它是个文物，我想也值不了几千块钱。"

关隐达说："陶书记您不问，我根本就不想把这信给您看。这种信，您不值得看的。"

陶凡笑了起来，说："小关，你越来越会当秘书了。我哪天被你卖掉了，还要帮着你数钱。"

关隐达不好意思，说："您的事够多的了，哪有心思为这些劳神？不过这位老干部自己也许没有恶意，只是听信了外面谣言，就义愤起来。我建议，您不要管这些。"

陶凡叹道："我是不会管的。清者自清，浊者自浊。只可怜真相大白之前，会伤了某些老同志的感情。也顾不得了。"

这事儿在西州传了些日子，终究没什么响动。人们就渐渐没了兴趣，懒得再去操心。

八

每隔段时间，又会听到传闻：这次陶凡真的要调到省里去了。不是说他去当副省长，就是说他是去当省委副书记，也有人说他会当组织部长。

有些人眼里，陶凡怎么看怎么是大干部的气象。他的相貌、神情、步态、腔调等等，人们都喜欢琢磨。有人甚至说他龙行虎步，大气磅礴，沉默寡言，威风凛凛，这简直是帝王之相了。

可是陶凡仍在西州地委大院里踱方步。外界的议论不知他是否知道，关隐达是不会把这些话告诉他的。哪些事情该报告陶凡，哪些事情该装聋作哑，关隐达很清楚。官场很多细微之处都说不出个道理，全在一个“悟”字。关隐达偏是个悟性高的人。

外面的各种传闻，关隐达自然听得见。他知道有时是无中生有，有时却是事出有因。比方有回省委书记来西州调研，同陶凡单独长谈了一次，就有人说他马上要升官了。其实没这回事。陶凡就某项工作发表了署名文章，又有人说陶凡马上要走了，上面已经在造舆论了。也没这回事。

有知情的，就在陶凡面前抱不平，说上面用人怎么不讲原则？甚至说陶书记您就知道干实事，也不上去跑跑。这些人本是拍马屁的，陶凡却很不给面子。他说官帽子都是送礼来的？我这地委书记不也是送礼送来的？你们头上都有顶官帽子，你们给我送了多少？

很难有人能看出陶凡的内心。有回，陶凡正在庭院里写字，关隐达去了。他凑过去一看，见陶凡写的竟是陆游一首词：

当年万里觅封侯，匹马戍梁州。关河梦断何处，尘暗旧貂裘。

胡未灭，鬓先秋，泪空流。此生谁料，心在天山，身老沧州！

关隐达微微一怔：陶凡感叹自己要身老西州了。他猜想陶凡内心肯定苦不堪言，却不能向任何人倾诉。凭陶凡的个性，就是在夫人面前也不会诉苦的。他只好写写陆游的词，暗自宣泄一下。

关隐达看出了陶凡的内心，感觉就不太自然。他点着头，欣赏陶凡的书法。他本来觉得陶凡的草书不如行书和楷书，却只是说好。陶凡摇头叹道："唉，好什么？老了！"陶凡那落寞的样子，分明不是在说书法。他怕关隐达看出自己的心情，马上又朗笑几声。笑罢，想随意写几个字。默然片刻，写的却是："神龟虽寿，犹有竟时"。他原想显得放达些，可是此等情状，这两句诗不过是对生命的无奈而已。

陶凡埋头写字时，关隐达突然发现他的头发已经白了。他本是看着陶凡的头发慢慢白起来的，今天竟感觉这满头白雪是一夜间落下的。日子过得真快，陶凡在地委书记任上一晃就是三年。陶陶大学都快毕业了。关隐达同陶陶早就偷偷儿相爱了，却一直没同陶凡夫妇正式谈过。陶陶不让关隐达泄露消息，要由她自己同父母去讲。其实陶凡和林姨早看出了，只是装傻。

这年春上，又传说陶凡要调走了。人们看出了迹象：关隐达被派到下面任县委副书记去了。领导干部调走之前，通常都要把身边的人安排好的。大家又猜错了。只是陶凡看出女儿同关隐达关系越来越明朗，再把他放在身边当秘书就不太好了。于是同夫人商量，还是让关隐达下去算了。夫人同意，说小关是个好苗子，下去干几年，有好处。

关隐达感觉这半年过得太快了。他刚被提拔，总是很兴奋，干什么都是一阵风。又有很多机会去省城，可以见着陶陶。过去都是跟着陶凡去，就算见了陶陶，两人最多只能偷偷儿眉目传情。

很快就到了暑假，陶陶毕业了。她回到西州，进门就告诉妈妈："我要去看看关哥。"

母女俩这才第一次正式谈到关隐达。林姨见女儿真的喜欢这个小伙子，她自己见着也满意，就没多说话。毕竟是婚姻大事，陶凡也嘱咐了几句。陶陶没想到父母如此通达，没说什么就同意他们的事了。可是她发现爸爸总有些哀伤的样子，关在房里呆了老半天。陶陶就问妈妈："爸爸怎么不高兴？"

妈妈说："爸爸不是不高兴，他是舍不得你。孩子大了，就要飞了，父母都有些伤心的。"

陶陶忍不住落了泪："那我就不出嫁了。"

晚上，陶凡叫女儿进了他的书房，说："陶陶，隐达跟我多年，我了解他。他人品好，有才气，也灵活。但是，他如果成了陶凡的女婿，不一定就是好事。"

"为什么？"陶陶问。

陶凡说："官场上的事，你弄不懂的。如果隐达真的爱你，他就要想到自己的仕途也许会受到影响，就要不管这些。"

"我还是不懂。"陶陶说。

陶凡长叹一声，说："爸爸不能同你说得太透。你去问隐达吧，他会告诉你。"

陶陶说："我想明天就去关哥那里，住几天再回来陪你。"

陶凡抬手摸摸女儿的头，说："你去吧。自己坐班车去，我不叫车送你，你也不要叫隐达来接。你妈妈跟我几十年，从来没有摆过官太太的架子。对你，我就说这一句。"

第二天一早，陶陶背着包去了长途汽车站。买了票，等了两个多小时，又颠簸三个多小时，才到了关隐达县里。正是中午一点多，县委办没人上班。问了传达室老头，他说不知道关书记住哪里。传达室的人看谁都像上访的，没什么好话。陶陶只好在县委办前溜达。太阳很老，晒得皮肉生生的痛。直等到两点多，才有位中年男人揉着眼睛来了。他见了陶陶，本想不理睬的，似乎过意不去，又回头问道："你干什么的？"

陶陶说："我找关隐达。"

那人就站住了，惊愕地望着陶陶，心想这人怎么敢直呼关隐达的名字。可他的脸慢慢热情起来了，将信将疑道："请问，你……是陶书记的……"

“我叫陶陶。”陶陶抢着答道。

“快进来坐吧，热死人了。”那人忙开了办公室，“我是县委办主任，姓王。”

王主任替陶陶倒了茶，忙说：“小陶，这个这个，怎么称呼你？你比我小，叫你小陶没意见吧？你坐坐，我马上把关书记找来。”

“没事的，他不就要来了？不要专门去找。”陶陶说。

王主任却挥挥手，飞跑出去了。一会儿，关隐达就来了，见面就伸出手来。陶陶笑道：“谁跟你握手？我又不是你的下级。”

关隐达嘿嘿一笑，说：“是上级，是上级。”

晚上，关隐达领着陶陶在街上散步，却是一路和别人握手而过。陶陶说：“这哪是散步？简直是毛泽东接见红卫兵嘛。”

“尽是熟人，怎么好不打招呼呢？”关隐达说道，“好吧，我带你走小巷子，去城外的河边。那里僻静。”

陶陶说：“这方面你得学学我老爸。他从地委大院里走过，别人只敢远远地打招呼，没几个人敢上来握手。”

关隐达说：“你老爸是只虎，没几个人能像他那样。但是你要知道，老虎不是一天长大的。”

陶陶望着关隐达，说：“你怎么也同我老爸一样，说话玄玄乎乎了？”

关隐达笑了：“我哪里玄乎？我是说你爸爸的威望是慢慢形成的，也可以说是历史形成的。我呢？刚入官途，总不能像你爸那样吧。”

“我爸怎样？”陶陶说，“好像你话中有话。”

关隐达说：“陶陶你多心了，我非常敬重你老爸。不过真要说起来，他的个人魅力是他的书生意气，而最终让他不会太得志的也许还是因为他的书生意气。”

陶陶说："我真不明白。"

关隐达说："你可能并不了解你爸爸。他老人家既有文才，又有干才，更有思想。但是他太自信，难免就有些自负或自傲，不肯求人。当官这事，得由各种机缘促成，单是自己如何能干，不行的。"

陶陶说："你知道得这么透，怎么就不向我老爸进言呢？原来你是个刁参谋！"

关隐达说："我说的不一定就对了，只是瞎猜。大家都说你爸同省委书记如何好，可是也不见他怎么关照你爸。你爸同省委书记原先是老同事，这倒是真的。"

陶陶说："我也不知道。爸爸从来不在家里谈工作上的事。爸爸说，你真成了陶凡的女婿，不见得就是好事。可是他不肯再说下去。"

出了小巷，河风迎面而来，很凉爽。关隐达说："他老人家担心是多余的。未必老婆同仕途哪个重要我都不知道了？"

陶陶听了这话，身子就软软的，头贴进关隐达怀里。陶陶说："爸爸有时心情不好，我也看出些。却不知怎么劝他。妈妈拿着他也难办。妈妈当面笑眯眯的，背后就叹气。爸爸在西州干得到底怎么样？"

关隐达说："你爸爸很不错。每一位领导新来，大家都会发现我们来了个最好的领导。这差不多已成规律。但是你爸爸，真的很好。可是，他在这位置上呆得太久了。俗话说，管家三年狗都嫌。"

"这么说，很多人嫌我爸爸了？"

关隐达说："当官就得干事，干事就要得罪人。干事越多，失误肯定就越多。时间越长，好领导的神话就越受怀疑。中国人是习惯神化领导人的。还有，你老呆着不走，想上的人就上不来，也遭人恨。我原来是你爸爸的秘书，现在别人都知道我是他的女婿，所以很多话我是听不到的。但是可以想象，不知有多少谣言在传播。等他下来了，接任的来了，人们又会发现西州来了位最好的地委书记。这是个很可笑的规律。”

陶陶点头道：“难怪爸爸说你做他女婿不见得是好事。等爸爸把西州的人得罪得差不多了，就退下来了。你也许要在西州呆一辈子，别人就会整你。是这个道理吗?”

关隐达笑笑说：“没这么严重，不要管它。”

陶陶心里并不在意这事儿，却故意说：“如果真是这样，我想你还是最后考虑一下。我不能误你的前途。”

关隐达捧着陶陶的脸蛋儿，说：“我喜欢你，哪管那么多!”

其实关隐达早就反复想过这事了。他知道自己并不蠢，可是因为他将是地委书记的女婿，别人就会低看他几分，以为他不过搭帮岳老子发迹。他要让人们相信自己能力，得比别人花更多心血。如果陶凡真的当了省委领导，关隐达就是另一番风景了。可是陶凡多半会在地委书记位置上退下来，关隐达今后的日子不会太好过。关隐达也只是反复忖度自己的未来，徒增几分无奈。他并没有想过为着顶官帽子，就把自己心爱的人儿放弃了。

陶陶轻轻叹道：“这次回来，我见爸爸的头发白得差不多了。望着他那样子，我真心疼。”

关隐达也很感慨，说：“男人一辈子就是这样，什么事都得硬着腰杆子挺着，直到满头飞雪。”

陶陶撩着关隐达的头发，说：“我不让你的头发变白。”

关隐达就说：“好，我就不白。跟着你过日子，我头发不会白的。”

“那你可别后悔啊!”陶陶抬头望着关隐达，满脸的娇嗔。

关隐达又把陶陶的脸托起来，动情地抚摸着：“傻孩子，我怎么会后悔呢？你是我最大的成就。知道吗？你踏上西州这块土地第一脚，就有双眼睛注视着你了。我同你说过的，那个早晨，我在招待所后面的林子里望着你。命运真是神奇啊！”

陶陶说：“就让他们把我分配到你县里来，今后你往哪里调，我就跟着往哪里跑。”

河风激起水花，拍打着堤岸，啪啪地响。流萤漫舞，蛙声四起。

九

隆冬了，成天寒雨纷飞。每日凌晨，城里人多半还在睡梦里，就会听见街上的鞭炮声、哭号声和唢呐声。今年很奇怪，人老得很多，天天都有出丧的。陶陶见不得死人的事，心里害怕。只要听见街上有哭声，陶陶就钻进关隐达的怀里，浑身发抖。关隐达哄着她，说她还是个孩子。

县委办突然接到通知，说是老地委书记陈永栋去世了，要求各县市敬献花圈，并派领导同志参加追悼会。关隐达同陈永栋熟识，就说：“我跑趟西州吧。”

陶陶正好想回去看看父母，就一同去了。两人回到西州城，在街上买好花圈，直接奔灵堂去。理事的都是地委办老同事，见了关隐达，免不了客气。可毕竟在办着丧事，不便热乎，就握握手，脸上露出说不清的表情。陈永栋两儿一女，都四五十岁的人了，不怎么懂礼数，倒是躲在一边。等地委办的人叫他们，才过来同关隐达握手。关隐达见了他们那漠然的样子，说不出节哀顺变之类的话。只说陈老书记是个好人。围观的人很多，都在叽叽喳喳说着什么。

追悼会得下午举行，关隐达同陶陶就先回爸爸家看看。关隐达打发司机去宾馆休息，自己同陶陶步行上山。桃岭的风更猛，吹得人不能张嘴呼吸。陶陶背着风，说："有人说陈老留下了很多钱。"

"你怎么知道?"关隐达迎着风，大声问。

陶陶退着走，说："你在同人打招呼，我听别人议论。"

只有妈妈在家，爸爸还没回来。妈妈见两人冻得脸都红了，忙开了空调。

"真是个怪老头!"妈妈说。

陶陶问："别人都说，陈老存下了很多钱。"

妈妈说："你爸爸同我说过，是真的，有四十多万。陈老留下遗嘱，这些钱全部交党费。"

陶陶说："老人家境界倒蛮高啊。"

妈妈摇摇头，说起事情原委。陈永栋好可怜的，死了几天，才有人知道。他平时独来独往，儿女又不在身边。有位老同志突然想起，好久没见陈老清早舞剑了。他觉得不对劲，就报告了地委办。地委办派人撬开门，发现老人家安详地睡着了。幸好是冬天，不然尸体都不行了。陶凡听说了，马上带着吴明贤赶了去。地委办的同志正在清理陈老的遗物。从床头搜出张纸条，皱巴巴的。打开一看，竟是陈老的遗嘱。字歪斜而粗大。

我的遗嘱

一、我终身积累的钱共四十五万元交党费。

二、我的辫子要剪掉，理光头，干干净净去见马克思。

三、我的儿女肯定要争我的钱，不能听他们的。

陈永栋

某年某月某日

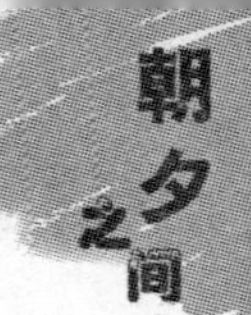

陶凡接过遗嘱看了看，嘱咐在场的人说：“这份遗嘱，请同志们务必保密。”

陶凡马上约见了张兆林等几位在家的领导。陶凡说：“陈永栋同志的高风亮节值得我们敬佩。但是，我个人意见，这个遗嘱我们不能完全执行。”

大家都吃了一惊，不知陶凡有何用意，却都不说话，等着陶凡说下去。陶凡有些激动，沉默片刻，才说：“陈老一生严格要求自己，连自己的子女进城都不准。老人家两个儿子，一个女儿，都在农村，生活条件很不好。我个人意见，把五万元零头交党费，也算顺老人家的意，其余四十万还是给他自己儿女。党不缺这几十万块钱。”

张兆林带头表了态：“我同意陶书记意见。”

有人提出疑问：存在法律问题吗？

陶凡说：“好在遗嘱方面立法暂时还是个盲区。我觉得这样处理，老人家九泉之下有知，会理解我们的。”

说完遗嘱的事，陶凡又让张兆林留一下。“兆林，关于陈老去世的情形，你同吴明贤打个招呼，要他告诉同志们，不要议论。陈老是建国后西州首任地委书记，晚景如此凄凉，传出去影响不好。维护党的威信，比什么都重要。为了安慰陈老家人，我考虑把丧事尽量办得像样些。可以简朴，但规格要高。最近上面有新规定，地市以上党员领导干部去世，遗体可以覆盖党旗。我建议，追悼会上，陈老遗体要覆盖党旗。平时这边都是火化以后再开追悼会，陈老就破个例，开完追悼会再火化吧。各部门和县市都要送花圈，各单位得派领导参加追悼会。”

张兆林点头道：“我同意您的意见。我让吴明贤把灵堂布置得像样些。”

“对对。遗体周围要放些鲜花。兆林，你让吴明贤赶快拟个治丧委员会名单吧。我任主任，其他你们考虑。”

半个小时以后，吴明贤把治丧委员会名单送到了陶凡案头。陶凡过目后，说："老吴，你秘书长都当几年了，怎么连起码常识都不懂？治丧委员会名单，不等于地委、行署领导名单。退下去的老领导，都得进治丧委员会。主任、副主任按职务排列，其他委员就得按姓氏笔画排列。"

吴明贤说："有些老领导，长年不住在西州。"

陶凡来火了："你糊涂！他们就是长年住美国，政治待遇你不能动人家的！"

几经反复，治丧委员会名单才定了下来。陶凡批示道：着速印发各县市党委、政府，地直部门各单位，并送地委、行署、人大联工委、政协联工委领导，以及副地级以上离退休老同志。

吴明贤尽管挨了骂，但是看着陶凡的批示，心里还是佩服。他见陶凡用的词是"着速"，而不是"立即"、"马上"之类，似乎比别的领导墨水就是多些。

一会儿就到中午了。陶陶听得汽车声，说："爸爸回来了。"

陶陶忙出门去看。关隐达也跟了出去。陶凡下了车，见关隐达夫妇来了，微微笑了一下。进屋后，陶凡坐下，忍不住叹了声。陶陶问："爸爸怎么了？"

陶凡摇头说："有人嘴巴不紧，把陈老的遗嘱泄露出去了。一位记者多事，竟让这消息见了报。"

关隐达问："那么只好全部交党费？我看没有必要。"

陶凡没说怎么办，只道："造这种新闻，没意义！"

见陶凡不想再说这事，大家都不提了。吃过中饭，一家人聊聊天，就到下午上班时间。陶凡还得去给陈老致悼词。轿车来了，陶凡夹着包出门。关隐达也要去参加追悼会，却并不随陶凡的车去。陶凡也没有请他同去的意思。两人再不是领导和秘书的关系，倒不能像原来那样亲近了。老向人家提醒他们的翁婿关系，对关隐达并不太好。

陶凡走后两分钟，关隐达下山去。灵堂庄严肃穆，花圈里三层外三层地摆着。陈永栋老人躺在花丛中，身上覆盖着鲜艳的党旗。陈老干瘪的脸颊化了妆，就像涂了蜡的核桃壳。稍等几分钟，追悼会正式开始。场面安静下来，陶凡低沉着声音，回顾陈永栋同志光辉的、艰苦卓绝的战斗历程。听得有人悄悄议论，说陈老运气真好，碰上地厅级干部可以覆盖党旗了。

晚上，陶凡独自呆在书房里没有出来。关隐达和陶陶没有马上回县里去，原想陪陪爸爸。妈妈说让你爸爸自己静静吧。从陈老去世那天起，他心情就不太好。

电视一直开着，谁也没去看一眼。到了晚间新闻时间，竟然播了条有关陈老的消息，说一位老共产党员临终时，将终生积蓄的巨额财产全部交给了党组织。记者采访了陈老的儿女们，三位老实巴交的农民木然地望着地上出神，说不出一句话。电视里便是沉重的新闻腔：是啊，他们说不出一句话，有的只是对老人无尽的哀思。

睡觉前，陶陶说："爸爸心情好像很不好。"

关隐达说："爸爸的心思我琢磨不透。如果是我处在爸爸位置上，我会想陈老这辈子值不值得？我自己这辈子该怎么评价？"

"都说陈老是个怪老头。"陶陶说。

关隐达叹道："任何事情，只要超越情理了，违背人性了，就有问题。陈老越到晚年越有些像走火入魔。爸爸也许看破了这点，才不理会他的遗嘱。不知爸爸到底怎么看？我觉得陈老的结局有些荒谬。"

夜已很深了，陶凡书房的门缝里还透着光亮。

第二章

十

陶凡早晨六时起床，在屋前的小庭院里打太极，然后小跑，远眺。夫人林静一准在七点钟的时候将文房四宝摆在廊檐下的大桌上。陶凡便神态信然，龙飞凤舞起来。整个庭院立即弥漫了一种书卷味儿。这的确是一个雅致的天地。并不见大的平房，一如村野农舍，坐落在舒缓的山丘间。满山尽桃树。时值晚秋，落了叶的桃树，情态古拙。屋前小院横竖三十来步，不成规矩，形状随意。庭院外沿山石嶙峋，自成一道低低的墙。这些石头是修房子时剩下的。陶凡搬进来住时，屋前的石头没来得及清理。当时任地委秘书长的张兆林同志见了，立即叫来行政科龙科长，骂得龙科长一脸惶恐。陶凡摆摆手，说："我喜欢这些石头，不要搬走算了。"于是叫来几个民工，按照陶凡的意思，将这些石头往四周随意堆了一下。堆砌完毕，龙科长请示陶凡，要不要灌些水泥浆加固？一副立功赎罪的样子。陶凡说不用了，只要砌稳妥，不倒下来就行了。龙科长很感激陶凡的仁厚，他觉得陶凡是他见过的最好的地委书记，暗自发誓，一定要好好地为这位领导服务。他便极认真地检查刚砌好的石墙，这里推一下，那里摇一下。一块石头被他一摇，滚了下来。这让龙科长脸上很不好过，直嚷民工不负责。这时民工已走了，龙科长一个人搬不动那个石头，不知怎么才好。陶凡背着手环视四周之后说："小龙，这石头就这样，不要再堆上去了。"

这时，小车来了。陶凡说声辛苦你了小龙，就上了车。

龙科长望着下山而去的小车，一脑子糊涂。他理解不了陶凡的雅意。如果是怕麻烦工作人员，这的确是位了不起的领导。但是不是怪自己不会办事，生气了呢？他见过许多领导生气的样子并不像生气。有的领导生气了反而是对你笑。

夫人林姨在家收拾东西，见龙科长望着那个滚下来的石头出神，就说："老陶讲不要堆上去就依他的，他可能喜欢自然一些。"

那块石头就这样呆在那里了，成了绝妙的石凳。

如今，石墙爬满了荆藤，墙脚那块石头被人坐得光溜溜的。陶凡很喜欢那个石凳，但他太忙了，很少有时间去坐一下。倒是女儿陶陶，前些年经常坐在那里，黄卷云鬓，像个黛玉。陶陶是陶凡夫妇的独生女儿，很漂亮，那会儿高中刚毕业，常被顾城北岛他们的诗弄得怔怔地像中了邪。陶凡在家里完全是个慈父，倒觉得女儿的痴迷样儿很惹人怜的。夫人有时怪女儿神经似的，陶凡总是护着，说凡有些才情的女孩子，总有几年是这个样子的，长大一些自然好了。总比到外面成天地疯要好些。有次还调侃道，我们这种府第的小姐，多少应有些风雅的气韵是不是？女儿听了，越发娇生生地发嗲。但陶凡自己，纵有千般闲情，也只是早晨在他喜爱的天地里文几手武几手。全套功课完毕，到了七点四十。之后五分钟冲澡，五分钟早餐。陶凡的饮食并不讲究，早晨两个馒头，一碗豆奶，不放糖。偶尔调一碗参汤，陶凡会对阿姨王嫂讲，别听林姨的，喝什么参汤？我还没那么贵气！王嫂总是拘谨地搓着手说，陶书记就是太艰苦朴素了。陶凡把参汤喝得嗞溜溜地响，说我到底是农民底子嘛。

在大家心目中，这位地委书记是个很有学问的人，琴棋书画，只差不谐音律。西州地区的主要大楼都是他题写的招牌。其实陶凡最有功夫的还是画。极少有人能求得他的画作。林静一当年爱上陶凡时，陶凡还不发达，只是省一化工厂的一位工程师。林静一年轻时很漂亮，是厂子弟学校的音乐老师。她这辈子看重的就是陶凡的才华和气质。陶凡的风雅常让林静一忘记他是学工科的。但陶凡总是用五分钟狼吞虎咽地吃完早餐，并把豆奶或参汤喝得嗞嗞作响，林静一有时也会取笑他，到底是个粗人，看你出国怎么办？

吃完早餐，小车来了。司机小刘下车叫陶书记早，陶凡应了声，夹着公文包上了车。小车到山下的办公楼只用两分钟。按照陶凡这个作息规律，总是提前几分钟到办公室，所以地委办工作人员没有谁敢在八点以后到。

书记们和几位秘书长的办公室在二楼，一楼是地委办各科室。陶凡上楼后，见有些同志已早到了。张兆林同志同吴秘书长正在办公室讲什么，见陶凡来了，两人马上迎出来打招呼。陶凡扬一扬手，径直往自己办公室走。陶凡对普通群众倒很随和，在领导层里却是严肃的，年轻一点的副手和部门领导还多少有些怕他。吴秘书长刚才一边同陶凡打招呼，一边就跟了过来。陶凡开了门，吴秘书长跟了进去，问："陶书记有什么事吗？"

陶凡放下公文包，坐在办公椅上，望着吴秘书长。吴秘书长一脸恭敬。

有什么事？是的，有什么事？这时，陶凡才猛然想到，自己今天来办公室干什么？自己是退休的人了。现在是张兆林同志主持地委工作了。昨天上午刚开了交接工作的会。

吴秘书长又问：“陶书记，有事请尽管指示。”

陶凡静一下神，说：“没事，没事。”

吴秘书长说：“张书记定的今天开地直部门主要负责同志会，陶书记有什么指示吗？”

陶凡笑了笑，很随和地说：“没有没有。我来拿本书。你忙你的去吧！”

陶凡本想开几句玩笑，说退休了，就是老百姓了，还有什么指示可做？但忍住了不说。怕别人听歪了，讲自己有情绪。再者那样也煞自己的志气。

吴秘书长仍觉得不好意思马上离开，很为难的。陶凡又说让他去忙。他这才试探似地说，那我去了？一边往外走，还一边回头做笑脸。

吴秘书长一走，陶凡就起身将门虚掩了。坐回到椅子上时，觉得精力有些不支。他刚才差点儿失态了。竟然忘记自己已经退休了，真的老了吗？才六十一岁的年纪，怎么成了木偶似的？调到地委十多年来，一直是这个作息规律，却没有注意到，从今天起要过另一种生活了。他今天上办公室，完全是惯性作用。

半个月以前，省委领导找他谈话，反复强调一个观点，作为一个共产党员，没有退休不退休的，到死还是共产党员。共产党员生命不息，战斗不止。何况老陶你仍然还是省委委员，省委交给你的任务就是带一带兆林同志。可不能推担子哪！

陶凡明白这是组织上谈话惯常使用的方式。他当然也用惯常的语言形式来表明自己的态度。说人退休党性不退休，公仆意识不退休，为人民服务的宗旨不退休。只要组织需要，一切听从党召唤。但是工作交接之后，我还是不要插手了。兆林同志与我共事多年，我很了解他，是位很有潜力的同志，政治上成熟，又懂经济工作，挑这副担子不成问题的。

最后，那位领导说句还是要带一带嘛，便结束了谈话。

陶凡清楚自己的政治生涯就此已经结束。头上省委委员的帽子也只能戴到明年五月份了。本届省委明年五月份任期将满。那时替代自己省委委员的将是张兆林。自己快要退下来的风已吹了半年，组织部正式谈话也有半个月了。心理冲击早已过去。他仍按长期形成的作息习惯工作着，像这个世界什么事也没有发生过。却不料今天几乎弄得十分难堪。

陶凡想，自己来办公室看看，取些书籍什么的，也算是正常的事，同志们也许不会想那么多。问题是自己全然忘记自己的身份已经变了。他内心那份窘迫，像猛然间发现自己竟穿着安徒生说的那种皇帝新装。

他要了值班室的电话，叫司机小刘十分钟之后在楼下等，他要回家里。十分钟之后，也就是八点二十五，他起身往外走。刚准备开门，又想起自己才说过取书的话，便回到书架前搜寻。他个人兴趣方面的书都在家里，这里大多是工作性质的书籍，都没有再看的必要了。找了半晌，才发现了一本何绍基的拓本，便取了出来。这是女婿关隐达到外地开会带回来的，他很喜欢，可一直无暇细细琢磨。关隐达胸中倒也有些丘壑，同陶凡很相投。从外面带回并不值几个钱的拓本，倒也能让岳父大人欢心，这也只有关隐达做得到。现在陶凡见了拓本，自然想到了关隐达，心中也有了几许欣慰。拓本太大，放不进公文包，这正合他的意，可以拿在手里，让人知道他真的是取书来的。

司机小刘见时间到了陶书记还没有下去，上楼接来了。小刘伸手要接陶凡的包，他摆手道："不用不用。"

一出办公室的门，马上意识到自己出来得不是时候。按惯例，上午开会都是八点半开始。地委的头儿们和地直部门的主要负责人正三三两两地往会议室走。陶凡进退不是，只恨自己没有隐身术。有人看见了陶凡，忙热情地过来握手致好。这一来，所有的人都走过来。陶书记好，陶书记好，也有个别叫老书记好的，楼梯口挤得很热闹。陶凡本是一手夹包，一手拿拓本。要握手，忙将拓本塞到腋下同包一起夹着。刚握了两个人的手，拓本掉到地上。小刘马上捡了起来。别人多是双手同他握，陶凡想似乎也应用双手。可左手夹着包，不方便。

好不容易应酬完，陶凡同小刘下楼来。刚到楼下，陶凡摸一下左腋，站住了。“拓本呢?”小刘说：“我拿着。”陶凡连说：“糊涂糊涂，刚把拓本交给你，马上就忘了。”

小刘狡黠道：“当领导的大事不糊涂，小事难得糊涂。”

陶凡一路上交代小刘，从明天起，不要每天早晨来接了，有事他自己打电话给值班室。小刘说还是照常每天来看看。陶凡说，不是别的，没有必要。小车很快到了家，陶凡坚持不让小刘下车，小车便掉头下山了。

陶凡按了门铃，不见王嫂出来。他想糟了，夫人上班去了，王嫂可能上街买菜去了。他已有好几年没有带家里的钥匙了。他的钥匙常丢，干脆就不带了，反正下班回来家里都有人在家。

怎么办呢？惟一的办法是打电话要夫人送钥匙回来。可打电话必须下山，显然不合适，而且他根本不知道夫人办公桌上的电话号码。这种事以往通常都是秘书小周代劳的。小周是接替关隐达的第二任秘书，跟他车前马后四年多，十多天前被派到下面任副县长去了。陶凡觉得小周不错，自己离任前应给他安排安排。小周下去以后，吴秘书长说再配一位秘书给他，要他在地委办自己点将。吴秘书长的态度很真诚，但陶凡明白自己点将同时也意味着自己可以不点将。就像在别人家做客主人要你自己动手削梨子一样。这他很理解，退下来的地委书记没有再带秘书的待遇。

没有秘书在身边，还真的不方便。十多天来，他的这种感觉极明显。就像早些年戴惯了手表，突然手表坏了，又来不及去修理，成天就像掉进了一个没有时间的混沌空间，很不是味道。后来位置高了，任何时间都有人提醒，干脆不戴手表了，也就习惯了。陶凡如今没了秘书，虽然感觉上不太熨帖，但相信还是会慢慢习惯的。他想不带秘书和不戴手表最初的感觉应该差不多吧。

眼下的问题是进不了屋。他左思右想苦无良策，只有等王嫂回来了。他便在小庭院里踱起步来。走了几圈就累了，正好在那石凳上坐下来。

无事可做，只一心等着王嫂回来。不免想起自己刚才在办公室楼梯口的一幕。双手不空，慌慌张张地将拓本交给小刘，再跟同志们握手，那样子一定很可笑的。事先真应让小刘接过公文包去。想到这一点，很不舒服，就像前年在法国吃西餐闹了笑话一样的不舒服。

当时自己怎么竟冒出了用双手跟同志们握手的念头了呢？长期以来，下级都是用双手同他握手的，而且握得紧。而他不管手空与不空，都只伸出一只手来。有时同这位同志握着手，口却招呼别的同志去了。那是很正常的事，也没听人说他有架子。今天怎么啦？见别人伸出双手，怎么竟有点那个感觉了呢？那种感觉应怎么名状，他一时想不起来，叫做受宠若惊嘛，又还没到那种程度。当时只觉得自己不伸出双手有些过意不去。哼！虎死还英雄在哩，自己一下子就这样了？这会儿，他坐在冰凉的石头上，为自己当时不应有的谦恭感觉深感羞愧。难过了好一会儿，才意识到那只不过是自己内心的一闪念，别人不可能看破的，方感安定一些。

可想起那些同志的热情劲儿，心里又不受用了。他知道自己在干部中很有威信，大家尊重他，敬畏他。但他们今天表现得太热情了。那已不是以前感受到的那种下级对上级的热情，而是老朋友见面似的那种热情。热情的程度深了，档次却低了。不同级别、不同身份的人之间，热情有不同的分寸；由不同的热情分寸，又区分出不同的热情档次。这一点，他很清楚，也很敏感。这么说，那些人在心里已开始用一种水平视角看我了。自己的位置这么快就降了一格，那么以后呢？有人干脆称我老书记了，那是有意区别于新书记吧。这些人，何必还那么热情呢？哦，对了对了，我今天倒帮了他们的忙，给他们提供了一个充好人的机会让他们好好表演一下自己的大忠大义。你看，我可不是那种势利小人，人家陶书记退了，我照样尊重别人。陶凡愤然想道，我可不要你们这种廉价的热情！刚才办公室楼梯口不到两分钟的应酬，这会儿令陶凡满脑子翻江倒海。不觉背上麻酥酥地发冷，打了一个寒颤。座下的石头凉生生地像有刺儿，连忙站了起来。因刚才坐姿不对，双脚发木，又起身太快，顿时头晕眼黑，差点倒下。赶紧扶着石墙，好一会儿，才镇住了自己。这才发现左手被荆刺扎得鲜血淋漓。

秋日的天空，深得虚无。满山桃叶凋零，很是肃杀。陶凡顿生悲秋情怀。马上又自责起来。唉唉，时序更替，草木枯荣，自然而已，与人何干？都是自己酸溜溜的文人气质在作怪！

王嫂买菜回来，见陶凡孤身一人站在院中，吓得什么似的。忙将菜篮丢在地上，先跑去开了门，连问陶书记等好久了吗？又责怪自己回来迟了。陶凡说没事没事，刚到家。进了屋，王嫂才看见陶凡的手包了手绢，问怎么了？陶凡只说没事没事，进了卧室。王嫂是很懂规矩的，主人在家时，她从不进卧室去，只有陶凡夫妇上班去了，她才进去收拾。这会儿她见陶凡有点想休息的意思，就不再多问了。

陶凡在床上躺下了。偏头看了一下壁上的石英钟，已是十点半了，这才知道自己独自在门外呆了两个多小时。

夫人下班回来，见陶凡躺下了，觉得奇怪："怎么不舒服吗？老陶？"

陶凡说："没事没事，有点儿困。"

他不想告诉夫人自己在屋外冰凉的石头上坐了两个多小时。说了，夫人也只会怪他死脑筋，怎么不知道给她打个电话？他那微妙而复杂的内心世界，没有人能理解，夫人也不可能理解。想到这里，一股不可名状的孤独感浸满全身。

陶凡渐渐地觉得头很重，很困，却又睡不着。到了中饭时分，夫人叫他吃饭，他不想起来。夫人说还是吃点东西再睡吧，便来扶他。

夫人碰到了他的额头，吓了一跳。怎么这么烫？你不是发烧吧。又赶紧摸摸他的手，摸摸他的背。老陶你一定是病了。

陶凡这才感到鼻子出气有热感，背上微微渗汗，心想可能是病了。毕竟是六十多岁的人了，秋凉天气，在石头上坐两个多小时，哪有不病的？

夫人和王嫂都慌了手脚。

陶凡说不要紧的，家里有速效感冒胶囊，吃几颗，再蒙着被子睡一觉就好了。

夫人取药，王嫂倒水。陶凡吃了药，依旧躺下睡。

药有点催眠，不一会儿，陶凡竟睡着了。

夫人准备关门出来，又见了满是血迹的手绢，不知发生了什么事。蹑手蹑脚出来问王嫂，王嫂也不知道，夫人越发着急。又不能吵醒陶凡，只有眼巴巴地等。

大概个把小时，夫人听见卧室有响动，知道陶凡醒了。夫人轻轻推门进去，问："感觉好些了没有。"陶凡眼睛睁开马上又闭上了。他觉得眼皮很涩很重，见满屋子东西都在恍恍悠悠地飘荡。"静一，只怕是加重了。"声音轻而粗糙。

夫人早忘了血手绢的事，忙问："怎么办？是叫医生来，还是上医院去?"

陶凡只摆摆手，不做声。夫人不敢自作主张，站在床边直绞手。

陶凡想，现在万万不可住院，而且不可以让外界知道他病了。别人生病是正常的事，可他陶凡偏不可以随便生病，尤其是不能在这个时候生病。如今官当到一定份儿上，就有权耍小孩子脾气，有权放赖，一遇不遂心的事就告病住院。到头来，假作真时真亦假。我陶凡如今一住院，别人也不会相信我真的病了。即使相信我病了，也会说我丧失权力，郁郁成疾！

陶凡满腹苦涩，却不便同夫人讲。见夫人着急的样子，就说："没事的，不要住院，也不要让人知道我病了。同志们都很忙，要是知道我病了，都赶来看我，耽误他们的时间，我好人也会看成病人的，受不了。真的没事的，只是感冒。"

夫人说："总得有个办法老陶。百病凉上起，你也不是年轻时候了。"夫人想起去年老干部曾老，也只是感冒，不注意，并发了其他病，不得信就去了。她不敢把这份担心讲出来，只急得想哭。

"先挨一晚再说吧。"陶凡说话的样子很吃力。

夫人只得告假护理。

陶凡总是闭着眼睛，却不曾睡去。太安静了，静得让他可以清楚地听见自己脑子里的轰鸣声。伴随轰鸣声的是阵阵涨痛。

夫人从陶凡的脸色中看得出病情在加重。怎么办老陶?

陶凡说："好像是越来越难受了。我刚才反复考虑了一下，只有到陶陶那里去，让隐达安排个医生在家里治疗一下。不要地委派车，要隐达来接。也不要司机来，让隐达自己开车来。"

夫人马上挂隐达县里的电话。县委办的说关书记正在一个会上讲话。挂了县工商银行，找到了陶陶。一听说爸爸病了，陶陶听着电话就起哭腔。静一马上交代女儿，爸爸讲的，要保密，不准哭。便按陶凡的意思嘱咐了一遍。

那边安排妥当，陶凡让夫人扶着，勉强坐起，喝口茶，清了清嗓子，亲自打了吴秘书长的电话："老吴吗？我老陶。林姨记挂女儿跟外孙了，想去看看，要我也陪去。我向地委报告一声，明天一早动身。不要你派车了，隐达同志有个便车在这里。没事没事，真的不要派车，派了也是浪费。老吴，就这么定了。请转告兆林同志。"

陶凡说是明天一早动身，其实他想好了，隐达一到，马上就走。隐达从他们县里赶到这里最多只要一个半小时。

天刚摸黑，隐达夫妇到了。陶陶快三十岁的人了，在大人面前仍有些娇气。见爸爸病病恹恹的样子，她跪在床边就抹眼泪。陶凡拍着女儿笑了下，就抬眼招呼隐达去了。

关隐达俯身同陶凡握了一下手。他俩见面总是握手，而且握得有些特别，既有官场的敷衍味儿，又有自家人的关切味儿。他俩在家里相互间几乎没有称呼。交谈时，一方只要开腔，另一方就知道是在同自己讲话，从不需喊应了对方再开言，而公共场合，从不论翁婿关系，一个叫陶书记，一个叫隐达同志。久而久之，他俩之间从称谓到感情都有些说不准的味道，公也不像，私也不像。

关隐达说："病就怕拖，是不是马上动身？"

陶凡点了点头。

王嫂早已将衣物、用具清理妥当。夫人望着陶凡，意思是就动身吗？陶凡看了下壁上的钟，说："隐达他们刚进屋，稍稍休息一下吧。"

关隐达望望窗外，立即明白了陶凡的心思。他知道陶凡想等天彻底黑下来再动身。

这个世界上，最了解陶凡的人其实是关隐达。但他的聪明在于把一切看破了的事都不说破。王嫂听说还要坐一会儿，就沏了两杯茶来。关隐达喝着茶，又一次欣赏起壁上的《孤帆图》来。他一直敬佩陶凡的才气。在他跟陶凡当秘书的时候，黄永玉老先生来过地区，同陶凡一见如故，竟成至交。据说事后黄先生谈起陶凡，讲了两个"可惜"。凭陶凡的品格和才干，完全可以更当大任，可惜了；凭他的才情和画风，本可以在画坛独树一帜，可惜了。但是，真正能破译陶凡画作的，惟关隐达一人。就说这《孤帆图》，见过的行家都说好，却并不知其奥秘所在。那些下属们则多是空洞的奉承。有几个文化人便用"直挂云帆济沧海"来作政治上的诠释，就像当年人们按照政治气候牵强附会地解读毛泽东的诗词。陶凡却总笑而不置可否。关隐达知道，这其实是陶凡最苦涩的作品，是他内心最隐秘之处的渲泄，却不希望任何人读懂它。这差不多像男人们的手淫，既要渲泄，又要躲藏。关隐达有次偶然想到这么一个很不尊重的比方，暗自连叫罪过罪过。

原来，陶凡是前任省委书记的老下级。当年省委书记在省一化工厂任一把手的时候陶凡是那里的高工。书记出山后，从一化工带出了一批干将，陶凡又是最受赏识的。那几年时有传言，说陶凡马上要进省委班子。后来，省委书记因健康原因退下来了，只在北京安排了个闲职，却仍住在省城。外面传说那位省委书记的身体很好，最爱游泳。而他常去的那个游泳馆突然因设备故障要检修，三个多月都没有完工。陶凡便明白自己可能要挪地方了。果然有了风声。偏偏在这时，中央有精神说稳定压倒一切。他便这么稳定了几年，一转眼就到退休年龄了。这几年，他的权威未曾动摇过，但他知道，许多人都在眼巴巴地望着他退休。正是在这种不能与人言说的孤独中，他做了《孤帆图》，并题曰：孤帆一片日边来。帆者，陶凡也。关隐达深谙其中之味，所以从来不对这个作品有一字实质上的评论。

天完全黑了下来，陶凡说："走吧。"

临行，陶凡又专门交代王嫂，说："明天早晨，地委办还是会派车来的，你就说我们已走了半个小时了。"

县委办王主任同医务人员早在关隐达家里等着了。一介绍，方知医院来的是高院长、普内科李主任和护士小陈。因为发烧，陶凡眼睛迷迷糊糊地看不清人，却注意到了三位医务人员都没有穿白大褂。这让他满意。为了不让人注意，关隐达专门关照过。陶凡本已支持不住了，仍强撑着同人握了手，说辛苦同志们了。

诊断和治疗处理都很简单。关隐达夫妇的卧室做了陶凡的病房。李医生说他同小陈值通宵班，其他人都可以去休息了。高院长坚持要留下来，陶凡说："晚上没有别的治疗了，大家都去。只需换两瓶水，林姨自己会换的。"关隐达说："还是听医生的。"于是按李医生的意见，只留他和小陈在床边观察。

关隐达留高院长和王主任在客厅稍坐一会。先问高院长："问题大不大？"高院长说："没问题的，只是年纪大了，感觉会痛苦些。但陶书记很硬朗，这个年纪了，真了不起。王主任也说确实了不起。"

关隐达特别叮嘱说："我还是那个意见，请一定要做好保密工作。他老人家德高望重，外界要是知道了，他不得安宁的。高院长你要把这作为一条纪律交代这两位同志。"

高院长说："这两位同志可靠，关书记放心。"

关隐达又同王主任讲："你们县委办就不要让其他同志知道了。也不用报告其他领导同志。"

王主任说："按关书记意见办。但培龙同志要告诉吗?"

这话让关隐达心中不快。这个老王，他这话根本就不应该问！到底见识不多。刘培龙同志是地委委员、县委一把手，什么事都不应瞒着他。岳父这次来虽是私人身份，但在中国官场，个人之间公理私情，很难分清。美国总统私人旅行，地方官员不予接待。而中国国情不同。所以要是有意瞒着刘培龙同志，就显得有些微妙了。副书记同书记之间微妙起来，那就耐人寻味了。关隐达也早想到了刘培龙这一层，他原打算相机行事，但没有必要马上告诉他。可这不该问的尴尬话偏让老王问了。关隐达毕竟机敏过人，只沉吟片刻，马上说："培龙同志那里，我自己会去讲的，你就不必同他提起了。"

安排周全后，已是零时。陶陶让妈妈同儿子通通睡，她两口子自己睡客房。临睡，关隐达说："明天告诉通通，不要出去讲外公来了。"陶陶忍不住笑了，说："你比老爸还神经些，他们幼儿园小朋友难道还知道陶书记瓷书记不成?"

陶凡这个晚上很难受，一直发着高烧，头痛难支。直到凌晨五时多，高烧才降下来。这时，输液瓶里的药水渐渐让他遍体透凉，竟又发起寒来。护士小陈只得叫醒关隐达夫妇，问他们要了两个热水袋，一个放在陶凡药液注入的手臂边，一个放在脚边。少顷，身子暖和起来，但寒冷的感觉却在脑子里久萦不散。又想起白天，自己在秋风薄寒中抖索了两个多小时。陶凡也清楚，今天的事情，既不能怨天，也不能尤人，只是小事一桩，但内心仍觉苍凉。

天明以后，病情缓解了，陶凡沉沉睡去。所有的人都退到客厅，不声不响地用了早餐。

李医生说："现在没事了，但起码要连用三天药，巩固效果。醒来后，尽量要他吃点东西。还要扶他起来坐一坐。躺久了最伤身子的。”

李医生让小陈上午回去休息，下午再来接他的班。

上午十点多了，陶凡醒来。头脑清醒了许多，但浑身乏力。夫人和李医生都在床边，见陶凡醒了，都问他感觉好些吗？想吃些什么？

陶凡摇摇头。

李医生劝道：“不吃东西不行的，霸蛮也要吃一点。”

陶陶这时也进来了。她今天请了假。

夫人交代女儿：“熬些稀饭，有好的腌菜炒一点儿，你爸爸喜欢的。”

“想起来坐一会儿吗？”李医生问。

“好吧。”

陶凡有点奇怪，自己轻轻两个字的声音竟震得脑袋嗡嗡作响。这是他以往生病从来没有过的感受。是老了？是心力交瘁了？也许这次虽然病得不重，却病得很深吧。这个道理西医是说不通的，只有用中医来解释。

按李医生的意见，先在床头放一床棉被，让陶凡斜靠着坐一会儿，感觉头脑轻松些了，再下床到沙发上去坐。

陶凡双手在胸前放了一会儿，便无力地滑落在两边。整个身子像在慢慢瓦解。心想，老了，老了。

陶陶做好了稀饭和腌菜。陶凡下床坐到沙发上。身子轻飘飘的，像要飞起来。

下午，陶凡畅快了许多。躺了一会儿就要求下床坐着。睡不着，躺着反而难受些。

这次跑到这里来，实在是不得已而为之。刘培龙不可能不知道他的到来。他必须马上想个办法同刘培龙见面。时间越拖，尴尬越深。刘培龙是他一手提拔起来的，是县委书记中惟一的地委委员。让关隐达跟刘培龙当副手，陶凡自有他的考虑。可如今，情况变了，刘培龙会怎样?

护士小陈被陶凡热情地打发走了。夫人林姨一再表示感谢。小陈说应该的，不用谢，每天三次肌注她会按时来的。

夫人和女儿陪陶凡说话。陶陶尽说些县里的趣事儿，有几回笑得妈妈出了眼泪儿，陶凡也打起哈哈来。陶凡听着她们母女说笑话，心里却在想什么时候同刘培龙见面。只怕最迟在明天上午。

关隐达准时下班回来，全家人开始用餐。陶凡的晚餐依旧是稀饭腌菜，还喝了几口素菜汤。席间，陶凡说："明天告诉刘培龙，只说我来了。"陶凡只这么简单地交待一句，没有多讲一句话。关隐达也正在考虑这事，只一时不知怎么同陶凡讲。他担心陶凡不准备见刘培龙，那将使他很被动，不料陶凡倒自己提出来了。他真佩服老头子处事的老道。

十一

第二天上班，关隐达向刘培龙告知了陶凡的到来。刘培龙马上说："刚才兆林同志打电话来，说陶书记来我们县了，要我搞好接待工作。我刚准备上你家去。"

其实，刘培龙是昨天上午接到张兆林的电话的。可他见关隐达并不同他提起，知道其中必有原因，也不便问了。既然今天关隐达告诉了他，他觉得还是有必要提一下张兆林的电话，一则替张兆林卖个人情，二则也让人知道张兆林同他是经常电话联系的。只是时间上要做点艺术处理了。

刘培龙马上随关隐达到家里去。陶凡正在教小外孙作画。陶陶专门替通通请了假，在家陪外公。陶凡见刘培龙一进门，忙放下笔，摊开双手。你看你看，双手尽是墨，都是小鬼弄的。把刘培龙伸出来的手僵在半路上。

夫人招呼刘培龙坐下，带通通进了屋。陶凡进卫生间洗了手出来，再同刘培龙握了手。一边笑道："培龙同志，你们县里不欢迎我呀!"

刘培龙两耳发热，不知陶凡指的什么，便说："刚才一上班就接到张书记电话，说您来视察了，要我做好接待工作。电话刚放下，隐达同志就来叫我了。"

陶凡一听，便知张兆林的电话只可能是昨天打的。可见刘培龙的确是个聪明人。便哈哈笑道："不是来视察，是来探亲。可这个地方不客气，我一来就感冒了，烧得晕晕乎乎。隐达说去叫你，我不让他去。烧得两眼发黑，同你说瞎话，不合适呀!"说得大家笑了起来。

刘培龙再三讲了张兆林的电话，再三赔不是。

陶凡心想，也许刘培龙也知道他看破了关于电话的假话，但还是照说不误。他忽然像是醒悟了什么哲理似的。是啊，多年来，我们同事之间不都是这样吗？相互看破了许多事，却都心照不宣，假戏真做，有滋有味。这种领悟他原来不是没有，但那时觉得这是必要的领导艺术。今天想来，却无端地悲哀起来。于是笑道："兆林同志也管得太宽了。我出来随便走走，要他操什么心？他管他的大事去!"

关隐达刚才没有插嘴。这两个人的应对在他看来都意味深长。因年龄关系，陶凡和刘培龙在官场上比他出道早，经验都比他丰富。但他们的一招一式，在常人眼里也许不露形迹，他却都能心领神会，他暗自骄傲自己的悟性。刚才这几回合，他最服的还是陶凡。几句似嗔非嗔的玩笑，不仅洗尽了自己的难堪，反倒让别人过意不去。微笑着晾你一会儿，再来同你握手，让你心理上总是受制于他。而对张兆林似有还无的愠怒，让你不敢忽略他的威望。

陶凡是一只虎。刘培龙再一次深切地感受到这一点。往常，刘培龙有意无意间研究过陶凡，觉得他并不显得八面威风，却有一股让人不敢造次的煞气。真是个谜。他从不定眼看人，无论是在会上讲话，还是单独同你谈话，他的目光看上去似乎一片茫然，却又让你感觉到你的一言一行包括你的内心世界都在他的目光控制下。前两天，在地委班子工作交接会上，陶凡不紧不慢地讲话，微笑着把目光投向每一个人，这是一个例外。不论是谁，当接触到他的目光时，都会不自然地赔笑。刘培龙注意到，张兆林笑得最深长，还不停地点着头，似乎要让陶凡对他的笑脸提出表扬才放心。刘培龙早就听到传闻，省委明确张兆林接任地委书记时，他建议将陶凡安排到省里去。说陶书记年纪是大了一点，但把他放到一个好一点的省直部门，挂个党组书记再退休也可以嘛，省城条件还是好些嘛。最后陶凡还是就地退休了。刘培龙本也相信这一传闻，认为张兆林不希望有这么一位老书记在他背后指指戳戳，也是人之常情。那天见了张兆林的笑脸，更加印证了自己的判断。

刘培龙估计，张兆林同陶凡的关系会越来越微妙的。这将使他不好做人。按说，张兆林同他都是陶凡栽培的，依旧时说法，同是陶凡门生。现在，张兆林因为身份的变化，同陶凡很可能慢慢沦为一种近似政敌的关系，而自己同陶凡仍是宗师与门生的关系。显然，自己同张兆林的关系就值得考虑了。那天散会后，他马上赶回了县里。刚过一天，张兆林来了电话，告诉他陶凡来了，要他热情接待老书记。他相信张兆林的嘱咐是真心实意的，都这个级别的干部了，怎么会小家子气？但犯得着为此亲自打电话来吗？他摸不透张兆林是否还有别的暗示，更让他担心的是陶凡的到来。工作刚移交，急匆匆地跑到这里来干什么？来了，又不马上露面，真让人觉得有什么阴谋似的。直到刚才，方知陶凡原来偶感风寒，昨天不便见面。了解到这一点，又放心些。但眼前的陶凡谈笑风生，并不显病态。昨天他是不是真的病了？也不知他到底是来干什么的。依陶凡素来的个性，不会专程来探亲的。

弄不好，陶凡此行将使我与张兆林的关系马上复杂起来啊！刘培龙无可奈何地思忖着。

这时，陶凡又是那种放眼全世界的目光了，笑着说："把你们两位父母官都拖在这里陪我这老头子闲扯，不像话的。培龙同志，我来了，就见个面，不要有别的客套了。你们上班时间陪我，算是旷工。这不是玩笑话。我也不会打扰县里其他各位领导了。你林姨记挂外孙，硬要把我拉着来，反正我也没事。大家对我出来随便走走，要慢慢习惯才好，不然，老把我当做什么身份的人，一来大家就兴师动众，我就不敢出门了。那不一年到头把我关在桃岭？我可不想过张学良的日子哪！好，你们忙你们的去吧。"

刘培龙又客套一番，同关隐达一道出去了。

二人一走，夫人从里屋出来。陶凡长长地舒了一口气，身子软了下来。夫人见他倦了，服侍他吃药躺下。他想晚上回去算了，夫人不依，说起码要等三天治疗搞完，也得恢复一下精力和体力。陶凡只得听了。

当天晚上，刘培龙觉得应同张兆林通个电话才是，他知道张兆林一定想知道陶凡在这里的活动。但陶凡在这里确实没有什么活动。那么打电话讲什么呢？绝对不能讲陶凡纯粹是来探亲，在这里什么也没干，这样讲就是此地无银三百两了。怎么办呢？最好绝口不提活动不活动的话。考虑好怎么讲之后，他拨通了张兆林的电话。

"张书记吗？我是培龙。陶书记我们见过了。他来的路上着了凉，有点感冒，昨天不肯见人。今天我们匆匆见了一面。他不让我搞任何方式的接待，也不准通知其他同志。所以你交待要热情接待，这个任务我只怕完不成了。再说这几天我也实在太忙了。”

张兆林说：“你就那么忙吗？陶书记来了你都脱不了身，我张兆林来了不是连面都不见了吗？”

刘培龙忙说：“情况不同。陶书记个性你也知道的，他说现在是私人身份，说我上班时间去陪他是旷工。是的是的张书记你别笑，他可是一本正经说的，我还真的怕骂，不敢旷工。”

刘培龙隐去了你张书记来就不同的意思。他觉得这么讲明就没有意思了。

张兆林说：“你刘培龙旷工也要陪陪他。陶书记你我都清楚，这样的老同志不多！你没有时间陪他不会怪你的，可别人背后要讲你的，知道吗？”

刘培龙说：“那好吧，明天再去试试。”没有讲一定去陪。

打过电话，刘培龙轻松了许多。他还说不清刚才的电话有什么收获，只是隐约觉得自己同张兆林玩哑谜似的沟通了一次。

三天后，陶凡返回地区。小刘开车接他来了。临走时，陶凡嘱咐关隐达，要配合好刘培龙同志。

这让关隐达心里微微一惊。是不是陶凡预见到了什么？他知道，陶凡有些话的真实意义并不在字面上，需要破译。陶凡的风格像太极拳，看上去慢慢吞吞，不着边际，却柔中有刚，绵里藏针。似乎这个级别的干部都有点这个味道。他早就发现，张兆林任地委秘书长时，还发一点脾气，后来是行署副专员、地委副书记、地委书记，性子就一天天平和起来，说话便云遮雾罩了。

这次的老干部工作会是最有规格的一次。张兆林同志始终在场，并做了重要讲话。说老同志对革命和建设事业做出了巨大贡献，他们丰富的经验永远值得我们吸取。我们一定要尊重他们，关心他们，更重要的是学习他们。我们民族自古有尊老美德，《礼记》上说："年九十，天子欲问其事，则至其室。"我们作为共产党人，应该把传统美德发扬光大。云云。

陶凡始终被尊在主席台上。他是这么多年来惟一在地委书记任上退休的干部。因为他的缘故，老干部被空前重视起来。他想这是很正常的事。依这么说，他陶凡若是女同胞，妇女工作就会受到高度重视了；他陶凡若是残疾人，残疾人也会搭着享福了。而他影响力的时效一过，一切又将是原来的样子。类似现象，他早有感触。

陶凡坐在主席台上，神情专注，心思却全在会外。这类会议，他根本不用听主题报告，也不愁编不出几句应景的话。

陶凡自己也一向重视老干部工作。刚到这个地区时，他了解到这里干部很排外，要想站稳脚跟，光有上头支持还不行，还得争取本地每一部分力量。而老干部，尤其是这个大院内的老干部，是万万忽视不得的。但凡事都有惯例，是轻易突破不得的。一旦突破了，人们就神经兮兮起来，生出许多很有想象力的猜度。中国官场，人们很习惯琢磨领导人的言行，所以，官场行为的象征意义远远大于实际意义。有人说，中国的政治最像政治，中国的官员最像官员，也许原因就在这里。陶凡深悟此道，在对老干部的重视上做得很艺术，既得了人心，又不违惯例。可张兆林这次做得太露了，他分明是在向我暗送秋波，明白人一眼就能看破玄机，会背后笑话他的。

不过陶凡也理解张兆林。老干部们一天到晚舞着剑，打着门球，下着象棋，哼着京戏，似乎也成不了什么事。但他们要败一桩事，倒一个人，也不是做不到的。陶凡任职期间就特别注意这一点。他有一个原则，就是不忽视任何人。按他的理论，越是小人物，自尊心越易满足，也越易伤害。当一个卑微的生命受到侵害时，他可以竭尽生命潜能对侵害者实施报复，直至毁灭别人。老干部们因为往日的身份，或许有过大家风度，但退下来之后，他们心理的脆弱超过任何普通的小人物。陶凡想到这些，觉得张兆林小觑了自己。他相信自己将是超然的一类，只会优游自在地打发时光，不会对任何人施加影响。有人讲他有虎威，可他觉得那是天生虎气所致，自己从来没有逞过威。张兆林或许还忌着他的虎威？你们说我有虎威，那是你们的感觉，关我什么事？难道要我成天对你们扮笑脸？

可你张兆林的确没有必要有意同我扮笑脸。

陶凡觉得虎威之说，对自己不利，让张兆林难堪。

张兆林请陶凡同志做重要讲话。陶凡并不起身到前面的发言席上去，仍坐原位。张兆林便将话筒递到他面前。陶凡慢条斯理开了腔。讲话的大意是，老同志退下来了，最大的任务，就是休息，颐养天年。这同张兆林讲的请老同志发挥余热，支持工作的思想暗相抵牾，又不露声色。陶凡只讲了短短几分钟。这几分钟内，会场上的目光和注意力都越过前面的张兆林，集中在陶凡身上。这场面给张兆林留下了铭心刻骨的印象。

十二

桃岭上，像陶凡家这般式样的房子共二十来栋，布局分散，让桃树遮隔着。住户都是地委、行署的头儿，这是当初按陶凡的意思建造的。他在这里当了两年地委副书记，十年一把手，影响力超过任何一位前任。一些很细小的事情，似乎都有他的影子闪烁其间。机关院内这座小山上的桃树是他让栽的，桃岭这个山名是他起的，桃岭西头的桃园宾馆是他命名的，桃园宾馆四个字当然也是他题的。渐渐地，桃岭成了这个地区最高权力的象征。下面干部议论某些神秘事情，往往会说这是来自桃岭的消息。

陶凡从自己家步行到桃园宾馆只需六七分钟。地区的主要会议都在那里召开。现在地区召开全区性重要会议，陶凡都被请了去，坐在主席台上。每次都是张兆林事先打电话请示，临开会了，步行到陶凡家里，再同陶凡一道从桃岭上小道往宾馆去。陶凡一进入会场，张兆林就在身后鼓掌，全场立即掌声如雷。陶凡当然看得出张兆林的意思。张兆林一则明白自己资格嫩，要借他压阵，二则亦可表明对他的尊重，争取他的支持。陶凡内心也不太情愿到会，又不便推辞。

陶凡在这一类会上从不发表同张兆林相左的意见，他的讲话都是对张兆林讲话的肯定和更深意义上的阐述。他那次在老干部会上讲话暗藏机锋是个例外。他既想表白自己不再过问政事的超然态度，又的确对张兆林出乎寻常地重视老干部工作有些不满。

一天，夫人同陶凡讲："以后尽量不要去参加会议了，退休了就要退好休。"

陶凡说："我哪愿意去？张兆林总要自己来请。"

陶凡感觉到了夫人的某种弦外之音，但他没有表露出来。夫人从不平白无故地干涉他的事，她一定是听到什么议论了。但他不愿闻其详情，只要明白这个意思就行了。这也是他一惯的风格，需要弄清楚的事情，他不厌其烦；而有些事情，他不问，你提都不要提及。

夫人的确听到了一些话。外人也不敢当她的面讲什么，是陶陶昨天回家时，趁爸爸不在，讲了几句。也不讲什么细枝末节，只讲爸爸退休了，你别让他替人家去操心，还正儿八经坐在主席台上做指示，到头来费力不讨好的。她不敢同爸爸讲，只好让妈妈转达意见。

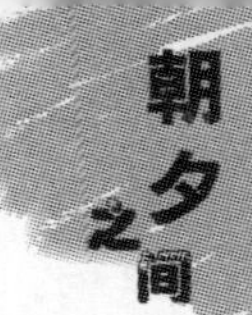

陶陶的话还能让人感觉一种情绪，夫人听了也吓了一跳，知道外面肯定有不好的议论了。她也像丈夫，不追问详情。但话从她嘴里出来，却很平和了，只是一种很平常的规劝，像任何一位老伴劝导自己的丈夫。

真正亲耳听到议论的是关隐达。认识他的人也没有谁讲什么，他也是偶然听见的。上个星期他去省里开会，卧铺车厢里有几个人吹牛，吹到了陶凡。这节车厢基本上是本地区的旅客。他们说陶凡现在是地区的“慈禧太公”，垂帘听政。张兆林拿他没办法，凡事都要请示他，开个大会也要请他到场才开得了。张兆林本也不是等闲之辈，只是暂时威望不够，也需借助陶凡。以后张兆林硬起来了，吃亏的还是关隐达。关隐达你不知道？陶凡的女婿，在下面当县委副书记，同我是最好的朋友，我们一见面就开玩笑，我说你不叫关隐达，应叫“官瘾大”。

自称是他朋友的那位仁兄，关隐达并不认识，不知是哪路神仙。不管怎样，关隐达知道这议论并不是没有来历的。他也早就觉得奇怪，精明如陶凡，怎么也会这般处事？有回一位副县长到地区开乡镇企业会议回来，同关隐达讲，你老头子讲话的水平真叫人佩服，短短十几分钟，讲的东西听起来也都是张书记讲过的，就是让人觉得更深刻，更有说服力。关隐达清楚，这位副县长的话，自然有奉迎的意思，但确实又不是假话。凭这位老兄的水平，都能感觉出陶凡的讲话高出一筹，其他人当然也感觉得出，张兆林就不用说了。这就不是好事情了。

关隐达当然不便直接同陶凡申明自己的看法。他同陶陶之间讲话，比陶凡夫妇要直露些。他告诉了陶陶外面的大致议论。陶陶说爸爸也真是的。但她也只能委婉地同妈妈讲。

这样，关隐达听到的是尖刻的议论，经过层层缓冲，到了陶凡耳中，莫说详情，就连一丝情绪色彩都没有了。而陶凡却像位老道的钓者，从浮标轻微的抖动中，就能准确判断水下是平安无事，还是有多大的鱼上钩，或者翻着暗浪。

陶凡有点身不由己。他知道张兆林是需要他，当不需要他的时候又会觉得不怎么好摆脱他的。他自己就得有个说得过去的借口推辞。议论迟早会有的，这他也清楚。现在夫人终于提醒他了。

陶凡总算推掉了一切俗务，安心在家休闲。日子并不是很寂寞，本是一介书生，读读书，写写画画，倒也优游自在。同外界沟通的惟一方式是看报。天下大事应时刻掌握，身边事情却不闻不问。夫人很默契，从不在家谈及外面的事情。夫人一上班，家里只有他和王嫂。王嫂做事轻手轻脚，陶凡几乎感觉不到她的存在。一时兴起，竟书写了陶渊明的“结庐在人境，而无车马喧；问君何能尔？心远地自偏！”俨然一位隐者了。身居闹市，心若闲云，才是真隐者。

但隐者心境很快又被一桩俗事打破了。老干部局多年来都打算修建老干部活动中心，陶凡在任时，一直不批。他争取老干部的主要策略是为他们个人解决一些具体困难，说白了，就是为人办些私事。而修老干部活动中心之类，虽然事关老干部切身利益，却是公事，他不批准，并不得罪哪位具体的老干部，他在老干部中的形象丝毫无损。摆到桌面上，大家也理解。财政不富裕，修学校都没有钱，还花五六百万修老干部活动中心，群众会有意见的哪！如今他卸任了，老干部局又向地委、行署打了报告。因物价上涨，现在预算要七八百万了。张兆林接到这个报告很不好处理。不批吧，老干部局反映多年了，其他各地市都修了。批了吧，又有违陶凡一惯的意见。他的本意是想批了算了，原因却与重视老干部的意思无关。原来新提的几位地委、行署领导现在都还住着县处级干部的房子。

想修地厅级干部楼，却又碍着老干部活动中心没有修，不便动作。左右为难，便同老干部局向局长讲："我们地区财政穷，不能同别的地市比。艰苦一点，相信老同志也会理解的。依我个人意见，可以缓一缓。你请示一下陶凡同志，要是他同意修，我会服从的。老向，陶凡同志那里，你要注意方法哪！"

向局长领会张兆林的意图，跑去给陶凡请示汇报。陶凡一听便知道是张兆林推过来的事，心中不快，打断了向局长的话头："不用向我汇报，我现在是老百姓了，还汇什么报？我原来不同意，现在自己退了，也是老干部了，又说可以修，我成了什么人了？老干部的娱乐活动设施要建设，这上面有政策，是对的。可也要从实际出发呀！我们老同志也要体谅国家的难处，不要当了干部就贵族气了。我们还可以打打门球哩，还有那么多老农民、老工人他们打什么去？"

陶凡很少这么发火的，所以很客气地将向局长送到小院外的路口，握手再三，安抚了一阵。

第二天上午，陶凡接到一个莫名其妙的匿名电话，叫他放聪明一点。声音凶恶而沙哑，一听便知是伪装了的。陶凡气得涨红了脸，倒并不害怕。

此后一连几天都这样，陶凡怎么也想不出这电话的来头。那完全是一副黑社会的架势，可他从来没有直接招惹过什么恶人。他的电话号码也是保密的，一般人并不知道。夫人吓得要死，问是不是让公安处胡处长来一下。陶凡说不妥，那样不知会引出多少种稀奇古怪的说法来，等于自己脱光了屁股让别人看。他想来想去，只有打电话给邮电局，换了一个电话号码。

可是清净了几天，匿名电话又来了，更加凶狠恶毒。这回真让陶凡吃了一惊。这电话号码，他只告诉了地委、行署的主要头头和女儿他们，怎么这么快就泄露出去了？这个小小范围同匿名电话怎么也牵扯不上呀。

关隐达同陶陶回家来了。关隐达断定那电话同修老干部活动中心的事有关。怎么可能？陶凡一听懵了。关隐达分析道："明摆着的，要修老干部活动中心的消息一传出，建筑包工头们就会加紧活动。有人以为这一次肯定会批准的，就收了包工头的好处。您现在一句话不让修，包工头白送了礼是小事，要紧的是损失了一笔大生意，怎么不恨您？"

陶凡听着关隐达的推断，气得在客厅走来走去。"难道这些人就这么混蛋了？"

关隐达明白陶凡讲的这些人指谁，便说："也不能确定是谁收了包工头的好处，查也是查不出来的。但可以肯定，打匿名电话的并不是受了谁的指使。那些包工头都是些流氓，没有人教他们也会这么做的。"

陶陶吓得全身发抖，跑去拉紧了窗帘，好像生怕外边黑咕隆咚地飞进一条彪形大汉。她劝爸爸就让修吧，难道怕用掉了您的钱不成？夫人也说是呀，本来就不关你的事了，顶着干吗呢？

自从政以来，从来还没有人这么大胆地忤逆过他，他觉得蒙受了莫大的羞辱，愤愤地说："本来我就不想管，他们要这样，我坚决不让修，看把我怎么样？"

关隐达很少像今天这样直来直去同陶凡讨论问题的。一般事情，凭陶凡的悟性，一点即通，多讲了既显得累赘，又有自作聪明之嫌。但陶凡这几年是高处不胜寒，外面世界的真实情况他是越来越不清楚了。所以他觉得有必要讲得直接一些。他还从刘培龙那里隐约感觉到了张兆林在这件事上的真实态度。陶凡在客厅来回走了一阵，心情稍有平息，坐回原位。关隐达便委婉劝了几句，陶凡一言不发。窗外寒风正紧，已是严冬季节了。

次日，陶凡拨通了张兆林的电话。他说："这几天同一些老同志扯了扯，他们都要求把活动中心修了算了，老同志也体谅财政的困难，说预算可以压一压。我看这个意见可以考虑。这是我欠的账，现在由你定了。”张兆林说：“我原来也是您那个意思，缓一缓，等财政状况好些再搞。可这一段我老是接到老干部的信，火气还很大哩。都是些老首长，我只有硬着头皮受了。好吧，地委再研究一下，争取定下来算了。”

打完这个电话，陶凡有种失魂落魄的感觉。身经百战的将军第一次举起白旗也许就是这种滋味。

十三

陶凡很安逸地过了一段日子。一日，偶然看到本地日报上的一则有奖征字启事，他的心情又复杂起来。原来地区工商银行一栋十八层的大厦落成了，向社会征集“金融大厦”四字的书法作品，获征者可得奖金一万元，若本人愿意，还可调地区工商银行工作。其实这则启事夫人早看到了，觉得蹊跷，便藏了起来。可陶凡看报一天不漏，几天都在问那报纸哪里去了。夫人不经意的样子，说不知放在哪里去了。偏偏王嫂很负责，翻了半天硬是找了出来。陶凡便猜到报纸是夫人有意收起来的。夫人用心良苦，可见自己很让人可怜了。往常，那些稍稍认为自己有些脸面的单位，都跑来请他题写招牌。他明白有些人专门借这个来套近乎，也并不让他们为难。只要有空，挥笔就题，当然不取分文。也有个别人私下议论，说地委书记字题多了，不严肃，他也不在乎。说郭沫若连北京西单菜市场的牌子都题，我陶凡还没有郭老尊贵吧。

如今工商银行搞起有奖征字来，不是很有些意思了吗？

老干部老沈，处事糊涂，人称老神，神经病的意思。老神老来涂鸦，有滋有味。一日，跑到陶凡那里，鼓动陶凡参加有奖征字。老神偏又是个爱理闲事的人，不知从哪里听说了征字活动的来龙去脉。原来，工商银行李行长去请张书记题字，张书记说："金融大厦是百年大计，最好不请领导题字，也不请名人题字，干脆搞改革，来一次有奖征字。"

陶凡自然不会去参加这个活动。知道了事情原委，他也表示理解，就是心里不好受。这天晚上，工商银行李行长登门拜访来了。坐下之后，讲了一大堆这么久没有来看望之类的话。这位老李在他印象中一直还是不错的，是否为征字的事过意不去？闲扯了半天，李行长果然讲到了这件事。他说碍于面子，去请张书记题字，原以为张书记肯定会谦让，推给陶书记题的。但张书记这么一定，是他事先没有料到的。

陶凡朗声笑道："老李呀，可不准在我面前告兆林同志的状哪！兆林同志的意见是对的。依我看，这还不只是一次简单的征字活动，在我们这闭塞的山区，可以算是一次不大不小的思想解放运动哩！您向报社转达我的建议，可以就这次有奖征字组织一次讨论，让全区人员增强尊重知识、尊重人才、尊重智力劳动的意识。"

李行长点头称是："陶书记看问题的角度总比我们要高些，领导就是领导。"

报纸专辟了一个"征字擂台"栏目，每次登出入围作品数副，并配发一两篇讨论文章。陶凡很留神那些书法作品，但对按照他的建议组织的那些讨论文章并不在意。搞了一个月的擂台，终于评选出了一副最佳作品。获征者为一中学教师。陶凡仔细看了此人的简介，似曾相识。回忆了好一阵，才想起同这位教师也算打过交道。原来，陶凡在任期间，有些涂得几笔字的人总想借切磋书道之名同他交结，用意不言而喻。有回，一位乡村中学教师致信于他，要求调进城来，陈述了若干理由，

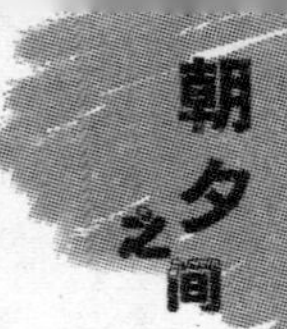

信中附了一副“翰墨缘”中堂，旁书“敬请陶凡先生雅正”。字倒有些风骨，陶凡暗自喜欢，但“陶凡先生”四字让他觉得特别刺眼，便在信上批道：乡村中学教师队伍宜稳定。转教委阅处。

现在这位中学教师既得奖金又调工作，双喜临门了。世界上的事情真是有意思。

征字的事在陶凡的心里掀起了一点波澜，很快也就过去了。可张兆林的一些话传到他的耳朵里，让他有些起火。据说张兆林在一次会上讲到提高领导水平问题，要求各级领导干部加强学习，更新知识，既要有一定专长，更要争取做个通才，特别是要懂经济工作，不要满足于自己的一技一艺。张兆林的这番话本也无可挑剔，但陶凡把它同征字的事联在一起一想，怎么也觉得是影射他。

十四

陶陶这一段三天两头往爸爸妈妈这里跑，独个儿来，一住就是几天。陶凡两口子感到奇怪。妈妈说：“你要注意影响，老不上班，隐达在县里不好做人的。”

陶陶说：“我请了事假休病假，休了病假还有公休假，关谁的事？”

妈妈见女儿讲话这么陡，猜想他们小两口可能是闹矛盾了。一问，陶陶更加来气：“我累了想休息有什么不对？他公务繁忙，还有时间同我闹矛盾？”

陶陶在父母面前平时最多撒撒娇，从不这么说话的。今天弄得陶凡夫妇面面相觑。

一家人正不愉快，老神跑了来，告诉陶凡，说他发现有几家单位把陶书记题的牌子换掉了，很义愤的样子。陶凡笑呵呵地说："老沈呀老沈，什么大不了的事，我还以为发生地震了。"

老神走后，夫人很不高兴。这个老沈真是老神！

陶凡一言不发，只是喝茶。夫人知道他心里不好受，却不知怎么开导。屋子里静得似乎空气都稀薄了。

陶陶突然在一旁发起议论来："爸爸您也别在意。您还算是有德有才的人，做了十几年官也问心无愧。其实老百姓看待当官的就像看待三岁小孩一样。三岁小孩只要能说几句口齿清楚的话，做一件大人意想不到的事，立即就会得到赞赏，被看做神童；当官的也只要会讲几句话，字只要不算太差，大家就说他有水平。其实在平头百姓中，能说会道、书法精湛的太多了，水平也都在那些当官的之上。官场，就那么回事！"

夫人脸色严肃起来，叫住女儿："你太不像话了！"

陶凡朝夫人摆摆手，说："别怪陶陶，她讲得很有道理。特别是她那个三岁小孩的比方，真叫我振聋发聩！要是早几年听到这样的话，我会受益不浅的。"

陶陶流露的是对官场的鄙夷，而陶凡得到的却是另一种感悟。是啊，我们的人民确实太宽宏了，他们对我们领导干部的要求并不高。但我们有些人，对人民并不算高的期望都不能满足啊！想到这些，似乎个人的委屈并不重要了，暂时不把题字被换的事放在心上。晚上关隐达来接陶陶回家。说通通在家吵着要妈妈，他又忙，没法招呼儿子。陶陶说："爸爸退休了，闲着没趣，你又忙，只有我多回来看看。才回来几天，你就急着来接了。"两人见面，也都平和，看不出什么破绽。二老也不好相劝，只招呼关隐达吃了饭，叙了一会儿，便让他们走了。

原来关隐达近来一直情绪不好。刘培龙马上要调任行署副专员，按常规，应是关隐达接任县委书记。但传出的消息对他不利。心情不好，在外强撑着，回家难免有些脸色。陶陶便以为丈夫怪她父亲影响了他，心里有火。关隐达怕添误会，索性懒得解释。于是双方都闷在心里生气。

陶陶回家后，陶凡这里清静了好些时日。太清静了，又有点发慌。便常到桃岭上散散步。走着走着，竟鬼使神差地往桃园宾馆方向去了。一见那粉红色的楼房，便酣梦惊回一般，马上掉头返家。不知怎么外面就有议论，说陶凡总傻傻地往桃园宾馆张望，也许还在回想往日的虎威吧。这话传到陶凡耳中，气得他无话可说。心想我陶凡真的成了张学良了？散散步的自由都没有了？

不想再招致这类议论，又只好蛰居在家，涂涂抹抹，聊以自慰。一日备感孤寂，想到一句“秋风庭院藓侵阶”的词，记不起是谁的了，只是感慨系之。于是因其意境，作画一幅：庭院冷落，秋叶飘零，藓染庭除。夫人下班回来，见陶凡正提笔点着稀稀落落的枯枝败叶。夫人也是有艺术敏感的人，感觉丈夫着笔的姿态有几分苍凉。当天晚上，夫人说：“我想提前退休算了。”陶凡看出了夫人的心思，很是感动，轻叹一声：“好吧。”

十五

刘培龙调任行署副专员了。这本来只是迟早的事，陶凡却因事先一丝风声都没听到，心里便耿耿地又说不出口。自然马上想到了关隐达的安排。按原来的盘子，县长年纪大了，调到地区来，由常务副县长接任县长，关隐达接任县委书记。现在看来，关隐达只怕接不到一把手了。过了几天，得到准确消息，果然从外县调了一位任书记。他想，为了让新去的书记便于开展工作，关隐达还会挪地方的。这又应了他的猜测，关隐达被平调到一个偏远的县里。如今就是这样，像关隐达这般，一旦好的势头折了，今后的历程，很可能便是在各县市之间调来调去。全区的十几个县市差不多轮遍了，年纪也一大把了。到头来，空落一张满是脂肪的大肚皮，一双酒精刺激过度的红眼睛。宦海沉浮，千古一例啊！

夫人终于沉不住气了，说："你就不可以同张兆林讲几句话？"陶凡反问："讲？讲什么？"

夫人无言。默然一晌，叹道："隐达要不是你的女婿就好了。他是成也陶凡，败也陶凡啊！"

陶凡知道夫人只是感叹世事，决无怪他的意思，便苦笑相报。难怪他们小两口前段不愉快。陶凡现在心里明白一二。

关隐达到新的地方上任前，全家三口回来了一次。大家对关隐达调动的事只很平淡地讲了几句，就避开这个话题了。一家人都围着通通寻乐儿。

夫人退休了，王嫂便辞了。王嫂走时，同夫人一起抹了一阵子眼泪。这让陶凡大为感动，想这年头真正的感情还是在最普通的人身上。

十六

王嫂走了，女儿他们因路途遥远，也不便经常回来。老两口的日子过得懒懒的。食欲又经常不好，陶凡就说："想吃就弄些，不想吃就不要白忙。"家里便常常冷火秋烟的。夫人说："老陶我们一天天就这么过，不好的。"陶凡问："那怎么过？"夫人说："可以找些别的事做，天气好就到外面钓鱼去。"

陶凡摇头不语。他也萌发过钓鱼的念头，但细细一想，自己没有钓鱼的命分。他想，自古钓者之意，并不在鱼。姜太公

钓官，柳宗元钓雪，只有村野老者妄念俱无，才是钓闲。而如今有权有钱者钓的是派。我陶凡去钓鱼属于哪一类？在别人眼里当然是钓派。我才不想混迹到这一群中去。

这一天，一位特别客人上门探望陶凡来了。此人姓唐，是下面粮站的职工，五十多岁了。早年因经济问题挨了处分。心里憋着气，就专门盯着他的领导，粮站主任的大小问题，他桩桩件件都暗地里记录下来。他认为时机成熟了，就跑到县纪委和监察局告状。没有告出结果，就跑到省里，跑北京。一年四季班也不上，一会儿北上，一会儿南下，落得个外号“告状专业户”。单位奈何不了他的泼劲，工资却不敢少他的。陶凡闻知后，亲自接待了他。当时反腐败风声正紧，陶凡便批示地纪委成立专案组调查。一查竟然也查出了大问题，粮站主任伙同会计、出纳一道贪污五万多元。省报对这个案件进行了公开曝光。因为检举揭发者姓唐，记者先生灵感一来，凑出一个有趣的新闻标题：“唐老鸭”叼出了“米老鼠”，副标题是某某粮站主任一伙集体贪污被查处。文章当然不提唐老鸭自己的前科劣迹，只把他作为痛恨腐败的好职工表扬了一番。老唐事后逢人就说陶书记是个好官，不知内情的还以为他同陶凡有什么私交。后来他还专门跑到地区看望了陶凡。陶凡鼓励他回去好好工作，欢迎他继续对干部作风问题提出意见，不过一定要讲程序，不要越级跑省里上北京。陶凡和蔼可亲的样子让老唐大为感动。在他印象中，县里那些头儿个个都神气活现，而陶书记这么大的官，竟这么平易近人，大领导还是大领导啊！老唐觉得应听陶书记的话，回去好好工作，后来真的还踏踏实实了，其实陶凡内心对老唐这类人物是厌恶的。陶凡憎恨腐败，也恼火纪检、监察部门办案不力；但他不喜欢老唐这样的人把什么事都搞到上面去，弄得地委很被动。干部有问题就内部查处，不要张扬出去。那样大家脸上都不好过。

今天老唐突然来访，不知又有何事？

其实老唐这次来并没有什么事。他不知在哪里听到，陶凡不当书记了，连上门的人都没有了，所以专程跑来看望看望。老唐一副抱不平的样子，说现在的人心都坏了。陶书记这样的好领导，哪里还有？不像现在台上的，嘴上讲得漂亮，个个都一屁股屎揩不干净！还搞什么同企业家交朋友，结对子，讲起来堂而皇之，这中间的事情哪个晓得？

陶凡不让他讲下去，他不同这种人讲一些出格的话题。“老唐啊，我给您提个意见看对不对，不要跟着别人瞎议论，掌握真实情况就按程序反映。”

在老唐看来，陶凡这样大的官，不管怎么批评自己都不该有怨言，人家还这么客客气气地给自己提意见，那还有什么讲的？便不再抨击朝政，说了一些奉承和感激的话就走了。

陶凡想自己竟让这种人怜惜起来了，真是荒唐！

陶凡听了老唐那些言论，又想起修老干部活动中心的事，郁愤难平。过了几天，心血来潮，作了一幅《唐寅落拓图》，引画中人诗句于左：闲来写就青山卖，不使人间造孽钱。老神见了这幅画，连连称好。老神走后，夫人怪陶凡手痒，别的不画，便画这个，老神到外面一传，别人会说你老不上路。听夫人这么一讲，陶凡也觉得不该画。但画都画了，管他那么多！

几天后，张兆林在一次会议上严肃指出，广大干部，特别是各级领导，一定廉洁自律。我们对廉政建设一定要有一个正确的估价，要看到绝大多数干部是廉洁奉公的，腐败分子只是极少数极少数。决不允许把干部作风看成一团漆黑，决不允许不负责任的瞎议论，瞎指责，那样只会涣散人心，影响工作。这是极其有害的。

夫人叫陶凡把那幅《唐寅落拓图》取下来，陶凡佯装不懂。干吗要取？

十七

这年初春，桃岭上的桃树突然被砍光了。陶凡好生惊奇，问砍树的民工怎么回事。民工说：“领导讲桃树光只好看，桃子又不值钱，要全部改栽桔子树。”

夫人没想到陶凡会这么生气。劝道：“砍了就砍了吧，有什么大不了的事?”

陶凡生气不为别的，只为那些人问都不问他一声。自己喜欢桃树，只是个人小兴趣。他们要经济效益，改种柑桔也未尝不可，但也要礼节性地问一声呀!

陶凡忿然想道，无锡有锡，锡矿山无锡。桃岭无桃还叫桃岭!

关隐达听说桃岭要改种柑桔了，觉得这对陶凡是件大事，就对陶陶讲：“过几天我们回去看看爸爸，他肯定会不舒服的。”陶陶说：“也早该回去看看了，只是不明白砍了桃树爸爸会那么伤心?”关隐达说：“你对爸爸并不太了解。他还有典型的中国旧文人的情结，这是不是他退下来心理老不适应的根源我也说不准。柳宗元谪贬永州，最喜欢栽柳树、棕树和柑桔。这三种树暗寓柳宗元三字。爸爸姓陶，自然喜欢栽桃了。现在砍了桃树，肯定又不会同他通气，他当然不舒服的。”陶陶还是不懂，说：“爸爸是不是迷信，把桃树看成自己的风水树了?”关隐达说：“那也不是。”

他不再同夫人探讨这事。不过他早就思考过一种现象，认为柳宗元也好，陶凡也好，栽些自己喜欢的树，看似小情调，其实这是他们深层人格特征的反映。中国知识分子，遵从的是治国平天下的经世大道，潜意识里却崇尚独立人格，强调自我。栽几棵树是下意识里为自己的人格自由竖起了物化标志。但这种独立人格又往往同现实剧烈冲撞，甚至同自己的言行也相矛盾。所以中国自古以来，越是传统文化品格卓异者，在仕途上越是艰难，命运也越是不好。关隐达把自己这种分析同陶凡一对照，有时觉得铆合，有时觉得疏离。

过了几天，关隐达一家三口回到再也没有一株桃树的桃岭。柑桔树还没有栽上，山上光秃秃的。进了屋，关隐达马上注意到壁上新挂了一幅《桃咏》的画，旁书“桃花依旧笑春风”，这让关隐达感到突兀。他知道陶凡喜欢桃树，却从来不画桃花。因花鸟鱼虫不是他的长处。琢磨那诗句，竟是言男欢女爱的，自然也不是陶凡的风格。思忖半天，才恍然大悟。原来陶凡是苦心孤诣，反其意而用之，潜台词是“人面不知何处去”。人面都哪里去了？都向着新的权贵们去了。而他陶凡却“依旧笑春风”。这画也只有关隐达能够破译得了。望着壁上这些画，关隐达难免不生感慨。在他看来，《孤帆图》和《秋风庭院》因其孤高和凄美，还有些美学力量，而《桃咏》则只剩下浅薄的阿 Q 精神了。关隐达想自己将来的结局也不可能好到哪里去。他并不留恋官场。官场上人们之间只剩下苍白的笑脸和空洞的寒暄了。他考虑过下海，生意场上的朋友也鼓动他下海去。但他顾虑重重。他知道，自己一旦真的下海了，也将是“人面不知何处去”了。有些朋友将不再是朋友，还得经常同公安、税务、工商等等部门的人去赔笑脸，用自己的血汗钱去喂肥他们。这是他接受不了的。没有办法，只有这么走下去了。他已不只一次想到自己走的是一条没有退路的路。李白“人生在世不称意，明朝散发弄扁舟”。不知这位谪仙人吃什么？

关隐达他们住了一晚又回到县里去了。屋里热闹了一天又冷清下来。陶凡简直不敢把目光投向窗外。风姿绰约的桃岭消失了。没有桃树的映衬，屋前小院的石墙顿失灵气，成了废墟一般。在这里住下去将度日如年啊！

他最近有些厌烦写写画画了。把爱好看做工作，最终会成为负累；而把爱好当做惟一的慰藉，最终会沦作枷锁。百无聊赖，反复翻着那几份报纸。偶尔看到一则某地厅级干部逝世的讣告，仅仅火柴盒大小的篇幅，挤在热热闹闹的新闻稿件的一角。这是几天前的旧报纸，翻来翻去多少遍了，都不曾注意到。一个生命的消逝，竟是这般，如秋叶一片，悄然飘落。陶凡细细读了那几十个字的讣告，看不出任何东西，是不是人的生命本来就太抽象？他不认识此人，但他默想，人的生命，不论何其恢弘，或者何其委琐，都不是简简单单几十个字可以交割清楚的啊！而按规定，还只有地厅以上干部逝世才有资格享受那火柴盒讣告。陶凡感到从来没有过的悲怆。他对夫人说："我若先你而去，千万要阻止人家去报纸上登讣告。那寥寥几十个字，本身就是对神圣生命的嘲弄。我不怕被人遗忘。圣贤有言，'君子之泽，五世而斩。'我陶凡又算得上何等人物？不如一个人安安静静地上路，就像回家一样，不惊动任何人。"

夫人神色戚戚地望着陶凡："你今天怎么了老陶？好好地讲起这些话来。"夫人说了几句就故作欢愉，尽讲些开心的话。其实她内心惶惶的。据说老年人常把后事挂在嘴边，不是个好兆头。

陶凡终日为这里的环境烦躁，又没有别的地方可去。年老了，本来就有一种飘泊感。这里既不是陶凡的家乡，也不是夫人的家乡。两人偶尔有些乡愁，但几十年工作在外，家乡已没有一寸土可以接纳他们，同家乡的人也已隔膜。思乡起来，那情绪都很抽象，很缥缈。唉，英雄一世，到头来连一块满意的安身之地都找不到了！陶凡拍拍自己的脑门，责备自己，不能这么想，不能这么想啊！

第三章

十八

关于张兆林的发迹，人们有很多种说法，似乎又没有一种说法可信。但一传十、十传百，就切合了群众创作的规律，艺术手法倾向于古典，听起来像寓言或者童话。人们感兴趣的并不是张兆林当了地委书记，而是他为什么就当上了地委书记。这世界是不是出问题了？谁都在窥测别人，谁都不相信谁。你成了百万富翁，肯定心黑手辣，要么勾结贪官。你成了达官贵人，肯定精于拍马，要么上头有人。谁也不信服谁的才德，谁都认为自己本也可以像谁谁那么出人头地，只因时运不济，或者不愿像谁谁那么做人。

外界的议论沸沸扬扬，神神秘秘，张兆林那里却看不出什么变化。他那大翻头依然一丝不苟，步态依然不紧不慢，说话依然有板有眼。秘书仍是孟维周，司机仍是马杰。轿车也是原来的轿车，桑塔纳，牌照 5 号。地区领导小车牌照号码顺序沿袭好几年了。老书记陶凡是 1 号，行署陆专员 2 号，人大李主任3号，政协夏主任4号，张兆林原任主管党群的副书记，排在5号。现在陶老书记少用车，可又不便这么快就把他的车配给别的领导，那辆1号皇冠3.0就天天在车队待命，应临时用车之需。

孟维周和马杰几乎是同时到张兆林身边工作的。两年前，孟维周大学毕业，马杰从部队复员。当时正巧张兆林的秘书提到县里任职去了，司机调走了。李秘书长征求张兆林的意见，看谁合适些。本来按惯例，地委领导的秘书应是副科级以上干部充任，司机也要技术好，有资历的师傅。张兆林却不在乎这些，说地委办的同志都不错，谁都可以。但跟着我是辛苦的，最好安排新来的年轻同志。李秘书长琢磨张兆林的意图，就安排了小孟和小马。小孟小马进地委办，张兆林打过招呼。

小孟同小马共事没多久关系就微妙起来。小马大小孟几岁，在部队也是给首长开小车，见的世面多，总看不惯小孟的斯文。他只知道自己是张兆林打招呼进地委办的，对小孟便不以为然。小孟也慢慢地不喜欢小马了，但他不怎么流露。他的姨父是地委党史办一位快要退休的副主任，给了他许多调教。小孟是个聪明人，心得不少。就说对小马的称呼，他都再三斟酌，显得很老道。叫小马，人家比自己大；叫老马，人家并不老；称马兄，有种江湖气，在县以下机关还可以这么相称，在地以上机关就显得不严肃了；直呼其名，似又欠尊敬；最后决定还是叫马师傅，平常些，不带任何感情色彩。同事之间相处，不带感情色彩是上策。姨父说过，千万不要与同事交朋友。初听此言，他觉得似乎太残酷了。但他不能不相信姨父的话，姨父是他们家族地位最显赫的人物，一直受着三亲六眷的尊重。乡下的亲戚们只知道姨父在地委做大官，不可能理解姨父的不如意。小孟想姨父这辈子仕途坎坷，并不得志，肯定有许多铭心刻骨的教训。小孟记着了姨父的话，不管马师傅怎么忘乎所以，他也大抵可以做到心平如镜。但他内心对马师傅的做派是看不起的。他最不喜欢的是马师傅在张兆林面前过分张扬的殷勤和效忠，觉得这种人是乐于扮作走狗的那一类。过了一年多，小孟提了个副科级，马师傅更加不畅快了。他不畅快，小孟更觉难受。出差在外，小孟同马师傅几乎二十四小时在一起，那才不是味道。晚上张兆林住单人套房，小孟同马师傅住双人间。马师傅总要回首当年在部队里的光景，好像他曾是一位金戈铁马、气吞万里如虎的将军。他妈的，老子在部队给首长开小车，第一年就入了党。几次要送我上军校，我都不想去。要不然，出来也是个干部。在这机关当工人，鸟出息！我的战友，当时跑得并没有我红，现在都副团啦！真是早知三年事，富贵万万年！马师傅总这样，先是壮怀激烈，继而愤愤不平。小孟只得找些话来安抚。是啊是啊，凭你马师傅的水平，不比哪位干部差。这种人事制度，的确要改革了，不然埋没了许多人才。马师傅也真的觉得自己是个人才。他的字倒还周正，偏偏小孟的字不怎么样，这常让马师傅有理由暗自小觑小孟。出差时，马师傅总抢着去服务台填登记表，一提笔就得意地偏着头，一晃一晃的。这既有充主人的意思，更有炫耀书法的味道。小孟看得明白，闷在心里打冷笑。

后来，马师傅对小孟突然热乎起来。他发现张兆林在车上总赞赏小孟不错，而对自己只字不提。他脸上不好过，又只得附和道，小孟的确不错，小孟的确不错。张兆林却对他的附和没反应。后来又听见张兆林对小孟的称呼无意之中也变了，不再叫小孟，而是叫维周，很亲热的样子。可叫他仍是马师傅。在外出差，小孟晚上总被张兆林叫过去。马师傅为了表现自觉，有时问小孟有我的事吗？小孟一脸平淡，说没有，你先休息吧。张书记那边有事要商量。马师傅是倒头便睡的，所以总弄不准小孟是什么时候才回房间的。他知道起初张兆林晚上从不叫小孟的，猜想小孟是更加得宠了。而小孟第二天起床绝对不提先天晚上的事。马师傅也知道，在领导身边工作，不该问的坚决不问。又不免好奇，总想从小孟的脸上看出些什么。可小孟那张脸上除了刮得溜青的胡碴外，没有什么异样。马师傅便想，这小孟越来越是个人物了。现在张兆林又是一把手了，小孟今后会更加不得了的。当地委书记的秘书意味着什么，马师傅这两年也看明白了。机关顺口溜说：一等秘书跟着跑，二等秘书写报告，三等秘书搞外调，四等秘书核文稿。这小孟是跟一把手跑的秘书，那是一等的一等哩！自己今后在小孟面前要多注意一点才是！

十九

张兆林担任地委书记后不久，只带着孟维周，轻车简从，到各县市跑了一圈。一路上只反复强调两个观点：一要团结，二要实干。今天到了如南县，县委书记雷子建同志汇报了县级班子团结奋斗和干部作风问题，县长陈明浩同志汇报了经济情况，突出了实干问题。张兆林表示满意，勉励有加。晚上，雷书记和陈县长一道看望张兆林。张兆林到下面来，党政一把手必须同时见他，这是他立的一条规矩。至于他们到地区去开会，一个人或几个人上他家去，都无所谓。记得前年张兆林来如南县视察工作，当时刚担任县长的陈明浩，晚上独个儿来宾馆看望他，被他狠狠批评了一顿。“你懂不懂规矩？你晚上一个人跑到我这里来，如果子建同志复杂一些，他知道了会怎么想？我就是找干部谈话，也从来都是叫一位同志在场的。当然，我们要相信自己是光明磊落的，但没有必要让人去猜忌是不是？”那回陈明浩一脸愧色，几乎是退着出去的。遵照张兆林的意图，他恭恭谨谨约了雷子建，一同往张兆林那里去。

雷、陈二人敲门进来，张兆林已洗漱完毕。“怎么样？老节目？”张兆林笑容可掬地问。这时小孟也进来了，接过话头说：“当然是老节目。”

小孟便动手摆弄茶几和沙发。陈明浩拿出两副新扑克，放在茶几上。雷子建问：“还是地区对县里？”张兆林说：“牌桌上无大小，输了就钻桌子。”张兆林下来晚上一般不安排公务，只同党政一把手玩玩扑克，联络感情。他不跳舞，不是保守或假正经，的确不爱好。也不随便聊天，聊什么都不合适。聊雅了，难免曲高和寡；聊俗了，难免有失体统；扯正经事，又不像是消闲，免不了僵硬。干脆就玩扑克，输了也爽快地钻桌子。这让他赢得了不拿架子的好名声。有些同他玩过扑克的人也会在外面吹牛，说人家张书记输了都钻桌子，你还要什么赖？被指为耍赖的人就老老实实地钻了桌子，还会露出向而往之的神色，羡慕眼前这位仁兄，竟同张书记一道钻过桌子。不过这么吹牛的一般是那种没有见过世面的人，他们只是偶然有机会同张书记玩过一次扑克，级别也不可能很高。像雷书记、陈县长这个级别的干部，政治觉悟一般很高，懂得自觉保守领导的生活秘密，不该说的坚决不说，不该知道的坚决不知道，当然不会在外面张扬张兆林玩扑克钻桌子的事。其实这也不是什么大不了的事，怕就怕被极少数人用作把柄，借题发挥，以讹传讹，三人成虎，让领导被动。所以还是谨慎点好。这也并不是小题大作哪，外面已经有人讲怪话了，说什么：嘟嘟一声喇叭响，几个干部来下乡；带来一副破麻将，一夜打到大天亮。如果让人知道张书记也喜欢玩扑克之类，会产生怎样的影响？人家只要随便联想一下，问题就出来了。所以雷书记他们同张兆林玩扑克，玩了就玩了，同没玩过一样。

今晚张兆林的手气很好，同小孟俩一直是赢家。雷、陈二位总在茶几下钻。雷书记身子胖，钻起来很是吃力。小孟玩笑道："两位父母官真是爱民如子，将地板弄得干干净净。明早服务小姐省得打扫卫生了。"张兆林也笑了，说："二位钻得我都不好意思了。这样吧，下一盘起，你们输了就向我们敬个礼算了，表示向我们学习。"雷书记不依，说："你这是手气好。不要给自己留后路了，下一盘你们钻。"张兆林说："又不谦虚，技术差就是技术差嘛。"陈县长却借此话题说："凭张书记打牌的手气，今后只怕要当党和国家领导人哩。"张兆林佯作愠色，说："我张兆林当地委书记靠的就是手气？靠的是组织的信任，群众的拥护，同志们的支持嘛。"陈县长明知张兆林并没有生气，脸上仍不好意思，忙说："那当然，那当然。"张兆林说："就凭你这句话就该钻一回桌子。"说罢，将最后四张拖拖拉拉摔了下来，一举定了胜负，将对手打了个精光。雷、陈二人无可奈何地笑了笑，又钻了一回。

陈县长说的是奉承领导的玩笑话，小孟对张兆林却真的是这么看的。他跟随张兆林车前马后两年多了，这位年轻领导的才能让他佩服得五体投地。他几乎相信，张兆林完全可能成为优秀的政治家。如果不是学历原因，他也许真的有机会爬上最高权力层。毕竟时代不同了，不可能再有陈永贵式的副总理。作为最高层次的领导人，应该毕业于国内一流大学，在国际上才有说服力。张兆林只是内地一所专科大学出身，实在可惜。但他深信张兆林的官级决不会只是个地委书记。地区物资公司的唐总经理人称唐半仙，有脸面的人都喜欢请他看手相，他往往玄玄乎乎地说得别人连声唱喏。唐半仙同张兆林私交不错，却一直不敢看他的手相。有回气氛合适，唐半仙才扳开张兆林的左手。看完之后，只啧啧一声，神秘兮兮地说了句天机不可泄露。张兆林便收回手掌，会心而笑，说姑妄言之，姑妄听之。小孟在场，如闻禅偈，心旌肃然。自此，张兆林在小孟心目中越发神人似的。张兆林的一举一动在他看来都体现着卓越的领导艺术。任何一件事，只要玩成了艺术，就妙不可言，意趣无穷。毛泽东同志说过，当领导就是用干部，出主意。这是对领导工作的精辟概括。张兆林对此似乎体会很深。他只要地区没有会开，基本上在县市跑，同基层领导泡在一起，深得人心。不过现在领导也难当，你说你是深入基层，有的人就不这么看。早就有顺口溜说，领导下乡桑塔纳，隔着玻璃看庄稼，吃的都是四脚爬，搂的一色十七八。这顺口溜已流传好长时间了，这几年革命形势迅猛发展，桑塔纳已开始沦为老土，不再是领导干部的象征。张兆林听到这些话时间有些滞后，偏巧他坐的仍是桑塔纳，很不高兴。感叹道，古时贤明之君派人采诗乡野，以闻民声，藉以资政。现在情况变了，这些顺口溜都是些别有用心的人胡乱凑的怪话，根本不代表民众呼声。有现代交通工具不用，难道非要走路不成？起码也不合乎效率原则嘛。到下面吃吃喝喝出入舞厅的干部的确有，但毕竟是少数。而且这也是廉政制度不允许的嘛！张兆林不在乎这些怪话，依然有空就下来。这次地委会刚开过，他在机关才呆了一天，又带着小孟下来了。

雷书记钻了桌子，到卫生间洗了手出来，说："暂停暂停，提提精神吧。"说罢就要了服务台电话，不到一分钟，服务小姐端进几个冷盘菜来。雷书记从自己提包里取出两瓶茅台。也不讲究，就用茶杯斟了酒，四人喝了起来。张兆林常说，当领导的，贵就贵在以诚待人。县市和部门领导服就服他这一点。他们感觉，张兆林既威严，又平易；既清正廉洁，又通达人情。他在基层就餐，从来不准上白酒，上点饮料可以，大家随意；菜也不准弄多，不够再加可以，总得有菜下饭。但酒是人喝的，当领导就不可以喝酒？没有这个王法嘛！只是得讲个原则。孟维周知道，论酒量，张兆林堪称海量。但他在外面公开场合轻易不喝酒，在家则自斟自饮，喝得节制。地区若来了贵宾，非应酬不可的，他也会热情干几杯。若有必要，他就大手一挥，舍命陪君子！记得前年省工商银行胡行长来地区，当时的地委书记陶凡同志为主招待，张兆林作陪。席间，陶凡说地区资金太紧张了，再怎么胡行长也要支持支持，都是老朋友了。那胡行长是一个酒仙，酒酣耳热之后，他将张兆林的军，张兆林同他对喝，干一杯，他胡某人支援三百万。大家都喝得差不多了，胡行长量张兆林一杯也难以下肚。不料张兆林却像北京老戏迷喝彩一般，大喊一声好。待要干杯，张兆林又玩笑道，我们这里有基层干部喝酒讲怪话，说一颗红心向太阳，我把肠胃交给党。我批评过这事，而我自己今天要生的伟大，死的光荣了。为人民利益而死，死得其所啊！在座的都乐了。连干到五杯时，张兆林说胡行长你自己记账，一千五百万了，说话算数啊！胡行长点头，当然当然，军中无戏言。到十五杯时，胡行长委身下去，抱了桌子脚。张兆林却不显醉态，忙招呼人将胡行长扶回房间休息，自己却拍着胡行长肩膀，说记住啊，四千五百万啦！胡行长拼命想睁开眼睛，却怎么也睁不开，只语无伦次地嚷道，君子言出，驷马驷马追啊。次日酒醒，胡行长连呼上当，但说话还是要兑现的。最后一商量，胡行长说昨晚场面混乱，你张书记那十五杯酒，喝也喝了点，洒也洒了点。打个折扣吧，在昨天正式研究的基础上再加三千五百万。想不到你张书记量如东海啊！事后大家估计，那次张兆林至少喝了两斤白酒。不过张兆林在基层就餐严守廉政纪律，坚持滴酒不沾。晚上玩了扑克之后消夜，倒是可以喝点酒。但有个讲究，酒不能是公家的，菜要简单，也不上餐厅，就在房间里喝。孟维周刚刚跟张兆林跑时，车上常带有几瓶茅台或五粮液。晚上玩到一定时候，张兆林就说消夜消夜，我请客。吩咐孟维周买来几包糕点作下酒菜。陪客的两位一把手当然不好意思。张兆林一身豪气，说这有什么？下次你们请客不得了？不过这酒是要你们自己从家里提来的，不能问宾馆要。要不然，有人告我张兆林到下面吃吃喝喝，我是不认账的啊！这样玩了扑克之后喝点酒消夜成了规矩。通常是张兆林同孟维周包干一瓶，陪客两位包干一瓶。也不用孟维周再去买糕点，会有人送来几碟清淡可口的下酒菜。去年有次来如南县，晚上玩了一阵扑克，雷子建拿出两瓶汾酒来。张兆林一见，打趣道："怎么？你就拿这种酒打发我？好酒留着自己喝是不是？"雷子建很不好意思，说："我就这个水平了，看陈县长如何。"陈明浩马上解围，说："稍等稍等，我回家清仓查库。"张兆林挥挥手说："将就点算了。"这将就二字更让人过意不去，陈明浩硬是跑回家取了两瓶茅台来。其实大家都知道张兆林只喝茅台和五粮液的，但雷子建碰巧手中无货，想用汾酒凑合一下试试。不料张书记这么随便，真让他感动。雷子建本来就是个黑脸，嗓门又大，很随便的人戏称他雷公。酒到半酣，脸如赤炭，越发雷公了。他粗声大气地发着感慨："你张书记这个人就是实在、直爽、不来假动作，我们当下级的实在服您。"陈明浩跟着说："是啊是啊，您同我们在感情上没有距离，只有很随便的朋友间才开口要酒喝哪！"张兆林举了举酒杯，说："拿什么架子呢？上下级只是个分工。组织上若是现在宣布你们哪位来当地委书记，我张兆林马上听你们的。"两位忙摆手不迭，表示不敢不敢。

今晚雷子建的话也很多，最后扯到了群众告状的事上来。雷子建有点激动，坐不住了，蹲到了椅子上，说："明浩同志在这里，我们县委、政府领导一天到晚辛辛苦苦，可有人还告这告那的。这个县有告状的歪风。"张兆林按了按手，说："好了好了，喝酒喝酒，我晚上不办公。不过说到这话，我有个观点，有人告状的领导不一定是好领导，没有人告状的领导绝对不是好领导。地委是信任你们的，我张兆林是信任你们的。好了好了，不谈公事了。”

瓶子酒尽，陈明浩叫了服务台电话。马上来人收拾了。张兆林说：“连续作战怎么样?”雷子建说：“太晚了，你还是休息吧！下来也辛苦的。”于是握手道了晚安。

小孟坚持要送两位大人下楼来。雷、陈二人同小孟客气一番，就并肩走在前面。两人腋下夹着公文包，边走边商量工作上的事，看上去很像刚散会的样子。到了楼下厅外，两人回头同小孟握别。小孟目送他俩上了小车才转身上楼。

马师傅早已鼾声如雷。小孟去洗漱间刷牙漱口，洗了个澡。梳头发的时候，注意打量了自己，发现自己容光焕发，气宇轩昂。他妈的茅台真是好东西，喝过之后觉得自己还像个人。走出洗漱间，见马师傅睡眼惺忪地要来解手。马师傅揉着眼睛问：“这么忙，搞到这个时候?”小孟嘴也不张，只用鼻子唔了一声，就躺到床上去了。他不张嘴，是免得喷出酒气。马师傅见他这么严肃，以为一定有很重要的事情，就不便多问了。

二十

小孟最初觉得张兆林这一路反复讲团结和实干问题，实在是老生常谈，了无新意。但细细一咀嚼，发现这是张兆林安抚人心的一次巡视。阐述团结问题时，张兆林重点讲的是要尊重老同志，要稳定班子。这其实是讲给远在地委机关的老书记陶凡同志听的。张兆林的讲话自然会有人传到陶凡耳朵里去的。陶凡主持地委工作多年，现在县市和部门基本上是原班人马，张兆林不能不重视这一点。他必须处理好同陶凡的关系，不能让人看出一丝破绽，不然下面会人心惶惶的。同志们都担心一朝天子一朝臣啊！张兆林这一着果然有效。因为这些人虽说是陶凡的班底，但张兆林原来是管干部的副书记，在各路诸侯身上的感情投资也不少。如今，他是一把手了，只要他稍稍表示一下姿态，那些头头脑脑谁不乐意归属在他的麾下呢？都变聪明了！说到实干，免不了那几句"看实情、讲实话、办实事、求实效"的熟语，小孟悟不出其中有什么奥妙。

可还是有人认真领会了张兆林关于实干的精神。地区农业局局长朱来琪同志撰写了一个调查报告，说地区这几年来反复宣传庭院经济的经验，不符合实干精神。原来，这个地区偏僻落后，工业在全省没有位置。山多田少，粮食不能自给，农业也算不上强项。一个地方工作没有位置，领导自然也很难有位置。陶凡每次上省里开会，见兄弟地市发言有声有色，自己总觉脸上无光。后来在农业方面寻求突破，终于总结出了一条千家万户大办庭院经济奔小康的好经验，受到省里肯定。于是，省里有关会议要地区发言，讲庭院经济吧；新闻单位来组稿，宣传庭院经济吧；外地来宾参观考察，介绍庭院经济吧。地委机关有一帮很不错的笔杆子，写得一手锦绣文章，对庭院经济的理论和实践做了全面探索研究，弄得很有水平，光文章集子就出了三本。这个地区在全省版图上面醒目起来。可是最近，朱来琪对庭院经济发难，先是在一边讲怪话，后来干脆写了篇调查报告呈给张兆林一份，给地区日报社一份。他认为庭院经济名不副实，不就是农民屋前屋后栽几棵果树，家里养几头猪，喂几只鸡？这是中国农民沿袭了千百年的生产习惯。不能靠写文章写出成绩来，此风不可涨！报社同志觉得此事重大，不敢擅自见报，将文章也送给张兆林。凡下面呈送给张兆林的文字材料，自然是小孟先过手。小孟看了朱局长的文章，觉得很有说服力。的确，正如朱局长写到的，总结得天花乱坠的庭院经济，无论是生产规模，还是生产方式，都没有发生根本变

化，无经验可言。不纠正这类问题，将助长下面工作上华而不实，害莫大焉！朱局长是位五十多岁的老知识分子，水果专家，孟维周向来敬佩他。坚持真理，直言不讳，这是中国知识分子的秉性啊！

张兆林看了朱来琪的文章，心里起了火。老朱讲得不无道理，但他意图何在，张兆林朗朗明白。这老朱还不是想在林业局局长陈清镜身上弄手脚？陈清镜原来是农业局副局长，是老朱的下手，分管农村多种经营。庭院经济就是老陈那时候最先总结提倡的，得到当时地委书记陶凡的支持。庭院经济很快名声远播，老陈当然受到特别器重。老朱是一把手，自然不舒服。两人的关系便紧张起来。老朱总认为庭院经济是吹出来的，又看不惯老陈，便老盯着别人，专记人家的小账。他跑到张兆林那里反映过几次。张兆林说："老陈的事我们会考虑的。陶书记同我通过气，我们有个意见。"老朱暗自得意，以为自己这回把陈清镜搞倒了。过了不久，老陈被调到林业局当一把手去了。林业局那把交椅比农业局好多了。老朱想不到张兆林讲的什么意见，就是这么个意见，有种受骗的感觉，又来找张兆林。这回张兆林很严肃地讲了几句，说："老同志了，不要用个人情绪来评价干部，也不要在别人小节问题上做文章，更不能对组织上的决定说三道四！"老朱弄得很没有脸面，不再找领导反映了，只在一边讲些风凉话。张兆林也不是瞎子，庭院经济到底怎样他心里自然清楚，但当时他是陶凡的副手，叫他怎么说？现在自己是一把手了，仍要借这顶帽子戴一戴，又能怎么说？再说老朱的动机是很不纯粹的。

老朱在这篇文章的开头写道：最近，地委书记张兆林同志一再强调要提倡实干作风。张兆林对这一句话非常反感，心想这老朱审时度势的功夫也太差了，他也许以为我说实干是针对前任浮夸来的。这简直把我张兆林当小孩看了。张兆林前段在下面反复讲团结和实干，始终不忘在前面加上“继续”、“进一步”、“更加”之类的话，就是怕别人听偏了，以为他否定前任。必须充分肯定过去一段全区各级干部都是团结实干的，他张兆林才能站得住脚。此事不可小视啊！就像当年毛泽东批评“四人帮”一样，他老朱打鬼，要借我张兆林当钟馗呀！如果听之任之，纵容他老朱泄了私愤事小，我张兆林失去一批老同志和基层干部，那事就大了。于是，他准备写一道严厉的批示，并转有关领导一阅。当然，老朱谈的是工作，他的批示也只能针对工作。至于老朱同老陈间磕磕绊绊的事，他只当不知道。想清楚之后，批示道：

阅。①欢迎大家进行工作研究，各级领导要带头。这一点朱来琪同志是做得很好的；②庭院经济的成绩要充分肯定，其经验要发扬光大。对过去的工作采取虚无主义态度不叫做实事求是，更不叫实干；③庭院经济是农民群众生产经营经验的总结，这是符合历史唯物主义的。据此来否定庭院经济，则是思想方法的错误；④目前有一种倾向（不仅对庭院经济），只看到困难和问题，看不到成绩或者否定成绩，这对改革和发展是极其有害的。这一点，务必引起各级领导高度重视。请地委、行署各负责同志一阅，并呈陶凡同志阅示。

张兆林将批件给了小孟，叫他送秘书科转呈其他领导。小孟接过批件，听见张兆林不经意地说了句书生之见，迂腐之论。小孟听不出这话是对谁来的，不便多言。秘书科在一楼，小孟一边走一边看了张兆林的批示，脑子一下懵了。他想不到朱局长一番耿耿直言到张兆林这里会是这么个反应。也许自己的认识水平太低了？

老朱的调查报告在各位领导那里旅行一圈之后，又回到了张兆林的桌子上。大家批的大多是同意张兆林同志意见之类的话。张兆林最关心的是陶凡的反应。陶凡却只在自己的名字上画了一个圈，落了个日期。张兆林的目光在那个不太规则的椭圆上定了片刻，琢磨不了陶凡的心思。

分管农业的副专员批了个具体意见，建议在适当时候召开一次发展庭院经济经验交流会，进一步推动这一工作。张兆林正有此意，便批示：同意开个会，请农委做好有关筹备工作。

二十一

这天马师傅从哥们儿那里得知1号车的刘师傅在活动，想来取代他的位置。这可不是个好事，他原来进地委办，靠的是当时在地农行当副行长的姐夫同张兆林的关系。但这种关系毕竟是下级同上级的关系，况且现在姐夫又调到外地去了。当初安排你进地委办，已经是给面子了，还能指望人家长期关照你？人情有时同钞票一样，多大的人情只能办多大的事，而且支出了就没有了。谁知道那刘师傅有什么背景呢？还真让人担心。李秘书长他摸不着深浅，谁知道他同刘师傅关系如何？自己找张书记吗？实在不妥。没有别的办法，想来想去还只有求小孟帮忙。他后悔自己原先不该对小孟那种态度。不知小孟是大度还是没有察觉到，那小伙儿好像并不在意自己的不恭。

那天，也是在县里出差。马师傅找了个机会同小孟说：“孟科长，我觉得我俩在一起共事很和谐哩!”

马师傅已好长时间不发牢骚了，而且开始喊孟科长。

小孟说：“是啊是啊，我也是这个感觉。”

马师傅说：“人还是要多读点书。张书记水平高，你同他说得来。我就不行，大老粗，你们谈的有些东西，我听了云里雾里。”

小孟听到这些，便明白马师傅一定是有什么重要事情要说了。他客气道：“哪里哪里，张书记的水平才叫水平，我当他的秘书，只要不误事就了不起了。不求有功，但求无过呀！”

马师傅钦佩道：“你看你看，你这什么功呀过呀，我就讲不来。同样一个意思，有水平的讲出来，味道就不同了。”

小孟不想再听他兜圈子，就启发道：“我就喜欢你的开朗直爽，有什么讲什么。同你一道共事，也是福气啊！”

马师傅捉摸着小孟的表情，说：“张书记我很敬佩，跟着这样的领导，辛苦一点也值得。只要张书记不嫌弃，又同你孟科长搭档，再累也没什么。我们做工的，又不求当官，图什么？就图别人看得起！”

小孟终于明白马师傅的用意了。刘师傅意欲取代马师傅的事，小孟清楚。李秘书长都有些松口了，但张书记不同意。他说都是地委办的工作人员，谁都不错，换来换去没有必要。弄不好还会引起外面的不必要猜测。这事早已定下来了，不知马师傅是否清楚事情的来龙去脉了？小孟决计借机行事，在这事上做些文章。他见马师傅仍在打迂回，便试探道：“你这个岗位最忙，责任又大，看起来简单，却也不是谁想干就可以干得了的。要真正按要求干好，也是要花工夫的，辛苦呀！但盯着这个岗位的人还是有的。有些人动机不纯，以为跟着书记跑就可以捞到好处！”

马师傅心想，孟科长分明也知道这事了，只是不便说穿，在暗示自己。已经挑到这一步了，他索性直接问小孟：“是不是有人在做我的手脚？”

小孟笑了笑说：“你自己其实都清楚了，何必瞒着我？”

马师傅便将从别人那里听到的话说了一遍。小孟一听，证实了自己的猜测，马师傅听到的真的是过时消息。小孟的算盘是：马师傅如果不知道事情早已定下来了，他就说去做做工作；如果马师傅知道已平安无事了，他就说他同张书记讲过这事。不管怎么说，都要是一种轻描淡写的表情。这会儿他心里有了底，更加卖起关子来："马师傅，这事我本来不应同你本人讲的，这是违背原则的。不过反正你自己也知道了。详细情况我不讲，你听见了怎么个情况就算怎么个情况。我建议你自己也不要去打听，也不要去活动，那样反而不好。我可以做做工作，相信不会随便动你的。"

马师傅立即表示感谢了。

过了几天，马师傅问小孟："事情怎么样了？"小孟很神秘地说："最后还没有定下来。李秘书长有意思让刘师傅来，不过你莫急，最后还得张书记定。你千万别去找李秘书长，他的脾气你知道，弄不好问题更复杂了。我今天就同张书记说说。"

马师傅当天夜里心急如焚，几次想爬起来跑到小孟的单身宿舍去问消息，还是忍住了，太急性了面子上不好过。说到底不就是给地委书记开个车吗？什么大不了的？讲出去是个笑话。可这对他的确太重要。

第二天一早，马师傅的小车照例开到小孟那栋单身楼下，一长两短地按着喇叭，比平时早了五分钟。从张兆林当一把手以后不久，马师傅都是这样，每天早晨七点四十准时来接小孟，再同小孟一道去接张书记。一般赶到张书记家里是七点五十。小孟接过张书记的包，向张书记夫人道声舒姨再见。张书记第一次接受这种服务时没说什么，小孟小马就这么坚持下来了。今天小车到小孟楼下时，小孟还在喝稀饭。小孟把头伸出窗户，示意等一下。

小孟一上车，马师傅就想问，却止住了。小孟有意慢条斯理，等了片刻，说："我同张书记说了，没问题。"马师傅立即松了口气，连说谢谢。小孟却又说："不过今天上午最后定，张书记要同李秘书长通一下气。你放心，张书记定了，通气只是过套。"马师傅相信这话，心里却仍是忐忑。

中午送张书记回家后，小孟在车上同马师傅说："现在最后定下来了。"马师傅满心欢喜，不知怎么道谢才好，不停地说是吗是吗？

"不过我要告诉你，"小孟说，"你不要有任何流露，就当什么都不知道，就当没有发生这回事。我也只当不知道这回事。这牵涉到领导意见分歧问题，说开了会惹麻烦的，尤其对你不利。"

"那当然，那当然。"马师傅感激不尽，一定要孟维周上他家吃中饭，喝几杯。小孟反正是单身，吃食堂，也就不怎么推辞了。马师傅爱人小荷手脚麻利，飞快地弄好四菜一汤。小孟说："中午中午，简单点简单点，就喝几杯啤酒吧。"马师傅说："是简单，是简单，四菜一汤，廉政建设的标准。"

马师傅几乎是每喝一口酒，都要说一声谢谢孟科长，感谢话成了他的下酒菜。小荷也是个里手人，不停地奉承小孟。年轻有为，前途远大。过几年下县镀金，再上来不又是地委领导？到时候我们小马就给你开车算了，还要你关照哩。

小孟道："不说这个，不说这个。我小孟何德何能？我与马师傅是好搭档，一起为张书记服务，就要尽好职责，处处为领导着想，处处维护领导形象。就说这回的事，马师傅特别要注意同刘师傅处理好关系。你就只作不知道这件事嘛。这牵涉到张书记同老陶书记的关系，不可大意。"

马师傅很恭谨地听着，连声称是。他已从内心把小孟当做自己的领导了。自此，马师傅对孟维周敬服有加，言听计从。对李秘书长却心里有了一本账，只是奈何不得他是顶头上司。

一桩本来就不存在的事，竟这样被孟维周演绎得一波三

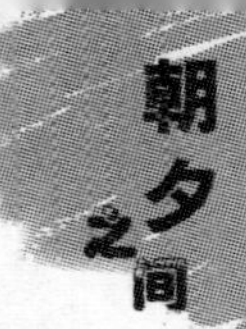

折，惊心动魄，让马师傅惶恐了好几日。事情看上去越是周折曲拐，越说明孟维周做的工作难度大，马师傅便越心怀感激。

这件事多年以后都让孟维周暗自得意。这让他发现自己搞政治原来天赋不浅。

二十二

孟维周和马杰随张兆林到省里开会。孟马二人同住一个房间。有天晚上，马师傅实在忍不住了，对孟维周说："孟科长你向张书记参谋一下，换一个车才行。不买新的，就换1号车也可以。其他城市的书记谁不是皇冠3.0以上的车？这也是领导形象啊。"

孟维周看得出，这马杰现在发现自己的位置牢固了，就开始耍弄1号车刘师傅了。如今这人啊，你今天推我一掌，我明天就踢你一脚。但他不想点破这一层。平心而论，孟维周也希望张书记有个好车，莫说车感舒不舒服，在外人面前脸上也光彩些。现在狗眼看人低的人多哩。外地市那些司机们，老是在自己和马杰面前调侃，说张书记是著名爱国人士，坐爱国车。但他猜想张书记暂时不会同意买新车的。当上地委书记不到一年，马上急着买新车，这不是张书记的作风。孟维周便说："张书记同我扯到过这事，买车换车他都不主张。"孟维周有意用了一个"扯"字，把张书记同他很随便很亲密的意思表现得淋漓尽致。春秋笔法，微言大义。今天孟维周有一种演说的欲望，既然打开了话题，就索性口若悬河了。

"马师傅，这些事情是要领导自己做主的，我们不要瞎操心，不然会帮倒忙的，影响领导形象。领导形象太重要了，古今中外概莫能外。当然美国例外。克林顿一边有人控告他性骚扰、逃兵役、吸毒，他一边仍当着总统。中国就不同，群众的眼睛雪亮的，他们对领导的要求很高。克林顿生在美国是他的造化，要是生在中国，凭他那德行，还想当总统？痴心妄想，白日做梦！我的意思是说，不论哪里的领导，形象很重要。说到精神，精神更重要。领导要有精神力量，群众要有精神支柱。所以毛泽东同志早就说过，人总是要有一点精神的。举个例子吧，杜甫在安史之乱中饱受流离之苦，可他‘每饭必思君恩。’我们现在要问，君对他何恩之有？可他仍然对皇帝老子心怀感念。忠君就是他那个时候的精神支柱。清代袁枚作为后人，当然看得真切一些，写诗说，‘莫唱当年长恨歌，人间亦自有银河。石壕村里夫妻别，泪比长生殿上多。’这里他批判地指出，只因为皇上沉溺享乐，荒于朝政，才导致安史之乱，使千万百姓像石壕村那对夫妻一样生死别离。这就是精神，是的，精神。精神很重要。”

孟维周眼看自己的演说合不拢口子了，便装着尿急的样子，抛下一句没头没脑的“精神”匆匆钻进了卫生间。一边小便一边照着镜子作鬼脸，觉得自己的胡说八道很可笑。并无尿意，半天才挤出几滴，同刚才的演说差不多。唉，自己原来在大学演讲是小有名气的，现在退化了。跟着领导跑，通常只需讲是或好，没有多少讲话的机会。这是一种危机啊！

马杰很佩服孟维周，人家一张口就古今中外。自己书读少了，听都听不懂。

孟维周同马杰的私人关系似乎越来越密切，像最好的朋友。孟维周却一直没有忘记姨父那句千万不要与同事交朋友的教诲。不过他对姨父的理论有所发展，他认为同事之间朋友还是要交的，但要注意设防，不要授人以柄。

过了一段时间，图远公司总经理舒培德先生准备给张书记赠送一部公爵王轿车，以感谢地委和张书记对他公司的大力支持。张书记不同意，地委怎么可以揩企业的油水？特别是图远这样的私营企业，是新的经济增长点，要大力保护。我们不能像有些西方国家那样，接受所谓政治捐赠，这是我们制度不允许的。我们不是那种金钱政治啊！地委不能开这头。可舒先生是诚心诚意的，怎么办呢？一来二去推了好几个回合，最后决定，地委坚决不能接受赠送，只作借用。

舒先生的诚意，孟维周完全相信。因为舒先生同张书记私交不错。全区众多企业头头当中，只有这位图远的老总被称做舒先生。孟维周刚到张兆林身边工作时，就看见舒先生常到张兆林这里走动，猜想他俩的交情已很久了。张兆林对企业的负责人一般都很客气。企业的同志，不容易啊，要多为他们排忧解难。舒先生可以说是白手起家的创业者，更让张兆林看重。舒先生的根底，孟维周知之不详，只零零碎碎听到一些片断，像个传奇人物。据说他从小外出闯荡天下，后来成了一家外国公司在国内的商务代表。几年前到地区来搞投资考察，张兆林接待了他，两人很谈得来。有个小故事，说是张兆林宴请舒先生时，服务小姐不慎将一碗汤洒了，张兆林裤子上弄了一块油垢。礼仪场合出这种洋相，张兆林脸上很不好过，严厉批评了服务小姐。服务水平太差了，幸好弄在我身上，弄在舒先生身上可是国际影响！舒先生连连摆手。不难为小姐，不难为小姐，我这个人很随便的，都是中国同胞嘛。再后来，舒先生不想在外国老板那里干了，自己出来创业，办起了图远公司。张兆林给了他很多支持。当领导就要这样办实事。这是张兆林一贯的主张。孟维周很叹服舒先生的能耐，包玉刚、李嘉诚、霍英东、曾宪梓他们都是白手起家的大财佬，舒先生的前程谁能料定？英雄莫问出身啊！

那辆公爵王轿车挂上了 5 号牌照。也有人建议换上 1 号，陶老书记反正不太用车。张兆林说不必不必。张兆林这些细节在孟维周看来，都是可以成大气的人才具备的。不过在人们心目中也早已约定俗成，知道现在西州的5相当于原来的1。有人讲了个笑话，说西州街上有人相争，一个怒喝：你算老几?一个答曰：老子算老五!

二十三

年底了，照例要组织有关部门到省里去汇报工作。省城到地区，山高路遥，省里的同志很难来一趟。只好自己主动上门汇报，感谢上级领导一年来的支持和关心，请求今后继续予以重视。既然是快到年关了，带点土特产，也是人之常情。省里一再打招呼，不提倡地市领导带队集体上省汇报工作。但你一旦去了，人家也不好将你拒之门外。远远地赶来也辛苦啊。

筹备了好一阵子，马上可以出发了。这天，唐总经理唐半仙跑到张书记办公室汇报工作，完了后说，祝张书记上省城一路顺风。张书记笑道："你是个吉祥人，有你这一句一定顺利的。明天我们上路，时辰上有讲究吗?"唐半仙回道："我早给你算好了。明天宜早行，凌晨六时过八分准时发车，万事大吉。"

唐半仙走后，张兆林叫来李秘书长，问："通知发了没有。"李秘书长说："通知昨天下午就发了。"张兆林说："我想明天我们早点动身，路上怕堵车，一天到不了。叫大家清早五点五十集合，路上吃早饭吧。"李秘书长说："也是，沿途好几处在修路，早点走好。那就补充通知一下。"张兆林说："好。陆专员那里请你亲自汇报一下。"

孟维周见张书记并没有把改变时间的原因告诉李秘书长，便很佩服张书记处事的老练，更感谢他对自己的信任。张书记一般都是严肃的，但对孟维周较随便，有时还随便得让孟维周不好意思。孟维周早就发现一条规律，张书记一般是在没有外人的时候随便，到外地去出差更随便，一回到办公室就像换了一个人似的。他有时也开几句不太雅的玩笑，让人觉得这位领导很贴近群众。但孟维周只是附和着笑笑而已，从不就着张书记的玩笑发挥，也不在任何场合重复他的玩笑。领导同志开那些不雅的玩笑，一般是在特定的环境下忘情所致，过后多半要后悔自己的失言。这样的玩笑，你敢重复他的？一句话，领导什么时候都是领导，下级什么时候都是下级。领导同你随便是平易近人，你同领导随便就是目无官长。千万不要看到领导同你随便一下，就忘乎所以了。

第二天凌晨，大家早早地赶到地委办公楼一楼会议室。张兆林同陆专员打过招呼后，问李秘书长都到齐了吗？李秘书长说："差不多了吧。"张兆林问："差不多？到底差多少？"李秘书长略加迟疑，说："只差财政局的了。"陆专员说："柳韵同志，等等她吧。"李秘书长点点头，眼睛不望张兆林，只同别的同志打招呼去。张兆林不做声，大口地吸烟，一张脸没在了浓浓的烟雾里。

六点过五分了，柳韵还没有到。张兆林把头掉向陆专员，说："我们走吧，不等了，她自己后赶来。女同志真叫婆婆妈妈。"陆专员一边起身一边还问了句："不等了？"张兆林说声不等了，就起身往外走。

上了车，就六点过七分了。张兆林左右看看，又叫孟维周想想，是否还忘了什么东西没有。孟维周作思索状，说："没有了吧。"他知道张书记是要捱到六点过八分。李秘书长望着车外，他希望柳韵同志赶上。

六点过八分一到，张兆林说："走吧。"于是十几辆小车依次开出地委大院。

一路上真的畅通无阻。下午五时半就赶到省城了。西州地区驻省城办事处已做好了一切接待准备。办事处袁主任请各位领导先洗漱一下，再就餐。

孟维周将张书记的行李放置妥当，正准备回自己的房间，见办事处袁主任来了。张书记此时正在卫生间，孟维周就问袁主任有事吗？袁主任附在孟维周耳边，轻声道："财政局柳局长出事了。"

"啊！"孟维周大吃一惊。

这时，张书记出来了。"小袁坐吧。"

袁主任唉了几声，却不坐下。等张书记坐到沙发上以后，袁主任低沉着嗓子，说："张书记，报告一件不好的事。"

"什么事，说吧。"张兆林不太在意的样子。

"柳局长路上出事了。"

"什么？什么事什么事？"张书记仰起头，眼睛睁得老大。

"翻车了。"袁主任说。

"啊？人没事吗？人没事吗？"张书记猛地站了起来。

"我是中午接到的电话。都不幸那个了，还有预算科长和司机，三个人都那个了，唉！"

张书记不停地摇头，在房内来回走动。

这时陆专员和李秘书长来了，站在一边不动。看样子袁主任早已告诉他们了。

谁也不讲话，都看着张书记在不安地走动。

过了一会儿，陆专员说："你看你看，谁想到有这事。"

张书记在沙发上坐下来。手指指另一张沙发，示意陆专员也坐下。张书记沉痛地说道："我有责任啊！"

李秘书长说："哪里哪里。要怪我们办公室时间要求讲得不严。"

晚餐吃得冷冷清清。办事处本来准备了几瓶好酒，给各位领导洗尘。张兆林挥挥手，酒就撤下了。

吃过晚饭，陆专员、李秘书长、办事处袁主任到张书记房间坐了一会儿。孟维周不知该进该退。张兆林说："小孟随便坐嘛。"孟维周就坐在床沿上。

大家心情平和一些了，开始议论这件事。柳韵这样有能力的年轻女干部不多，她今年不到四十岁吧。张兆林说："今年十月份满三十七。"过了一会儿，张兆林又补了一句，"碰巧她好几次生日都是同我们在外面出差过的，印象较深。"大家说着，张兆林交待袁主任："你再挂个电话回去，了解一下详情，等会儿告诉我。并请转告各位家属，我同陆专员后天回来，再去慰问他们。"

聊了一会儿，陆专员说："你早点儿休息吧。大家就告辞了。"

袁主任打了好几个电话，都不顺利。弄了一个多小时，才搞清情况。出事地点是西州地委出来后七十公里处，原因是车速太快，在拐弯处掉进山崖下面。因出事时间太早，又是冬天，直到上午十点多才被人发现。发现时人都凉了。

袁主任犹豫一阵，还是敲了张兆林的门。

张兆林还没有睡，一脸凄容。整个房子烟雾缭绕。他静静地听完袁主任的汇报，只轻轻说了句好吧，好吧，挥了挥手。袁主任退了出来。

马杰睡在床上，想着柳韵翻车的事，说："她那个司机平时很稳重的。"孟维周说："今天可能是追我们吧，谁知道?"马杰说："他妈的是不是今天日子不好？听说物资公司唐总懂这个，今后出门，都请他算算。"孟维周说："你真会开玩笑，张书记会信这一套?"孟维周对马杰总留有一手。下基层出差，晚上他同张书记一道打扑克，喝消夜酒，马杰至今不知道，总以为他们晚上办什么大事。孟维周认为有些事情弄得神秘些好处多。别人对你捉摸不透，就不敢造次。有些事则是理应保密的，像刚才说的，让人知道张书记信迷信怎么行？马杰自觉讲得不得体，立即点头说：“那也是，那也是。当领导的信科学。”

孟维周本来不太相信这种把戏的，可今天的事说起来也有点神。柳局长若是也赶在六时八分出发兴许不会有事？也难怪张书记有些相信。美国和俄罗斯的科学都比我们发达，可他们的总统都相信占星术，专门雇请大师卜问国家大事。这怎么说？未知世界远远大于已知世界，不要怀疑自己不懂的东西。

第二天吃了早饭，大家都集中到办事处会议室，恭候有关部门领导的到来。汇报会时间定在上午九时开始。请柬早发出去了，昨天办事处又分别打电话请了一次。整个汇报活动的大体安排是，先开个全面汇报会，再由各部门分头对口活动，张兆林同陆专员再走访几位省里领导。现在不幸出了柳韵的事，陆专员找张书记研究了，总体安排原则上不变，只把走访省里领导的时间压缩一下，争取今天下午和晚上搞完。万一搞不完，下次再来。明天一早，张书记同陆专员往回赶，李秘书长留下来负责。

大家正在会议室喝着茶，办事处接到省信访局电话，地区有几家困难企业的工人代表到省里集体上访来了，说他们半年没有领工资了，生活无着落。一共三十多个，怎么也劝不走，影响很不好。信访局的同志说：“我们已给你们地委办打了电话，现在问题是人不肯散，请办事处派人去协助做一下工作。”

袁主任把这个情况一汇报，张书记和陆专员都很恼火。陆专员嚷道：“这些人，我们来卖香油，他们来泼大粪！”

张书记看看表，都八点二十多了。发火没有用，得马上处理。不然省里有关部门的同志来了，大家脸上不好过的。张书记说：“时间不等人了，我先讲个意见，大家看怎么样，总的原则是两个‘一定’，工人群众的生活困难一定要千方百计解决，煽动工人闹事的个别人一定要严厉追究。银行同志在这里，马上挂电话回去交待家里，先贷款发放职工基本生活费，花钱买稳定。李秘书长同经委、办事处的同志马上去把人劝回。要买好火车票。送他们上车才算数。”

大家同意这个意见。

安排停当，时间也差不多了。李秘书长等火速出去了，省里部门的同志陆续到来。

汇报会的气氛很好。省里同志为西州地区这几年的发展感到满意，一致表示将一如既往予以支持。

中午设便宴招待。张兆林同陆专员举着酒杯到各席巡回敬酒，孟维周紧随其后打招呼。但张兆林只沾沾嘴唇，表示表示。省里同志笑着有意见了，说你张书记的酒量谁不知道？今天怎么这个表现？陆专员忙解释说，张书记这几天状况欠佳，饶了他吧，我奉陪各位一口干。就这么一桌一桌解释着，基本可以过关。可工商银行的胡行长记得当年一箭之仇，硬是不肯放过，就由孟维周代喝了。

宴毕，欢然而散。

客人全部送走后，李秘书长几位才赶回来，个个精疲力竭的样子。李秘书长说：“人总算送走了，但工作太难做了。”

张兆林说：“辛苦了，辛苦了。先吃饭，休息一下。下午我同陆专员出去活动，你就不去了，挂个电话回去，把我们上午研究的意见同在家的几位领导衔接一下，要马上落实。”

第二天一早，张书记同陆专员匆匆踏上归程。

张书记是个讲感情的人，对柳韵一定心怀负疚或者有更复杂的心情吧。孟维周在柳韵的追悼会上隐隐感觉到些什么。那天是陆专员致的悼词，张书记只做了不到三分钟的简短发言。短短几句话，不尚浮华，字字真切，表现出一位领导同志痛失英才的难过，感人至深。像这样的追悼会，孟维周跟随张书记参加过多次，张书记一般只保持一种礼节性的肃穆，不会大悲过恸。这也不是什么冷漠或虚伪，人之常情了。如今再说为谁的逝世哀痛至深，要化悲痛为力量，完全是客套话了。可这一次不同，孟维周分明看出了张书记内心的悲痛。张书记此后一段时间都不太畅快，孟维周却是劝慰不得的，只做视而不见。

二十四

张兆林问孟维周，刘禹锡有首诗，说什么什么桃千树，尽是什么刘郎栽，读过没有？孟维周早已知道这是怎么回事了，便说没有读过。原来孟维周听说，陶老书记对前段县处级领导班子调整有些看法。几位对安排不满意的原县委书记和部门领导牢骚满腹，有的跑到陶老那里诉苦。如南县的雷子建被安排到地委党校任校长，气得骂娘。他妈的张兆林太会玩人了。刚上去时，到处安抚人心，让大家都觉得张书记待自己不错，把自己当做他的心腹。事实上到底谁是心腹？只有他姓张的心中有数。好了，现在他根基牢了，一切都明朗化了，原来陶书记培养的全部靠边站。陶老不准他们乱说。这些人一乱说，难免让人误会是陶凡在操纵。中国政治同西方不同。尼克松下野后，从卡特一直批评到里根和布什，那是很正常的事，既不妨碍哪位在位总统的威信，也不妨碍他自己死后享受国葬。中国国情不同哪！但这些同志若硬是要嚷几句，他也只是安慰他们一下，不作什么评价。有次在陶老家中，好几个人在场，有人又提到了最近干部调整问题。陶凡摇摇手，说，不要议论这事，不要议论这事。接着随口念出了两句诗，说是刘禹锡的。在座的听不明白，却感觉到可能同人事问题有关。不知谁给传了出来，但传得不全。孟维周听到后，对那诗有点印象，但也记不清了。回去一翻书，方知原文是“玄都观里桃千树，尽是刘郎去后栽”。说的是刘禹锡被贬官十年后，应召回到朝廷，见朝廷又扶植了一批新贵。有感到此，作诗讥讽。孟维周明白了这个曲直，当然说没有读过这诗，省得惹麻烦。有些事是要装聋作哑的。张书记问过孟维周后，便作平淡的样子，其实仍疑云不散。孟维周忽发一念：干脆效法前人，以今典古，就说那两句诗我虽没读过，但从字面上看，用现在的话讲，应该指事业后继有人，欣欣向荣。细细一想，算了算了，不要自作聪明。

孟维周终于发现张书记其实并不把这些事放在心上，依然我行我素。他那大刀阔斧、敢作敢为的领导气质越来越明显。大部分场合，孟维周都同张书记在一起，他没有再见到张书记对前次干部调整发表过一次意见。沉默可以战胜雄辩。这好像是一位哲人说的。那些对安排不如意的，有的韬光养晦，伺机再起。像林业局的陈清镜，这次也下来了，安排到科协当副主席，却没事似的。有的英雄气短，怒发冲冠。农业局的朱来琪也下来了，到地区农委任副主任，他同雷子建一样，到处发怒气。没有谁想到位置变动是因工作需要，或者自己能力不济，或者自己问题太多。一般想到的原因是失宠，被划入谁谁一线的。孟维周很想知道张书记对这些人的真实态度。但他看不出。

二十五

孟维周最近提了个正科。参加工作才三年多，就正科了，这在地委机关还没有先例。这个孟维周爬得快呀！一个“爬”

字，很不好听，可不管你是谁，不管你官有多大，别人在背后总是这么议论你的，你有意见也没有用。说来也怪，谁也没见哪位官员爬着走，大家都是昂首挺胸勇往直前的样子。但人们都讲他们在爬。想想也真是那么回事。孟维周本人没有听见谁讲他爬得快。恭维他的，一般都说，进步真快呀！“进步”用在这个地方，既明朗又含糊。你明白别人是在恭喜你提拔了，又可以理解为别的许多意思，比如政治觉悟、工作水平、知识修养等等等等都提高很快。正因为有含糊的一面，你也就可以含糊地谦虚一下，说哪里哪里。别人若是直露露地说，你提得真快呀！你就不便说哪里哪里了。因为这等于说还嫌提拔得慢了。这就不对了。对组织的培养，人民的重托，只有感激的道理，怎么能有看法？不过一般很少有人那么直来直去地说你提得快，这么说，双方都尴尬。

孟维周也真的有春风得意的感觉。县市和部门的领导原来都叫孟维周小孟，慢慢地有人觉得叫小孟不太合适了，开始叫孟科或者孟老弟。尤其叫他孟老弟的那些同志表情十分灿烂。孟维周每天都要为这种热情感动好多次，有时分明感觉到心脏空悬着极舒服地晃悠一阵。但他学会了不流露这种感动。易喜易悲，都是不成熟的表现。但这同不以物喜、不以己悲的意思绝对不同。那是古人们超然物外的潇洒，早过时了。现代社会了，晋身官场，于喜于悲，需要一种不为所动的老成。这是一种沉稳，一种刚毅。如果要说这是冷漠无情或者麻木不仁，那完全是贬低的说法。这不奇怪，人们看问题总是各有各的角度的。这也是辩证法！孟维周有次与同学聚会，有的说他成熟多了，有的就说他冷淡些了。孟维周只是笑笑，说老样子老样子。但他越是注意表现得老成持重，越是为内心下意识的感动而羞愧。自己看似成熟实则不成熟啊！这是否也是一种外强中干！

孟维周有意无意间研究了张兆林的晋升轨迹，看上去是那么容易，三蹦两跳就到了地委书记的位置。这让他更加充满革命信心。孟维周看报纸，最留意本省各地市及全国各省市领导的情况，所以官场上走马换将来龙去脉他了如指掌。张兆林同其他领导有时闲扯，喜欢议论某人到某省当书记，某人到某省当省长。如果场合随便，孟维周也插几句话，将那些外省领导的出身及经历讲得一清二楚。张兆林就说，啊，啊，是的。其实他并不清楚这些。张兆林有几次表扬孟维周政治觉悟高，政治敏感性强，是不是就指这事？后来，孟维周连外国总统的情况也感兴趣了。外国领导人访华时，报纸上总要登一段来访者简历。孟维周特别喜欢研究这玩意儿，比如这位总统毕业于什么大学，学什么专业，属于什么党派，有什么特点和爱好，什么政治主张，主要对手是谁，从事过哪些职业，当总统之前奋斗过多少年等等。尤其是每一次晋升同上一次晋升的时间距离他最好琢磨，看别人多少年之间共升了多少次，平均几年升一次。每一位政治家的升官图在孟维周的眼里似乎都是寥寥几笔，简单明了。从政是多么容易而又惬意的一件事！

那天，孟维周在马杰面前做的有关“精神”的演讲不能自圆其说，也让孟维周感觉出一种危机。这是他目前觉悟到的惟一的前进障碍。现代政治演说才能太重要了。当领导的谁一张口不可以讲个一二三？古人说君子讷于言而敏于行，这种看法早不合时宜了。做领导只要会讲，不一定要会做。太重视做了，往往事必躬亲，陷入事务圈子。这几年层层领导不都呼吁要超脱，要跳出事务圈子吗？君子不事俗务。领导同志不能在琐事上太过用脑，而应用宝贵的智慧去想大事谋难事。一旦谋出个什么宏伟蓝图之类的东西，就号召群众来实施。这可不是只讲空话不办实事的意思。领导的职责是什么？除了用干部，就是出主意。你的主意要让群众理解，就得长于演说。列宁教导我们说，理论一旦掌握了群众，就会变成巨大的物质力量。列宁不就是一位杰出的演讲家吗？全世界无产者通过他的演讲知道了一种伟大的理论。我们就是用这种理论来搞革命的。革命可不是闹着玩的。在这场革命中，我们失去的仅仅是脖子上的锁链，而获得的却是整个世界。现在有人说，西方政治，在某种意义上就是一种演讲政治。政客们从竞选议员到竞选总统，所有的高官厚禄都是咿里哇啦喊出来的。选民们明明不信他们那一套，但还是看谁讲得动听，就投谁的票。那些国家文化发达，人都聪明，但在大是大非面前就这么没有觉悟？原来有人说，那些国家的人民再也没有什么可以相信的了，就只有相信谎言。人就是贱，总要信点什么心里才熨帖。

我们要号召群众啊，就得学会演说。孟维周开始有意识地锻炼自己口头表达能力。准确地说，是恢复这种能力。他在工作中不可能有多少机会讲话，于是尽量坚持每天睡觉前搞一段无声演讲。虚拟自己是什么什么职务的官员，在做报告，在接受电视采访，在找干部谈话，在批评下级。他很容易进入角色，慢慢地弄得自己很满意。若是在外出差，就钻进卫生间，对着镜子演哑剧。这事不能让马杰察觉。对着镜子，连自己的仪态都可以检视，训练效果更佳。他自我感觉不错，认为完全可以这么练就出色的演说才能。记不准是戴高乐还是邱吉尔，原来是个结巴，便专门面对大海强化训练演讲，结果成了优秀的演讲家。自己的基础好多了，还怕不成功？难道只有我孟维周这样吗？别的领导譬如张兆林，他们在成大器之前是否也暗地里做着种种素质准备？想必不会太例外吧。谁也不是神仙下凡，都是从凡人做起的。

有次，孟维周随张兆林坐在疾驰的轿车里，街道两旁的行人飞快晃过，晃成一片模糊。他不由得琢磨起这片模糊来。不知古人把人间唤做红尘是哪来的灵感？坐在飞奔的轿车里看芸芸众生，只见一片模糊，才真可以说是红尘万丈。这种联想极容易培养人的伟大感。心想张书记和马杰都不可能知道他的内心世界，孟维周很有些得意，也觉得有些滑稽。说不定一位杰出的政治家就这么悄悄地在成长啊！据说希特勒在发动战争之前，躲在深山老林训练战争机器，神不知鬼不觉。所以有人觉得希特勒的军队是一夜之间强大起来的。哎呀呀，怎么神使鬼差地想到了希特勒？孟维周感到脸热，似乎自己也有一点背地里磨刀霍霍的阴险味了。反过来一想，自己并非有什么值得指责的。只是思维出岔，同希特勒做了不恰当的类比。自己的一切抱负都是胸怀天下的，何错之有？当然也不能讲出来。拿破仑说不想当将军的士兵不是好士兵，这只适应于外国军队。求功名觅封侯是中国封建时代人们的政治抱负。如今的革命干部，大公无私，套用前人话讲，只能讲精忠报国，不能讲封妻荫子。理想必须有，但理想一定要远大，譬如共产主义什么的，不能太具体，说要当个什么官。理想太具体了，人家轻则说你觉悟不高，重则说你野心勃勃。好在没有谁能洞穿你的灵魂。可现在练这功那功的人很多，据说有的功修炼到炉火纯青，便天目洞开，看谁谁都一丝不挂，你脑子里面想什么他一清二楚。但愿这是胡扯，要不大家都开了天目，灵魂无所遮拦，世界不就乱套了。

二十六

最近机关里又流传了一句新的顺口溜：讲真话领导不高兴，讲假话群众不高兴，讲痞话大家都高兴。这话不说完全正确，也是相对真理。且不论真话假话如何，机关里的痞话的确空前地多起来了。办公室精神会餐，最受欢迎的食物往往是些粗俗的玩笑。但有一句痞话让张兆林很不高兴。要不是注重涵养，他简直会发作。那句话是：冷水洗鸟，越洗越小。张兆林的不快，是因为有人将这话用在他身上，意思很明朗，说他这个位置上的人一个不如一个。张兆林当然是最差的一个了。孟维周在一个偶然场合听到了这句话，觉得太那个了，心想张书记若是听了，不知有何反应？后来他又感觉出，张书记可能听到这话了。只是当领导的修养好，没有明显流露。孟维周猜想，张书记的消息一定来自告密。也有这等蠢人，为这种事告密，有什么好处？弄不好自己也要赔进去。有个故事，不知是历史还是寓言了，说一位国王，给报告好消息者以奖赏，给报坏消息者以惩罚。这事若是历史，历史永远是现实；若是寓言，寓言永远是真理。谁将那种恶毒的痞话传给张书记，肯定不讨好的。孟维周记得上小学时，学校发现了一句反动标语，弄得全校上下紧张兮兮的，像马上要发生地震了。班主任老师在讲台上讲起这件事时，最大限度地运用意会的表达方式，怎么也不敢重述那句反动话。类似的忌讳，一万年也不会改变。

张书记在好几次会议上号召各级领导干部要为官一任，造福一方。群众看什么？就看你的政绩！

这是否可以看做是对个别诋毁者的回击呢？也未可知。

地委的实干形象明显地树立起来了。按照张书记的思路，这个封闭落后的山区要发展，必须在深化改革的同时，最大限度地扩大开放。同兄弟地市相比，扩大开放显得尤为重要。因此，必须下更大的决心，走出大山，走向世界。这样，地委经过认真研究，推出了以走出大山，走向世界为目标的开放工程，简称“两走工程”。前一段，有人议论张兆林只知捡陶凡的衣钵，搞他的庭院经济，没有任何新点子。领导就是要出点子呀。如今张兆林“两走工程”的思路一提出，立即得到地委一班人的赞同。陆专员说，张书记这个思路很好，符合我区实际。在非正式场合，陆专员还调侃道，张书记很有思想，不愧为我们地委的张克思。张兆林却很认真地表示，这是全区干部群众实践的总结，是地委一班人集体智慧的结晶，这个工作思路得到省里领导的充分肯定。

可如今编顺口溜的人灵感来得特别快。“两走工程”一边在大肆宣传贯彻，一边就有人讲怪话了。说什么：两走不两走，原地踏步走；工作往下走，领导往上走。这回张兆林真的发火了。在地委扩大会议上，张书记显出少有的激愤。这像不像话？啊?！有的人只知道瞎议论，瞎指责，工作不干，怪话连篇。要对全体党员、干部，特别是领导干部提出一条纪律，那些蛊惑人心的顺口溜，不准信，不准传，更不准编！要让一切涣散斗志的言论没有市场兜售！对乱七八糟的顺口溜，有些同志存在错误的认识，认为这是群众意见的反映。不是那么回事，这是个别别有用心的人编的。用民谣儿歌之类的东西来搞乱人心，自古就有先例。三国诸雄就经常采用这个计谋。现在是共产党的天下，不允许这么胡来！有的顺口溜可能还是个别干部编的。让一般群众来编，编得了这么好吗？所以要特别指出，一旦发现党政机关工作人员编这种顺口溜的，要严肃处理！

于是，根据张书记的意见，地直机关组织了一次严肃认真的思想作风整顿。各县市积极响应，也搞了一次。省委组织部觉得这个做法很好。改革开放，不能忽视干部作风建设啊！于是，派人下来搞了次专题调查，写出一篇很漂亮的经验材料，分别登在省报和省委内部刊物上。当然，省委组织部的同志不知道有什么“工作往下走，领导往上走”之类的顺口溜。他们的经验一宣传，各地市也深感干部作风很有必要整一下。各地市都搞了，省直机关也不能太被动，也很认真地搞了一次。这样，张兆林倡议的干部作风整顿，成为全省学习的榜样。

二十七

张书记的肚子明显地腆了起来。孟维周原先似乎不曾注意，他是上次同张书记一道游泳时发现的。不久前，张书记到外面转了一圈，先是到北京跑几个项目，拜访了几位老同志，再到沿海考察。在鼓浪屿海滨浴场，孟维周第一次发现张书记的肚子已经很大了，立即联想到涵养、度量、宰相肚里能撑船之类的话。张书记也的确是宰相肚里能撑船。现在干部的思想越来越复杂，背地里议论领导已司空见惯，对他张兆林也很有微词。但孟维周注意到，一切难听的话，在张兆林那里，都是左耳进，右耳出，从不耿耿于怀。在北京向老同志汇报工作时，张书记没有流露半句怨言，让老同志很放心。有位老同志高度赞扬道："小张呀，家乡有你这样的好同志当书记，是群众的福气！全区干部群众能够这样心往一处想，力往一处使，家乡大有希望。"孟维周当时听到这句话，忍不住想笑，但还是拼命地止住了。本来险些儿要脱口而出的爆发性的笑声，化作一种感激的微笑，柔和地荡漾在脸颊上。倒不是想笑张书记的汇报不实什么的，这一点他是不敢笑的。一失笑便会成千古恨。他是想起了一个很不雅的玩笑。有回听某公扯谈，说什么男女做爱时才真的是心往一处想，力往一处使。孟维周还是个童男子，没有体验，但他猜想应该是那么回事吧。

张书记的确不在乎人们说三道四，他只一股劲儿地抓大事。凡是大事，都要抓得有声势，有影响，以提高本地的知名度。有人看问题就是偏激，说人家张书记堂而皇之是要提高本地知名度，实则是自己出风头，捞资本，捞政绩，提高自己的知名度。最近，地区又办成了一件大事，即将开通程控电话。

这是地区“两走工程”的关键性项目之一。实现“两走”，通讯太重要了。原计划用这个项目向“五一”劳动节献礼的，因故未能如期完工，便改为向“七一”党的生日献礼。可又未能完工，只得改向“十一”国庆献礼。张书记给地区邮电局向局长打过一次很严肃的电话，说再也不能拖了，“十一”再有问题，你自己上电视台向全区人民交待。邮电局虽是条条管的，但对地委还是很尊重的。向局长说用自己的党票和职务保证，一定在“十一”上午八时准时开通程控电话。现在是九月中旬，看进度是没有问题了。张书记开始考虑，怎样把开通程控电话这事搞得有声势一点。这是全区人民热切关注的大事呀！地区邮电局准备热热闹闹地搞一次剪彩庆典。张书记不同意。现在什么都搞剪彩，群众有看法，又落俗套。他指示邮电局再研究一个庆典方案。不等邮电局的方案出来，张书记自己有一个点子。打算在“十一”上午八时拨通第一个电话，代表西州全地区人民向省委刘书记报喜，感谢省委、省政府的支持。由电视台将打电话的实况转播给全地区千家万户，以振奋人心。张书记叫来陆专员和李秘书长谈这个想法。陆专员说：“这个点子好，又别致，又简单，又有意义。”李秘书长也说：“这样好，这样好。”孟维周心想，是否也要附和一句，说张书记的策划很有新意？到底还是忍住了。不能讲策划。策划这个词以往常常与阴谋连在一起，在官场至今还觉得这是个贬义词。要讲只能讲谋划、筹划之类。而谋划又有太过心计的意思，还是不妥；看来只有讲筹划，似乎筹字有极尽辛劳的含义。词典上当然不是这么解释的，词典上是死的语言，生活的语言才是活的，而官场上的语言又最精妙。所以还是讲筹划吧。可还来不及讲，张书记已向李秘书长做指示了：“省里领导很忙，李秘书长辛苦一下，上省里跑一趟，向省委办公厅汇个报，征得刘书记同意。”

三天之后，李秘书长从省城回来，向张书记汇报。省里领导的确很忙，联系起来还真困难，但事情总算落实得差不多了。

原来，李秘书长先向省委谷秘书长汇报了地委的想法。谷秘书长对这种不搞排场，简朴办事的作风给予了高度赞扬，说："一定向刘书记转达你们地委的想法。"李秘书长在地区驻省办事处住了一晚，第二天，打电话同谷秘书长联系了一下。谷秘书长答复说："刘书记原则同意。具体安排，请你们同刘书记的秘书伍秘书衔接。"伍秘书也很忙，刘书记有多难找，伍秘书就有多难找。当天晚上十二点了，才挂通了伍秘书的电话。伍秘书毕竟是书记身边的人，很热情，说已上床睡了，还是爬起来接了电话。伍秘书说："谷秘书长同我讲了这事。你们张书记准备在电话里讲什么话?"李秘书长说："就是报喜，代表全区人民报喜，感谢省委、省政府的支持。"伍秘书说："这样吧，电话里扯不清，我明天清早七点五十在办公室等你，你将你们张书记要讲的话写上给我。八点我要跟刘书记出去。"之后，李秘书长连夜拨通了张书记的电话。张书记沉吟一会儿，一句一顿地说了几句。李秘书长在这边飞快地记了下来。放下电话，又工工整整地抄了一遍。对自己的字不满意，可又是深夜，外面打字店都关门了。便对办事处袁主任说："小袁，你的字怎么样?"袁主任谦虚道："不行不行。"李秘书长却把笔和纸推到了他的面前。袁主任就认真地抄了起来。李秘书长看到小袁的字还可以。可袁主任刚写了半行，李秘书长说等会儿，等会儿。李秘书长刚才猛然意识到，这稿子虽只有百把个字，总也得有个题目才是，不然，一个光头文章，怎么送上去？但这样的文章，李秘书长还是平生头一次碰上，不知怎么处理。既不能标个某某同志在某处的讲话，又不能标个关于什么的报告，怎么都不伦不类。真是老革命碰到了新问题。李秘书长踱着方步冥思苦想了好一阵。才想到了一个不算太如意的标题：十月一日张兆林同志给省委刘书记的电话。忙完之后，已是凌晨两点多。

次日一早，李秘书长同袁主任一道准时将稿子送给伍秘书。伍秘书热情地握着李秘书长的手，说："好吧，等定下来再通知你们。坐下喝杯茶吗?"李秘书长告辞，说："不了，你忙。我们办事处小袁随时找你联系行吗?"伍秘书说："行！行!"

张书记听完李秘书长的汇报，表示满意，并指示李秘书长交待小袁随时同家里联系，李秘书长说："交待了，交待了。"

同省里联系得基本妥当了，邮电局向局长跑来汇报，说剪彩活动只怕还是要搞，他们省局要来领导。这就让张书记为难了。省邮电局不好得罪的，地区的通信建设要倚仗他们支持。但如果同意搞剪彩，对省里又不好交待。省委谷秘书长对他们不搞剪彩是给予了赞赏的，而且又向省委刘书记作了汇报。张书记反复考虑了一会儿，表了个态：原则同意搞剪彩活动。气氛要热烈，场面要简朴；不在排场，重在庆祝。私下却有一计，吩咐电视台，庆典活动的各项内容都要录像，但电视上只报道向省委报喜的内容，其他场面的录像只作资料保存。因为，其他场面都有省邮电局领导在场，如果不录像，人家说不定会有看法的。而报道与否，则是新闻由头问题，记者有权选择报道的角度，可以看做同地委意图无关。只要新闻报道上注意了，省委那头也好说了。不得已而为之，只好如此了。

很快就是九月三十号了，省委那边还没有最后的消息。办事处袁主任一天一个电话回来。他打听到，刘书记上北京出差去了。原计划二十九号回省里，航班是上午十点四十到达。因天气原因，改坐火车了，正点的话是三十号上午十一时到站。袁主任说："打了电话后，马上赶到省委办公厅去等伍秘书。"

直到下午四点了，袁主任还没有电话来，李秘书长急了，打电话给办事处，办事处的同志说："稿子已到手了，袁主任赶火车回来了。"李秘书长发火了，怪他们怎么不先打个电话报告一下，这边领导急死了。办事处接电话的是个女孩，吓坏了，忙说："袁主任刚才急急忙忙交待一句就赶火车了。我刚准备打电话回来，李秘书长您的电话就来了。"

李秘书长不听那么多了，忙跑去报告张书记，好让张书记放心。张书记拍了一下大腿，说："这个小袁，脑子这么不活，不知道发传真过来？你看你看，越忙越乱。素质问题，素质问题啊！"

李秘书长感到这事自己有责任，忘记交待小袁发传真了。便说："也是也是，我交待过让他发传真过来的。一忙，可能忘了。不过还误不了事，火车是明天清早七点十分到站。"

次日清早，孟维周奉命接站。他很担心。因为这趟火车几乎没有不晚点的，有时一晚就是个把小时。今天若是这样，那就惨了。没有省里定的稿子，张书记怎么去打电话？又不能再打电话到省委办公厅去问那个稿子。问什么？问我们张书记怎么给刘书记打电话？

孟维周觉得省里办事也太死板了。不就是打个电话吗？弄得这么烦琐。张书记本来很会讲话的，这么一限制，还真不知怎么讲了。

果然晚点了。一打听，说是预计七点二十五到站。能在这个时间到还误不了事，一超过七点四十就危险了。

还好，七点二十五火车终于到了。袁主任老远就把手扬得高高的。孟维周也把手扬得高高的。但人多拥挤，袁主任怎么也快不了。两人手一握，立即往小车跑。一上车，袁主任就将稿子拿了出来，交给孟维周。孟维周接着稿子，说："你发个传真过来不省事多了。"袁主任马上意识到自己忙个通宵倒忙了个愚蠢，便掩饰道："想过发传真，但听说最近机要局这边机子不行，收文效果不好。怕误事，干脆送回来算了。"孟维周打开稿子一看，两页半纸，电脑打印的，格式像是相声脚本。一浏览，也就是些极平常的话。便感慨道："搞得太严肃了，太严肃了。"袁主任说："上面领导讲话，不随便讲的。前任省委书记有次在北京开会，中央电视台记者采访他时，因为事先没有准备好讲稿，讲了几句就前言不搭后语了，影响很不好。"

新落成的电信大厦气派不凡。一楼营业厅里，地委行署主要领导、省邮电局领导及有关部门的负责同志在等着八点钟的到来。根据安排，打过电话之后，各位领导同志再到外面去举行简朴而隆重的剪彩仪式。张书记同省邮电局的领导热情地交谈着。电视台的记者们各项准备就绪。孟维周赶到了，没事似地走到张书记面前，递过一个信封。张书记也没事似地接过信封，不马上打开看。过了片刻，省邮电局的领导同别的同志搭话去了，张书记才取出稿子来，慢悠悠地吸着烟，看了一遍。张书记将稿子塞进口袋，毫无表情地望了一眼孟维周。孟维周知道张书记在望自己，却佯装不知，同记者们招呼去了。张书记在这些细节事情上特别欣赏孟维周。换了别人，送这稿子给张书记，一定是火急火燎的样子，而孟维周却像什么事都没有似的。所以，除了张书记、陆专员、李秘书长和孟维周，在场的人没有谁知道这场戏原来还有那么个脚本，而且这脚本刚刚才送到，也没有谁知道谈笑风生的张书记背上一直在冒虚汗。

八点整一到，张书记按下电话机免提键，亲自挂通了省委刘书记办公室的电话——

"喂，刘书记吗？你好！"

"是。请问哪位？"

"我是张兆林。"

“哦，兆林同志，你好!”

“刘书记，我给您报个喜。我区的程控电话，今天正式开通了。这是我们开通程控后打的第一个电话。我们西州全地区六百万人民，非常感谢省委省政府的关怀，一定进一步加大改革开放的力度，认真实施‘两走工程’，努力实现经济的超常规发展!”

接着，电话里传来刘书记洪亮的声音。

电视记者们紧张地忙碌着。

当天晚上，地区电视台就播放了这一新闻。自然安排在头条。此后又重播了三天。次日晚上，省电视台也播了这条新闻。第三日，省里日报就此发了头条新闻，还配发了一则评论，题目：新闻之外的话题。副标题：不搞剪彩，不搞庆典，为这样的开业仪式叫好!

二十八

马杰悄悄地告诉孟维周：“外面有人讲鬼话，说张书记同厂长经理们太热乎了，中间肯定有说不清的事。特别是讲同舒先生和唐半仙的关系，太那个了。那意思，不是讲张书记受他们的贿?”孟维周严肃地说：“马师傅，这种无根生叶的话，我们千万不要去传。就是听见有人议论，也要敢于制止。我们是张书记身边的人，最了解张书记，更有责任站出来维护张书记形象。不过，不是那个场合，也没有必要自己提出来去做解释，那样别人以为是此地无银三百两，成了反宣传。”马杰说：“是的是的，我也只是同你讲一下。你看是否应报告一下张书记?”孟维周说：“没有必要报告。当领导的，一人难满百人意，有点议论，正常的，何必报告，让张书记不畅快?张书记太忙了，没有时间关心这种事！”

其实这种议论孟维周早就听说了。还有人告黑状告到了省里。不光这些，还说他同几个女人关系暧昧，已经死去的柳韵是他最喜欢的。张书记自己当然也知道了，并不放在心上。省纪委严书记来地区检查工作时，张书记以闲谈的方式，再次讲了他那句名言，说有人告状的领导不一定是好领导，没有人告状的领导绝对不是好领导。严书记点头称许，说言之有理。张书记此后又在好几个场合讲了这话，孟维周便感觉出这话的分量来。细细体会，那句名言妙不可言。既然有人告状的领导不一定是好领导，中间自然有坏领导。同是有人告状，谁好谁坏，怎么知道？这就说不清了。妙就妙在这个说不清。

省日报社驻本地区记者站白站长奉命来到张兆林办公室。李秘书长和孟维周在座。张书记就各级领导应如何为企业家撑腰，理直气壮地支持改革这个问题发表了重要意见。指出，这个问题，我们地委一直是重视的，地委也是带了头的，全区总的来说是做得不错的。但是，有些同志做得不够，个别同志对这个举措还有误解。所以，我建议组织一次宣传活动。群众要靠正确的舆论引导。最后责成李秘书长负责牵头，由地委办、行署办、宣传部、记者站等单位抽调骨干，具体研究落实。

李秘书长叫白站长和孟维周到他办公室去，三人先凑凑，搞个大致方案，到时再请有关单位的同志谈。

“凑一凑，凑一凑吧。”李秘书长说。

白站长说：“听李秘的，听李秘的。”

孟维周也说：“听李秘的。”

李秘书长说：“那好吧。我的意见，这次宣传，内容上要有针对性，声势上要有震动性，组织上要有计划性。现在的问题是，对于改革大家是有共识的，但落实到支持具体的改革者，情况就不容乐观了。所以说，首先要以张书记的名义，写一篇强调理直气壮地支持改革者的理论文章，这个原则上由宣传部和地委办负责。另外，组织一篇长篇报道，宣传地委一班人同企业家交朋友，为企业家排忧解难的事迹，这个原则上由行署办和记者站负责。省报就上这两篇，不在于多。同报社的具体联系工作，白站长负责。地区日报，除了上这两篇文章外，还可以另外组织一些。我就这个意见，看两位如何?”

白站长表示拥护。

孟维周也说：“这样安排好。”在孟维周看来，李秘书长虽然语言表达有些别扭，生硬地凑出个“三性”，但看问题还是看到点子上了，部署也很有条理。领导同志讲话的语法或逻辑毛病，孟维周也早习以为常了。

李秘书长说：“那好。小孟请通知一下几个单位，明天上午八点半到地委会议室来开个会。”

孟白二人便告辞。出来后，白站长将孟维周拉到一边，说：“我不便同张书记和李秘讲，你看怎么参谋一下。文章当然要上的，但省里报社那边要意思一下，我们站里没有这个开支。”孟维周说：“这个好办，按老规矩，我提醒李秘就是了，不必惊动张书记。”

半个月之后，文章先后在省报发表了。先发张书记的理论文章：《要理直气壮地支持改革者》。这是一篇既有理论，又有实践的好文章。过了几天，又推出长篇报道：《人民公仆的情怀——西州地委一班人做企业家朋友，为改革者撑腰》。

二十九

张兆林收到了一封告状信，告的正是唐半仙。信是孟维周拆的。一般的信，该怎么处理，孟维周就代为处理了，不用交张书记过目。因为这封信关系重大，他不敢擅作主张。主要告唐半仙三件事，一是贪污公款；二是生活腐化；三是经营失误，企业亏损。情节具体，言之凿凿。署名物资公司职工李友竹。这让张兆林很不好办。前不久刚宣传过地委领导同企业家交朋友的事迹，他自己还写了理论文章。这当然是正确的，可那篇报道里专门写到了张书记同唐半仙交朋友的生动事例。张兆林猜不透是唐半仙得罪了职工，还是有更复杂的背景？他隐约感觉到，这似乎是冲他张兆林来的，可能还有更复杂的情景。张兆林见这信是电脑打的，说明告状人肯定印了若干份，其他领导也会收到的。这就很不好批示，弄不好几个头头的批示意见有分歧，难免弄出矛盾。而且有人会拿他的批示去猜谜的。思索了好一阵子，他批示转纪委。对这一类揭举信的处理要慎重，既要重视问题，又要实事求是，更要有利于稳定企业，稳定人心。

这是一道很有功底的批示。字面意义不偏不倚，无可挑剔，聪明人一读便知在暗示什么，但谁也提不出理由说这是在暗示。那“这一类”三字亦是点睛之笔。这说明张书记关心的是类似的所有案件，这道批示具有普遍的指导意义。你说张书记同唐半仙关系特别，但张书记对唐半仙案件连专门批示都没有，只是笼统就这一类案件的批示。有时，张书记批示什么意见，难以尽意或不便尽意，孟维周心领神会，却不在张书记面前挑破。他便将有关人员找来，把张书记的批示交给他们，并口述一遍。口述当然按批示原文，一字不差，而听的人一下就领会了。语言艺术就是这么玄妙。孟维周的这套功夫，深得张书记的赏识。今天这关于唐半仙的批示，孟维周完全能够透彻理解。但这个批件不会让孟维周去送的，得由地委办的正规公文渠道传递。孟维周相信纪委的领导也会领会的。孟维周也不希望唐半仙真的有什么问题。

几天之后，纪委两位同志到张书记办公室汇报，说：“物资公司没有李友竹这么个人，这只能算是一封匿名信。用匿名信告状的，我们每天都会收到不少，一般不立案查办。哪有这么多人手？请示张书记这事是不是放一下？”

张书记说：“这个你们纪委有权决定。用匿名信告黑状，这个风气很不好。以前我们不注意方法，很有一些同志被这种匿名信给害苦了，还弄了一些冤假错案。这个教训一定要吸取。我还是那个观点，有人告状的领导不一定是好领导，没有人告状的领导绝对不是好领导。”纪委的同志走后，孟维周有事进来了。张书记还在自言自语：“什么李友竹，哪里钻出个李友竹？”孟维周听了，灵机一闪，猜到了什么，说：“李友竹就是理由足的谐音，肯定是匿名信。既然有理由，又何必匿名？不可信。”这话极合张书记的心意。

不料，过了两个多月，省检察院对唐半仙的问题做了批示，责成地区检察院立案查办。看来那个告状的人是铁了心了。既然到了这个地步，就不可等闲视之了。地委几位主要负责同志听取了地检察院王检察长就本案的专题汇报。张书记的态度明朗，说要实事求是，依法办事。

唐半仙听到了消息，跑到张书记这里汇报。张书记说：“你现在不要找我，我只希望你真的清清白白。地委一向支持你的工作，但你真的有问题，也不能包庇你。包也是包不了的。地委一向支持你的工作是正确的。但不是叫你乱来。当然从我个人愿望，希望你没有事。”

第二天，唐半仙被收容审查。张书记指示王检察长：“这个案子影响太大，地委很关注，你们要随时向我通报办案情况。当然严格说这是不合法的，但我是不会干扰你们独立办案的。”所以，从唐半仙被收容之日起，王检察长每天都要同张书记碰一次头。

侦查工作步步深入。一个星期之后，张书记在地直部门负责人会议上讲到："个别企业负责人，利欲熏心，生活腐化，更有甚者，在经营活动中，不讲科学，靠问卜算卦来定决策，真是荒唐至极！这样搞，企业不亏得一塌糊涂才怪！"张书记表情义愤，十分严肃。下面有人悄悄议论，这下唐半仙完了。孟维周不知案件详情，但觉得张书记不该点唐半仙算卦的事，你自己也相信，也让唐半仙算过，况且你们私交也可以，却这么讲，有失厚道。不过这只是孟维周内心一闪而过的感触，并不妨碍他对张书记的尊重。他早就在什么书上看到了一句至理名言：用道德标准去衡量政治家是幼稚可笑的。

张书记这次讲话以后第三天，唐半仙被正式逮捕。

这天，张书记吩咐孟维周："同舒先生联系一下。他找过我几次，我没有时间。你跟他讲，以后有什么事，可以先找你。"

孟维周明白张书记的意图。唐半仙案发，一石激起千重浪，各种离奇的谣言都来了。唐半仙的问题不是孤立的，背后肯定有人。有人又怎样？这样的事还少见吗？有些人，大家都知道他不干净，就是搞他不倒。人家得问你要证据啊！你怎么去告？向谁告？官官相护哩！人家当着全区人民的面向省委书记打电话，这不清清楚楚吗？人家同上面头头都是铁哥们儿！北京都有靠山！北京？省里头儿肯定是他的靠山，北京就不一定，都是些退下来的老同志，能顶什么用？这你就不懂了。那些老同志，退下来了，虽是天津包子狗不理，但他们要将一个小小地委书记扶上副省级，还是出得了力的。他是个聪明人，那些老同志，退下来无聊得发慌，他一年去看他们几次，汇汇报，他们心里自然很受用的。不用他明讲，他们也会为他讲话的。这个路子从来还没有人走过哩！

流言蜚语通过各种途径传到孟维周的耳中。他猜想张书记也会听到的。只是张书记听到的话会委婉一点，不会像他听到的这么露骨。这是张书记主持地委工作以来最棘手的时期，孟维周也深感忧虑。但他见张书记一直是处变不惊的样子。倒是孟维周的姨父讲了一句很有水平的话："人家玩儿到这份儿上，你们几封告状信就可以把他弄倒？这些人真蠢。"姨父说这话时，刚喝过酒，醉眼矇眬的样子。孟维周这几天总为张书记担心，便老想起姨父的话，觉得那似醉非醉的神态像个大彻大悟者。也许姨父的话真有道理。这让他又想起某公一段关于大人物小人物的宏论。说是小人物因为太小，有个什么错误就显眼了，所以小人物不能有小错；大人物因为太大，一般的错误在他们身上就忽略不计，所以大人物不怕错，纵然有错误也只能是伟大的错误，小人物全部的生命意义就是居家过日子，用句粗话讲就是上为嘴巴下为鸡巴，所以鸡巴错误就是大错误，要治流氓罪；而大人物的生命意义是治国安邦，他们玩玩女人真的只是鸡巴大个事，西方有人就说政治家最好的休息方式是做爱。孟维周当时听到这话，虽感到恶臭逼人，却又不得不承认其精彩。

这种时候，张书记同舒先生这些人交往的确应注意一点策略。孟维周准备给舒先生打电话。刚提起电话，马上又放下了。他像预感到了什么，觉得不应用办公室的电话。他想起了去年省里商业总公司吴经理的案子。吴经理因经济犯罪被收审逮捕，起初死不承认。后来检察部门将前两个多月内他同妻子、情妇的所有电话录音一放，吴经理哑口无言。孟维周最初听到这事，背脊骨阵阵发凉。从那以后，他有意培养一种好习惯，不在电话里讲不便讲的话。他放下电话，从后门走到街上，打了一部公用电话。

"舒先生吗？是我，听出来了吗？"

"哦哦，知道了。"舒先生听出来了，但没有提起孟维周的名字。

孟维周很满意舒先生的老练，说："老板没时间，你有事的话，我俩见个面吧。"

舒先生静了片刻，说："晚上八点在黑眼睛夜总会东九号包厢见面好吗？"

"好吧。"挂了电话。

孟维周发现自己好像在搞间谍工作似的，有种说不出的激动。心想，自己干间谍也许还是块好料。这么想着，在回办公室的途中，便有意装作没事似的，看有没有人注意他。

黑眼睛夜总会是舒先生手下的企业之一，目前在本地算最高档次的。为了必要的骄矜，孟维周晚了几分钟才到。舒先生已等在那里了，伸出双手热情地握了过来。还有两位女士，一位是图远公司的公关部经理方圆，三十来岁，孟维周认识；另一位小姐孟维周面生，看不出年纪，脸蛋儿有些像关之琳。舒先生介绍："这是尖尖，尖锐的尖；这是孟先生。"孟维周觉得尖尖这名字好生奇怪，想笑，因不太熟，就不冒昧失礼了。

舒先生招呼道："大家随意吧。"

尖尖靠过来，"孟先生唱歌还是跳舞？"

孟维周心跳得很快。夜总会他不是没上过，但那一般都是较正规的社交场面。像今天这样专门有人陪，还是头一次。尖尖又这么漂亮，有一股令他心乱的气息。心想太拘谨有失风度，便起身请尖尖跳舞。

"我以后可以随便找你玩吗？"荧光闪闪中，尖尖的眼珠蓝幽幽的。

"可以，当然可以。"孟维周回道。他没料到尖尖第一句竟是这样的话。这种场合，人们开言通常是请问贵姓？哪里发财？

孟维周被一阵柔柔的风裹拥着，在舞池里飘来飘去。这是他以往从来没有过的感受。

“你跳得太好了，尖尖。”

“只要你孟先生喜欢就好。”

“怎么叫尖尖？好有特色的名字。”

“你想知道吗？很有意思的。我想有机会告诉你，但今天就不告诉了。”

接下来，孟维周一般都同尖尖跳，只偶尔同方圆跳一两曲，出于礼貌。方圆是舒先生的人，大家心里都明白。

到了跳迪斯科的时间，舒先生说：“两位小姐去疯一阵吧，这个我跳不来。”

包厢只有他们两个人了。舒先生说：“我找张老板也没什么事。唐半仙抓了，我怕他不够朋友乱咬人。”孟维周说：“不怕的。他的案子，老板一直抓在手里，走不了样的。”舒先生很关切的样子，说：“那就好。”孟维周说：“老板很关心你。现在形势越来越复杂，你要事事小心。这是老板的意思，以后有事你就先找我。”舒先生忙点头：“好好，仰仗老弟了。”听着迪斯科音乐完了，他们收起了话题。舒先生笑着说：“尖尖怎么样？放开点没关系的。”孟维周浑身热了一阵。这时两位小姐推门进来了。尖尖步态袅袅，走向孟维周身边。

第二天上班，张书记问：“见过了吗？”孟维周说：“见过了。”张书记不再讲什么，只说声好吧。

下午有人传呼孟维周。一回电话，是尖尖。孟维周觉得奇怪。

“你好你好，你怎么知道我的BP机号？”

尖尖笑了一阵，说：“我会偷呀。”

孟维周说：“我现在正忙着，过十分钟我再打电话给你好吗？”

十分钟之后，孟维周在后门公用电话亭要了尖尖的电话：

“有事吗尖尖?”

“你尖尖尖尖的，叫得我好心跳。我可不想叫你孟先生。我可以叫你维周吗?”

孟维周鼻尖在冒汗：“你就这么叫吧。有什么事吗?”

“有事才可以找你? 你答应我可以随便找你玩的。”

“是的，是的。”

“今晚出来玩吗? 今天是周末呀!”

孟维周迟疑着。

那边尖尖在笑了：“怎么? 听说我会偷，你怕了是吗?”

孟维周说：“好吧，哪里见面?”

“在‘灰姑娘’吧。”尖尖告诉说。

三十

唐半仙被处了死刑。他贪污公款三十多万元。这是本地目前为止最大的经济犯罪案件。还犯有渎职罪、流氓罪。这个案子用了不到两个月时间就结案了。办案之神速在地区还没有先例。当然是因为地委很重视，张书记亲自过问，说这个案子很有典型性，要尽快查处，以儆效尤。

星期天，孟维周躺在尖尖的床上，心灰意懒。尖尖穿着宽松的睡衣，坐在沙发上，将倾欲坠的样子，本是很让人怜的，孟维周却不看一眼。最近，他被提为副处级，挂了个地委督察员职务。虽是个虚职，但在他这个资历，可算是飞黄腾达了。奉承话儿自是不断。孟老弟不愧为亚圣之后呀，前程不可限量! 他当然也客客气气地应酬别人，可不像前面两次提拔那样，内心总说不上高兴。唐半仙的死让他的心情莫名地复杂起来。案子未判之前，人们对量刑有种种猜测。他不参与猜测，内心却巴不得处以极刑。因为案情太迷离了，唐半仙的消失，将使许多说不清的事情再也说不清。但死毕竟是太重大的事了，太具有震撼力了，让人清醒，又让人惶惑。孟维周有种去路茫茫之感。尖尖的确是一个让人轻易放不下的女人。但自己从一开始分明知道前面有一个圈套，还是一步一步地走进来了。

这时，尖尖云一样飘到床边来了。“怎么这样不高兴嘛维周？厌烦我了是不是？不然就是怕了？我知道你是个正派人，一怕影响前途，二怕染性病。这两条我都保证。我做事很谨慎的，不会有人知道你和我的。我也不会缠你一辈子，你什么时候不想玩了就不玩了。你还是个童男子，算我欠你的，你的什么要求我都会满足的。我身上每一处皮肉你都细细玩过了的，有没有性病你也放心了。我现在就是你一个人的，你不来时我时时刻刻都在等你啊！”

孟维周静静地望着尖尖撮起小嘴作倾诉状。她那微微勾起的小鼻子十分惹人。孟维周同尖尖在一起不无激动的时候，但他究竟明白他们是在干什么。这会儿尖尖的呢喃燕语又勾得他痒痒的了。难怪有谈爱之说，爱竟是可以这么谈得来的。孟维周搂过尖尖说：“不是对你，不是对你。我心里有事。”尖尖柔柔地贴着孟维周摩挲，说：“在一起这么久了，还没有告诉你我为什么叫尖尖哩。”孟维周来了兴趣，问：“为什么叫尖尖？”尖尖麻利地脱光了睡衣，说：“上来吧，上来我告诉你。”孟维周咬着牙齿儿上去了。尖尖在下一边波涛翻滚，一边双手拢着双乳，说：“我的乳房这么大，乳尖尖儿这么小巧，好爱人的，我就叫自己尖尖。别人问我，我都不说。维周，我这是第一次公开这个秘密哪。知道吗？你第一次叫我尖尖，叫得我好心动哟！”孟维周觉得尖尖那张朱唇已吸穿了他的胸膛，咬着他的心脏往外揪，好难受，好畅快。

就像每一次性高潮之后又万分沮丧一样，孟维周的心情时好时坏。原来很少间断的演讲哑剧现在不再坚持了。他曾很有兴趣培养自己的领导才能，也相信自己会有所作为。给领导当专职秘书，这是当今官场的终南捷径。平时悉心领会和修炼的那一套，虽有些不太合乎君子之道，但他总把它理解为必要的领导艺术。政治家诚实等于愚蠢，善良等于软弱。这是他一度悟出的一条真理，私下自鸣得意。可如今，他另有百般感怀，却又无以言表。政治不再是桌面上的东西。政治原本是无辜的，就像金钱。金钱是人用脏的，政治是人玩脏的。可又有什么办法呢？金钱是供人用的，政治是任人玩的。

孟维周毕竟是个童男子，起初在尖尖身上还有些害臊。让尖尖如此这般地调教之后，什么都不顾及了，他对尖尖周身的滋味亦能细细咀嚼。尖尖在他心目中，往往是一个一个部位地存在着，似有一种庖丁未见全牛的境界。玩起来更加销魂。每一次过后，两人的共同心得都是超过了前一次。孟维周便常用这事来比附自己所从事的事业，终于有些开窍了。自己同尖尖在一起感觉越来越好，就因为越来越放开了。做人同做爱不是一个道理？何必再去刻意地乔装自己，做个粉墨人物？于名于利，一切随缘吧。

不久孟维周又从做爱中得到了截然相反的感悟。有天晚上，两人正高兴着，孟维周忽然想起有个公文今晚必须弄好，明天一早张书记就要看的。尖尖正唏唏喝喝地享受着，孟维周却突然僵在上面了。尖尖睁开了半闭的眼睛，问：“怎么啦维周？”孟维周说：“忘了重要事情了，必须马上赶回去。”尖尖不敢误他的事，说：“好吧，你做完就走吧。”孟维周便在上面偷工减料了一回。

孟维周穿戴整齐，出门叫了的士。司机问到哪里。孟维周吐出两个很庄严的字：地委。他双手交叉着，放在胸前，显得很有风度。心想自己刚才还是精光一个，这会儿竟是绅士派头了，真有意思。

到办公室忙了个把小时，事情妥了，已是午夜一时多，便回到单身蜗居。躺在床上怎么也睡不着，他已习惯于用做爱来比附人世间一切事物了。做爱时两人再怎么疯怎么癫，完了之后还是要穿好衣服，人模人样地在街上行走。自己所从事的事业不也是这样吗？还是要讲究个人前人后。遇着些事就怕了不行，听凭自己的性子一味潇洒也不行。

悟出这一点，情绪慢慢稳定起来。干事业的信心又坚定起来。不干这个事业，干什么去？这世道可不是条条道路通罗马啊！孟维周真责怪自己一度的怯弱和幼稚。男子汉立身行世，需要百般的刚毅。对，刚毅。有一段，当他在尖尖身上暴风骤雨时，总语无伦次地连声嚷着刚毅，他妈的刚毅，刚，刚，毅，毅，毅呀！弄得尖尖咝咝溜溜地发欢。

有女人照料，孟维周衣着清爽多了。尖尖替孟维周一连买了好几套名牌衣服，还有名牌皮鞋。价格贵得吓人，孟维周不太敢穿，隔一段才试着穿一件。名牌就是名牌，穿上之后，自我感觉极佳。孟维周每次走过办公室楼道口的玻璃镜子，总忍不住自我欣赏，把手臂儿摆得很像革命干部。有时猛然想起什么，会神经质似地翻弄一下衣服，查看一下扣子上或别的地方，怕缠着尖尖的长发。

穿着一下子气派了，孟维周还是有点不自在。尖尖说："现在都是有钱的和你们这些有身份的人率领服装潮流哪！"孟维周寻思身边这些人，还真是这么回事。记得以前都是那些被认为不太正经的人率领服装潮流的，慢慢地形势就发展了。就拿戴帽子来说，七十年代，社会上戴鸭舌帽的被人看做流氓。到八十年代，流氓早不戴鸭舌帽了，当领导的几乎一人一顶。如今九十年代，绅士礼帽流行起来，仔细一看，戴礼帽的是两类人，一类是不三不四的人，一类是领导。孟维周有次来兴，同人讲了这些话。有人马上钻他的空子，说："你的意思是说官员和流氓殊途同归了?"孟维周着实吓了一跳，忙辩解道："你怎么这样分析? 这可是你说的，我不是这个意思，我不是这个意思。"

三十一

这年头，天天有新鲜话儿。现在至少有三条小道消息同时在流传。一说杀了半个仙人，救了一个凡人；一说省纪委派人调查张兆林的问题来了；一说张兆林马上要上调省政府。各种传言都到了孟维周耳中。半个仙人是指唐半仙，一个凡人亦不言自明。孟维周严厉地批评别人，纯属谣言！省纪委来了人，这是事实。可他们是来总结这个地区廉政建设经验的。对这方面的谣传，孟维周鄙视道，捕风捉影！至于张书记是否上调，孟维周说，无可奉告！

各种流言以形形色色越来越生动的语言形式传播了半年之后，张兆林终于要调省政府了，刚刚结束的省人大会议已正式选举张兆林同志任副省长。这种事向来会有各种议论的。有的说："我们地区终于出了一位副省长了。"有人却不以为然，说："人家当官，你们高兴什么? 他当他的官，我搬我的砖。"最有影响的议论据说是一位老干部说的："现在当官，太容易上去了，但是就像市场物价，物价一上涨，钱就不值钱。时无英雄，竖子成名啊!"很多人猜想是陶老书记的话，孟维周觉得不像。凭他老人家的修养，不会这么议论的。但时无英雄，竖子成名这一类的话，老干部当中又只有陶老讲得出。

张兆林上调的事明确下来后，第一个就拜访了陶老书记，感谢他多年的培养和支持。李秘书长和孟维周在座。张陶二人谈得很投机，其境融融，其意陶陶。如果有电视记者摄下这个场面，全区人民又可以受到一次深刻的教育。地区两代领导人的革命情谊何等真挚！

张兆林在李秘书长的陪同下到各县市辞行去了，孟维周留在家里清理张兆林的办公室。所有的文件、资料、书籍等，哪些该带走，哪些应交公，哪些要销毁，只有孟维周清楚。工作量很大，别人又插不上手。干到第二天下午，发现一份当年舒先生来地区进行投资考察的意向书，虽然名曰投资意向书，其实只是舒先生单方面的投资承诺。看上去印得很精致，中英文对照，中文是繁体字。孟维周有点好奇，因为舒先生在他一直是个谜。这会儿却没有时间看，便丢在一边，忙完再去看看。就在他丢下这份意向书时，隐约晃见后面的英文中有骗子一词。骗子？奇怪。投资意向书中怎么会有这样的单词？他马上打开，细细一看。这一看，孟维周目瞪口呆。后面原英文翻译过来，竟是这样一些叫人难以置信的文字。

关于上述投资意向的“翻译”

这是一份无法翻译的投资意向书，我的这种“翻译”方式也将是绝无仅有的。因为前文一共五条，所以我也凑出以下五条。不伦不类敬请包涵。

1. 这是一个骗局，投资意向书的持有者是个骗子。他曾用过许多化名，真名叫舒培德，小名培儿。他在行骗中偶尔使用真名，这是当他看出受骗人比较愚蠢的时候。他谎称自己是美国西蒙·培尔公司商务代表，其实该公司只有天堂或者地狱才有。培尔就是培儿。

2. 这是个天才的骗子。他从小浪迹江湖，大行骗术。七十年代冒充高干子弟行骗大江南北，屡屡得手。后来东窗事发，被判处有期徒刑七年。一九八一年出狱后重操旧业，骗术更加炉火纯青。曾冒充西南某酒厂副总经理到东北行骗，骗取货款三十八万元，至今没有败露。此只是一例。

3. 此人聪明绝顶，最能取信于人，惯于混迹官场。所幸的是他只有小学文化程度，不然说不定还会上联合国玩他的行骗魔术。

4. 即便哪位官员识破了他的骗术，说不定也已被他套住难以脱身了。所以我奉劝各位官员，莫贪小利，洁身自好。

5. 我是舒先生小学同学，现为某中学英语教师。我曾认真地为他翻译过一些投资意向书或合同书之类。同学相求，不便推辞。但这位仁兄玩得太过火了，弄不好我也会搭进去的。万不得已，出此下策。不要以为是他给我分肥太少我才这么干的。我声明他所做的一切与我无关。

孟维周反过来细看前面的中文，却见文法、逻辑、文字及标点等错漏百出。口气倒是很大，愿在食品工业、旅游、娱乐等行业选择合适项目，投资一千五百万美元。当时，在这样一个山区，已是笔可观的投资了。孟维周想这舒先生也的确是个人才，他知道现在大陆人不太认得繁体字，认得英文的更是不多，官场更少；而且摸透了人们的心理，一见印刷精致的繁体字和英文，立即觉得浮光耀金，眼花缭乱，高贵得不得了。孟维周摇摇头，说不出的幽默和悲哀。心想假如将大便作了除臭处理，放在精美的银碟子里做成拼盘，端上贵人们享用的西餐桌，大家也会围着雪白的餐巾，一手刀一手叉，嚼得津津有味。明知什么味也没有，怕出洋相，也不好意思讲。若是除臭未尽也没关系，食客们会以为就是这种西洋风味。

孟维周怎么也想不到神通广大的舒先生会是这个根底。可是说来也不太像。舒先生不仅同张兆林很密切，同省里不少领导都有交往，怎么可能是个骗子？舒先生的图远公司还是全省私营经济的先进典型，舒先生本人是省政协委员，省里领导多次到图远公司视察。难道大家都有眼无珠吗？也许是那位英语教师无事生非吧。

且不去管舒先生到底是怎样的人吧，眼下是这份不同寻常的意向书怎么处理？是否报告张书记？转而一想，千万不要让张书记知道这事，因为一切骗术，不论如何高妙，一旦捅破了西洋镜，都是十分拙劣的，相形之下，被骗的人就显得愚蠢可笑。一讲，不是让张书记难堪？孟维周想起在哪里看到的一则真实故事。二十年代，一个叫维克托什么的骗子，一时手头拮据，忽发奇想，在报纸上登了一条拍卖埃菲尔铁塔的广告。这位维克托仪表堂堂，风度翩翩，很像政府高级官员。他在下榻的豪华酒店很傲慢地接待了五位做废钢铁生意的商人。五位商人利欲熏心，相互竞价，最后，维克托卷着五个商人的巨款远走高飞。而五位受骗者则在顿足擂胸之后，相约守口如瓶。直到十几年以后，这位骗子因别的案子被捕，这个国际笑话才大白于天下。也许舒先生就有这样的本事，善于将那些自以为很聪明的官员们置于极其可笑的境地，然后大行其道。孟维周发现自己可能陷入了这样的境地。因为那迷人的尖尖，自己同舒先生的关系也难以斩断了。那么，还是让这事成为永远的秘密吧。不知这个意向书当时有几份？万一落到一个懂英语的人手里，那就大事不好了。反复一想，即使别人手中有，也许早已打做纸浆了吧。孟维周熟悉官员们的习惯，这类材料一般不保存的。十多年了，要出事早出事了。那么就把这惟一的一份销毁吧。从此天下太平。

孟维周把意向书塞进那堆需销毁的材料里，继续埋头于清理工作。临下班了，又很不甘心似的，拿出那份意向书，揣进自己口袋。心想，私下留着吧，说不定今后用得着。

第四章

三十二

关隐达调来黎南县不几天，收到一张名信片，上面写了李白的两句诗：我寄愁心与明月，随君直到夜郎西。落款只写着北京 XQ。

当时他正去县委办，办公室主任陈兴业同几个干部凑在一起看着什么。一见他去了，陈兴业马上点着头说："关书记，有你的信哩。"就把他们正在看着的名信片双手递给他。他知道刚才这些人正在研究这张明信片，心里就有些不快。但他没有表露，只是微微笑了一下，顺手把它放到了口袋里。然后交待陈兴业一些事情，就回到自己的办公室。

关隐达拿出明信片，胸口不禁悠了一下。这是肖荃寄来的。他只要一见这隽秀的字迹，就知道是她，不用看她的任何落款。最近这八年，他调动了五次，全地区十一个县市，他到过六个县了，去的地方越来越偏远。他每调一个地方，肖荃都会寄来几句话。肖荃早几年随她的丈夫调到了北京，在一所中学当教师。他从未去过她那里，但他想象得出，在这样的冬天，她也一定像北京所有工薪者一样，清早就出门了，用头巾把头裹紧，骑着单车去学校。休息日说不定同她那位在社科院搞经济研究的丈夫一块去买大白菜。只是不知现在还要排队吗？若是要排队，她一定是同男人一块排队。男人站在她的后面，她的身子微微后倾，有点小鸟依人的意思。她便同丈夫细细划算今冬的开支。那位搞宏观经济研究的丈夫，对家里的微观经济不一定内行，就一切听她的。关隐达相信她是一位能干而又贤惠的好妻子。她比关隐达小两岁，今年也是三十八的人了，她的儿子只怕十一二岁了，早现实得像任何一位母亲。只是对关隐达，她总是怀着少女一般的温情。原先大学同学都说他们俩会是一对美满夫妻。

黎南县是这个地区最偏最穷的县，有些地方至今还是刀耕火种。这里自古就是发配之地。刚报到那天，县委书记周运先介绍说，这个县历史悠久，留下过灿烂的文化。关隐达知道那无非是历代迁客贬官遗下的诗文，多幽愤之叹。他在县委副书记的位子上一干就是十二年，如今竟到了黎南县！夜郎西……关隐达看着名信片，心里说不出的味道。肖荃对他的这份牵挂和关怀，将伴他终身。他感觉鼻子里面有些发酸，不知是欣慰，还是凄楚。

听到有人往他办公室走来了，忙收起了名信片。原来是陈兴业。他赶忙一边示意陈主任坐下，一边佯装打哈欠，揉了揉眼睛。他刚才觉得眼睛发涩，怕是有了泪水。陈主任却不坐下，站在一旁说："周书记意思，晚上请港商刘先生吃饭，请你也去一下。"关隐达想想，说："我就不去了吧。"陈主任又说："周书记意思，请你还是去一下。"关隐达也不说到底去还是不去，只问："这刘先生什么人？"陈主任便介绍说："刘先生是我们黎南县在外最大的财佬。说来也怪，刘先生几年前才移民香港，不知怎么发达得这么快。起初还有人不相信，怀疑他是骗子。可人家带回的硬是刷刷响的票子！这样大家才相信。都像他这样，香港不真的是遍地黄金了?”

一听是这样一个人物，关隐达真的不想去了。记得刚参加工作时，他跟地委陶凡书记当秘书，陪同陶书记一道接待过一位港商。还算陶书记精明，后来识破了，原来那人只是从省城来的一个烂仔。差点儿就被那家伙骗走一百万。这事其实叫陶书记处理得很漂亮，但到底是损面子的事，所以陶书记最忌讳提及。关隐达是个凡事都放在眼里的人，就像不知有这么一回事。即便后来他同陶凡成了翁婿关系，也没有提过这事。他同夫人陶陶都没有说过。后来自己凡遇上这类事情，他都格外小心。但今天碍着是周书记第一次请他一同出面应酬，还是答应了。

快下班了，周书记从外面回来，走到关隐达办公室。“去吗去吗!”周书记一进来就一迭声催他。周书记看上去风风火火，好像是个直性子。关隐达说：“好吧好吧，我同小陶说一声。”说罢就挂了家里电话。家刚搬来几天，还没收拾好，陶陶就没去上班。没等他挂完电话，周书记又在开玩笑了，说：“你不要把我们县委作风带坏哩。我们这些人是吃饭都不自由的，吃着中饭就不知晚饭要在哪里吃。你要是餐餐都要汇报，我们在家里就不好做人了。”说话间，陈主任也来了。

上了车，陈主任坐前面，关隐达和周书记坐后面。周书记说：“刘先生很有家乡观念，这几年对县里的投资很大。他还想再在我们公路交通上投资。我们的投资环境是个问题，很多工作要公安来做。我专门请你出一下面，就是这意思。”周书记说起正经事来，态度一下严肃起来了。

关隐达马上先表了一个态，说：“行行。”然后又说，“我个人意见，这投资环境，是个综合因素，需从多方面下功夫。

依我过来一段的体会，这投资环境到了需公安出马了，往往是出了大问题了。所以我个人意见是宣传在先，教育在先，加强法制，综合治理。”关隐达态度显得很谦虚，一来毕竟是同一把手说话，二来他对周书记还不太了解。

周书记马上肯定他的意见，说：“你这个思路是对的。环境问题有个基本特点就是群众性。一出事就牵涉几十人上百人，法不责众，怎么办？抓不了那么多嘛！所以还是要强调宣传教育，强调综合治理。看来，我们的任何工作，都有一个方法问题啊。”

周书记说话的时候，陈主任便不断回头说是的是的。他这样说就一箭双雕，对两位领导的意见都表示了赞同。

听周书记那赞赏的口气，就像一下得到了一个锦囊妙计。关隐达这就隐隐觉得周书记也许是个非常老到的人。投资环境需综合治理，这是谁都清楚的道理，他刚才也只是随口说说。可周书记却给予了高度评价，而且推而广之到一切工作。现在越是有经验的领导越是这样，可以把那些一加一等于二的简单道理翻来覆去讲，煞有介事，不厌其烦，绝不心虚。领导的讲话一定非常重要，下级的意见通常值得肯定。这是官场的一条重要游戏规则了。

关隐达见周书记这么肯定他的意见，当然要表示一下谦虚。但又不能直接说哪里哪里，因为这是谈工作，不是讲客套的地方。就道：“我这可不是有意推担子啊。该我们政法部门出马的，义不容辞。政法部门的首要任务就是为经济建设和改革开放保驾护航嘛。”他这样一说，既隐含了谦虚的意思，又爽快地表了态。

很快就到了黎园宾馆。见县长向在远、常务副县长王永坦、县政府办公室主任马志坚已等在门口了。

一下车，周书记就同大家握了一轮手。其他各位也就彼此握了手。关隐达同政府办马主任没握上手，因周书记和向县长站在他们中间说话，隔开了他们。关隐达扬扬手致意，想免掉客套算了。但马主任还是绕了过来，双手抓住关隐达的手，使劲摇晃。见马主任这么客气，关隐达本想再加一只左手上去，还是忍住了，坚持用一只右手配合马主任摇晃了一阵。

周书记说话的声音越来越轻，向县长不断点头。关隐达马上装作与同志们招呼的样子，后退几步。其他人见了，也后退了几步。两位头儿还在说话，关隐达就环顾了一下这个宾馆。他刚来那几天，家里乱七八糟，在这里住过几晚。从外表看去，黎园不比大城市的宾馆差到哪里去，只是管理不行，没有几间屋子的抽水马桶不是坏的。看着这富丽堂皇的样子，就像脸蛋子漂亮的粗俗女人穿着华贵衣服，只要走几步路就露出破绽来。他也走过了一些地方，发现不论那里怎么穷，高级宾馆是要修的，而且必叫什么园。省里的宾馆叫荆园，地区的宾馆就叫桃园。

周书记和向县长不说了，就招呼大家去。马主任忙抢先一步，在前面引路。

到了刘先生下榻的218房门口，敲了门。开门的是一位小姐，笑着迎了大家进去。看样子这位小姐同大家都熟悉。小姐见关隐达面生，就特意朝他点了下头，说："您好。"

一进门，小姐忙请大家坐，说："先生在里面有点事，马上出来。"一会儿，听到抽水马桶响了一阵，刘先生从卫生间出来了。是一位四十来岁的瘦子，高高的像只病鹤，一看就知是风流过度的相。周书记站起来说，其他的都是熟人了，这位是县委关副书记，刚调来的，分管政法。刘先生双手迎了过来，说："请关书记多多关照。"关隐达感到刘先生的手不像刚沾过水的，就疑心他刚才并不是上厕所，只怕是有意往厕所走一下，好让这些人等个片刻。"这是我的秘书方芸小姐。"关隐达便又同方小姐握了手。关隐达也不说什么客套话，只是礼貌地笑笑。

大家只聊了几句，马主任就说：“是不是请各位去用餐?”

周书记就礼让刘先生走前面，刘先生偏要周书记前面走。两人出了门，便并肩而行。其余人都自然而然按职务依次随在后面。马主任便走在最后。快到餐厅了，马主任又忙跑到前面，同礼仪小姐站在一起招呼大家鱼贯而入。大家为座位不免又推让一会儿。马主任招呼大家坐好了，自己才最后落座。

席间，说话最多的是刘先生，他说的又多是同北京谁谁吃饭，同省里谁谁吃饭。北京那些人谁都不认识，大家就只是嗯嗯点头。说到省里张副省长，周书记接了话头说：“你说到兆林同志，他是我们这里前任地委书记，那可是一位很有水平的领导啊。”刘先生说：“知道知道，我们是老朋友了，我最了解他了。我跟你们说，他的前程可是不可限量的啊!”说到这里，刘先生又侧着头同周书记耳语去了。在座的便都静了下来，喝汤的连汤也暂时放下了。因说到张兆林，关隐达难免好奇，便在埋头细细品茶的时候听了一下。刘先生大概是说北京他有不少朋友，张兆林的事他还是可以帮忙的。意思似乎是说张兆林今后要更上一层楼还需他来玉成。关隐达便觉得这刘先生的牛皮未免吹得没边了。不过也难说啊，现在很多事情你按正常的逻辑去思考，往往还真不对劲。提到张兆林，关隐达的心情就有些复杂了。他就是从张兆林手上开始倒霉的。

周书记同刘先生说了一会儿悄悄话，忙招呼大家：“喝酒啊，喝酒啊。”话题还在张兆林身上。周书记像是一下子想起似的，忙指指关隐达说：“张副省长是我们关书记的岳父陶老书记的老部下哩。陶老德高望重，张副省长对陶老是非常尊重的。”关隐达忙说：“是的是的。不过那是张副省长礼贤下士。他每次来地区视察工作，总要去看望一下我们家老头子。他们俩是多年的同事，彼此很了解。”关隐达尽量表情愉快一点，免得人家看破了什么。其实他相信周书记他们谁都知道其中究竟。

刘先生望着关隐达说：“你看你看，有缘就是有缘。张副省长说，他能有今天，全搭帮到哪里都有一批好同事，好朋友。他同我还专门提到过陶老书记哩，说他当地委书记那几年，陶老书记对他非常支持。”

一听这话，关隐达就知道他是即兴扯谎了。但所有人都附和说：“是的是的。”向县长还很带感情地感叹道：“陶老书记的领导风度，难得啊。”

王永坦看上去是个沉默寡言的人，刚才一直不怎么讲话。说到了陶老书记，他郑重地放下筷子，说：“陶书记是个好书记啊。他老人家实在，严谨，同下面干部又没有距离。他很随便，可下面的人就是不敢乱来。你说怪不怪？他天生有一股虎威。”王副县长说话的时候，眼睛不停地环视，是在征求各位的看法。大家都点头说是。说完了，就笑眯眯望着关隐达，那小眼睛弯成一条缝儿，里面满是亮晶晶的光点。关隐达却是谦虚也不是，不谦虚也不是，只好微笑着说：“他老人家想得开，退了就退了，不太关心外面的事。倒是提起同志们的时候，还是很高兴的。”关隐达特别注意了措辞，维护着岳父大人的威严。

他知道大家如此称颂岳父大人，都是说给他听的。这也是人之常情，用不着去辨别是真话还是假话。只有王永坦的话，给他一种说不清的印象。从报到那天见第一面起，他就隐隐觉得王永坦有些阴阳怪气，叫人心里没底。

方小姐站了起来，说：“在座各位我们都是多次见面了，只是关书记是初次相见。我代表我们刘先生敬你一杯酒。”

关隐达不站起来，说：“方小姐还是坐下来吧，不要讲那么多的规矩。我们这里的规矩是坐着喝酒。屁股一抬，喝酒重来。这是要罚酒的哩。”

方小姐便笑着坐了下来。

关隐达又说：“不叫敬吧，我们大家同饮怎么样？”

刘先生说话了：“这杯酒关书记还是要喝啊，小姐敬酒可不太好推辞哩。”

关隐达没办法，就同方小姐碰碰杯，干了。

因是招待港商，大家都自便，酒也就喝得斯文。关隐达最怕的是霸蛮劝酒，不喝有碍面子，喝吧又难免不醉。

应酬完了，关隐达与周书记同车回县委大院。向县长和王副县长是本地人，自己修有房子，就各自回家了。

关隐达一进屋，就见客厅里坐着一个五十来岁的黑男人，一下想不起是谁了。他才到任几天，同谁都只是见过一两面。便很客气地笑笑，说：“你好你好。”那人就要站起来同他握手。他忙摆了摆手，说：“你坐吧坐吧，我放一下包。”就走到书房放了公文包。仔细一想，对了，这是公安局的副局长李大坤，几天前在同政法系统局以上负责人见面会上见过一面的。

“老李，这段很忙吧？”关隐达出来招呼道。

也许是因为关隐达一口就叫出了他的名字，李大坤感到有些激动，屁股抬一下，像要站起来的样子。说：“不忙不忙。再忙也没有当书记的忙呀？”

陶陶这时出来了，向着李大坤说：“对不起啊。老关半天不回来，我也没好好招呼你。我家通通才转学过来，还不太适应这里的老师，天天晚上我得给他补一下火。”说着就为李大坤添了茶，敬上一支烟，又回里屋去了。

李大坤显得很随便，抽着烟说：“我也没什么事，只是来看看关书记。关书记刚来，有些不方便的地方，就同我们说一声。我们公安局有一个好传统，凡是管我们的书记，我们一定要让他有一个好的工作环境。管政法是很辛苦的，不能让领导在一些小事上过多分心哩。”

关隐达哈哈一笑，说：“老李真幽默呀！有意思有意思。我们是当领导，可不是当老爷啊！能有什么事？一个三口之家，就连吃饭拉屎的事加在一起，也没有多少事啊。说到底，家里的事，除了‘进出口’，也没有什么大不了的事。”

关隐达几句话说得李大坤也哈哈笑了。关隐达知道接下来就是闲扯了。他不想同他扯公安局的事。凭他多年来的领导经验，他认为不该就这么同一位不太了解的下属在家里谈工作上的事。真的是来谈工作，他就应同他们一把手朱克俭一道来。他这么一个人上门来谈，本意自不必说。他就同李大坤随便扯扯闲话。可李大坤总扯到公安局的事情，叫关隐达不好怎么答应他。他便望着电视，优雅地抽着烟，嘴上有心无心地啊啊着。时不时又拿别的话来岔开。他见李大坤能把拍马屁的话说得自自然然，叫人听来半真半假，不觉得怎么肉麻，就料定这人只怕非等闲之辈。当领导的同这种人打交道要格外小心，弄不好就叫他们操纵了。

“我的印象，黎南的老百姓还是很淳朴的啊。”关隐达深深地吸了一口烟，又缓缓地吐出来。那样子像饱含了感情。

李大坤却说：“群众总的来说是好的，但也有少数叫人头痛的。说得难听点，简直是刁民。你这政法书记的担子很重哩。”

这话太煞风景了。关隐达刚才那么说，一来是想岔开李大坤的话头，二来是抒发对百姓的一种情感。李大坤却一句话又扯到工作上去了，而且说得那么不中听。不过扯了这么一会儿了，关隐达一直还没有给他提供打小报告的机会，总是在他刚要说什么的时候，就叫关隐达绕开了。既然李大坤总是这样，关隐达就拿出了领导的架势，说：“老李，我哪天要专门同你们局里的几个头儿研究一下公安的工作方法问题。现在矛盾多，案子多，而警力又不足，如果不好好研究一个工作方法，就更难办了。不是我一个人的担子问题，也不是我忙不忙就可以解决问题的。不是我说偷懒的话，我这个县委副书记，总不能陪你们天天泡在案子里嘛。关键还是靠你们，还是靠你们在提高工作水平上下功夫。当然，听周书记介绍，公安局近来一段工作还是不错的。”

李大坤忙说：“对对，工作方法是要改进一下。我早同老朱说过，也提过一些建议……”

关隐达不让李大坤说下去，就抢了话头说：“你们几个头儿要好好研究一下。”他只容李大坤说了两句是是，便不断地发问，提的又都是一些无关紧要，不着边际的话题。李大坤就没头没脑地答问。可他往往不等李大坤答完，又提别的话题了。他有意这样。他知道李大坤要么会感觉这位领导没有耐心听他讲话，要么会让李大坤觉得这位领导思维活跃，叫人应接不暇。不管他怎么去感觉，都会对他构成一种威压。关隐达需要的就是这个效果。

等李大坤有点显得拘束了，关隐达突然什么也不说了。室厅便只有电视的声音。李大坤看看表，说：“时间不早了，打搅关书记休息了。”就站起来了。关隐达也站了起来，握着李大坤的手说：“不急嘛。有空就来扯扯啊。”

关隐达刚准备替他开门，瞥见门角有一个包裹，就拉住李大坤说：“老李你这就不对了。”

李大坤推推关隐达，说：“关书记你这样我就不好意思了。”他说什么也不肯拿回那个包裹。

关隐达说：“老李，我同你讲个道理。我老关也不是一个假模假样的人，搞什么假正经。我们以后多接触你就知道了。你想想，我们都是靠工资吃饭的人，每个月就那么点点钱，要养家糊口，哪有钱用来讲这个客气？我们以后要经常打交道，讲究这一套就不随便了。我哪天想到你家去坐坐的话，我怎么进门？不送个礼品给你吗？有来无往非礼也。送吗？我的确没这个钱送。”

关隐达想尽量把话说得入情入理，但见李大坤好像不好意思了，便觉得刚才可能还是生硬了一点，就退了一步，说：“这样吧，你这条烟我还是拿了，反正烟酒不分家。其他的你还是拿回去。不过老李，这可是最后一次啊。”

李大坤脸上这才好过些，笑道：“关书记这么认真，我也不好说什么了。有你这样实在的好领导，我们公安也好搞了。”李大坤再客气几句，挥挥手走了。

陶陶辅导完了儿子通通，出来给关隐达倒水洗脸泡脚。关隐达正泡着脚，猛然想起要给朱克俭挂个电话。刚才随便同李大坤提到要他们研究一下工作方法的事，说不定老李明天一早就会同老朱说的。这一来就不对头了。他一般只能给下面的一把手直接下达指示，不然一把手会有看法的。照说李大坤要是有头脑的话，就不该自己向老朱去转达他的指示。但看样子李大坤还没这个心计，他只怕还会拿这事到老朱面前去炫耀，表明他在关书记这里得宠了。

关隐达让陶陶递过电话，挂了过去。接电话的是朱克俭的老婆，说老朱还没回来。

临睡前，关隐达再挂了朱克俭家电话，老朱老婆也不问问是谁，很生气的样子，说：“你这人怎么这么啰嗦？讲没回来没回来。”还不等他再开言，那边砰地放了电话。

关隐达放下电话，忍不住摇头而笑。陶陶问他笑什么，他说：“公安局朱局长的老婆好贤惠哩。”

这么一天下来，真有些累人，关隐达上床不久，就朦胧入睡。却模模糊糊想到了那张明信片，他猛地清醒了。他同夫人的感情一直很深，可是年深月久，他又越来越想念那位远在北方的女人。其实他同肖荃同学时，只是常在一起玩，两人从未说破过什么。倒是别的同学总以为他们俩是那么一回事。毕业后天各一方，也常通信，但只是愉快地交流些与感情无关的事情。后来，他同地委书记陶凡的女儿结了婚。他向她发了喜帖，但她没来，也没有任何消息给他。当时他想到过自己也许伤害了一个女人。但那时候，他新婚燕尔，官运正旺，也不把这事太放在心上。他不到三十岁，在一个县里任副书记，眼看就要接县长，过几年又是县委书记。成天都有许多的事要干，也无暇顾及儿女情长的事。人一现实，便觉得感情上的事太浪漫，是小孩子们玩的把戏，倒有些好笑了。两人从此音讯隔绝。不到几年，陶凡退了下来，张兆林接地委书记，关隐达开始在县委副书记的位置上兜圈子了。他岳母曾感叹说，他是成也陶凡，败也陶凡。他有一段心情很灰，便又想起了肖荃。这时他才发现，他同肖荃是什么话都可以说的，而同陶陶却不可以。他便怀疑自己是不是深深地爱着这个女人？他不想存有这么危险的念头，便想这也许就是妻子与朋友的区别吧。但他的确想知道她的消息。她现在怎么样了？她成家了吗？但却不知她的下落了。后来偶尔在报纸上看到她的一篇散文，写的是想念一位失去联系的朋友。他连读了几遍，他熟悉她的文笔，更熟悉她写的那桩桩往事，而她的那位朋友就是他！他相信这个肖荃就是他这几年常常想起的那个肖荃。“欲寄彩笺兼尺素，山长水阔知何处！”她的文章在对故人的思念和寻觅中戛然而止。关隐达几乎要落下泪来。他一定要找到她！后来，经过了许多周折，才找到了她。原来她已随丈夫远去北国了。

人在深夜，意念常常是夸张的。他对肖荃的想念便春草一般疯长起来。

三十三

一连两天开县级领导联席会，也就没时间找朱克俭。他想李大坤也是五十来岁的人了，该懂得怎么处理同事关系，不会神里神经去老朱那里显示他同县委副书记的关系的。他这么侥幸地想想，也就不急于找朱克俭了。

四家领导，加上顾问、调研员坐在一起足有五十多人，还有列席的有关县直单位负责人，满满塞了一屋子。主要研究明年的经济工作，重点是几个大项目。发言起来，谁都认为自己要说几句，不然显得没水平。可一个事儿说来说去就是那么个理儿，所以后面发言的都只是把别人说过的话再重复一遍。周书记和向县长都显得很有耐心。个别同志说没有什么新的意见了，算了吧。但他们还是要人家说说。说说吧，说说吧，大家都说说。似乎这发言是一种政治待遇。关隐达对这一套早不陌生了，别的县差不多也是这种情形。只是他一直不喜欢这种作风。

他发言干脆，说："我刚来黎南，还没进入情况，谈不出具体意见。只讲三句话：第一，听从县委和周书记的安排；第二，一定尽职尽责做好本职工作；第三，请大家今后支持我的工作。"

大家意见最集中的是刘先生投资城北大桥的事。县城往北是去地区和省里的路，可隔着一条河，很不方便。河也不大，但河谷很宽。丰水季就靠摆汽车轮渡，枯水季就把轮渡往中间横着，成了便桥。这里一年到头天天堵车，是县里领导嘴上念了多年的交通瓶颈，就是没钱修。这回主要是刘先生投资，省里和县里配套一些。修成之后，刘先生经营三十年，收回投资之后，再交给县里管理。

关隐达不了解刘先生的资信到底如何，但只要他真正投钱来，这是一个好项目。就这样一个好项目，也有些领导想不通，说这桥修好之后由刘先生来管三十年，合适吗？周书记发话了，说："我也不讲什么大道理给你们听。我只知道这桥修好之后，他刘先生就是天大的本事，也搬不到香港去。就是他有本事把这桥搬到香港去了，九七年之后还是中国的哩。"

此事非同小可，需成立一个县领导挂帅的指挥部。王副县长分管着交通，会议决定由他任指挥部指挥长。王永坦也不说什么，只说："这事我躲也躲不了的，我就干吧。"

家里有些弄清场了，天天晚上就有人来坐了。多是政法部门的负责人。来的人又多少带着些礼品，关隐达说什么都不收。他从那年开始走下坡路起，就坚持一条，绝对不贪不占。心想自己任何事都没有就开始倒霉了，要是再让人抓了什么把柄不就更要倒霉？但是也注意把拒礼的方法搞得艺术一点，不伤人家的面子。这一点他是有教训的。刚倒霉那年，他有回下到一个乡里检查工作，乡里备办了一桌丰盛的饭菜招待他。他本来心情就不好，又不想人家日后说他大吃大喝，就把那位乡党委书记批评了一顿，就是不肯吃那顿饭，自己带着司机到外面馆子里吃了碗面条。那位乡党委书记偏又不是好惹的，过后到处臭他，说他假正经，还无中生有说他怎么怎么的。弄得他后来到基层去时常捞不到饭吃，走到哪里都灰溜溜的。在县级领导中，就有人把这事当做笑话背后宣扬。地委就认为他在这个县失去了群众基础，又给他换了地方。有一阵子，他怀着一股气，甚至也想同一般的领导一样，搞拿来主义算了，不管是不是分内的东西，拿来再说。这样倒与群众打成一片了。但还是管住了自己。他想这会儿自己正背时，明显落井下石的人倒没发现，但在一边想看他笑话的人还是有的。现在人家带礼品

来，他就做得技巧些了。他先是推一阵，实在推不了，就收个一两样，再拿原来收的东西又打发一两样给人家，说："既然你硬要讲这个礼，就该按老规矩办，有来有往。"

这样，就总是人家送的那些礼品在送礼的人手中转来转去，他反正不贪谁的。这有来有往倒也显得很有人情味。

但公安局的老朱没有到他家来坐。他并不希望天天晚上都有人来家里，一来影响儿子的学习，二来又要费神应酬。不过政法部门的大小头头脑脑谁都来过了，只有他一个人没来，倒显得有点不正常了。现在当领导的新到一地，总有些人要来拜码头，这已是规矩了，你想回避也回避不了。可老朱就叫他费琢磨了。他想来想去，觉得只有两种可能。要么老朱是条好汉子，不搞这一套，如果是这样，我关隐达今后在这里会有一个真朋友。要么就是李大坤同他传达我关某人的指示，叫他多心了，以为我宠信了李大坤，不把他姓朱的放在眼里，他就不信邪了。关隐达在别的县管过政法，这公安局的头儿，多半是武艺弟兄，弄得好就跟你好得不得了，弄不好就叫你难受。他但愿老朱是条真正的好汉子。

但到底不能凭自己的愿望和运气去开展工作。他便决定提前听取政法部门的工作汇报，而且要求每个单位都要谈工作方法问题。一来他反正要听的，二来这样可以冲淡他同老李的会晤，免得朱克俭生疑。

这天县领导联席会散了，他便找政法委书记邓成国商量，要逐个听取政法各部门的工作汇报。主要听两个方面，一是过来一段的工作情况；二是今后特别是明年的工作安排，尤其要求各单位好好研究一下工作方法问题。老邓听了指示，马上叫顾秘书打电话通知有关单位，叫他们先准备一下，具体汇报时间到时候再通知。

老邓说："这顾秘书很不错的，大学毕业才几年，学政法的，人又肯上进。我们安排他给关书记当秘书。”

顾秘书就拘束地站在那里，手都没地方放了。关隐达就说：“不错不错。”又问了些家常话。哪个大学毕业的？家在哪里？找朋友了吗？大人都健旺吗？小顾一一答了。

关隐达也不明说要不要小顾给他当秘书，心想今后有事叫他就是。他还不了解小顾，不能贸然就说行。他自己就是当秘书出身的，知道带秘书也要慎重。有成事的秘书，也有败事的秘书。其实他知道县里的领导是没有资格配专职秘书的，可现在下面任实职的头儿都带有秘书。一般县委书记带县委办的，县长和常务副县长带政府办的，其他各位领导就带分管各部门的。大家都带，你一个人不带，人家倒以为你嫌干部水平不行。他也就只好随俗。反正这也只是为了工作，没有人会说什么的。而下面的年轻干部都把跟领导跑看着很荣耀的事，他也就乐得做个人情了。

事情交待完了，他就提了包准备回自己办公室去。小顾忙问：“关书记有什么事吗？”关隐达心想这小顾工作到位还挺快的，对他的第一印象就不错。他这会儿没什么事，只想回办公室看看有关文件和资料。刚来这里，两眼一抹黑，必须尽快熟悉情况。就说：“现在没事，有事我再叫你吧。”

回到办公室，打开抽屉，又看见了肖荃的明信片。“随君直到夜郎西！”心想自己这么倒霉，仍有这样一位红颜知己关怀着，也是很幸福的事，应心满意足了。他很想听听她的声音，迟疑片刻，还是挂了她学校的电话。拨号的时候，他在心里保佑能挂通。中国的电话怕是只有学校和医院的难挂一些。一接通，是一位老太太的声音，说这会儿正是上课时间，要挂下班挂她家里吧。也不容他留下一句话，那边就放了电话。

关隐达心里很不舒服。北京还中国门户哩，就这素质。但也不值得往心里去，仍静不下心来看文件。

中午快下班了，突然听到楼下有人喊关书记电话。他忙跑了下来，原来是肖荃打来的。他心跳都加剧了，可脸上表情却尽量平常一些。这里有县委办许多同志都在看着他。注视领导是一种礼节，这会儿关隐达真想废了这礼节。

肖荃说："刚要去买盒饭的，传达室左大妈说刚才有人打电话找，是个男的，听口音像是南方打来的。我猜只有你了。我又还不知道你的电话，就打你们的114问。你还好吗?"

"好，好。这是县委办的电话。你记下我办公室和家里的电话吧。"关隐达就把号码一字一字地念了一遍。

"你好吗？那边天气很冷吗?"

"也不冷，今天才零下六度。"

关隐达笑道："才零下六度？你说得轻巧。这气温要是在南方，不知要死多少人了。"

他本想交待她天气冷了，要注意一点。但怕显得太婆婆气了，就忍住了。肖荃却要他少喝点酒。一听这话，他鼻腔酸了一下。这是自己夫人才关心的事啊。

他说："现在不太喝了。有时是必要的应酬，身不由己。"

两人一下都不说话了。他感觉谁也不想放下电话。过了片刻，肖荃说："你有什么事一定要告诉我啊。"

"好的好的。"他的声音轻了下来。这么说话心情又太沉重了，就问："你现在还写东西吗?"

"不太写。学校升学竞争很激烈的，总觉得压头。你知道的，我也不是成什么作家的料，写也是心血来潮。"

关隐达说："我却是很喜欢看你的散文。"

"你当然啦。"肖荃说这么半句，又不说了。关隐达听了这半句话，心里暖暖的，却不知要说什么。

肖荃说："今天就说这些吧。陶陶和孩子都好吗?"

"好好。陶陶仍在工商银行。在家收拾几天，前天才上班。

通通也乖。”他有意大点声说到陶陶，免得周围这些人猜测什么。

接完电话，他总感觉自己有些不自然。马上走的话，只怕手脚都会是僵硬的。他便随手拿了张报纸，无心地问：“有什么好文章吗?”办公室的几位就不知怎么回答，有些手足无措了。一位干部支吾道：“没见有什么好新闻哩。”本是他自己不自然的，这下倒成在座的干部不自然了。他便乘他们不知如何是好的时候，扬扬手走了。

三十四

关隐达最先听取公安局的汇报，政法委邓书记一同去的。小顾也随了去。同朱克俭一见面，关隐达就玩笑道：“老朱，你家老婆蛮贤惠嘛。”

朱克俭一时摸不着头脑，笑着说：“怎么？怎么？还可以吧。”

关隐达就说：“我打几个电话找你，你老婆封门封得天紧，都说你不在家。你不会天天晚上都不在家吧。我想同你商量一下工作。后来我就同老李讲了，要他同你讲一下。”

关隐达巧妙地隐去了向老李交待工作的时间和地点，又为自己做了开脱。朱克俭再有看法就是他自己不对了。

朱克俭这下不好意思了，说：“我那婆娘，没文化，人还是蛮好的。你哪天见了面就知道了。”

朱克俭做了一个多小时的汇报，基本上是按要求谈的。但他没有谈改进工作方法问题，只解释道：“这事老李同我传达过。老李只讲了个大概，我还没完全理解，就没过多考虑。加上这几天连续发生几个大案子，我们几个人也还没时间凑在一起研究。我个人意见就不好汇报了，还是下回好好研究后再说吧。”

关隐达一听，就知道朱克俭的确是有看法了。他的解释听起来恳切，表情也极为谦恭，骨子里却是咄咄逼人。其实就算老李说得不清白，前几天政法委也通知过一次。这朱克俭分明是有意在向他示威。再看看老李，脸色不太好，可见朱李二人是有意见的。这一切，关隐达都只是看在眼里。他高度赞扬了公安局去年的工作，对他们明年的工作设想也作了充分肯定。但最后还是强调，要好好研究一下如何进一步改进工作方法问题。情况会越来越复杂，而警力又有限。怎么办？只有在改进工作方法上下功夫。

朱克俭说：“好的好的。今天当面听了关书记的指示，心里一下明白了。我们局党委一定认真研究一下。”

这下朱克俭的意思很明白了，就是让他关隐达今后只能向他直接下达指示。

关隐达终于看出这朱克俭的确是不好对付的人。今天是给他下马威了，而且并不在乎一个县委副书记给他家打过电话。但他只能装傻。中间的误会等以后慢慢消除。现在不可以挑明，挑明了今后就不好处理关系了。同下级搞不好关系，只能说明当领导的没本事。汇报完了，他便笑容可掬地同公安局各位头儿握手告别。

接下来几天，听了检察院、法院、司法局等单位的汇报，多是程序化，并无多少新意。但他不论走到哪里，都显得兴致勃勃。到过这么多县，他也越来越老练了。当领导的，指望下级个个都听你的，都对你心服口服，只能是一种幻想。也不要以为走到哪里都是一片欢呼声，就以为你受到了绝对拥护。你必须清醒，有许多人是在演戏。但这出戏你不仅要主动配合好，还要善于导演。还只怕别人不同你演戏哩。你必须借助这种真真假假的场面，造成一种你振臂一呼应者云集的气氛。不然，你要是事事认真，今天批评这个人阳奉阴违，明天批评那个人不听招呼，到头来只会让人觉得你管不了人，缺乏领导才能。

这天，地委书记宋秋山来黎南视察，全体县级领导都去黎园宾馆参加汇报会。几天前地委办就来电话通知过，要县里准备汇报。周书记跟关隐达说：“黎南人有个不好的习惯，喜欢告状。特别喜欢在上面来领导的时候当面递状子上去。而且上访的人消息格外灵通，领导什么时候来，住哪间房，他们都清清楚楚。这就是个问题了，说明中间有人给他们传消息嘛。这事发生过多次了，弄得县委面子上很不好过。所以这次一定要做好防范工作。”于是关隐达就吩咐下去，先是把那些常年在城里游荡的乞丐集中到收容所去养几天，再就是加强宾馆保卫，派人在黎园全天值班，负责劝退上访的人。凡关隐达到过的县，县领导都说这里的老百姓是中国最喜欢告状的人。可见喜欢告状已不是个别地方的习惯。他心里也清楚，怪老百姓喜欢告状是没有道理的。

各位县级领导早早到了会议室恭候。关隐达一个人留在背后，他要看看是不是还有什么情况。就在这时，一位农村妇女模样的人抱着一个小孩来了。一见就像是要来上访的，关隐达就示意工作人员盘问。果然，那妇女说要伸冤，要找地委宋书记伸冤。工作人员叫她到一边来说说情况，她偏不，硬是要找宋书记。缠了半天，工作人员来火了。那妇女说：“你杀人我都不怕，我是什么事都见过了。乡长要强奸我我都不怕，我都要同他拼哩。”一听这话，关隐达就留意看了这妇女，一脸脏兮兮的，五官像是摆错了位置。这女人会有人来强奸？看样子这妇女有点泼，不劝走的话，等会儿嚎啕大哭起来，整个宾馆就甭想安宁了。果然这女人突然扯开了衣襟，露出了乳房。

“你们看你们看，这青的紫的都是乡长打的。”一位女工作人员忙上前厉声喊道：“快把衣服穿好。”那妇女却挣着还要脱。宾馆几个女服务员忙过来帮忙，按着那妇女，把她的衣服扣好。关隐达见这事有些棘手，便亲自过去说：“你有什么事，到公安局去反映清楚。宋书记正在开一个重要会议，没时间。再说全地区六百多万人，大家有事都要找宋书记，就是天上掉下一千个宋书记也忙不过来是不是？”那妇女见关隐达架势不同，倒也安静些了，却又说：“我来县里告状几天了，哪个门都不让我进，我们娘儿俩三天没吃饭了。”关隐达只求马上能把人支走。就掏掏口袋，拿出一张一百块的钱，说：“我这是给你的，你去吃点饭，完了再去公安局把情况反映反映。”那妇女接了钱走了。

关隐达进会议室时，汇报会已开始了。

宋书记在黎南活动了两天，高度评价了黎南的工作，特别赞赏了县委、人大、政府、政协一班人团结实干的作风，还做了一些重要指示。还好，两天也没出什么麻烦。周书记很满意，说隐达同志工作有魄力。

可是过了几天，银盘岭乡党委书记陈世喜打电话给关隐达，汇报说：“那天在宾馆瞎闹的那个妇女是他们乡的超生户，手中抱的是第四胎了。几天前，乡长熊其烈带着计划生育工作组上她家去做工作，她放肆撒泼，满地打滚，要死要活。她说要从她家屋后的山坡上跳下去，乡长一步上前抱住了她。这妇女就要赖，说乡长调戏她。磨了一天，没有结果，工作组暂时撤了回来。乡里工作组以为她躲到亲戚家去了，还到处找她。不想她到县里来了，又说乡长强奸了她。那天关书记给她一百块钱，要她吃了饭去公安局反映情况。她哪里去？径直跑到了乡政府，说县里关书记是她亲戚，她要找乡长算账。一般超生对象躲都躲不及，她倒闹到乡政府来了。”从电话中，关隐达感觉乡里的同志对这事有看法了，熊其烈只怕还一肚子火。

这是关隐达万万没想到的。就怪自己妇人之仁，给了她一百块钱。这种人哪，就是这么不识好歹！

他知道下面同志为这事有看法并不为过，但他不能在电话里就道歉，只是解释了一下当时的特别情况，最后说了几句客套话，要他们还是要注意一下工作方法。

这几天有些奇怪，天天晚上有群众到他家里来上访。有工厂发不出工资的工人，有要求安排工作的自卫还击战伤残军人，有嫌生活费少了的五保老人，连夫妻离婚后女方要求男方赔偿的事也找来了。他们都说，群众都反映，关书记是老百姓的贴心人，最肯给群众办事。

陶陶本是最有耐心的，平时来了人，她总是笑脸相迎。这回她向关隐达发了火。这是怎么回事？也不管是不是你分内的事，都来找你。我们这日子怎么过？通通这书还读不读？

关隐达也有火了，把陈兴业和马志坚找来，狠狠批评了一顿，责问门卫是怎么搞的？信访办都是干什么的？

县委、县政府在一个大院，门卫由政府办管，信访办由两办共管，以县委办为主。今天是关隐达来黎南后第一次发火，两位主任都不好意思了。两人都说要加强门卫和信访工作，不能让领导的精力分散在烦琐的小事上。

这么弄了一下，情况才有所好转。晚上上门的群众有还是有，比前一阵少多了。他便交待两办主任要进一步抓一下。

关隐达冷静一想，这事来得有些蹊跷。一定同他那天给了那个女人一百块钱有关。是谁在中间捣鬼？要说可能的话，只能是熊其烈。那件事只对他有直接影响。但细想又不像。银盘岭乡距县城五十多公里，而最近到他家来上访的多是城里人。熊其烈没工夫跑这么远来做手脚。那么是谁呢？关隐达想不出是谁，只是隐隐感觉到他又开始陷入一个复杂的局面。不知今后还会有好多麻烦。

三十五

县直有关部门跑得差不多了，他同周书记招呼一声，到各乡去跑一圈。

他带着小顾，第一站就到了银盘岭乡。去的时候，正逢乡里召开全乡村组干部会，陈书记和熊乡长都在主席台上。乡里秘书上去耳语一阵，主持会议的陈书记下来了，同他热情地握手。陈书记是个三十来岁的年轻人，关隐达就说："很年轻嘛，不错，不错。"

陈书记说："我们抓紧开个半天会，只讲一个事，冬季计划生育突击月。原来按县里统一要求发动过一次的，但效果没达到，只好补半天火。现在下面事太多了，又是冬种、冬造、冬修，又是计划生育，又是催上交。乡里干部个个焦头烂额，村里干部怨气也大。正好关书记来了，请你给我们村组干部做做指示。"

关隐达说："我就不讲了吧，别打乱了你们的部署。"

陈书记说："还是请你讲讲。什么部署不部署？说了你要批评。我们事一多起来，说开会就开会，来不及过多考虑。所以开会多半是急就章。"

关隐达便答应说说。

陈书记带了关隐达走向主席台。熊乡长还在讲话，关隐达就同陈书记坐在那里。熊乡长可能快五十岁了，讲话的底气很足，很压台。一看这架势，就是个风风火火的人。

熊乡长一讲完，陈书记就接过话筒，说："同志们，今天机会很好，正好县委副书记关隐达同志来我乡检查指导工作。

下面，让我们以热烈的掌声，欢迎关书记给我们做重要讲话！”

顿时掌声如雷。

熊乡长同关隐达还未见过面，听陈书记这么一介绍，才偏过头往这边打招呼。关隐达就笑容满面地伸过手来同他握了一下。

关隐达便做了一个简短讲话。大意是说，银盘岭乡党委、政府班子是有战斗力的，过去一段工作是有成效的，县委对此是满意的，并坚决支持乡里的工作。基层村组干部工作是辛苦的，我代表县委表示慰问。计划生育任务是死任务，只能超额完成，不能留尾巴。要严肃处理少数扰乱计划生育工作的横人、蛮人、恶人。方法要注意，措施要严厉。我跟大家交个底，凡是牵涉到计划生育的上访，我们一律作为特殊情况处理，坚决保护基层干部从事“计生”工作的积极性。

他的这番话，实际上是给熊乡长暗送秋波。他希望熊乡长能理解他，原谅他。前几天他在电话里不好说什么，但见面之后情形又不同一些。

散会后，他估计乡里会给他单独安排中饭的，就专门同陈熊二位说：“中午就同村组干部一块吃饭。”

陈书记说：“那怎么可以呢？乡里开会都是钵子饭，大锅菜。那不行，那不行。”

关隐达说：“我是很随便的人，今后我们交道多了，你们就知道了。不要再专门搞什么，同大家一块吃点就是了。再说，村组干部都在这里，我不同他们一块吃饭，影响也不好嘛。”

关隐达说得这么入情入理，陈熊二位也不坚持了。

几个人在陈书记房间里闲话一会儿，就开餐了。参加会议的有一百多人，乡里也没那么多的桌椅，饭菜便都放在礼堂外面的坪里。大家就十个人围一圈，蹲在地上吃。关隐达觉得这

也蛮有意思的，只是这几年他有些发福了，蹲下来肚子感觉吃力。

小顾说：“像野餐，蛮有情趣哩。”

陈书记就笑了，说：“小顾才参加工作吧。外国人都希望我们还在原始社会，他们好来搞民俗旅游。”

小顾不好意思了，脸红了一下。陈书记意思是说小顾刚出学校门，还很浪漫。

下午乡里安排汇报。汇报多半是形式，听过之后谈几点意见就算了事了。关隐达谈意见的时候，提到了那个女人到黎园宾馆撒泼的事。说：“我也是情急之中，只想早点支走她，免得她在地委宋书记面前出我们的丑，也就没想那么多。没想到她是这么一个人。这也是一个教训。还让老熊受委屈了。对不起啊！”

熊乡长倒是个直爽人，听关书记这么一讲，倒难为情了。说：“关书记怎么可以这么说呢？我们在下面干的，图什么呢？只图领导能理解我们。说钱我们有几个钱？说当官我这人也就这个样了。当时她说是你关书记亲戚，一下还把我搞懵了哩。那时我的确也有火，说你就是中央谁的亲戚，我也要把你阉了。费了点唇舌，还是把她说服了。说到人哪，你关书记莫怪我粗鲁。有些人是服粗不服细，你把他当个人，他就把你当个鸟；你把他当个鸟，他反把你当个人。”

关隐达觉得这话还真是那么一回事。他就想起了自己以往工作中碰到过的许多人，心中很有感慨。但这句话事关同群众的感情问题，他不好过分赞赏，只含混道：“也有一定道理。”

晚饭搞得丰盛些。现在同前几年不同了，下到基层吃几顿饭，谁也不以为是什么事了。你在这事上太认真了，反而叫人接受不了。再说，这里经济条件不太好，搞一顿饭，就是搞红天了，也只花得了那么多钱。

乡里在家的四位领导都出来陪。席间，陈书记说："条件太差了，酒也不好，但还是要请关书记尽兴。"

关隐达说："我喝酒不过三杯。你们各位尽兴吧，我主要同大家多说说话。"

熊乡长笑了起来，说："讲说话，我们酒桌上没有几句文雅话。你领导在场，我们又不好放肆了。那不只有同你多喝几杯酒?"

关隐达说："老熊你真有意思，粗话你怕我没听到过？现在哪里不一样?"

于是，推推让让的，四位陪客一人敬了关隐达一杯，关隐达再倒了一杯。他说："这一杯我留着最后同你们干，你们再别勉强我了，不然就是害我了。"

接着他们自己几个人又开始互相敬酒。喝一阵子，大家脸也红了，嗓门也粗了。熊乡长就说："按老规矩，每人讲个笑话，讲不出的，讲了大家不笑的，就罚酒一杯。不准讲旧的。"

陈书记说："关书记、小顾、师级干部（指司机）就免了。"说着又朝关书记玩笑道："这是我们这里的酒文化，酒文化。"

先轮到一位副书记，说："我不会讲笑话，说句顺口溜吧，刚捡了别人的。有个工厂，工人发不出工资，领导却照样坐高级轿车。工人有意见，就编了几句顺口溜：工人拼命干，赚了一百万。买个乌龟壳，坐个王八蛋。"

大家哄堂大笑。熊乡长却说："这个不新鲜了，流行几年了，你才听到？该罚。"

这位副书记说："你们刚才都笑了，算过关了吧。"众人不依，他只得干了一杯。

那位副乡长讲了一个笑话，说一个老干部去做按摩的故事。大家一听，笑出了眼泪。可陈书记还是说："这笑话你什么时候讲出来都好笑，好就好在艺术性还真不错。但这也是老掉牙的了。不行不行。”

这位副乡长也只好喝了一杯酒。

轮到陈书记了，他说：“我也不会说笑话。我听了这么一个笑话，向大家汇报一下。有一回，一位领导出差，同车的有一位经理、一位公关小姐，再加司机。一路无聊，那位领导说，大家说说笑话吧。我先说几句，你们各位都按我这个格式来说，都要说自己的事。他便说了：钢笔尖尖，章子圆圆，我签过的字千千万，发过的文万万千。有过用吗？鸟！接下来经理说了：筷子尖尖，酒杯圆圆，我吃过的饭千千万，喝过的酒万万千。掏过钱吗？鸟！司机想自己是开车的，就急中生智，说，车头尖尖，车轮圆圆，我走过的路千千万，越过的桥万万千。出过事吗？鸟！大家都说了，公关小姐想了想，实在说不出什么新鲜话来，就说了一个带颜色的，大家笑得前仰后合。”熊乡长说：“这个有水平。最后的包袱抖得好。”

他这么说，是想拉个人来支持自己。他说了就算定了。关书记他们反正不会说什么，别人也不怎么好说了。陈书记毕竟是乡里一把手，这样陈书记就算是过关了。

最后轮到熊乡长说，又说得全场大笑。陈书记马上表示：“不错不错。这是谁创作的，要给他发奖才是。我看熊乡长也算是过关了吧。”

那位副书记就玩笑道：“你俩是串通一气，相互包庇。”

关隐达却只是勉强笑一下，说：“不得了，不得了啊。现在顺口溜多，不是个简单事情，不可小视哩。”说过之后见场面有些冷下来了，忙又扬扬手笑道：“你们喝酒，喝酒啊。”

陈书记看看大家，说：“看样子各位酒都差不多了吧。那就最后大团圆吧，关书记你看如何？”

关隐达说：“客随主便吧。”

于是大家站起来，碰了杯，一齐干了。

关隐达说到陈书记办公室去打个电话。陈熊二位就随了关隐达去办公室。办公费紧张，为了节省开支，电话是上了锁的。陈书记就忙叫秘书来开电话。开了电话，各位就有回避的意思。关隐达一边拨号，一边招呼陈熊二位，“坐吧坐吧。我是给周书记打个电话，怕家里有什么安排。”陈熊二位就坐了下来。

挂通了，关隐达说：“喂，周书记吗？我隐达。对对。我现在在银盘岭。对对。听了他们的汇报，他们‘三冬’和‘计生’工作都抓得扎实。我还重点听了他们明年的工作思路，我体会很不错的，路子有创意，措施也到位。班子的劲头很足，特别是世喜同志和其烈同志，他们的干劲大得很哩。这几天家里没有什么新的安排吗？”

周书记在那边说：“年关了，县领导要分工走访一下有关厂矿、单位和驻地部队，拜个早年。我交待县委办在排日程，定下来叫办公室同你联系。”

关隐达说：“周书记，我的想法，看你怎么定。县城附近有关单位，我这一段也跑得差不多了，个别没到的，以后再说，反正方便。我想最近我集中时间跑一下各乡镇。有事要处理我赶回来，完了又下来。所以这次跑有关单位我是不是不参加算了？由你定吧。”

周书记想了一下，回过话来，说：“好吧，你就跑一下乡镇吧。情况了解全面一些，特别是明年的工作怎么办，一定要要求同志们早安排。过后我同向县长通一下气就是了。”

陈熊二位刚才听见关隐达在周书记面前为他们美言，十分感激。但二位毕竟也是场面上走的人，并不马上把这种感激表现出来，只是熊其烈有些像受到老师表扬的小学生，稍稍显出手足无措的意思。关隐达看在眼里，心想这人也许是个很朴实的人。

关隐达明知只有陈熊二位在场，但还是有意看看四周，显示出对两位的信任，这才说：“我不喜欢这个时候到那些单位去跑。年关了，大家给你个红包，不收吗？同志们有想法。收了吗？我又真不想收。我躲在一边，一来落个安静，二来也好与乡镇同志们认识一下。可能因为我自己是乡里出来的，就喜欢往乡里跑。”关隐达说的是他的真心话。他到过的县几乎都是这样，一到年关，县领导去有关单位拜早年，象征性带点慰问品去，然后喝一顿，领个红包，打道回府。他猜想黎南县只怕也是这个风气，就想躲一躲。不然，到了那个场面，你就不好怎么办了。你不收吗？有人想收，你充正经就会得罪人。你想收了之后再上交吗？等于把一批人都出卖了，会招来更多人的怨恨。

熊乡长很敬佩关隐达，说：“各级领导都像关书记这样就好了。”

关隐达马上意识到了这话有些犯忌，就说：“其实讨厌这一套的领导是多数，只是凡事一成风气，就不是一两个人可以一下子扭转的。周书记和向县长多次同我谈到廉政建设问题，他们二位也是深表忧虑。对这个问题，共识还是有的嘛。”

就这个话题闲扯了一会儿，陈书记问晚上怎么活动。关隐达说随便。陈熊二位对视片刻，说是不是搓搓麻将？关隐达说行。

于是就在陈书记办公室摆开了麻将桌。小顾说不会，司机说你们来你们来。于是关隐达、陈熊二位，加上一位副书记，围了下来。

熊乡长问：“干的还是湿的？”陈书记就望望关隐达。他一听就知道是怎么回事了，仍装糊涂，问：“什么干的湿的？”陈书记就笑道：“这是我们这里的麻坛行话。干的就是光玩，不表示什么，钻钻桌子，或者只搞精神胜利。湿的就是来点刺激。我们都是穷光蛋，也不来大的，三五块一盘吧。”关隐达猜想别的领导下来，也许都是这么同他们玩的。不然他们不会这么无所顾忌。但他是从来不玩钱的，就说：“一桌两制吧。我陪你们搓，但我输赢不结账，你们结你们的。”

陈书记说：“也行。这么搓麻将我还从来没搓过，说不定也好玩哩。”

玩到半路，关隐达又怕别人以为他小气，担心输钱，就自嘲道：“我智商不高，搓麻将从学会那天起就是这水平。要是玩刺激呢？就只有输的命。我想我花这钱请客还落个人情，不然双手送钱给你们，你们还说是自己赢的。”

关隐达说着，就单钓了一个九条，和了个七巧对。

陈书记啧啧一声，道：“关书记还说哩，你水平高哩。”

关隐达谦虚道：“俗话说，呆子手红。不会打牌的手气好些。”停了一会儿，他又问，“你们同派出所关系如何？”

陈书记说：“很好，很好。都是弟兄们。”

陈书记猜想，关隐达也许担心他们搓麻将来湿的，会被派出所抓住，影响不好。关隐达真的是这个意思，但点到就行了。点过之后，他反而又有意把这意思掩盖掉。说：“你们要支持派出所的工作。我明天还要到派出所去看望一下他们，再去金盘岭。”

这一桌两制毕竟让陈世喜他们有些拘束，熊其烈喝酒就有瞌睡，哈欠喧天。关隐达就说：“大家忙了一天，休息了怎么样？”于是都说关书记辛苦了，休息吧。

陈书记说：“关书记，不好意思。我们乡条件不行，招待所太差了。你就在我这里睡，小顾和司机我再安排。”

关隐达说：“我没那么多讲究，住招待所吧。”

熊乡长说：“关书记就听我们安排吧。招待所你住不得。

这样吧，关书记干脆住我那里，我被子是昨天我老婆才换了走的。”

就这么说定了，关隐达住熊乡长房里，小顾住陈书记房里，司机住另一位干部处。

这是一间十来平方米的单间，除了床铺以外，就是一套办公桌椅和两张藤编沙发。关隐达有些挑床，睡下又半天睡不着。就想起陈熊二位。陈世喜好像还有些城府，而熊其烈要直爽些。老熊怕也有五十岁了，一辈子在乡镇干，老婆还在农村。人好像也干练，但只能是个正乡级退休了。生活又这么艰苦，也看不出他有什么情绪。是个好同志。想这人啊，总要随遇而安才是。自己当年不到三十岁就是县委副书记，这几年背了时，心里老憋着气，又是何必呢？

小顾跟关隐达跑了一段，就随便些了，不像起初那么拘谨。关隐达发现小顾人也本分，同他讲话也就少了些顾忌。有次，小顾送个材料到关隐达办公室，他放下手头的事情，有意叫小顾坐一下。小顾就有些受宠若惊的样子，坐了下来。关隐达还从未叫他在办公室坐过，他总是站在那里，接受完任务就走。领导太忙了，哪有时间同你坐下来闲扯？

关隐达扯了些不关痛痒的家常话之后，说：“小顾，你同我是天天在一起，有什么情况要随时同我讲哩。”

小顾还弄不懂这话是什么意思，只好说：“那当然，那当然。”但他心里却有些紧张起来，不知关书记要他说些什么情况。

关隐达不马上说话，递了一支烟给小顾，又替他点上，望着他笑，说：“小顾不错啊，不错不错。”

小顾抽着烟，想找出一句得体的话来，却一时找不着。却见关书记把烟抽得很过瘾，又有些意味深长的味道。关隐达吞了几口烟，说：“小顾，我也是当秘书出身的，莫小看了这个工作。要干好这工作，学问大哩。当然你不错。”

关隐达说了这几句，又不说了，大口大口地抽烟。小顾像是受到了鼓舞，有些兴奋起来。说：“当秘书，天天跟着领导跑，可以学到许多东西。我才参加工作几年，进步也不快。但有一个优点，就是肯学，不怕吃苦，也不怕领导批评……我这意思是说，有做得不周的地方，关书记就不要留情面，批评就是了。”

关隐达笑道：“也不是批评不批评，有意见就相互交换吧。我也会有错，人毕竟是人啊。你小顾看到了我的缺点，就要直说出来。”

小顾说：“我是初生牛犊不怕虎。关书记要是真有什么缺点，我是会说的啊。我看现在领导身边就是缺少讲真话、讲直话的人。”

“是啊，小顾说得对啊。”关隐达语重心长的样子。他当然知道小顾这是故作耿直。他关隐达真的有什么不是的地方，小顾是不敢说的。谁都知道现在官场上不欢迎讲真话、讲直话的人。领导们总以为这种人会把自己弄得很没面子。虚假就让它虚假，只要他在任的时候，虚假的东西不暴露出来，他就可以弄出个政绩卓越的气象来。有了这种气象，就能得到提拔。提拔上去以后，下次再到自己工作过的地方来视察，一旦原来的假东西露出了马脚，他反而可以倒打一耙，批评你这是怎么搞的？官大一级压死人，你明知这是他自己遗留的问题，却只好打脱了牙齿往肚里吞。

关隐达慢慢地吐着烟雾，问：“你在这里工作也有这么久了，对县里中层干部状况应有所了解。你有什么看法？”

这个问题太具体，也太敏感了，小顾不知怎么回答才好。便笑道：“这不是我一个普通干部可以乱说的吧？”

关隐达笑了笑，说：“姑妄言之，姑妄听之吧。”

小顾就说："你是要我说真话呢？还是要我说假话呢？"

关隐达的表情几乎有些幽默了，说："小顾真有意思。我要你姑妄言之，也不是要你讲假话呀？刚才还说要你有话直说哩。再说，我这又不是代表组织向你了解什么。你就当是朋友间闲扯吧。"

话说到这一层，小顾就有些感动了。便说："要说这县里中层干部，依我个人看法，不是一潭活水，也不是一潭死水。"

关隐达问："那是什么？"

"一潭浑水。"小顾说罢，就望着关隐达的反应。

关隐达似笑非笑的样子，说："说吧，说下去，放开说。"

小顾说："黎南县落后，外地干部不愿来，本地干部出不去。所以这些本地干部几十年在一块工作，转来转去总转到一起，积怨较深。老一点的又经过了多年的运动，斗来斗去，没几个人没整过人，没有几个不被人整过，矛盾更多。不过这批人现在陆续退了，但闹圈子、窝里斗的流弊还在。加上县里又分东南西北几片，各片方言都有区别，干部中间又以不同方言分成一些派系。这个大家明里不说，心里都有数。譬如计委就是北边片的人把持，别的片的人在那里干死了都得不到重用。国土局就是东边片的人当家，凡事东边片的人意见统一了才好办。不止这些，这里搞派性有瘾，还有同学圈子，战友圈子，把兄弟圈子，等等。大家常年在一起，谁对谁都了如指掌，谁都知道谁屁股上的屎。有人就说，你也差不多，我也差不多，大家最好心里有数算了。不然来捅一下试试。"

"这么复杂？"关隐达的脸色沉重起来。

小顾说："我不把这当做向领导汇报我才说的，不然我就不说了。还有就是种种裙带关系。只说你管的政法战线。法院李院长同政协王主席是儿女亲家。王主席是县里很有影响的人物。他当过多年管党群的副书记，用过一大批人，在县里很说得话。李院长自从十年前当上法院院长以后屁股移都没移一下。县里考虑他年纪大了，想换他下来，就是换不动。检察院的舒检察长是向县长的表弟，这人能力还可以，就是不太团结班子，县里想给他动一下地方，也动不了。公安局的朱局长裙带关系倒没有，但他在公安系统有结拜八兄弟，号称八大金刚。前年有很多人告他的状，县里就把他换了下来，另外安排个局长。可新任局长干不到半年，自己求饶，不想干了。所以这朱克俭谁也扳不动他。”

同小顾的这次谈话，让关隐达对县里的情况有了一个真实的了解。但他只能放在心里，不能同任何领导去交换意见。场面上只能说我们绝大多数干部都是好的和比较好的。有了这种了解，他今后怎么处理一些事情，心里就有了底。

这天晚上，朱克俭同刑侦队长火急火燎地跑到关隐达家里汇报一个案子。有个外号叫三秀才的烂仔强奸了一中的一名女学生，弄得那女生大出血。女生家里没什么人手，心想私了算了，要三秀才出钱抢救。三秀才却分文不肯出。人现在是抢救过来了，但俗话说，再善的驴子都会踢人。女生父亲心想这三秀才未免欺人太甚，就操菜刀砍伤了三秀才。三秀才的一帮兄弟反过来又打伤了女生的父亲。我们考虑双方都伤了人，就先不抓人。现在事态还是暂时平息下来了，但群众的意见很大。

关隐达想这个案子并不是大案，也不复杂，却专门跑来向他汇报，未免太夸张了一点。就问：“双方人伤得怎么样？”

朱克俭说：“女生父亲伤得还重些，现在还在医院里躺着。三秀才的伤不重，缝了十针就回家休息了。”

关隐达就说：“那还有什么汇报的？抓了三秀才再说。无法无天了！”

朱克俭马上说：“那好，我们按关书记意见办，马上回去抓了他。”

朱克俭一走，陶陶出来说：“这么个小小案子也要跑来汇报，那你不干脆兼公安局长算了？原来都听人说老朱能力不错，办案果断，却是这个水平？”

关隐达也觉得有些奇怪。也许朱克俭意识到前一段太傲了一点，现在有意要表现一下尊重领导，就找个事来汇报？

三秀才被抓的事很快传得通城人都知道了。因为是强奸案，人们传播的兴趣自然很浓，故事也越编越离奇。说本来谁也不敢动三秀才的。他姑父是王永坦，哪个还去抓他？但关书记不管那么多，说你就是联合国的侄子也要抓了你，就亲自带领公安人员去抓了。这些传说关隐达自己不可能听到。

小顾同关隐达像是随便闲扯似的说到这事。他说：“这三秀才是王副县长的爱人的亲侄子。朱克俭同王副县长有意见，正好找这事来出气。这回不管三秀才判得了判不了，他关进去之后皮肉之苦是吃定了。犯人最恨的也是强奸犯，不要打死他？”

关隐达一听，猛然醒悟了。自己到底被这姓朱的耍了。他要抓王永坦的侄子，却要我关隐达来拍板！他妈的朱克俭也太阴险了，既替自己出了气，又挑拨了他同王永坦的关系。他对王永坦的感觉本来就不对劲，加上这事，今后不要成死对头？

关隐达马上打电话给朱克俭，先试探一下，问：“三秀才的案子怎么样了？”

朱克俭却以攻为守，马上说：“关书记，我正准备来向你汇报哩。我们没想到这三秀才是王副县长的侄子。早知是这回事，我们处理就方法一点。这牵涉到领导的威信问题，怎么办？”

他这么一问，等于又把关隐达逼到坎上了。关隐达只得说：“要依法办事，不要因为案犯有特殊背景，就可以把法律放在一边。但也要考虑领导同志的威信问题，所以办案要方法一点。”

朱克俭马上回过话来，说：“我们一定按关书记这个指示办。”

通完电话，关隐达想想自己刚才讲的话完全是废话。既然依法办事，还管什么领导威信？但他只能这么讲讲废话。这朱克俭真的是个人物！

周书记找到关隐达说：“永坦同志侄子的事，公安局讲是你叫抓的？我说隐达，不是说要官官相护，但这种事，也要讲究一点方法。当然永坦同志对这事倒没什么看法。”

一听说王永坦没什么看法，关隐达就知道他一定意见天大了，说不定还到周书记面前发过牢骚。他是有苦难言。他不能说不是自己拍的板。一来明明是他叫抓的，二来并没有抓错，要是推脱一下倒显得滑稽了。事情已经是这样了。他只有坚持到底了。就说，方法是要方法一点。但对三秀才，群众意见太大，不处理的话，只怕会有更坏的后果。

关隐达知道什么方法不方法，只是个婉辞，说白了就是要设法开脱一下。他想现在不管他怎么挽回，王永坦这个人他是得罪定了。要得罪就得罪到底。不管谁来活动，也要以强奸罪判他几年。若是王永坦公开表示对他有意见的话，他就索性把三秀才平日犯的事全翻出来，多判他几年。

过了几天，关隐达收到一封恐吓信，说要他全家人小心。他一猜就知是三秀才的狐朋狗友干的。便召来朱克俭和刑侦队的人，并对他们说：“我不管你们有没有困难，二十四小时之内，把这寄恐吓信的人给我抓来。这伙渣滓人不少，你们给我先抓三个再说。”

朱克俭说：“这些人也太猖狂了。好吧，我们一定完成任务。”

关隐达见朱克俭这么恭敬，心想这人达到了要弄人的目的，以为我不知道，这会儿又装得服服帖帖了。他姓朱的敢如此弄人，一来是他这个人本身太混，二来也许是自己过来一段太软。还是熊其烈那句话有道理：有人你把他当人，他就把你当个鸟；你把他当鸟，他反而把你当人。好吧，我就不管你有八大金刚，还是十大罗汉，老子到时候一定端了你！

其实这些渣滓公安局心中都有谱，当天下午就抓了三个人，有一个就是写恐吓信的。这些人不抓没事，抓了尽是事，总有罪名可以治他们。关隐达就说："这是一伙民愤极大的流氓团伙，要从重打击！"

三十六

城北大桥的项目直到次年七月份省里才批下来。今天县委常委开会，专题研究施工队的问题。目前有省桥梁公司、铁道部某工程公司、枣园建筑公司等三家单位在争这个工程。省桥梁公司是专搞桥梁的，资质最好。铁道那家公司也可以，他们的长处是施工设备先进些。最差的是枣园公司，只是一家村办企业。但他们有天时地利，桥的两头都是枣园村的地盘。

枣园建筑公司的老总陈大友，外号陈天王，干了多年的建筑包工头，先富了起来。前几年，上面号召共产党员要做致富的带头人，可枣园村的党员没有一个人带头富起来。陈天王富了却不是党员。组织上就培养他入了党，担任枣园村党支部书记。他便把自己的建筑队挂上了枣园村的牌子，他自己出任经理。上面认为这是献出小家为大家的好样板，还专门宣传过一阵子。外地还有人来学过经验。

本来城北大桥工程，刘先生希望由他们负责招标施工，是县里争取过来的。说有县委、政府的领导，这个工程是一定能搞好的。县政府就此研究过多次了，今天正式提交常委会议决定。

王副县长为主汇报县政府的研究意见，倾向于由枣园建筑公司承建，说这也是一个很大的劳务项目，让外地来搞太可惜了，不要肥水落了外人田。至于技术把关，可以采取技术单项承包的办法解决。

讨论起来，意见分歧很大。关隐达发言说："这个工程是刘先生为主投资的。像这类工程的建设方式，国外通常采用BOT方式，从投资到建设，全部由投资商负责，建好之后，投资商按合同经营一段，再无偿交付给当地政府。目前国内有些地方也开始尝试借鉴这种方式。我认为这种方式很好。"

关隐达发言时，王永坦就冷笑了一下。一年前他的侄子与同伙都被法办了。三秀才又是强奸罪，又是流氓团伙头子，被判了二十年徒刑，其他几个人被判了十几年不等。王永坦嘴上不说什么，私下却是耿耿于怀。他的老婆很伤心，还哭过几场。他倒不那么伤心，只是觉得关隐达不给他面子。

因当地讲B是句痞话，指女性某个部位。待关隐达讲完，王永坦就开玩笑一样说："关书记是读书人，知道的洋玩意儿蛮多。你讲的什么B方式，我是不懂。我觉得我们现在讨论这个问题有个前提，就是这个工程由县委、政府统一指挥来搞。这是早就定了的。还有，工程的地盘在枣园，不让他们搞，这施工环境就难说。当然我相信关书记有办法，那么多公安干警总要有事干嘛。"

王永坦这话明显带有戏弄和挑衅的意思。但他那表情有意笑嘻嘻的，叫关隐达不好怎么说。关隐达想这是无赖的做法，也就不想同他在这种场面上顶起来，便有意装糊涂，嘿嘿笑了一下。他心里另有一番安慰。到黎南不到两年，在下面干部中的威信可算是树立起来了。对三秀才的处理，又使他在一般老百姓那里有了很好的口碑。而王永坦的形象是一天比一天狼狈。

因为这事的基调早就定了下来，所以与会者虽然同意关隐达的看法，最后定的时候，还是决定让枣园建筑公司来干。但关隐达还是担心这工程枣园搞不好，会后就把这种心思同周书记个别扯了一下。周书记沉吟片刻，说："永坦同志抓过多年交通和建筑工作，很有经验。只要加强领导，不会有问题吧。"反正也定了，关隐达就不多说了。

不久，发生了一桩很棘手的案子。县五金公司同北京一家公司做生意，被北京人骗了六百万块钱。这事发生一年多了，五金公司北上多次，那家公司只是耍赖。万不得已，最近五金公司派人同公安局的一道再次北上，将他们老总骗到宾馆，作为人质带了回来，这老总姓邱，不知有多大后台。人还在路上，有关方面电话早到县里了。电话是北京、省里、地区一级一级打下来的，说经济案件还是要用经济的手段来解决。

关隐达琢磨这话，很有问题。这是什么屁话？经济犯罪也是经济案件，难道就不可以用法律手段处理？那么大的干部，居然讲出这种违背常识的话来。可上面电话打得很紧，反复强调这个指示。他便咀嚼出些味道来。上面讲话有无毛病都是次要问题，你只要领会内涵就行了。这话的内涵就是两个字：放人！

地委宋书记的电话是周书记亲自接的。周书记就找关隐达说这事。关隐达一听就有火。说："五金公司和公安局北上前同我汇报过。我想这么办在方法上简单是简单了些，但对付这种无赖，这也是惟一有效的办法。现在人都还在火车上，要放人的圣旨就来了。人是好放，向五金公司职工就不好交待了。"

周书记说："这事我原先也是同意的，他们向我也汇报过。但你还不清楚？官大一级压死人。你就算支持我吧。拜托你做做工作吧。”

关隐达就找来朱克俭说这事。朱克俭听了情绪很大，说这到底是谁的天下？竟让这些人如此胡作非为？关隐达见他很激愤，心中就有了一计，也不接着做他的工作了，只说：“等人到的时候相机行事吧。”

人一押到，朱克俭也不让姓邱的休息，马上安排人问话。有意给他制造心理压力。朱克俭自己也亲自参加了。但那姓邱的是有恃无恐，满不在乎的样子。看样子这人也有五十来岁了，却是一副花花公子的轻浮相。开口闭口只是一句话：骗你们乡巴佬几百万块钱算个什么事？朱克俭气得直骂娘。

朱克俭受了气，说老子就是掉脑袋也不放这个王八蛋。

关隐达就同周书记说：“这个朱克俭太不像话了，我们的话他就是不听。还是你亲自去做工作？”

周书记听了很生气，说：“这个朱克俭，毛病就是多。就是他一个人是马列主义，是正义的化身，我们都是藏污纳垢的？他通也要放人，不通也要放人，先服从组织再说。”

还再说什么，关隐达说：“我建议，要把老朱换了。你周书记只怕还只是第一次碰他的钉子。我要是不事事迁就他，早同他闹开了。”

周书记批评人的样子，说：“隐达你就是涵养太好了一点。这种人你要同他来硬的。对这个人，我也有责任，县委向来就是太放任他了。这事我俩先说好了，先等一段，你考虑一下接手的人选。”

关隐达说：“好吧。”

他早就想在政法战线动一两个人，来个杀鸡儆猴。但要动也只能动那些动得了的。朱克俭不太合作，又没有过硬的后台，就拿他来开第一刀。

其实朱克俭不放人，主要还是想让关隐达为难。他知道人到最后还是要放的，上面压下来，谁也没办法阻拦。但还是要为难一下再说。而且他这是在坚持正义，谁也不好说他什么。

后来，周书记和关隐达一道找朱克俭谈，朱克俭才为难地放了姓邱的。

事情处理好之后，关隐达心里又不是个味道。他是真的不想放那个王八蛋，却只能将他放了。还在这事上借题发挥，整了朱克俭。便打电话同肖荃说起这事。肖荃说："这也是没有办法的事，你就不要太责怪自己。我知道你是一个好官。"

关隐达说："我自己检讨一下，坏还是不坏。也许是搭帮这几年倒霉，事事小心。若是一帆风顺过来，只怕也早忘乎所以了，不知成什么样的人了。"

肖荃就说："难得你有这份自省。不过依我看，你再坏也坏不到哪里去。隐达，听我一句话，不管你以后命运的走向如何，都要守住自己。"

"当然。"关隐达说，"有了这几年的起落，我对生活的态度也通达些，凡事都还算想得开。你放心吧。"

人是放了，麻烦却来了。一定是有人把事情内幕捅了出去，五金公司一帮退休老职工就倚老卖老，到县委办闹，声称要饭吃，要生存。周书记同关隐达商量，分析这是怎么回事。关隐达认为可能是朱克俭他们走露了消息。

周书记就问关隐达："人选想好了吗？"

关隐达说："公安工作有其特殊性，还是在内部考虑妥当些。你看李大坤同志如何？"

周书记说："我原则同意你的意见。到时候几个常委统一一下。我看不要再等了，早点动了他。"

在关隐达看来，李大坤也不是最合适的人选，但一时找不到更理想一点的，就只好将就了。再说，李大坤同朱克俭有意见，用了他，对今后制约朱克俭更有利些。

关隐达建议，先做做银行工作，贷给五金公司一笔款子，为他们解决流动资金困难。不然，职工的情绪平息不下来。

周书记同意这个意见。关隐达就说："周书记你先同工商银行打个招呼，我再出面具体协调。这不是我份内的事，但我沾上了，推也不是道理。"

关隐达这么做，意在洗刷一下自己在放人这件事上留下的民怨。

当天晚上，他又打电话召来李大坤，向他吐露了消息。李大坤感激不尽，表示愿为关书记效犬马之劳。

关隐达说："不要这么说。县委是从公安工作大局考虑，你今后担子重些，要多多辛苦。不过，我这是个别同你通气，还不是代表组织正式谈话，你明白我的意思吗？"

李大坤点头不止。

一个月之后，李大坤正式被任命为公安局长。朱克俭调政法委当副书记。

李大坤上任后，第一着棋就是把朱克俭的八大金刚全部从实权岗位上换下来，用了自己的人。就有人跑到关隐达这里告状，说李大坤打击报复。关隐达表示很重视这事，亲自参加了公安局局党委会议，在会上反复强调了团结问题，还不点名批评了李大坤。

李大坤像是心领神会，很委婉地检讨了一下。

三十七

县政府要换届了，传闻多了起来。说周书记要调地区行署当副专员，向县长接书记，王副县长当县长。这是传得最多的，当然也还有别的说法。

关隐达感觉不到自己的政治命运会有什么变化，心态很平静。对传到他耳中的各种说法，他也没什么反应。他现在只图到哪里都有人听他的，工作起来指挥自如就行了。

各种传言流行一阵之后，周书记倒真的是调走了。不过不是当副专员，只是去任地建委主任。临走前，他同关隐达长谈过一次，很有情绪，全然不是平时那种书记姿态。他说，自己在这样一个落后县干了差不多两任书记，到头来得到这个待遇。在好县干容易出成绩，你不让我去干呀！我周运先比谁不本事，硬是差那么远？

关隐达只好说一些安慰的话。他没有让周运先引出自己的情绪来。心想宣泄一下情绪，最多只能图个一时痛快，对改变自己境遇没有任何帮助，倒不如保持平和好些。

在周书记变动的同时，向县长被任命为县委书记，王副县长任代县长。这样，黎南县新一届县委、政府的领导格局算是定了下来。只等人大会上给政府班子履行个法律程序了。

没想到，选举的时候出了意外。正是开人大会的前几天，建设中的城北大桥出了事故，刚浇好的一个桥墩出现了塌陷。正好碰上选举的敏感时期，各种说法都出来了。有人说王永坦同陈天王是把兄弟，不知受了他多少好处。不然，会把这么大的工程给一个村办建筑队去承建？陈天王只是没人去搞他，要是有人去搞他，县里只怕要倒一批人。手中有权的局以上干部同他没有牵扯的只怕找不出几个人来。这种种议论关隐达也早听说过，但他知道这种事情，不到人倒霉的时候，社会上就是再怎么议论都是枉然。

可这一回似乎不是一般性议论了。城北大桥的建设资金有一部分是从干部和群众手中摊派的。本来集资时就已经闹得意见纷纷，现在出了这种事情，更是群情激愤。群众才不管你刘先生投了多少，省里和县里投了多少，他们只知自己的钱丢进水里泡儿都不冒一个。县委预料会有麻烦，就专门安排王永坦在反腐败会议上亮相，做了一次重要讲话。县有线电视台在黎南新闻时间专题播出王永坦讲话的实况。王永坦平时讲话像是底气不足，可上台做报告的水平还真不错。谈到腐败问题，他显得很气愤，好像高血压都要发作了。可有人一看就反感，打电话给电视台，要求停播，说看不惯这装腔作势的样子。

向书记看到情况严峻，就专门召集几个常委研究这事。向书记强调，首先是常委一班人要统一思想，维护地委的意图。群众不明真相，只要做好耐心细致的疏导和解释工作，问题还是可以解决的。所以关键还是领导。

关隐达听了这话，意识到这话别有意味。大家都知道他同王永坦是面和心不和，一定有人以为他在背后做了反面工作。他问心无愧，但一解释就是此地无银三百两。

讨论时，管党群的副书记刘志善提出，为了慎重一点，是不是向地委汇报一下，引起上级领导的重视。必要时请求地委出面做工作，免得出乱子。

关隐达明白刘志善的用意。前一段，地委为黎南的班子费了些周折，左定右定，就是定不下来。所以地委领导的各种设想，加上有些人的臆测，就成了小道消息在下面飞快地流传。过几天又是一种说法。今天是这个要当县长，明天那个要当县长。也有一种说法就是刘志善出任县长。关隐达也从地委组织部的朋友那里知道，刘志善自己到地委活动过。现在若是把群众的意见捅上去，说不定地委还会考虑变动盘子，他就有一线希望。

在座的都是聪明人，只怕都看出了刘志善的心迹，只是心照不宣。关隐达不想让人觉得他做过反面工作，他也确实无意这样。就是把王永坦搞下来，他自己也不可能当县长。就说：“我谈一下我的意见。城北大桥的事，如果注定要出问题，我认为迟出问题，不如早出问题。现在开工不久，损失一个桥墩，只损失五六百万。要是问题迟出一点，那就不是几百万的事情了。所以单说这事，是坏事，又是好事。当然，这次出问题的时候不巧。再一个，关于群众意见问题，迟早会有人捅到上面去的。但我看暂时不宜主动反映上去。为了避免以后上面追究时的被动，我们可以一边着手选举，一边让人准备汇报材料。这也不是我们有意掩盖矛盾，最近事情确实太多，一时顾不过来。还有一点，我建议人大会议早开一点好。要是准备工作做得过来，可以考虑提前。”

向书记很同意关隐达的意见，表示暂时不往上反映，并初步决定提前召开人大会议。这事还要同人大常委会协商，并要报告地委和地人大联工委同意。

会后，向书记说：“隐达，你想问题还是蛮细哩。”

关隐达见向书记这话说得是轻描淡写，却是在赞赏他。他便明白自己的发言收到了效果。那么王永坦对他也不会再有什么猜疑了。果然，在以后他同王永坦的接触中，感觉不同一些。

征得地委同意，提前召开人大会议。地委派组织部田部长亲临黎南坐镇指导。

这次也是采取差额选举的办法，还有一位候选人，是县政府的调研员贺达贤，前几年从部队转业回来的副团职干部。三岁小孩都知道，这人是拿来配相的，最后要被“差额”掉。可贺达贤就是有些神古隆咚，居然到各代表团去看望代表，欢迎大家投他的票。还信誓旦旦，表示一旦当选，一定不辜负人民的重托。就有人背后开玩笑，说组织上安排这样一个人来候选，还要想担负重托，他担得了吗？只怕把人民的重托看得太轻了吧。有些话来得更尖刻，说拿个二百五来愚弄人民代表，岂不是把人民代表也当二百五了？可县委向书记却表扬贺达贤同志敢于向代表推荐自己，做得很好。有人不是羡慕西方式的民主？达贤同志这样宣传自己，就有这个味道。当然我们这是有组织，讲秩序的。

可不知怎么回事，这次的人大会比以往任何一次都难以驾驭。会上的传言特别多，甚至还出现了小字报，说要好官，不要贪官。本地方言的“坦”和“贪”同音，说明这矛头明显是针对王永坦来的。

向书记找关隐达商量，这事怎么办？是不是可以查一下这小字报的来路和后台？

关隐达说：“我的意见，查不得。查只会激化矛盾，反而可能把事情搞得更复杂。不如不提这事，也不解释这事。领导同志下到各代表团，也只从正面引导，强调维护地委意图。”

向书记想了想，说：“也只好这样了。”

可是，就连关隐达都没想到，有几个代表团把他作为县长候选人提了出来。

这下向书记急了。他找田部长商量这事。田部长也没想到会出现这种局面。黎南以往的选举都是比较正常的。

“我还是请示一下地委吧。是否调整一下会议日程，明天的选举暂时停下来？”田部长很担忧的样子。

向书记说：“好吧，就请您向宋书记汇报一下。”

晚上，熊其烈到关隐达家里坐，说：“关书记，几个代表团都提了你的名。我们代表团也提了名。我个别了解了一下情况，对你的呼声很高。乡镇这一头，多半是倾向你的。”

关隐达觉得在家里说这事很不妥当，就问：“其烈同志，你是哪年入党的？”

熊其烈不明白关隐达的意思，惑然道：“七三年吧。怎么？”

关隐达也不说为什么，又问：“你当县人大代表是哪一年？”

熊其烈更加不明白了，说：“我是几届代表了。最初是八四年吧。"

关隐达就笑了，说："你的党龄还是比当人大代表的时间长吧。你首先应是一个党员，所以要同党组织保持一致，要维护地委意图。"

熊其烈这才明白关隐达的意思，就说："党的意愿同人民的意愿应是一致的嘛。说白了，这又不关你事，是人民代表要把你往台上推啊。"

关隐达就说："老熊你也难得到我家来一次，我们说点别的吧。你家里都好吗？孩子怎么样？"

熊其烈说："我两个孩子，一儿一女。我老婆一直在农村没上来，小孩也就都是农村户口。女儿是老大，已出嫁了，我也不管了。只是儿子，今年二十二了，有个自学的大专文凭。我说给他买个城镇户口吧，又怕找不到单位接收，白花了钱。"

关隐达就很生气的样子，说："老熊呀，你也太不活了是不是？我知道你是个不求人的人，不愿同组织上讲自己的事。但同我也该讲呀？你呀！当然，也怪我平时太官僚了，没细问过你家里的事。小孩学的是什么专业？"

熊其烈答道："财会专业。"

关隐达马上表态："你这事我管定了。不能让老实人吃亏。这几天开完人大会后，你莫急着回乡里去。你先把小孩的户口办了，再打个报告给我。办户口的钱，我签字免一部分，你身上带的钱不够的话，先在我这里拿着。"

不想熊其烈一个呱呱叫的汉子，却容易动感情，听关隐达这么一说，禁不住眼睛红了起来。

说完这事，关隐达说："今天我就不留你了。不然别人要说闲话的。今后有事就来同我说。也不一定硬是要有事，没事也欢迎来扯扯。"

熊其烈一走，关隐达就进去同陶陶说："今晚我俩不能呆在家里。说不定等会儿还会来人的。这样不好。”

“到哪里去?”陶陶问。

关隐达一想，也真没地方可去。这会儿到任何人的家里去坐都不是个事。就说：“让通通早点睡了，我俩出去一下，随便去哪里。”

两口子就穿了大衣，出了大院。一出门，还真不知往哪里走。可他俩走在大街上也不行，认得的人太多，要一路打着招呼过去。两人就上了一辆人力车。车夫问去哪里。关隐达说往前走吧。他这是平生第一次坐人力车，感到新鲜。又想自己这么躲躲藏藏有些滑稽，就笑了起来。

陶陶问：“你怎么不把想法同我讲一下？都到这地步了。”

因是在人力车上，他就隐晦地道：“你知道我的心思，我是早把这事想开了。要是看重这个，我也早不是这么做人了。同时起来的那些人，很多早就跨了几个档次了。现在我就是干了这个，在这里也只是个老二。这个老二最不好搞，事有做的，气有受的，再上只怕也是没指望的。但是这么多人推着我干，我想不干也不好。我中了，也会是在矛盾和压力下做事。要是不中，就更难堪了，会有人说我炮制的阴谋不得逞，黄粱美梦一场。那就冤了，我明明没有做什么工作。可权柄一到了别人手里，情况就不一样了。谁会相信我们的解释？当然我也不会去解释什么。总之，既然到了这地步，我就希望有个好的结果了。”

陶陶叹道：“就是那个了，也只有那么多意思。父亲也不大不小了吧，又有多少意思呢?”

“人啊，总不能事事都会按自己的意愿转的，没办法。我们还是在现实基础上考虑问题吧。”

县城只有那么大，人力车拉了一段，就快到城关了。关隐达心血来潮，说到电影院看场电影去。他俩只怕十几年没看电影了，陶陶说也行。

关隐达站在一边，让陶陶买了票。现在电影不景气，电影院就出了怪招，搞个什么通晚场，从晚上八点钟开始，连放四场，一直放到凌晨四点。票价十五块。

两人往里一坐，关隐达就竖起衣领，免得有人认得。陶陶往四周一看，见里面坐的多是年轻小伙子，就说："隐达，就我们两位中年人。"关隐达说："管他哩，我俩也来发发少年狂。"

第一个片子是武打，没多少意思。没看完陶陶就想走了。关隐达看看手表，说等等，看下一个怎么样。

下一个是个香港片子，带了点色彩。看着看着，关隐达感觉身边不太对劲了。他不经意地往四周溜了一眼，只见一对对多是抱在一起窸窸窣窣。他一看就知这里有许多是专陪别人看电影的妓女。

这个片子没看完，陶陶担心儿子，就说回去算了。关隐达看看时间也差不多了，就牵了陶陶出来了。

三十八

第二天，原定的选举议程停了下来，让代表们继续讨论代县长王永坦同志的《政府工作报告》。县委和人大常委会要求，这是事关今后五年全县经济和社会发展的大事情，一定要认真对待，尽可能讨论得充分一点，修改得完善一点。

关隐达也参加一个代表团讨论。他一到场，就有代表鼓掌，提议欢迎关书记。关隐达很敏感，知道这样不好，就扬扬手，说："我在这里不是一个副书记的身份，是以一个列席代表的身份参加讨论。在这个会议上，你们的权力都比我大。所以，我只想多多听取各位代表的意见。”

他刚说完这些，向书记的秘书小武来了，在他耳边轻轻说：“向书记请你去一下。”

小武带他到了田部长住的房间，向书记和田部长都在那里。小武给各位倒了杯茶，就出去了。

向书记先说：“隐达同志，你来黎南两年多，各方面工作都不错，与同志们共事也很好，在下面也有威望。这次代表们自发提议你作为县长候选人，这就是最好的说明。但根据地委意见，对你会有新的安排。等会儿田部长还要说的。所以，地委的意见，是要尽量维护地委的选举意图。这需要你来配合做做工作。”

田部长接着说：“向书记的意见我都同意。你在黎南的工作是有成绩的，地委是满意的。宋书记委托我同你谈一次，准备安排你任地教委副主任。这里只有在远同志，我可以同你个别交底。教委欧主任明年底就六十岁了，地委准备让他休息，由你来接主任。这事地委考虑好长时间了。现在请你协助组织做做工作，要保证地委意图的实现。”

关隐达觉得田部长做工作的水平真不敢恭维。说什么地委对他的安排考虑好久时间了，他一听就知是假话。他一时真不知从哪里说起。沉吟一会儿，说：“我作为一个党员，当然要维护组织意图。但这个工作我怎么去做？再说，我还有一个想法，如果认为这事关键在于我做工作的话，那么万一这个工作做不好，不就是我一个人的责任了？”

田部长笑道：“也不是这么说。不过要承认，你做工作的效果会好些。解铃还是系铃人嘛。”

一听这话，关隐达就有火了。要不是这几年平和一些了，他马上就会发火。他就只是笑了笑，开玩笑似的说：“田部长你这么说我就接受不了啦。你这意思是我关隐达在这事上做过什么手脚?”关隐达说到这里忍住了。他还有一句话没出口。那就是：我要做手脚也只能到地委领导和你田部长那里来做手脚呀？但他不能这么说，要是这么一说，等于说地委领导用人不是按照党的组织路线，而是讲关系了。也等于说王永坦到上头搞过活动了。

田部长马上意识到自己失言了，脸色红了一下。但只红了一下就恢复了常态。他笑笑，想尽量消解眼前的尴尬。然后说：“对不起，对不起。我这是口误，口误。算是措词不当，词不达意吧。我的意思是说，这事同你有关……不，也不对。怎么说呢？这事牵涉到你……这个……也不知这么说准不准确，姑且不论吧，反正你出面做工作，问题容易解决些。”

关隐达觉得没有必要再在这个说法上去绕口令。一想，也不是这话不知怎么说，而是这事本身就不知怎么说。说是说不清的了。他也意识到，不管自己怎么解释，也不管别人怎么口口声声相信这是代表自发的行为，说到底都会认为他串通了一些人。这种情况下，他能做到的只能是表现得诚恳一些。就说：“我会全力以赴去工作，但请组织上相信我是光明磊落的。”

田部长马上说：“组织上是相信你的。这个观点我刚才也是一直这么说的。”

谈话结束了，关隐达又去他所在的代表团。一路想，真是荒唐，贺达贤跑到各代表团去推销自己，向书记还要表扬。我什么事没做，却有了不光明磊落之嫌。不过他也只是偶尔想到这种荒唐，心想作这种类比没有任何意义。他知道这事是没有道理可言的。

他进会议室时，代表们根本不在讨论什么《政府工作报告》，而是在发牢骚，说原定今天选举，怎么临时又调整议程了？中间肯定有名堂。见关隐达来了，一位农民代表说：“关书记，这人大会根本就不要开。一次人大会，要花多少钱？这钱放到我们村去，还可以帮我们农民办点实事。都是上面定的人，下个文，红印巴子一盖，还方便些。开什么会？反正不选出上面定的人不让走。真不让走也好，有住有吃，开它个三百六十五天！”

全场轰然大笑。关隐达没有笑，举手往下压压，猛吸一口烟，说：“各位代表不要激动，冷静些，冷静些。在座各位差不多都是党员吧，是党员就要同党组织保持一致。要相信组织，组织上安排干部自然有它的考虑。我有一个请求。大家知道，包括我们这个代表团在内，有几个代表团提了我的名，我个人表示感谢，感谢代表们对我的信任。但我请求大家重新考虑提名。我们希望这次人大会开得顺利、圆满、成功。”

这时，他的秘书小顾进来了，他就招呼一声大家讨论吧，就同小顾出来了。问有什么事？

小顾说：“我一早就到这里找你，你不在。办公室又有事要处理，我就去打了个转又来了。是这样，昨天晚上，小武找我，说向书记找你有急事。我找了你几个钟头没找到你。晚上十二点我打你家电话还是没人。后来太晚了我就不打电话了。我怕我是不是误了什么大事，就来找你。小武昨晚说是有紧急情况哩。”

小顾办事很认真，生怕出事。关隐达说：“没事了。这样吧，你去找一下熊其烈，就说地委领导找我谈话了，一再要求维护地委意图。你要他帮助我做做工作，不要选我。你叫他出来个别说，按我的原话说。”

小顾便去了。关隐达听说昨晚向书记那么急急忙忙要找他，一定是地委领导的指示昨晚就下来了。也说明他们早就向地委汇报了这里出现的异常情况，才有意调整会议日程，好让上面有回旋余地。可今天一早向书记和田部长同他谈话时，谁

也不说昨晚找过他。他们忌讳说起，只怕是怀疑他晚上搞什么活动去了。他们永远不会说出他们的怀疑，关隐达也永远不会作什么解释。总不能拿出昨晚的电影票给他们看吧，这有失他的尊严。反正他们也这么怀疑了，关隐达就让小顾去找熊其烈说说。他了解老熊，这人厚道，直爽，仗义。他一听上面硬是不让选关隐达，他一定会去各代表团串联，鼓动大家非选关隐达不可。关隐达也越来越自信，他一定可以当选。代表们的情绪对王永坦不利，贺达贤更不屑说。而他在乡镇一二把手那里威望不错，县直机关多数也服他。再说，县委决定推迟选举说不定是个失策。代表们总是把城北大桥的事故同王永坦扯在一起议论，时间越拖议论就越多。

上午讨论结束，关隐达想回去吃中饭。向书记叫住他，说在这里吃算了，中午田部长说有事要扯一下。

田部长同向书记、关隐达一桌吃饭。饭桌上谁也不说什么，只是相互客套。饭后，三个人一道去田部长房间。坐下喝了会儿茶，田部长说："隐达同志，看样子情况还是复杂哩。也不是说硬是不可以选你。我们分析一下。现在是三个候选人，一旦选票分散，谁也过不了半数的话，谁也当选不了，再来重新组织一次选举，又要费周折。现在各地都露出了苗头，凡是上面推荐的人选，代表都不满意。当然这也有上面做工作的问题，但最关键的问题是说明无政府主义有所抬头。如果听任这股风气蔓延，每年一到开人大会，各地都是一片乱哄哄的景象，怎么得了？地委对此深表忧虑。地区马上也要地改市了，也面临一个市政府选举问题。如果这么下去，今后市政府选举也是个问题。所以，地委的意思是，不能让黎南开这个头！"

向书记接着说："按选举法，代表们依法提名了，只能作候选人参加投票，不然就违法了。所以就要请隐达同志一个一个代表团做做工作。我们都要以大局为重啊。你中午找各代表团的主席说说怎么样?”

关隐达说:“我说过了。那就再说一次吧。”

三十九

下午，田部长又紧急召见关隐达。向书记也在座。田部长说:“宋书记刚才打电话过来，要你马上去地教委上任。是这样的，这段地教委工作很忙，他们希望你快点到位。宋书记考虑了地教委的要求，请你先去地委组织部报到，再去地教委与同志们见个面。任命文件马上就下来。”

这却是关隐达万万没想到的一着。他也曾管过组织工作，从来没见过这么仓促任用干部。意图已很明显，就是不让他出任县长。既然有人这么做得出，他也铁了心，一定要赔一碗。他有意不急于发言，只是慢慢吸烟。样子很沉着，又像是在想这件事。过了一会儿，他说:“田部长，我有想法，就直说了。你是多年的组织部长了，想必这么匆匆忙忙任用一个干部，还是第一次吧。我把话说透了。这几天，好几个县都在开人大会，地委几个领导多半蹲在县市指导选举，也许没有机会坐在一起研究干部安排。我就对我的安排表示奇怪了。当然我是党员，什么时候都要服从分配。我今天不上地委组织部报到了，先口头向你报个到，改天再正式去。我家小陶这几天头痛，她有美尼尔综合症，说倒床就倒床的。我家又没请保姆。”

关隐达那几句直话说得田部长脸上不太好过，却又不好发作。又听说小陶身体不好，他也就说不出什么了。就是明知关隐达是在扯谎，也不便说的。只好说:“好吧，就算口头报到吧。小陶有这毛病，你还是请个保姆好些哩。”田部长显得很

关心。

关隐达到代表团坐下听了一会儿意见，就像是出去解手的样子，出了会议室，去宾馆经理办公室。经理忙起身招呼："关书记，关书记。"

关隐达笑着说："我打个电话，请你稍稍回避一下。对不起。"

经理笑笑，马上去另一间办公室。

关隐达要了陶陶电话，如此交待了一番。

关隐达打完电话，就叫经理，说，走了。经理忙过来说："这么快？坐一会吧。关书记对我们有什么指示吗？"

关隐达笑笑，说："哪有那么多的指示？不过有个建议。你只要在一年之内管好两件事，我请求县委表彰你。"

经理有点不知所措，问："哪两件事？"

关隐达说："一件是厕所，一件是餐桌。你别笑，我这是认真说的。你这里没有几个抽水马桶是可以冲水的，没有几张餐桌的圆盘是转得动的。别误会，这不是批评你的工作。这两件事可以说是中国的宾馆病，很多大宾馆都没解决这个问题。"

经理听关隐达最后圆了一下，才放心地笑了，说："一定抓一下。"

关隐达同经理握了下手，仍回会议室听意见。下午五点钟的样子，小顾跑来说："陶姐上班时晕倒了，已送到医院去了。"关隐达同代表团主席招呼一声，直奔医院而去。

次日，大会进行选举投票。关隐达以绝对多数的选票当选为县长。王永坦只得了五分之一的票。贺达贤的得票就有些滑稽了。只得一票，而且大家都知道这一票是谁投的。因他的一位表弟是某乡的党委书记，也是人大代表。

按原来安排，会议结束时，田部长要代表地委向人大会的圆满结束表示祝贺。但这个安排临时取消了。只是向书记上台敷衍了一下。关隐达知道，田部长回去不好向宋书记交待。

会议结束的第二天，县委收到了地委文件，免去关隐达同志黎南县委副书记职务，调地教委任副主任。

这种情况在全国其他地方是否发生过不知道，但在全省只怕是没有先例的。向书记找关隐达商量这事怎么处理。关隐达笑笑，开玩笑说："我听谁的呢？不去地委报到就违背了组织原则，不履行县长职责就违法。有道是，两利相权取其重，两害相权取其轻，我还是先不让自己违法吧。"

这就是当地俗话说的，生米煮成熟饭了。向书记也不知怎么办，便说："我很高兴能同你共事。过来一段我俩相处也很愉快。选举前我只能站在上面的立场上同你交换意见，我想必你能理解。这样吧，你先不要管地委那一头，由我向地委汇报，争取地委支持你。"

四十

照说，像王永坦这样被选了下来，再在黎南工作就不太妥了。但王永坦不愿到别的县去。地委安排他任人大主任，他也不干。他同地委领导半开玩笑说："我在选举上是隐达同志的手下败将，理该俯首称臣。我还是仍旧干常务副县长，协助他工作吧。"

于是几经交涉，人大常委会举行会议，任命王永坦为常务副县长。

但地委一直没有下文任命关隐达的副书记。他的副书记已经免掉了。王永坦仍是常委，关隐达却常委都不是，县里重大事情的研究他无权参加。这样，关隐达这盘棋从一开始就是一个僵局。

这天肖荃打电话来问他的近况，他说自己陷入了从未有过的困境。肖荃还不明白，问：“怎么了？你当了县长，是值得高兴的事呀？这么多年一直屈着，总算到头了。”

关隐达苦笑一下，说：“只怕真的到头了，不过是我的前程到头了。这段太忙，我也没在电话里同你细说。”于是关隐达便把事情的来龙去脉简要说了一遍。

肖荃听了，就叹息不止。一会儿，问：“这么多年不见你了，也不知你现在是怎么个模样了。”

关隐达说：“见了面你不一定认得出了。我有点发福了，头发也开始白了，眼睛时常是红的，脸色很疲倦。”

“这么说，是一脸沧桑了？”

“可以这么说吧。”关隐达说，“我的日子不好过。不是常委，大事上就没有权。县长没有权，讲话就没人听。上地区开会，没人听我的工作汇报。几乎轮不上我发言。往常开会发言，都是大家随意讲。现在由书记和专员点名。快轮到我了，他们就说，还有几个同志没发言，就不在这里说了。下面，我讲几点意见。这等于不承认我这个民选县长。我个别找他们汇报，他们总说没空。不是我硬要去套这个近乎，我得为全县六十万人民说话呀！”

关隐达说到这里，竟忍不住，声音有些哽噎了。肖荃感觉出来了，说：“你很难受是吗？不要太难受，一切都会过去的。”其实肖荃也说不出更多安慰的话了，就不做声了。

两人停了一会儿，关隐达说：“我还要请你帮个忙。多年来，我们这里一任是一个搞法，大家都想标新立异。结果，县里至今没有一条成熟的发展思路。你先生是搞宏观经济研究的，我想拜托你先生，再请几位搞区域经济研究的专家，帮我们黎南研究一下发展思路。”

肖荃想了想，说：“我想应该可以吧。我同他讲一下。”

关隐达说："作为一个软科学课题吧，我们拨课题费。"

这天，向书记同关隐达说："你的副书记的事，我已向地委汇报多次了，看最近怎么样。将心比心，这事也让地委领导难堪，要迟就迟一点吧，你也想开点。反正一条，谁也不能拿工作开玩笑。你的工作我是支持的。你有什么意见，就先同我讲，参不参加常委会，没关系。"

关隐达就想试一下向书记说话是不是算数，说："我看国土局老刘群众反映太大，他的年纪也差不多了。我的意思，让他退二线。"

向书记埋了一下头，说："这人毛病是不少，我找他谈过多次的。你考虑有合适人选吗？"

"熊其烈同志你以为如何？"关隐达也埋着头，说完话才抬起头来看向书记的反应。

向书记说："这个同志工作不错，办事很扎实的。可以考虑吧。"

四十一

可是过了一段，常委们研究了一批干部，熊其烈没有能当上国土局长。不仅如此，平时人们议论中那些同关隐达关系好一些的部门头儿还换了几个下来。包括公安局长李大坤。关隐达就知道向书记同他口是心非。

关隐达便找来财政局长，向他严肃交待，县里财政紧张，一定要坚持一支笔批钱的原则。

这支笔就是关隐达那支笔。

于是，凡是县委部门要钱的报告，关隐达一律不批。他说县里财政紧张，大家都要过紧日子。就连发工资，也把县委部

门推迟一个星期。干部们的工资都是紧巴巴的，推迟一个星期感觉很明显。县委部门的干部就意见纷纷。关隐达不在乎，他就是要让向在远尝尝民怨沸腾的滋味。

这天县长常务会上，关隐达提出了请北京专家的想法。他原以为有人会说他此举太书生气的，他事先也在脑子里准备了一大堆说辞。不料王永坦很赞同这个意见。他说："黎南的发展是该好好谋划一下了，再也不能李县长一套，张县长一套。隐达同志提出请北京专家，我想这个主意很好。我们搞经济工作一定要尊重知识。城北大桥的事就是个教训。"

王永坦是这个态度，关隐达的确没想到。但听他说到城北大桥，就知他开始有意从舆论上争取主动。凭直觉，他知道王永坦在这中间肯定有交易。可事情不出来，谁也不能说什么。就像他听有人议论，说现在当大官的，别看个个在电视上神采奕奕，一旦抓了，都是大问题。城北大桥从事故发生起一直停工，由王永坦牵头处理这事。因为技术是省桥梁公司承包的，这中间就有扯不清的皮。

关隐达说："作为软科学课题，需拨一笔经费。据我多方咨询，这样大一个课题，至少要十万。"

这下就开了锅。在座的副县长们谁也想不通。不就是请他们到县里来调查一下，写篇文章吗？就值那么多钱？

关隐达就反复解释，说这不是简简单单一篇文章的事。他还列举了国外一些著名点子公司的故事。他知道自己说这些，只能让这些人背后笑他迂腐，但他还是说了。最后，在他的一再坚持下，定还是定了下来，但大家多少有些口服心不服。

又是两个多月过去了，关隐达副书记的文件仍没下。他越发感到了危机。这种局面不改变，他这个县长只能是个名誉县长，实权会落到王永坦的手里。因为他是常委。常委们掌握着干部们的命运。干部们不认别的，只认那些有权决定他们命运的人。即使是那些当初投了他票的人，也会慢慢分化过去的。有些人在投靠新的主子时能够对你表示遗憾，就算很客气了。多数人只会在背后说你无能，看着一盘赢棋，倒让你下输了。他们只好为赢家喝彩了。一切向权力靠拢，这就是官场上的权力法则。

关隐达同肖荃的先生老余通了几次电话，就像老朋友一样了。两人磋商了几次，说定八万块钱的课题费。学问人办事就是不同，余先生马上用特快专递寄了一份合同来。关隐达同王永坦通了一下气，就代表县政府签了字。

按照合同，余先生一方收到款后，合同立即生效，他们就派人过来搞前期调研。关隐达就交待财政局长马上把钱打过去。财政局长答应得好好的，就是拖着不办。关隐达从中看出了一些名堂，就找来财政局长问是怎么回事。财政局长推说，是下面办事的人员不及时。关隐达就借题发挥，说："现在出现了一股歪风，科长不听局长的，局长不听县长的。我要抓几个典型，找几个人开刀，看是不是翻天了!"财政局长识到了风向，这才回去把钱打了过去。

过了不久，肖荃的先生老余同三位专家一行四人到了黎南县。

余先生同关隐达一见面，就握着他的手说："差不多，差不多，跟肖荃描述的样子差不多。"

他俩是初次见面。关隐达发现余先生很文气的样子，的确像个高级知识分子。个头也比关隐达高出一头。他就玩笑道，肖荃找对象眼光高，果然是抬着头找的了。

笑话一回，余先生说："我们在这里活动十天。头两天蹲下来看资料，再作一个星期的调查，最后一天同县里领导交换个初步意见。具体研究工作，我们要回北京才有时间搞。研究过程中还会来一两次。我们在黎南期间，你们领导同志就不要

陪了，只为我们安排一位工作人员，负责有关联络工作，找找资料，就得了。”

一听就知余先生他们是干实事的人，不在乎花里胡哨的客套，关隐达就很敬佩，心想官场上的人们只要有这种作风的一半也好了。他便只在头一天陪他们吃了一顿饭，就不再去打搅他们。

余先生也是在要离开的前一天上关隐达家里看了看。他说：“你老同学交待我一定要到你家来看看，还要我记住你家陈设，回去向她描述，你说害人不害人？我的形象思维不行，真不知回去怎么同她说哩。”

关隐达就调侃道：“好在我家简简单单，也省得你回去费心思了。肖荃还是那样孩子气？”

余先生便作古正经说：“肖荃总讲，你是一位难得的好干部。这几天你们配给我们的那位工作人员也常讲到你，你的口碑很好。今天到你家里一看，果然是那么一回事。隐达，我们这些人是最烦官场腐败的。可有人说我们是自己没本事腐败，心里不平衡，你说气不气人？”

陶陶提议，让余先生同他们家三口一块儿拍个照，余先生说：“这办法好，省得我回去向她描述了。”于是大家就坐在客厅的沙发上拍了个照。

四十二

过了一段，向书记同关隐达讲：“你的事我又向宋书记汇报了一次，估计最近会有结果的。其实宋书记对你还是很信任的。不过将心比心，这事也让地委难堪，要迟就迟点儿吧，你也不要太急，想开点。再说越是上级机关，办事越是规矩多，讲程序，什么都按程序运作。估计下一次会研究吧。”

关隐达知道，下一次就是下个季度。地委一个季度研究一次干部。想着心里就有气。什么规矩，什么程序？上次突然任命自己去当教委副主任，规矩和程序到哪里去了？但他没有表露出来，还对向书记表示了感谢。

可是只过了一个月，地纪委召他到地区桃园宾馆谈话。先找他的是纪委一把手吴书记。吴书记说：“有群众反映你有生活作风问题，组织上找你来，是想让你协助组织把事情弄清楚。”

关隐达一听气极了。他尽量克制自己，但话语中还是带了情绪。“作风问题？组织上就凭一封检举信，或者一个检举电话，就把一位县长找来谈话，我看只怕有欠慎重吧。”

吴书记并不生气，只是很沉着地压压手，说：“你不要激动，不要激动。我刚才说了，只是请你配合组织搞清情况。这是对你负责啊。你先考虑考虑，把你想到的写出来。”

吴书记说完就客客气气同他握了手走了。关隐达一个人站在房间中央，半天不知怎么回事。写什么？这就是要我写反省了？我一不嫖妓宿娼，二不养小蜜，反省什么？只怕是有人硬要整倒他了。现在整人，先看你有没有经济问题，再就在女人身上打主意。又想纪委是不会随便找一位县长谈话的，一定要事先报告地委主要领导。这么说宋书记他们是知道这事了。他便扯过电话，想找一下宋书记。却发现电话早切断了。

要隔离我了？你隔离吧，老子正好累了，睡觉！他便舒舒服服洗了一个热水澡，躺到床上去了。

第二天，来的是纪委杨副书记，还随了一位科长。杨副书记是个严酷的人，脸上一般不带笑，下面有人背后叫他杨屠夫。

杨副书记同关隐达握一下手，脸上的皮往两边拉了一下，就算是笑了。“怎么？写得怎么样了？”

关隐达说：“一个字没写。”

杨副书记脸色一下就青了，说：“你一个字都……老关，你这个态度就不对哩。”

“你们要我写什么呢？这又不是命题作文，只要你们出个题目我就可以写。我什么事都没有，写什么呢？”

杨副书记脸上的皮轻轻地跳了一下。关隐达把这个细微动作理解为冷笑。果然，杨副书记接下来的语气同这种表情就很相匹配了。“是吗？你还是要组织上给你提个醒是不是？我问你，你在北京有要好的女朋友？”

“原来如此！”

关隐达气得站了起来，把烟蒂愤然摔在地上，任它烧着地毯也不去管。杨副书记看看他，又看看烟蒂，僵了好一会儿，过去踩灭了它。像是有捡起来放进烟灰缸的意思，却又忍住了，固守着纪委副书记的尊严。关隐达在房间来回走动。他要平息一下自己，要不然他会骂娘的。自己印象中，他从高中以后就再也没同人骂过娘。当了快二十年的干部，现在却想骂娘了！毕竟是跟领导当秘书出身的，关隐达在如此气恼的时候，竟然想到这位科长太不活泛，不知捡起那个烟蒂。

心情平静一些了，关隐达就坐在了沙发上，慢慢悠悠地点上烟，说：“我在北京有个女同学，叫肖荃。还不是你说的一般要好，我们关系很不错，一直相互关心。但我们有十年没见面了。就这些。你们还掌握更多的情况吗？”

杨副书记脸上的皮又跳了一下，说：“如果就是这些情况，我们就不会找你来了。据群众反映，你俩的关系，不是一般同学关系，也不是一般朋友关系。我寄愁心与明月，随君直到夜郎西。这是一般朋友之间的感情吗？”

天哪！关隐达感到眼睛都发黑了。他马上想到了县委办主任陈兴业。真是识人识面难识心！他从来没有想到过这个人会对他怎么样。但他只是脸蛋胀热了一阵，就冷静下来了。反而觉得好笑。自己心中没有鬼，脸皮也早拉破了，他就不怕刺伤谁了，说："杨副书记，你知道这两句诗是什么意思吗？"

这话有损杨副书记的自尊心，他生气了，说："我就是再不读书，这卿卿我我的诗还是看得懂呀？"

关隐达笑了。他见那位科长也在笑。他说："杨书记，这我就要向你提意见了。你要办案子，还是事先要认真研究案卷。李白和王昌龄可都是男人啊。想必他们不是同性恋吧。"

"隐达同志，你要认真对待。"杨副书记可能也感觉出自己哪个地方出了差错，便不再追问那两句诗说明了什么，只是保持着严肃。

关隐达又好气又好笑，心想这事就有点邪了，还真有点文化大革命的味道。人们总说文化大革命太荒唐，在人类历史上再也不可能发生第二次。他从来就不信。他说中国一万年以后都可能发生文化大革命。

过了好一会儿，杨副书记又问："你们真的就是一般要好同学？"

"我早说了，不是一般要好，是特别要好。这有问题吗？"关隐达逼视着杨副书记。

"那么，你说说，你给了这女人八万块钱是怎么回事？"

关隐达一听就知道是指什么钱了，但他装糊涂，问："八万？我关隐达哪有那么多钱？有钱的话，送给自己朋友一点，好像也不违法吧。"

"我想你是在装蒜。你当然没那么多钱，那是财政的钱。你以拨课题费的名义，送给肖荃丈夫八万。这不会错吧。"

关隐达没有精力发火了。他感到十分痛苦，长长叹了一声，说："真是欲加之罪，何患无辞！这么说吧，这八万块钱，还是人家看着朋友面子，按最低标准收取的。谁有本事把国际一流专家请到我们黎南去替我们出谋划策，我们就是用掉全年财政收入的一半，也是划得来的。”

“别这么夸张吧，老关!”

关隐达什么也不说了，起来收拾行李。说：“杨副书记，原谅我刚才的冲动。我知道你也是例行公事。不过我最近工作很忙，没时间陪在这里。我要说的都说了，你们再去调查吧。不过一定要给我一个答复。我走了。”

杨副书记劝道：“你不能就这么走了，你要对自己负责。”

关隐达不理会，伸出手同杨副书记握了一下，走了。

关隐达回到家里，已是晚上十点钟了。一进屋，就见小顾在家里等他。他便知道一定是有什么事了，不然小顾不会这么晚还在这里。他从桃园宾馆出发时跟家里打过电话。

关隐达洗了把脸，饭也不吃，就坐下来问小顾：“有什么事吗?”

小顾看了看陶陶。陶陶马上说：“你俩说吧，我到里屋去。”小顾这才说：“你不在家这两天，县里谣言四起。我想是有人一手策划的，想先从舆论上把你形象搞坏。”

“都有哪些谣言?”关隐达问。

“说你去年去深圳时嫖娼被抓了，当时出钱私了啦。最近广东搞严打，你的事就暴露了。地委就找你谈话去了。还说你从财政拨款一百万给北京的情妇。说你的罪行轻者二十年，重者就难说了。我分析，这些事情，领导层都知道是假的，是谣言。可是群众不明真相，你在这里就不好工作了。这是有人故意在搅浑水。”

关隐达拼命地吸烟。他看上去显得很镇静，脑子里却在翻江倒海。当领导，时常有些谣言，这本不奇怪。俗话说，谤随名高。但这回分明是有计划，有预谋的。他对小顾表示感谢，让他放心，他不是那么容易叫人弄倒的。

小顾走了，他就很高兴的样子，说："陶陶，你不给我饭吃了?"

陶陶就忙去给他做饭。问："小顾说了些什么?"

"没什么，有人搞小动作。才不管哩。"

吃了饭，关隐达叫陶陶先睡了，他有个文件要处理一下。

他从抽屉里拿出一叠群众举报负责城北大桥工程的枣园建筑公司总经理陈天王偷税和行贿的检举信。从中选了一封内容最翔实的检举信，再认真看了一遍。只要搞掉陈天王，就会牵出一批人，正像有的群众说的，黎南要"改朝换代"！他原来本想再等一段来弄这事。现在他不顾那么多了，他必须马上反击！

也怪，他当初被选为县长也并不怎么觉得有成就感，今天却似乎有些激动，像要干一件大事。

关隐达提笔飞快地签道，建议立即逮捕陈大友！

第五章

四十三

这件事本来做得很机密，但没有不透风的墙，后来还是慢慢传了出去。有人私下戏称这件事为“七月政变”。

黎南县的夏天是凉爽宜人的。关隐达却感到这个夏天特别烦闷。他被人大代表们戏剧般地推上县长的位置，可上面事实上不承认。他莫名其妙地当了快九个月的县长了，地委却一直没有任命他为县委副书记。没有任何迹象表明局势会发生好的变化，他似乎在等待情况最坏的那一天到来。他当然没有想到会发生所谓“七月政变”。夫人陶陶说他这几个月像是老了十岁。女人的样子很爱怜。他对着镜子仔细看看，发现自己真的不像才四十二岁的人。眼角的血丝红得有些恐怖，脸皮像是塞进泡菜坛子里腌过的，胡子似乎长得特别快。心想镜子里这个人曾经被人称做美男子，真是滑稽。他只好每天早晨都洗个头，把头发吹得熨熨帖帖，把胡子刮得干干净净。这样显得精神些。他不能窝窝囊囊没精打采地出现在人们面前。

县委书记向在远看上去对他很不错，见面总是握着他的手使劲摇晃说："老关呀，放心，我是支持你的！"可他感觉到的只是向在远事事同他过不去。向在远精瘦精瘦，笑起来鼻子显得特别勾，眼珠子逼视着你，叫你心里没底。向在远同他一见面就这么笑，他就时常想起从小就听熟了的一句民谚：鹰嘴鼻子鹞子眼，挖人心肝抠人胆。那年他刚调来黎南县，同向在远一见面，就想起前人这句老话了。但他心里却交代自己，不可以貌取人。后来见向在远对他真的还可以，便想前人的话的确妄信不得。现在回头一想，前人的话并没有错。只因当初向在远是县长，关隐达是分管政法的县委副书记，两人各管各的，相安无事。现在就不同了。官场就像一盘棋，棋子之间相生相克，利害关系因势而变。那大炮这会儿同马共成犄角之势，等会儿只怕就让马蹩脚了。

关隐达当上县长不久，就请北京专家余博士他们帮助制定了黎南县经济发展规划。但这规划被县委束之高阁。向在远关心的只是什么"公仆形象工程"。关隐达倒不是认为公仆形象不该抓，只是看不惯向在远的官样文章。谁都知道做实事比做虚事难，所以很多人就专拣虚事做。

虚事看不见摸不着，只须培养个把看得过去的典型，让新闻媒介一宣传，就出名了。于是上面派人来总结经验，外地派团来学习取经。你就一面布置现场供人参观，一面招呼人家吃好喝好。只要让人家吃好了喝好了，你的经验自然就好了。客人的酒嗝越是响亮，你的经验就越好。只要运气不坏，说不定你就发达了。官升一级。

前任地委书记张兆林搞了个"两走工程"，意思是要走出大山，走向世界。当年这个工程被弄得轰轰烈烈，得到省里的肯定。张兆林后来当了副省长，下面的干部就暗自研究他成功的不二法门，认为"两走工程"帮了他的大忙。

继任的地委书记宋秋山是张兆林一手栽培的，自然同张兆林一脉相承。“两走工程”实际上就是对外开放，于是宋秋山就顺着这个思路搞了个“梧桐工程”，说是栽好梧桐树，引得凤凰来。意思是创造一个好的对外开放环境。现在全区到处是“栽好梧桐树，引得凤凰来”的标语。可如今的事情，上面弄得热闹喧天了，到了老百姓那里，他们并不知道你们在瞎弄什么。黎南海拔太高，山上不怎么长树，多是些低矮的灌木和草丛。有些不明白的老百姓就说怪话了：一九五八年要我们大炼钢铁，山上的树孙子都叫砍了；后来又要造梯田，我们把山挖了个底朝天；这些年山上好不容易蓄了些草了，又要栽梧桐树了！这山上栽得了梧桐树？栽了梧桐树就有凤凰来？凤凰就那么值钱？当官的尽是些洋人！基层干部听了这话，哭笑不得。他们也懒得向群众解释什么“梧桐工程”，乐得听听笑话。他们知道现在自己做的很多事反正都是“大年三十烧年纸——哄鬼”，还那么认真干什么？

没有几个老百姓知道“梧桐工程”是什么玩意儿，但各级领导都说通过大力实施“梧桐工程”，广大干部群众的认识进一步提高，一个良好的对外开放环境正在形成。

黎南太偏远了，经济又落后，对外来投资很难有吸引力。于是向在远提议，在响应地委号召、积极实施“梧桐工程”的同时，大力实施“公仆形象工程”。向在远在县级领导联席会上对此做了深刻阐述，说明重塑公仆形象是多么重要。县委便成立“公仆形象工程领导小组”，向在远自任组长；下设办公室，组织部长任办公室主任；从组织部、宣传部、人事局抽调精干力量组成专门工作班子。地委对黎南这个做法给予了充分肯定。宋秋山指出，黎南的做法是对的，他们为新时期加强干部队伍建设提供了很好的经验。

动不动就是这工程那工程，这大概是当代中国独特的风景了。有些退下来的老同志看着不舒服，就说如今是知识分子当家，人人都是工程师，难怪工程多。工程眼花缭乱，老百姓觉得有趣，就编了顺口溜，说，领导真是行，一年一工程；山河年年旧，工程日日新。

关隐达也认为工程形形色色，未免显得庸俗。但到底还算是工作方法，也无可厚非。可总拿工程二字故弄玄虚，玩官样文章，就有些那个了。其实本地官场上的明眼人都清楚，这股风的鼻祖就是张兆林。张兆林的成功很让一些人兴奋，他们发现如今升官原来这么容易。

下面很多领导便暗自效法张兆林。他们觉得张兆林当这几年地委书记并不怎么费力，却上去了。举重若轻，举重若轻啊！

便很有一些基层的头头脑脑自以为从政多年，终于找到了诀窍，步态更加从容起来，笑容更加含蓄起来。社会上总有些人喜欢琢磨官场上的事儿，他们发现这几年地区上上下下不少领导，拿官话说吧，更加成熟了，这都是托张兆林的福。可以说是：诞生了一个大人，带出了一批小人。

有回陶陶在外面偶尔听到这句话，回来问关隐达这是什么意思。关隐达说，谁知道这是什么意思？如今社会上顺口溜、打油诗就是多，少理它！其实他心里朗朗明白，这话说白了，就是说张兆林这几年没别的成就，只是带坏了官风。

今天晚饭，关隐达在黎园宾馆陪同向在远一道应酬客人。来的人有几批，有地计委的几位科长，民政局的几位科长，还有省里日报社驻地区记者站的记者周述。上面来的人，不论官帽子大小，县里的头儿都得出面招呼。你疏忽了谁，就得罪了谁。下次你县里办什么事要是碰到他手上就麻烦了。就是再没有权的科长，他没有本事卡你，可他今后到处臭你总做得到吧。所以地区不论下来一位什么科长，你都得到场。再忙也得端着酒杯过去敬杯酒。省里下来的人就更不用说了。好在省里的干部好多年都不会来一位。最不好应付的只怕是记者，弄得好他就吹你，弄不好他就给你曝光。一个地方，工作不可能没有纰漏，记者们总有机会要弄你。照理说工作上有毛病不怕谁批评，问题是如今没有一个正常的批评环境，整个社会都不能接受正当的批评。批评一来，群众就以为天大的事了，领导是干什么吃的？上面领导就做批示，追究下来。下面就只好把记者当爷爷来侍候。也有的领导侍候记者搞出门路来了，竟成升官之道。

今晚的重点客人是周述，他是专门来县里采写"公仆形象工程"新闻稿的。向在远很重视这事。一同作陪的还有宣传部长等人。周述是个一米八的大胖子，眼睛时常红红的，总像刚喝过酒。这人看上去像个山大王，没有一丝斯文气。向在远很干瘦，同周述并排坐着，就显得有些滑稽。关隐达觉得向在远同周述太亲热了，有些不是味道，就常借故出去敬酒。向在远却总是说，老关你不能跑呀！

关隐达去地区民政局的几位科长那里敬了一轮回来，见向在远同周述在耳语什么。周述将手往向在远肩上一搭，向在远整个儿就像要倒进周述的怀里了。关隐达心想这位堂堂县委书记，同一个记者搞得这么黏黏糊糊，也不怕失身份！

好不容易应酬完了，大家在餐厅里握了一轮手，道了客气。出了餐厅，又免不了再握一轮手。大家都握完手了，向在远同周述又握上了。关隐达见他俩好像还有话说，就说："小周你休息。向书记，我先告辞了。"向在远就说："好好，老关你先走一步吧。"周述忙伸过手来说："关县长，你，麻烦你了。"说着又拍着关隐达的肩膀说："关县长我们……我们老朋友了。"周述显然有些醉意了。

关隐达上了车，禁不住摸摸刚才叫周述拍过的肩头。他觉得肩头怪不舒服的。看看表，才八点钟。他难得这么早回家。自从当上县长以后，他就过得不像一个正常的人。他同夫人陶陶玩笑说："现在好了，清早有人接我起床，晚上有人送我上床，真像县太爷了。"原来每天早上一开门，就有人守在门口了。晚上再怎么晚回家，家里都会坐满一屋人。来的人都是找麻烦的，什么复员退伍军人呀，困难企业职工呀，蒙受不白之冤的呀，遭单位领导打击报复的呀。他总感到不对劲。怎么会这样呢？别人也是这么当县长的？那天底下还有人愿当县长吗？有个外国笑话，说有个小镇，要是有人犯了罪，法官就判他当一个礼拜镇长。关隐达觉得自己当县长真的比坐牢还难受。他同门卫和信访办讲了多次，发了一次火，情况才有所好转。

可是那位老太太，一天到晚守在他家门口，已是几个月了。老太太是建筑包工头陈天王陈大友的老娘。自从关隐达下令逮捕陈大友，老太太就一天到晚守在他家门口。起初那段日子，老太太又是吵、又是闹。后来不吵不闹了，只是每天一大早就在他家门口坐下，晚上十点钟才走，比上班的人还准时。三餐饭都有人送来。谁也不敢把她怎么样，你劝她回去，她就寻死寻活，不管是石头是墙壁，她就一头撞去。真是"豆腐掉进灰里，吹也不是，拍也不是"。

见了关隐达，她就叫喊，我儿子犯了什么天条你要抓他？你莫走，你跟我讲清楚！人家怕你，我不怕你！我的×屙得你出！关隐达只好不理她，只顾低着头进出。

可陈天王一直没有被抓进去。关隐达找检察长发过几次火，可他们说还在调查取证，不敢这么贸然抓人。人抓进去容易放出来难。这个我们是有教训的。关隐达心里明白，这都是常务副县长王永坦在中间作梗。

政府办主任马志坚找陈天王严肃地说过老太太的事。那天中午，陈天王便跑到关隐达门口，骂了他老娘。骂得很难听，说你这老鬼，老不死的，一天到晚蹲在这里干什么？我犯法是我去杀头又不要你去抵命！老太太就嚎啕大哭，说你死是你的事，我还要这张老脸！娘儿俩这么你来我去骂了一阵，陈天王把他老娘拉走了。关隐达当时正在屋里，一听就知陈天王和他老娘是在演戏。这陈天王真是个无赖！关隐达门口只清净了半天，第二天老太太又来了。

老太太让关隐达伤透了脑筋。现在县城各个角落每天都在议论这事，好像人人都在看他的笑话。机关干部出去，碰上外面的熟人，人家准会问：还在那里吗？在，在哩，天天在那里。两人就相视而笑。

关隐达知道，只要他说声老人家你回去吧，你儿子没问题了，一切事情都完了。可他就是不说。他不能这么说，一说后果不堪设想。

但是总让这么个老太太守在他家门口，对他也很不利。

关隐达快到家门口了，不由得放轻了脚步。真希望老太太今天破天荒早早回家了。

老太太还在那里，像是在打瞌睡，关隐达便做贼似的蹑手蹑脚起来。他轻轻开了门，居然没有吵醒老太太。陶陶见他回来了，就朝着门努努嘴巴，意思是问老太太还在吗？关隐达苦笑着摇摇头，又点点头。

关隐达靠在沙发上，样子很疲惫。陶陶就不打扰他，只为他倒了杯茶，进厨房洗涮去了。关隐达望着夫人的背影，心里有些感动。家里时常挤满了人，夫人没有半句怨言，还总是向人家赔笑脸。老太太在他家把了几个月门了，她没有发过一次脾气。

关隐达的脑子像是钻进了许多蚊子，嗡嗡作响。周述的客气让他觉得气味不对劲。这个人他早在地委机关工作时就认识。那时关隐达是地委书记陶凡的秘书，周述常在陶凡那里露脸，对他自然也很热乎。从那时起，关隐达就不太喜欢周述这人。他发现周述在领导面前总是笑嘻嘻的，眼珠子在领导脸上溜来溜去，总像饥渴着什么，期待着什么。后来关隐达娶了陶陶，成了陶凡的乘龙快婿，又年轻轻地当了县委副书记，周述在他面前就更不一样了，见面就说，我们可是老朋友啊！重重地拍着他的肩头。再后来，陶凡退了，关隐达开始倒霉了，周述的笑脸就有些耐人琢磨了。照样总说是老朋友，也照样笑嘻嘻的，但气味不一样了。现在他县长的位置很尴尬，周述的笑脸就更有意思了。

这时门响了，关隐达胸口紧了一阵，生怕老太太进来吵闹。陶陶跑了出来，望了他一眼。他点了点头，陶陶就去开了门。

进来的却是银盘岭乡的书记熊其烈。关隐达不觉松了口气，心里便笑自己怎么如此怯懦了。

今天熊其烈的神色有些异常。老熊算是关隐达在黎南最知心的部下了。这人忠厚老实，干了十多年乡长了，最近在关隐达的一再坚持下，才提他当了乡党委书记。老熊虽对关隐达满心感激，但从来不在他面前唯唯诺诺，也从来不像今天这么诚惶诚恐。

“今天老熊一定有什么要紧事?”关隐达一边招呼他坐下，一边问道。

熊其烈喝了口茶，呼吸都紧张起来，迟疑半天才说：“关书记，我发现天大的事了！”

“什么事？你说你说!”

“我刚才去向书记家里，想找他汇个报。他还没回来，他老婆在客厅打扫卫生，就说，他就回来的，客厅很乱，你到他书房坐一会儿吧。我就进了向书记的书房。他的书桌上放了个文件夹，我知道不该看，但我想不会有什么大不了的机密，就随便翻开了。天哪，我一看就两眼发黑!”

“是什么，这么吓人?”

“谁都想不到！那是一封状告宋秋山的信！我草草扫了一眼，那上面列举了宋秋山的十大罪状。一看就知还是一份草稿，好像有几个人的字迹，也有向书记修改的字迹……”

不等熊其烈说完，关隐达忙摆摆手，说：“老熊，你再去一趟，把那信拿出来好吗?”

“这个，这个……”熊其烈感到有些为难。

关隐达脸色发起青来，一字一顿说：“老熊，你也很清楚这事，太重大了。不干就算了，要干就马上去，不然他很快就回来了。”

熊其烈站起来，一言不发就出去了。

关隐达坐不住了，在客厅里转来转去。到向在远家里打一个来回只需几分钟，这几分钟显得格外漫长。

熊其烈回来了，果然取来了告状信。关隐达接过信一看，胸口禁不住狂跳起来。他先瞟一眼题目：关于宋秋山同志违纪违法问题的汇报。不及细看全文，他忙翻到末尾，见落款是：一批掌握情况的干部。他接着便飞快地看着告状信，里面字字句句都叫他两耳发鸣，他匆匆看完信，握住熊其烈的手说：“老熊，第一，你要镇定，天塌下来有我顶着；第二，不论发生什么情况，你我都没有见过这封告状信。你现在照样去他家里，等他回来，向他汇报。记住，没有发生任何事情。”

熊其烈走了，陶陶出来问男人：“什么事情，这么神秘兮兮?”

关隐达不告诉她到底发生了什么事，只说：“你不用知道这事。我现在要连夜赶到地委去。完事之后马上赶回来。”

关隐达打电话叫了司机小马。他不准备叫秘书小张同去。

做这种事情，人越少越好。要是他可以自己飞着去，他连司机小马都不会叫。最近上面专门要求过：不准领导干部自己开车，他不想在这种小事上让人说什么。他接着又火急火燎给宋秋山打电话。他拨的是机要电话，那部红色电话机。接电话的是宋秋山的夫人龙姐，说秋山还没回来。他只好打手机。手机通了，接电话的是宋秋山的秘书小朱。小朱说："宋书记正在忙，是不是明天再打电话联系？"关隐达知道宋秋山不太愿意接他的电话，就说："小朱，今天这事太重大了，你一定要宋书记万忙之中抽时间接一下电话。"

过了好一会儿，宋秋山才接了电话。关隐达稍加寒暄，就说了告状信的事，扼要讲了信的内容。

宋秋山沉默一会儿，说："隐达，你赶快到我这里来，我在家里等你！"

司机还没有来，关隐达又拿出告状信看了一眼。凭直觉，他看出这信是地委内部人写的初稿。信中涉及一些地委内幕，不是一般人能知道的。从几个人的笔迹看，这是有组织的行动，一定有人在中间组织这事。看来这人的来头还不小。

陶陶刚才隐约听出些名堂了，有些担心，问："这样行吗？"

关隐达说："没什么行不行的。"

司机来了，说："刚才去加了点油，就迟了。"

上了车，关隐达才说："老人家病了，去看一下。问题不大的话，马上赶回来。辛苦你哩小马！"

小马说："哪里哪里。"

关隐达不再讲话，深深地窝进座椅里，细细琢磨这个事情。地委几个头儿间的恩恩怨怨，是是非非，他都清楚。他想说不定这事就是专员陆义一手策划一手操作的。陆义同宋秋山是老同事，长期相处难免有过节。前年张兆林调任副省长，地委书记的位置一时不知落入谁手。当时人们多是猜测专员陆义接任，也有人说会由主管党群的地委副书记卢云飞出任地委书记。后来盘子定下来了，出乎大家的意料，主管政法的副书记宋秋山坐了地委的头把交椅。他在地委领导中排位本来是靠后的。陆义仍旧任专员。这样，陆义同宋秋山的关系更加微妙起来。有人就分析，新定地委班子，张兆林在中间起了决定性作用。原来张陆二人关系不睦。可当初张兆林在地委工作时，外界都看不出这一点，只说张陆二人是多年来配合最好的书记和专员，简直是黄金搭档。可见张兆林这人真的是滴水不漏，左右逢源。这么老到的人不当副省长才怪！

想不到陆义这些人玩到这个身份了，还搞这种手段！像小孩子办事，又像流氓做派。真他妈的黑！关隐达心里无限感慨。

小马见关隐达今天一声不响，以为他担心老人家的病，就说："关县长放心，陶老书记的身体一向不错，不会有大问题的。他老俩身边没有人，有个什么毛病，不打电话告诉你们告诉谁？"

关隐达忙说："但愿没有事。"

关隐达感慨着别人黑，突然又觉得自己无聊了。自己这是扮演了什么角色？一个告密者！他想到自己是这么一个角色，似乎自己的身子在往下缩，怎么也挺拔不起来。他开始问自己该不该这么干了。刚才听熊其烈说起这事，他马上意识到这是改变他目前窘境的绝好机会。别的什么他根本就没有去想。

也许自己太草率了。莫说这样做道德不道德，这事真的闹，宋陆二人都不是一般人物，还不知鹿死谁手！

可事情已经这样了，也就只好这样了。是祸是福，听天由命吧！

黎南到地区，白天得走三个半小时，晚上车少些，才两个小时就到了。不过也已是晚上十点多钟了。车在陶凡家门口停了下来。关隐达交代小马："你去桃园宾馆登记个房子，休息一下，说不定还得马上赶回去哩。我过会儿就来。"小马就没有下车，掉头走了。

关隐达根本顾不上进岳父大人的家门，一转身就去了宋秋山家。

一敲门，门便开了。开门的是宋秋山的夫人龙姐。客厅里满是烟味。刚才这两个多小时，不知宋秋山抽了多少烟。宋秋山从沙发里缓缓起身，笑容可掬地伸过手来同关隐达紧紧握了一阵。龙姐为关隐达倒了杯茶，说声隐达你们扯吧，就进里屋去了。

宋秋山压压手，示意关隐达自便，就翻开告状信看了起来。他的眉头皱了起来，越往下看，眉宇间的川字便越深。灯光下看不出脸色的变化，关隐达想这脸色一定是由通红而转向铁青吧。

宋秋山不像关隐达那样看得匆忙，他很从容。他慢条斯理地抽着烟，看到了后面又不时翻回前面，像在仔细玩味一篇美文。

"好啊！"宋秋山终于看完了信，说，"他们居然对我搞这一套！"

关隐达不知回答什么好。听宋秋山说"他们"，他便认为宋秋山一定猜得出是谁在弄手脚了。

宋秋山哈哈一笑，接着说："这事要是放在从前，是一起严重的政治事件，不揪出个反党集团才怪！就是现在，这也是一种严重无组织、无纪律的行为！他们这是搬起石头砸自己的脚！谢谢你啊，隐达同志！"

"知道了这事，就应该汇报啊！"关隐达说。

宋秋山微笑着，目光很亲切，说："隐达，黎南这几年发展不错，你做了不少工作啊！这几个月，你承受了不少压力，这个地委是清楚的。黎南在我们地区相对落后些，尤其需要扎扎实实地干，少不得你这种埋头实干的同志啊！今后，你要多担些担子才是啊!”

关隐达感觉到宋秋山分明在向他暗示着什么。宋秋山也许觉得自己在关隐达的事情上有些对不住，却只说你承受了不少压力，这个地委是清楚的，这已是一种委婉的道歉了。关隐达知道，作为宋秋山，他只能做到这一步。他不可能公开向部下说对不起的，特别是在这种严肃的事情上。宋秋山要他今后多担些担子，也许意图更加明显了。

“感谢宋书记理解和支持我的工作!”关隐达说。

“隐达，也不早了，我就不留你了。你住桃园还是住哪里?”

“我不能住下来。明天一上班得开办公会，我马上赶回去。”

“那就太辛苦你了!”宋秋山站起来，同关隐达握别。

关隐达出来看看手表，已是十一点多了，就不想再去打扰岳父大人，抄近路径直去了桃园宾馆。总服务台的小姐认得关隐达，见面就同他打招呼，说：“你的房子在208，司机在206。”

关隐达说：“我们住不成了，得马上赶回去。”

“这么急，有急事?”小姐问。

“对对，有急事。”

关隐达说声谢谢，就去了小马的房间，小马是倒头便睡了，关隐达在门外就听见了他的鼾声。敲了好几声，小马才开了门，揉着眼睛说：“对不起对不起，睡死了，睡死了。”关隐达说：“没事没事，辛苦你小马，我们赶回去算了。老人家问题不大。明天一早得开办公会。是妈打的电话，老头子怪她不该打。”

小马便飞快地穿了衣服，揉着眼睛跟关隐达下楼。走到服务台结账，小姐望着关隐达笑笑，说：“算了吧，就不收你们的钱了。”关隐达也笑笑，说：“那就谢谢你了。”又开玩笑说：“不过你收不收都无所谓，反正都是人民政府的钱。”小姐说：“关县长真是，得了便宜还讲便宜话。”关隐达就嘿嘿笑。玩笑间，小姐已退了小马预交的房费，办完了退房手续。关隐达再扬扬手，就同小马出来了。

上了车，关隐达说：“小马你明天就不要同别人讲我们今天来看过老头子。他老人家是越老脾气越怪，听不得人家讲他身体不好。”

小马说：“好好。老人家多半是这样。我父亲就是这个脾气。他要是有个三病两痛，我姐姐跑回来看他。他火冒三丈，说，我还没有穿寿衣，你就这么急了，来奔丧?”

“对对，老人家就是这样。”关隐达说，“有一年老头子病了，没注意保密，弄得他好多老部下跑去看望他，把他急得要命。事后老头子把家里老老少少骂得抬不起头。自那以后，他生病，我们从来不对别人说。”

关隐达的心情比来的时候轻松些，就同小马说些白话。这样也免得小马来瞌睡。关隐达心想，今天万一车子在路上出了事，今后传出去就是天大的笑话了。所以他今天特别警醒，不坐后面，专门坐到前面陪小马说话，又叫小马慢些开。他还问小马，是不是让他来开一开，叫小马休息一下。小马只说没问题，没问题。小马便开始吹牛，说，我在部队的时候，在青藏高原开车。大货车，一个人开，一开就是两千多里。沿途灰蒙蒙光溜溜一片，鬼都碰不上一个，那才叫无聊！实在闷了，或者来瞌睡了就骂娘，骂了班长骂排长，骂了排长骂连长，骂了连长骂团长。关隐达就朗声笑了起来：“哼，看不出你在部队还蛮调皮哩。”小马说：“当兵的都一样，没有当兵的不骂领导娘的。”小马说到这里，一下子不说了。关隐达想，也许小马意识到自己这话犯了忌。既然当兵的没有不骂领导娘，现在你在关某人手下当兵，是不是也会在背后骂关某人的娘呢？关隐达其实是很欣赏小马的，他便有意装糊涂，说："是的是的，在部队呆过的人，多半喜欢骂娘，动不动就是他妈的。我发现我们南方人从部队回来后，总讲些半生不熟的普通话。但是到地方上磨了几年后，就只剩下一句普通话了，那就是他妈的。所以你碰见用普通话骂他妈的那些南方人，百分之百是从部队回来的。"小马这就摆脱了窘态，大笑起来，说："是这样，是这样。关县长观察问题好细致。我就有这个毛病。"

两人一路白话，顺利回家了。关隐达下车前看看手表，才午夜一点多，这在夏天也不算太晚。

事后有人说，这天晚上，关隐达的小车还没有离开桃园宾馆，宋秋山已在赶往省城的路上了。他连夜赶到省委，第二天一上班，就去了张兆林的办公室。张兆林现在已是分管党群的省委副书记了。

四十四

关隐达想陶陶一定睡了，准备自己拿钥匙开门。可他钥匙还没拿出来，门竟开了。原来陶陶还在等他。

陶陶望着他，目光怪怪的，像是见了陌生人。他本想说你怎么还不睡觉，但见陶陶这个样子，就笑着问："怎么了？几个小时不见就认不得了是吗？"

"没有，没哩。"陶陶说着，就进去拣了衣服出来，让他去洗澡。

关隐达洗了澡出来，陶陶已坐在床上了，拿着本杂志看。

关隐达说："怎么还不睡？"

"睡哩。"陶陶说着就躺下了。

关隐达也躺了下来，抬手关了灯。一切都安静了，他的头脑便格外地清晰起来，不由得回想起今天发生的事。

不论怎么说，今天这几个小时将影响他的一生！

想到这一点，他感觉脑瓜子轰地响了一阵，像是骤然间涨大了。是啊！自己一辈子的人生走向，一辈子的成功与失败，一辈子的公众形象，也许就在刚才这几个小时之内就全部注定下来了！不，哪是这几个小时，就在他准备去找宋秋山那一念之间就注定了。命运竟是这么偶然的事情！如此想来，这多么可怕！

他不由自主地翻身下床，走到客厅里，挂了熊其烈的电话。电话一通，老熊就接了。原来老熊也还没有睡。是啊，经历着这么大的事，谁睡得着？

“正常吗，老熊？”关隐达怕吵了陶陶，尽量压着声音。

“正常正常，我照样向他做了汇报。估计他现在早发现大事不好了。”老熊也压着嗓子。

一听这声音，就像在搞阴谋诡计似的。关隐达觉得大可不必，便略略提高了嗓门，说：“反正依我当时对你说的。还有，最近你不要来找我，有事我打电话给你。”

挂完电话，关隐达一个人坐了一会儿，才摸进卧室。陶陶可能也没有睡着，因为他听不见她那温馨的呼吸声。平时也多是陶陶先上床睡觉，他总是忙到很晚，才轻手轻脚进房来。也不开灯，房里只弥漫着女人均匀而柔和的呼吸声。有时候他躺下，女人像是醒了，呼吸声骤然间停了下来。可她只是翻了一下身，把一条雪白的手臂往男人身上一搭，又呼呼睡去。陶陶总是睡得很熟，像个孩子。关隐达很喜欢女人这点孩子气。

今天陶陶睡不着，一定心里有事。关隐达想，说不定她对自己今天的行为有看法。陶陶自己是领导干部的女儿，可她向来对官场很不以为然。她同关隐达说过，如果你的生活听我安排，我说你干脆去当教书先生。关隐达就叹道，可惜既不能由你安排，也不能由我安排。

关隐达担心陶陶会因为今天的事情而看小了自己。夫妻大多会是一个鼻孔出气的，但他知道，陶陶绝不会原谅自己男人品格上的缺陷。

关隐达本来就有失眠的毛病，今晚更加睡不着了。但他必须睡着。哪怕天天晚上睡不着都无所谓，今天晚上一定得睡着。他明天得精神抖擞地出现在众人面前。他平日是最忌服用安眠药的，可为了明天的形象，他起床服了安眠药。

次日早晨，关隐达一睁开眼睛，马上想到的是今天碰见向在远如何应付。昨晚从地区回来，一路上时间很充裕，怎么就不想清楚这事呢？管他哩，见机行事吧。

吃早点时，一家三口都不做声。儿子通通平时吃饭名堂很多，一会儿不要这个，一会儿不要那个，今天竟然也规规矩矩。关隐达无话找话，故作幽默说："不知老太太是不是上班来了。"

陶陶并不觉得这话怎么好笑，说："你希望她早点来是不是？这几个月我头都被她弄大了。我要不是你关隐达的老婆，早不是这么对她了。"

关隐达觉得脸发讪，说："我心里也早有火了，要不是碍着头上这顶帽子，我早就……"

"你吃了她？"陶陶不等男人说完，就冲了他一句。

儿子似乎听不懂大人的话，吃完早点，喊声爸爸妈妈再见，就匆匆上学去了。

关隐达在儿子出门的时候，瞥了一眼门口，见老太太还没有来。他便急忙进书房，想取了公文包早点去办公室。一时又找不着公文包。平时公文包都放在书桌上。他就边找边叫陶陶，问看没看见他的包。陶陶正在厨房收拾，应着，你也是通通了？找不着书包是不是？陶陶从来不是这样的，她从昨天起就有些反常。关隐达有个坏毛病，一急就想大便。这下包没找着，却想上厕所了。

蹲在厕所里，关隐达突然觉得自己很可笑。我堂堂县长，竟叫一位无赖的老娘弄得一筹莫展。心想再大的人物，再有登天的本事，碰上这样一位老太太也是没有办法的。

从厕所出来，一眼就瞥见沙发上一张报纸下面露出公文包一角。他这才记起昨晚回家时顺手就把公文包放在沙发上，没有拿回书房。

门一打开，就见老太太已经蹲在门口了。

“怎么还不抓我儿子？他犯了哪条王法？他没有给你送钱是吗？还是给你送少了？你开口呀！你伸手呀！你要多少他送多少来！人民币不光人民用的，你当官的是人民的公仆哩，功劳大大的，要多捞一点人民币哩！”老太太骂起来居然一套一套的。

关隐达理也不理，昂首而去。的确要密切联系群众，可这种人民群众你怎么同她去密切血肉联系？关隐达想到这里觉得幽默，不禁微微笑了起来。

正想着自己一个人发笑像个傻子，就见向在远站在办公楼前面的坪里同县委办主任陈兴业说话。有几个人站在一边等着。县里领导很忙，有事要找他们不好找，部委办局的头儿有急事的话，一大早就站在坪里，等着找领导汇报。大家就戏称这是做早朝。不过也总是一些在领导面前有脸面的人喜欢隔三岔五地跑到这里来候朝。机关里有人很留意这道风景，发现哪位喜欢候朝的人，突然很长时间不来了，十有八九是失宠了。向在远头微微往一边偏着，好像还没看见关隐达。关隐达想看看这人是个什么脸色，可他的脸没有转过来。

有人看见关隐达走过来了，就打招呼。向在远这才转过

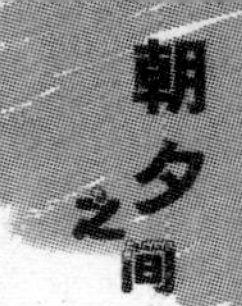

脸，同关隐达点点头。关隐达走过去，说：“今天我们开县长办公会。”

向在远说：“好好，你们开会吧。”说罢又把脸向着陈兴业。关隐达注意看了他的脸色，似乎没有什么异样。

其他的人就朝关隐达点头，脸色都很灿烂，手脚却有些无措。这时，管党群的副书记刘志善来了，他们便又刘书记好刘书记好了。关隐达就转身走了。他才选上县长那阵子，每天早上也有许多人等在这里找他汇报。可上面好像迟迟不承认他这位人大代表自发选上的县长，没有任命他为县委副书记，他连常委会都没有资格参加，手中就没有实权。慢慢地就很少有人在早上等他汇报了。来了的差不多都是找向在远和刘志善的。按正常情况，县长应是县委二把手，但依现在这个格局，刘志善成了县委二号人物。有些事情非找县长不可的，他们也都是在八点钟以后，上他办公室去。现在很多人并不忌讳谁讲他在领导面前拍马屁，有些人甚至还有意把同领导套近乎的事弄得很张扬，以此炫耀自己在领导面前如何得脸。可关隐达越来越感觉到，下面的头儿独独生怕同他沾在一起，都谨慎地避着邪。不过下面这些人好像毕竟有点难为情，在刚才这种场合下，他们就感到手脚没地方放了。

关隐达也早习惯这种场面了。心里却在冷冷地笑：如果县里局势马上发生变化，这些人只怕一夜之间又是另一副面孔了。他莫名其妙地感到自己有些得意了，似乎马上就会发生些什么事情。

政府同县委的办公楼面对面，中间是并不怎么平整的水泥坪。有位在大院里工作几十年的退休干部说，总是说县里的班子是团结的班子，战斗的班子，可他从来还没有见过一任县委书记和县长是团结的。要么是面和心不和，要么干脆挽起袖子干仗。只怕就怪这办公楼修得不好，坏了风水。干嘛要面对面呢？面对面不就要对着干了？

秘书小张见了关隐达，过来问他今天有没有什么任务。他说没有，今天上午开会。小张唯唯几声就去了。关隐达口上不说，心里一直不太满意小张这个秘书。小张很不灵活，好像还生怕同他关系搞得太近了。不像他原来管政法时带的小顾，同他什么都谈得来。

关隐达进办公室拿了几个文件，径直去了会议室。心想刚才向在远是不是早看见了他，有意把脸偏了过去呢？这样的话，向在远一定看见他一个人低头傻笑了，说不定就会疑心是他拿走了那封告状信。向在远肯定早发现告状信丢了，可这人仍显得沉着。关隐达佩服向在远处惊不乱，但他猜得出向大人这时的心情。向在远这会儿只怕是全世界最痛苦的人了。让他一个人痛苦去吧，我开我的会去。

几位副县长差不多都到了，但有关部门的头儿还没有到齐。王永坦坐在那里翻文件，见了关隐达，就微笑着点点头，把右边椅子上的公文包拿开。关隐达便挨着王永坦坐下。这是会议室北面最中间的座位。关王二位看上去很亲密，甚至让你产生错觉，以为他俩是配合默契的好搭档。

关隐达看看表，已八点五十了。他的眉头皱了起来。王永坦偏过头来，说，太拖拉了，这作风不整不行。

关隐达只皱着眉，一声不吭。

马志坚见这场面，急得团团转，忙叫办公室打电话催。因为有的县长见到会的稀稀拉拉，往往迁怒政府办，怪政府办通知不落实。关隐达并不指责马志坚。他知道这怪不得政府办，只是说现在下面的头儿越来越不把他这个县长当回事了，总是寅时开会卯时到。这时陆陆续续又到了几位。马志坚低着头，一会儿进来，一会儿出去。关隐达环视一下会议室，见财政局、建委、国土局的负责人还没到。他同王永坦耳语一句，就说："老马，别催他们了，我们开会！现在都九点了。造成这种会风，责任在我。我平时对有些同志太迁就了。我宣布今后每次县长办公会最后一项议程，就是请迟到的同志说明情况。好吧，先议城市防洪问题。水利局先汇报。"

今天有几个议题，按预先安排，城市防洪问题是放在后边研究的，关隐达有意把它提前了。因为这个议题同财政、建委、国土等部门的关系最大，他想最好在这几个部门的头儿没到之前把它决定下来。

水利局吴局长汇报完了，有关部门的头儿和几位副县长谈了意见。大家谈完了，关隐达开始拍板。他说着一二三点意见，迟到的几位先后进来了。关隐达看也不看他们一眼，继续说完他的决定。

接着又研究其他议题。关隐达便低头看着汇报材料，神色严肃。财政局长朱琴大概已看出县长今天很不高兴了，就总是微笑着望着关隐达。可关隐达根本就不抬眼。这女人是黎南县家喻户晓的人物，已是三届政府的财政局长了。每新调来一位县委书记或者县长，她都能在几天之内就同你混得很熟，并且取得你的信任。黎南的科局级干部中具备这种绝招的很有几位，朱琴算是最有名的，大概因为她是位很有风韵的女人。

今天大家觉得风向异常，会就开得特别严肃，也很紧凑。满满的议程，不到十二点就全部结束了。关隐达最后说："我再重申一下，今后开办公会，请大家按时到会。迟到的，在会议结束时向大家说明迟到的理由。散会！"

说完散会，关隐达埋头慢条斯理清理桌上的文件，谁也不看。他今天临时打乱原来的议程安排，有意在研究城市防洪问题时不听取财政等几个部门的意见，就是要镇一下那些不太听话的头儿。有的人长期把持一个单位，八面威风，好像县长都要让他几分。县长决定的事，要是他们不点头就行不通。这么下去，政府权威何在？他了解他们，他这么做出的决定，肯定他们会从中作梗。他原来总担心他们不听他的，现在他就希望有个人出来同他作对，他好来个杀鸡吓猴！

关隐达把最后一份文件收拾好，慢慢地拉上公文包。其实他的牙齿都咬了起来。依他现在的心情，他拉公文包拉链应该是飞快地刷的一声。但他屏息静气，放缓了一切动作。大家走得差不多了，他才出了会议室。却见朱琴等在外面，像是有事要说。关隐达就笑笑，说："还有事吗？"

朱琴说："关县长，城市防洪的问题，我赞同您的意见。不过，按水利局的意见，财政的压力太大了……"

不等朱琴说完，关隐达笑道："您不是说赞同我的意见吗？您明明知道，水利局的意见经我认可了，就不只是水利局的意见，而是我的意见，是县政府的意见了。你今天还是来了，不来的话，我们研究完了会再来征求你的意见。"

关隐达边说边走，面带微笑，却不回头。他这几句话分量很重，比脸红脖子粗地骂人还叫你难堪。朱琴跟着走了几步，就停了下来，红着脸站在那里。建委主任、国土局长等几位也站在走廊，想同关隐达说什么。见朱琴好像弄得没趣，他们就像什么也没看见，低头走了。

有几项重要议题县长办公会研究了，还须提交县委常委会研究决定。关隐达交代马志坚同县委办衔接一下，争取常委会早点研究。纯粹研究工作的常委会，关隐达还是被邀列席。

马志坚同陈兴业联系了，陈兴业说按照安排，明天是常委会，可不知向书记哪里去了，弄得我们通知也不敢发。他平时的活动都同办公室打招呼的。他的司机也在家，秘书也在家，他到哪里去了呢？

马志坚是个急性子，办事又认真。他找关隐达汇报这事，那样子就像自己工作没做好似的。关隐达却没事一样，说：

“向书记不在家的话就不要急嘛！反正那些事要等县委来决定。”

关隐达说得这么平淡，心里早明白八九成了。他知道向在远一定上地区去了。既然司机和秘书都没有随去，说明向在远这人做事滴水不漏。可以猜测，一场你死我活的争斗已进入白热化了。关隐达不属于这场争斗的任何一派，但谁胜谁败，同他却是休戚相关。

一连三天，谁也没见到向在远的影子。机关大院看上去一派平和，关隐达却总觉得不对劲，似乎空气中也弥漫着某种怪异的气息。事实上，外面早有种种议论了，多是说向在远被停职反省了，有的说是因为经济问题，有的说是因为嫖娼。说起男女事情，人们的兴致总是很高的，就连老早以前有些领导的奇闻逸事也被翻了出来。说是有一年大年三十，机关吃团年饭的时候，怎么也找不到县委书记。全体机关干部架着筷子左等右等，菜都全凉了，还是不见县委书记驾到。县里其他领导急坏了。那会儿正搞着阶级斗争，大伙儿时刻警惕的是阶级斗争新动向，生怕县委书记被阶级敌人谋害了，便急急忙忙向地委汇报。地委领导深感事情重大，连夜派地公安处的同志赴县里侦查。县委还紧急成立了“除夕行动指挥部”。可正月初一大清早，有人见县委书记从县广播站出来了。原来早就风传县委书记同广播站的女播音员白丽相好，但有领导出来训人，说这是政治谣言，是往县委脸上抹黑。这会儿大家都知道县委书记同白丽到底是怎么回事了。但很长一段时间，人们也只是在背地里说，谁也不敢公开散布这“政治谣言”。后来这位书记倒了台，大家就说得有鼻子有眼了。有人说难怪大年三十那天晚上听见广播里有喘气的声音！

只是这些七七八八的话关隐达都听不到。不过他也想象得出，人们肯定会有多种猜测。县里头儿的行踪从来都是引人注意的，县委书记失踪几天了，什么议论都会有的。他知道秘书小张说不定会听到一些话，但小张不说，他也不好问。小张不像他原来的秘书小顾，小顾同他知心些。他也知道，小张的不知心，多半是因为他自己这个县长当得窝囊。

这天晚上，儿子学校开家长会，陶陶去了。通通在自己房间里做作业，关隐达独坐在书房里。电话铃响了好多次，他不去接。他把手机也关了。向在远已失踪五天了。这几天，县里事情千头万绪。日常工作不说，单是群众上访就让他头昏脑涨。昨天氮肥厂的工人来了一百多，今天又来了几百煤矿工人。对工人群众硬又硬不得，软又软不得。工人不为别的，只是要饭吃。他不能亲自出面，他一出面就连个退路都没有。他尽管在后台操作，心里照样急得像火烧。政府大门口是成群的工人，他回到家来，家门口还守着那位老太太。这样的县长，他真的不想当了。

这几个月，每当感到焦头烂额的时候，他总想起回老家。他的老家在黎南县北去四百多公里的一个县。那也是一个山区，村子坐落在一个山间盆地，有着平坦而肥沃的田野。四周弥望的是绵亘不尽的山梁。他家的屋后有一条小溪，溪水不大，却终年不枯，清澈见底。他越来越怀恋家乡。家乡并不富裕，自己从小就盼着出去做个城里人。他发奋读书，好不容易考上大学，才终于有了今天。可现在，他反而总是向往他的乡村了。乡村是那么美丽而宁静。他很想回去，把老家的房子翻修一下，房子周围多栽些树。如果不嫌酸腐，他也许会在门上贴几副对联。自己弄不出好对联的话，有现成的名联也很贴切：青山不墨千秋画，流水无弦万古琴。

可他终究回不了老家，那个迷人的山村永远只能是他的心灵逃避之所。他现在只能在这里，在这个危机四伏的黎南县，充任一个尴尬的角色。

一直没有向在远的消息，真不知最终鹿死谁手。关隐达这些天脑子里尽是些地委书记宋秋山和专员陆义的影子。他今后的命运，就取决于这两人谁胜谁负。如果陆义占了上风，他关隐达就彻底完了。想到这些，他顿觉四顾茫然。他好长时间没抽烟了，今晚特别想抽烟。

他连抽了好几支烟，感觉有些飘然。这时，陶陶回来了，进屋一看，挥手撩着烟雾，说：“你好不容易戒了烟，又抽什么呢?”

关隐达不做声，仍低头吸烟。这一段陶陶不太同他说话，他心里有数。宋秋山任地委书记以后，对她的老父亲也不怎么尊重。他想夫人一定认为他不该当告密者，更不该讨好宋秋山。

见陶陶在他身边坐了下来，他说：“我知道你这几天不舒服，是对我有看法。那告状信的事迟早是要暴露出来的，我无意间知道了这事，只是把暴露的时间提前了。这无所谓道德不道德。仅此而已。宋陆两方，也说不上正义与不正义，依我看他们是一路货色。当然，我把这信交给宋秋山，就让宋秋山取得了主动，这的确是帮了他的忙。这也只是因为在他两人的争斗中，宋秋山占的优势多些，取胜的可能性大些。不然的话，我也可能把这信交给陆义。当然，真是这样，我就装作不知道这回事了。因为这事十有八九就是陆义亲自策划的。你不要拿这种眼光看我。我这么做，在常人看来，的确有些滑头，甚至卑鄙。但官场上的事情，你不能简单地用道德标准来评判。我要摆脱窘境，不这样又能如何？这只能说是策略，当然你说是权术也无妨。”

陶陶目光幽幽的，像陌生人一样望着男人。

关隐达不望陶陶，抬着头，眼前一片空茫。他继续说：“你是知道的，我在官场这么多年，算是正派的。我近来反省自己，我也许吃亏就吃在正派。别人弄手脚你不弄，就是一种不公平竞争。当然我不是说今后我就要弄尽手脚，做尽小人。这次我向宋秋山告了密，我也不认为这是在做小人。我怎么不希望，大家都做谦谦君子？你好好工作，有德有才，领导就赏识你，就委你以重任。这样多好！可是搞政治不是拜菩萨，只要有好的愿望就行了。恰恰相反，现在你越是按照正常的思维去为人处世，你越会处处碰壁。你也许认为世道不行了，人们都邪门了。可现实就是现实。你得在现实的基础上想问题。办事情。再正派的人，你要在官场有所作为，想真正为老百姓做些事情，也先得好好地保住自己的位置。不然，只有像孔老夫子说的，'君子乱世则隐，治世则出。'但依我看来，世道的治乱是相对的，没有绝对意义上的治世。那么大家就只好都去当隐士了。这显然是不可能的。"

陶陶说："你说着说着就是玄玄乎乎的大道理了。我知道你是个正派人，只是这次的事让我心理上接受不了。我总觉得你这么鬼鬼祟祟换取一官半职犯不着。再说当官又怎样？父亲一辈子官虽不大，但在常人看来，当到地委书记，也算够风光了。可我看父亲这辈子并不怎么幸福。刚退下来那阵子，我感觉他特别痛苦。直到这几年他把一些事情想通了，日子才好过些。他现在一天到晚只是写字做画，对官场上的事概不关心。"

关隐达很有感触似的叹道："是啊，他老人家倒是洒脱得好。正像有句老话说的，英雄到老皆皈佛，宿将还山不论兵。"

关隐达口上这么赞叹着岳父大人，心里却不以为然。他当然欣赏真正的超凡脱俗，但他疑心岳父现在的通达也许是一种逃避。浸染官场一辈子，怎么可能说明白就明白？说洒脱谈何容易！没有过成功，就没有资格说平淡。不过岳父大人再怎么样也的的确确风光过，他还有资格说说淡泊。自己如今的处境，说洒脱也好，平淡也好，都只能是一种畏缩。

陶陶见关隐达本已开朗的脸色，这会儿又凝重起来了，就

说："我俩不要再说这事了。反正一条，我不像一般的官太太，不希望你一头钻进仕途出不来，更不愿你做庸俗的政客。好吧，休息吧。"

陶陶去看看儿子，见儿子自己早上床睡了。两人洗漱一下，就进了卧室。上了床，陶陶说："我觉得奇怪，我刚才回来时才八点多钟，见老太太不在门口了。她平时都是晚上十点多才走，从来没提前回去过哩。"

关隐达笑了起来，说："没看见她倒惦记她了？"

今天陶陶显得很温存，关隐达就有了那意思。他闭上眼睛，脑子里充满五光十色的幻影。他在夫人面前一来激情就是这个反应，但这种感觉似很陌生了。他为找回这种感觉而激动。

关隐达痛痛快快地倾泻了满腔激情，似乎也消释了心头的块垒。夫人永远像个小孩，一会儿就睡着了。关隐达却越发清醒起来。能回家乡多好！他又想起了家乡那片田野。小时候，每年夏天，田野里总是落满了白鹭。白鹭安闲而优雅，在那里从容觅食，或者东张西望。他那会儿真有些傻气，总想同那些白鹭一块儿玩。他便悄悄地跑到田垄里去。可白鹭见他走近了，就扑扑地飞了。白鹭不会飞远，就在另一个田埂上又落了下来。他便又小心地走过去。白鹭就这么同他捉着迷藏，他便愣头愣脑在炎炎烈日下做着不醒的梦，晒得黝黑发亮。但是，当他离开家乡时，夏日的田野早没有白鹭了。听说这些年，白鹭又飞了回来。这是关隐达心灵深处永远的风景。但他羞于向人说起这些，就连对陶陶他也没说过。他怕人们背后说他幼稚，说他是个大孩子。他甚至还私下分析过这种怪现象，发现如今一切纯真、天然、善良、美好情愫，似乎都成了不成熟的，甚至是可笑的。而成熟则是冷酷无情、八面玲珑、老于世故、见风使舵……

四十五

第二天，关隐达打开门去上班，见老太太不在门口，不禁松了一口气。兴许老人家想通了？或者坚持不下去了？

他一路上同人打着招呼，留意着人们的表情，想看出些什么消息来。但别人给他的都只是探寻或猜测的目光，都想从他的脸上知道些什么。

办公楼前候朝的人没有了。向在远失踪了，这里就没有三三两两等候的人们，说明黎南这几天出现了权力真空。

关隐达没有想到这一层，他只是想这次向在远真有些奇怪，怎么可以放着这么一大摊子事撒手不管，独自去地区这么久。既没有任何消息，也不提任何借口，居然就这么久不露脸了。

关隐达刚进办公室，王永坦就来了。也不要关隐达说什么，王永坦就自己坐下了。大家常在一起，没有那么多的客套。再说他俩矛盾很深，两人平日都有意做得随便些，像是老朋友。

王永坦坐了下来，未曾开言，先点了一支烟，深深吸了一口。关隐达伸手说："给我也来一支。"王永坦就笑了，说："你的烟病又复辟了？"关隐达也淡然一笑，说："有时也想抽抽。"

王永坦使劲吐了一口烟，样子却像叹气，说："这是怎么回事？今天已是第六天了。"

关隐达说："是呀，太不正常了哩。他去哪里照说也要打个招呼呀？"其实关隐达相信向在远一定是去地区了，只是嘴上不说。

"工作都快停摆了。"王永坦显得很焦急，说："这个场合再拖几天，县里不乱套才怪。这个老向也真是的，你就是有天大的事，也该说一声，要明确谁在家里全面负责才是呀！现在事情一来，大家都推。隐达，我征求你的意见，我准备同在家的几个常委碰一下，把情况向地委汇报一下。他们几个常委不急，我们两人急呀！事情都在我们政府头上！你看怎么样？"

关隐达觉得今天王永坦对他好像特别真诚，他反而感到不习惯了。他对这个人一时不识深浅，就说："这个这个，还是你们几个常委看着办吧。"

王永坦像是很有些义愤似的，说："别什么常委不常委了。我想再等个半天，再不那个的话，下午我们就碰一下，马上向地委汇报。请你也参加。"

"我就不参加了吧。"关隐达说着，见水利局的吴局长来了。吴局长看到两位领导在谈工作，说声关县长王县长都在，就往后退。关隐达说："进来吧，老吴。有事吗？"

"我想汇报一下城市防洪的事。"吴局长说着就一脸难色。关隐达便知道他一定是碰到难题了。

吴局长坐下来，把头摇得像拨浪鼓，说："两位领导在这里，莫说我讲怪话。现在要实实在在干点事太难了。我们水利局本身就是个做事的单位，只有事做，没有实权。做事我们没有怨言，谁让我们端人民的饭碗是不是？可你们那些大权在握的部门你得支持我们呀！退一万步讲，我们不要你支持，你至少不要卡我们这些做事的是不是？"

关隐达笑笑，说："老吴你别激动，有什么情况要反映照直说。"这意思是让老吴别再转弯抹角耽误时间了。

老吴这就一五一十汇报了。原来上次县长办公会议研究决定，县政府成立城市防洪建设指挥部，王永坦任指挥长。指挥部办公室设在水利局，并给各有关部门都明确了任务。但具体操作起来，水利局协调不了。按关隐达拍板的意见，建委负责移民拆迁，国土局负责土地征收，财政资金要率先到位，以便争取省里支持。但现在有些部门不是拖着不办，就是凡事都往水利局推。特别是财政局、建委、国土局这几个有权的部门，硬是不把县政府的决定当回事！

关隐达听完之后，显得很平静，说："永坦，我的意见，是不是请你这位指挥长再召集有关部门协调一次?"

王永坦说："好吧。老吴你定个时间，通知一下。"

吴局长汇报完了就走了。王永坦说："隐达，我说我俩都要硬一些。刚才老吴在这里我不好说。有些单位的头儿，硬是不听招呼的，下决心动他几个。该煞煞这股风了。"

关隐达见王永坦今天总是同自己坐在一条板凳上说话，心里越来越纳闷。他嘴上说着是的是的，心里却猜不着今天王永坦壶里装的是什么药。

两人正扯着，马志坚火急火燎跑了来，气喘吁吁，脸色铁青，说："快快，陈兴业打电话来，请你两位马上去县委办。向书记……死了!"

关王二人同时啊了一声，都把嘴张得老大。来不及多说，三人急奔县委办而去。远远就见向在远的司机小蔡一脸死相，低着头从会议室出来。见了关王马三人，招呼也没打。三人进了会议室，见管党群的副书记刘志善和在家的几位常委都到了，公安局的沈局长和刑侦队的几个人也来了。关隐达坐了下来，又发现柳湾水电站的站长老栗正朝他微笑着点头，表情却有些生硬。

大家都到齐了，刘志善环视一圈，征求各位意见，问道："是不是开始?"大家就说开始吧开始吧。陈兴业示意栗站长："你先讲讲情况吧。"

栗站长抬腕看看手表，说："人是今天早上八点三十四分

发现的，距现在是一小时过十分钟。七月二十三号，也就是六天前的晚上，向书记同司机小蔡一起到我那里。我忙叫大师傅准备饭菜，向书记说吃过晚饭了。一会儿小蔡独自回去了，向书记一个人留了下来。向书记把我叫到房里交代，说他在这里有些重要事情要做，让我不要同任何人讲他在这里。我当然按他交代的办。只有我和副站长，还有大师傅三人知道向书记来了，我就交代他俩保密。当时天黑了，加上过一会儿车又走了，别的人不在意他还在那里。第二天他整天没出门，饭都是我送去的。我见他写了很多东西，后来又全部烧了。我没想别的，只当这事情很重要，很机密。第三天，也就是二十五号晚上，向书记打电话到我房间，要我喊几个人去打牌。我仍只喊了副站长和大师傅，正好一桌。那天晚上向书记打牌的兴致很高，话也特别多，老说这么些年没有好好关心各位。我们打牌一直打到凌晨三点才散场。散场时，向书记同我们一一握手，又交代我们不要同别人讲他在这里。清早，对对，就是二十六号清早我送早饭去，一敲门没有动静。又过了个把钟头，再去敲门，还是不见动静。我就取了钥匙来开了门，见向书记早不在房里了。没有留下任何东西，只有提桶里半桶纸灰。我也没有多想，以为向书记可能临时叫来小车走了。直到今天早上，有人在水库里发现浮着一个人，捞上来一辨认，有点像向书记。再掏了口袋，发现了他的工作证，确认正是他。”

栗站长汇报完，大家一时都不做声。沈局长先开言，说：“现在的情况是，自杀、他杀、意外死亡，三种情况都有可能。老栗你谈谈你的倾向性意见。”

栗站长没加多少考虑，就说：“我看自杀的可能性大些。”栗站长接着就摆了些理由。

沈局长说：“死因究竟如何，还须进一步调查，现在一时难以定论。可有个情况值得注意。我们一接到栗站长的电话，马上就赶到柳湾水电站去了。一回来我们就找小蔡问了情况。小蔡说事先也没发现什么特别的情况，只是二十二号晚上，向书记突然说有紧急事情要去地区。小蔡就送向书记去地区，找了陆专员。小蔡说他没进陆专员的屋，一个人在外面等。过了个把小时，向书记出来了，说马上赶回去。向书记上车后，一句话没说。第二天晚上，向书记说要去柳湾水电站，叫小蔡别同任何人讲他去了哪里。这个情况同老栗说的相符合。但刚才，小蔡又跑来说，二十二号晚上向书记没有去地区。”

关隐达听沈局长这么一说，就知道向在远那天晚上一定是去了地区，肯定还挨了陆义一顿臭骂。陆义是个火爆性子，知道向在远丢了那封告状信，不骂得他狗血淋头才怪！这会儿小蔡反了口，说明陆义知道向在远死了，叫人关照过小蔡了。

大家都说完了，刘志善说：“地委我已汇报了。宋书记很重视这事，准备派地区公安处的同志来县里帮助破案。我们现在要做的工作是稳定县里局势，保证各方面工作正常运转。”刘志善讲了几点具体意见，给在座的各位都派了工作。

这不是坐下来开长会的时候，很快就散了。刘志善建议大家一块儿去老向家里看看他的爱人。大家一声不响，只跟着刘志善走。关隐达站了起来，猛然觉得自己腿有些沉重。他轻轻跺了下脚，掩饰着自己的反常。向在远夫人吴丽，大家都叫她吴姐。吴姐平时是见人就笑的，大家都说她是个有福气的女人，她男人的运气多少沾了她的光。

吴姐躺在床上，头发乱成个鸡窝。床边早站了些女人，在劝慰吴姐。

女人们说：“吴姐，刘书记和关县长他们看你来了。”

吴姐却像死人一般，眼睛都不睁一下。

刘志善说：“吴姐，你要注意自己身体。地委很重视，马上派人下来调查，情况很快会弄清的。”

大家都说了些安慰的话。关隐达也想说些什么，却找不到合适的话，就一言不发。

从向家出来，关隐达抬腕看看手表，快十二点了，就径直回家了。

他一进门就躺在了沙发上，整个身子就像要瓦解。他胸口狂跳着，手脚说不出的慌乱。

电话铃突然响了起来，吓了他一跳。是那部红色的保密电话，响声尖利刺耳。自从他当选县长，这部电话从来没有响过。因为通常只有地委领导才打这部电话给他。他忙跑去接了电话。原来是宋秋山的电话。

“哦，宋书记，您好!”

“你好你好！隐达，黎南的情况我知道了。在远同志也太想不开了。谁没有犯错误的时候呢？这也许怪他的成长太顺利了，没有经过任何挫折。好了，这个就不说了。我想对你说，现在你们县里情况复杂，你更要多担些担子。地委打算给你压压担子，请你任县委书记。”

关隐达一听几乎吓了一跳，忙说：“谢谢宋书记信任!”

宋秋山说：“我这算是非正式同你谈话吧。情况特殊啊！组织部会正式通知你来谈话的。非常时期，你们县委、政府一班人，特别是你和永坦同志，一定要进一步配合好。”

“对对。”关隐达应道，“永坦同志对我的工作很支持。”

两人又客套几句，说了再见。

放下电话，关隐达心里竟然乱糟糟的。最后会是这么个结局，他是万万没有想到的。他只是想让地委支持他当好这个县长，让他老老实实为黎南的老百姓做些事情。现在他却要当县委书记了！宋秋山没有明说谁来接替县长，听他的口气，好像是王永坦。王永坦年初没有选上县长，看样子事过九个月之后，地委仍然要安排他出任县长。关隐达心里不是个味道。他并不是计较个人私怨，只是担心两人如果配合不好，会给县里工作带来不利。

陶陶回来了，进门就问："外面都在传，说是向书记那个了，是真的吗?"

"是真的。自杀的，是在柳湾水电站的水库里发现的。这个老向，也太不经事了。"关隐达说罢深深叹了一口气。

陶陶不再说什么，径自去厨房忙中饭去了。

关隐达独自坐在客厅里很没有意思，就去厨房找陶陶说话。可陶陶像是很忙，顾不上同他说话，他站在哪里都觉得挡路，只好又回到客厅。

午餐简单，很快就吃了。两人都不怎么说话。宋秋山的电话里说的本是个喜事，应告诉陶陶，但关隐达说不出口。

吃了中饭，关隐达上床小睡。可是没有睡意。陈天王陈大友的事到底如何处理？想想宋秋山的口气，分明是暗示他别在这件事上揪住不放了。上面都认为他同王永坦不和，抓陈大友就是为了弄王永坦。局面明摆着，他关隐达要当县委书记，王永坦就得当县长，他就得在陈大友的事上让一着。

让一着就让一着吧。只是这一着怎么个让法？弄得不好，反而会让陈天王倒打一耙，叫他下不了台。

还有刘志善，这人以后说不定又是他的新对手。目前刘志善是事实上的二把手。这几天向在远神秘失踪，县里的事情成堆了，不见刘志善出来说过半句话。可今天得知向在远死了，他一下子活跃起来了，抢先向地委汇报情况，主动召集在家的县领导开会。看他向各位布置工作的架势，真像马上要接向在远的班了。

看样子，自己莫名其妙地当了九个月县长，现在又要腹背受敌走上县委书记的位置了。自己的升任又是同向在远的自杀联在一起的！关隐达心里没有官升一级的愉悦感觉。

四十六

地公安处的四位干警在黎南县调查了两天，认定向在远是自杀身亡。至于死者自杀的原因，他们在小范围内说，事出有因，暂时保密。不过他们没有找司机小蔡证实死者那天晚上是否去过地区。这让县里其他几位领导觉得奇怪，但他们总以为这中间只怕还有更深奥的文章，都缄口不言。其实只有关隐达隐约感觉出些名堂来。

向在远的追悼会开得有些尴尬。刘志善致的悼词，只得说向在远同志不幸意外逝世，外加一些勤勤恳恳、廉洁奉公之类的套话。到场的人很多，不过大半是来看热闹的。

第二天早上，关隐达刚到办公室，秘书小张就来了，问有没有事。关隐达本想让他去请王副县长过来一下，但见小张这死板的样子心里就有火，说，没事没事！小张见关县长头都没抬一下，脸上就有点儿发烧，站在门口搓脚摸手一会儿就走了。

关隐达自己走到王永坦办公室。王永坦忙请坐倒茶。关隐达喝了几口茶，说："永坦，同你商量一下。现在我们县里处于非常时期，我的意见是凡事以稳定为重。一切不利于稳定的事，都要妥善处理。前几天，氮肥厂等几个企业上访提出的要求，我们定了的，就要尽快兑现。干部每人六十块的误餐补贴，还是想办法补发了。这些政策，都是中央请客，地方买单。我们这些贫困地区的父母官不好当啊！也难怪干部有意见，说中央是关心他们的，只是下面这些领导不把他们的冷暖放在心上。这两个事，请你同有关部门协调一下。还有陈大友的问题，我想也变通一下。他马上把偷漏的税款补交了的话，刑事责任就不追究了。抓人不是目的。”

王永坦点头称是。说：“对对，抓人不是目的。我们财政不富，多有几个陈大友是好事，问题是要加强管理，严防税收流失。”

关隐达说：“这个事也请你同检察、税务说一下，就说是我的意思。不过对陈大友一定要讲明一条，我们县政府是本着爱护农民企业家的态度，重在教育。要他吸取教训，遵纪守法!”

关隐达绕这么大的弯子，其实就是为了说说陈大友的事。王永坦大概也心领神会，只在这个事上同他附和几句。

关隐达心想，最近王永坦同他配合不错，也许是因宋秋山早同他交了底。可已经这么几天了，他一直没有接到地委组织部的电话。这几天，县里的工作事实上是刘志善在主持。尽管宋秋山打了电话给关隐达，可他名不正言不顺，也不好出头。时间越拖，刘志善越进入角色，到时候越不好办。

这天下午，关隐达终于再次接到宋秋山的电话。宋秋山说：“同你讲两个事。请你明天来地区谈话，永坦同志也要来。组织部还会正式通知你的。这是一。第二，地纪委准备派人来黎南调查向在远的经济问题，需要你们协助。”

关隐达一听，亦喜亦惊。喜的是说不定明天就会明确他的位置了；惊的是怎么突然又要查向在远的问题？向在远在位置上那么久，没听说上面要查他，这会儿他人都死了，还查什么经济问题？他就说，宋书记：“我服从地委安排。不过我觉得，老向人都死了，还有查的必要吗？”

宋秋山说：“我个人的意思也是说不查算了，但陆义同志坚持要查。对这个老向同志，黎南群众早有反映了，我和陆义同志都收到过有关检举信。前不久，纪委吴书记代表地委找他个别谈了话。他的抵触情绪很大，说组织上不信任他。真金不怕火炼，犯不着寻短见嘛。既然这样，那就查个水落石出嘛！”

关隐达这下真的明白了。向在远如果真的是因为告状的事败露而自杀，事情就闹大了，对宋陆二人都不利。也许他俩都清楚这一点，两人心照不宣，决定查向在远的经济问题。看来这两位政治上的对手，在这个问题上心存默契，私下握手了。明眼人心里都有数，如今这些领导，最不经查的就是经济问题。群众就常说一句泄愤的话，说是如今当官的，你全部抓了，肯定有冤枉的；抓一个放一个，肯定有漏网的。

依宋秋山平日的城府，不会这么一五一十说给关隐达听。这说明宋秋山在有意张扬向在远自杀是因为经济问题。关隐达又想，若是宋秋山执意要查向在远还在情理之中，可这回要在向在远死尸上开刀的竟是陆义！

关隐达分析，宋陆二人这一回合的较量肯定还没有结束，他们的握手是暂时的，也是有限的。只是目前宋秋山仍占着上风，不然就轮不到他关隐达接任县委书记。

宋秋山说等会儿组织部会来电话，关隐达就没敢离开办公室。手头翻着文件，却总是神不守舍。

直到快下班了，才接到地委组织部田部长的电话，叫他同王永坦同志一道，明天上午九点赶到组织部。

“永坦同志我就不再专门通知了，请你转告一下好吗？”听田部长语气很客气，关隐达放心了。再细想一下，田部长先通知他，又要他转告王永坦，说明地委的意图仍是宋秋山说的那样。

他静坐片刻，给王永坦打了电话，请他过来一下。

一会儿，王永坦来了。他说：“刚才接到地委组织部电话，要我们俩明天早上九点钟以前赶到组织部，地委领导找我们谈话。”

关隐达发现王永坦的脸色微微红了一下。他看出王永坦有些激动，却只当没注意，接着说："那么我俩吃了晚饭马上动身，晚上赶去。"

王永坦连说好好，禁不住伸出手来同关隐达握了一下。

两人并着肩回家，路上关隐达又说："刚才还接到宋书记电话，说地纪委马上会派人来查向在远的经济问题。"王永坦一听也觉得突然。关隐达便把宋秋山说向在远畏罪自杀的意思说了。王永坦摇头啧啧。

关隐达草草吃了晚饭，王永坦的电话就来了，问是否吃饭了。关隐达说："吃了吃了，我们上路吧。"

陶陶见关隐达同王永坦通电话不仅语气很好，脸色也很好，就觉得奇怪。

关隐达放了电话，又挂了刘志善家电话，说："老刘吗？我老关。地委来电话，要我同永坦同志今晚赶到地委去。"

他有意含糊，没有说去组织部，只说去地委。但刘志善好像很敏感，沉默片刻，试探道："哦哦，是吗？什么事这么紧急？"

"电话里没说，要去了才知道。有什么重要事情的话，我马上打电话回来汇报吧。"关隐达说。

刘志善好像意识到自己不该多问了，就说："老关你别客气，汇什么报？好吧，路上小心！"

四十七

关隐达出任县委书记，全县上下大为惊奇。没想到当初县长都不让他当，这会儿却要他当县委书记了。可见组织上还是有眼力，重用正派而又实干的干部。但怎么又让王永坦代理县长呢？他明明九个月前被人大代表们选下去了呀？

刘志善没有被调走，而是安排到县政协当主席。刘志善当然有想法，但毕竟弄了个正县级，心里多少有些安慰，仍表示服从组织安排了。

关隐达上任后，暂时不准备在人事上搞多大变动，免得人们说又是一朝天子一朝臣。

但县委办主任陈兴业明白自己不再适合在这个位置上干了，就找关隐达汇报了思想。关隐达挽留一阵，便征求他自己的意见。陈兴业说，自己年纪也一大把了，还是去政协吧。关隐达心里就有数了，猜想一定是刘志善邀他去政协。让刘陈二人凑到一块儿去，对自己不利。几乎从他调来黎南那天起，陈兴业就在他背后弄手脚。

关隐达答应去地委做做工作，心里却想，一定不能让这人去政协，只能把他放在眼皮底下，让他动弹不得！

过了不久，地委下文，同意陈兴业任县政府调研员。

陈兴业没有去成政协，自然有情绪。关隐达就笑眯眯地找他谈话，说："老陈呀，你长期在一线，熟悉经济工作，还是在政府干吧。"陈兴业虽然年纪五十来岁了，但任副县级干部的资历不长，说不上几句硬话，也没有办法了。

自从陈兴业要下来的风声一传开，就有很多人盯着县委办主任这把交椅了。县里几个头儿各有各赏识的人，都变着法儿向关隐达推荐。有些人干脆自己跑到关隐达那里旁敲侧击，只是不好意思毛遂自荐。

出乎大家意料，关隐达安排银盘岭乡书记熊其烈当了县委办主任。事先他犹豫过一阵，怕别人看出其中的奥妙。但他的确从内心里感激熊其烈。他甚至想过，如果今后有人看出些什么，只怕就会从熊其烈的发迹上。

熊其烈本是个老实人，没想到过自己这辈子还会上到副县级。尽管他的县委常委还没有批下来，但感觉上是被重用了。

他很真诚地对关隐达说："感谢关书记的栽培。"关隐达忙摆摆手，说："老熊你用不着感谢我。这一来是工作需要，二来是县委的集体决定。不是说我个人想用谁就用谁的。"关隐达内心里的确忌讳熊其烈当面说感谢他，这让他有一种政变之后坐地分赃的感觉。

这一切都在个把月之内就定了下来。关隐达知道自己处于一个特殊的环境，这些事情万万拖不得。

在关隐达调摆局面的同时，地纪委专案组对向在远经济问题的调查也告结束了，查明向在远近两年内收受贿赂三十多万元。向在远人虽死了，处分还是要给的。只是处分一个县委书记，必须报经省委同意，时间上就不会那么快。宋秋山就在一次县市党政一把手会议上严肃通告了向在远的错误。这样，扑朔迷离的向在远自杀案就有了一个权威的官方说法。

而就在纪委专案组撤离黎南县的第二天，向在远的夫人吴姐就背上一大堆申冤材料，上省里和北京告状去了。她说要撕破大家都撕破，要把黎南县的老底子全部翻出来！

看吴姐那架势，好像向在远蒙受了大大的冤屈，她非要弄个水落石出不可。关隐达有些担心。他相信自己是清白的，只是怕到时候节外生枝，弄出别的什么麻烦出来。

吴姐说要上去告状的前一天晚上，陶陶去她家看望了她。吴姐拉着陶陶的手，说着说着就哭成个泪人儿了。陶陶安慰着吴姐，自己也止不住哭了。两个女人就哭成一团。陶陶回到家里就不怎么讲话。关隐达忙了一天，已累得不行了，就说："你又怎么了？我一天到晚忙得两脚不沾灰了，回来还要看你的脸色？"

"我是怎么个脸色关你什么事？你不看就是！"陶陶生起气来嘴皮子都会发紫。

他们两口子很少这么吵的，关隐达越发不好受，就说：

“我知道你的心思。你刚才说去他家看看，我就猜到你回来就会是这个样子。地委已明确说了，向在远是因经济问题，畏罪自杀，你为什么总想着他的死同我有关呢？地委领导也同我个别分析过，认为向在远的成长太顺利了，没有经受任何挫折，一遇事就寻短见。”

陶陶冷冷笑道：“你别同我开口闭口就是地委。地委我见识过！你去看看人家孤儿寡母的可怜相！其实他是怎么死的，你心里最清楚！”

关隐达真的来火了，但怕影响不好，压着嗓子说：“你真的以为我是促成向在远自杀的罪魁祸首？那你明天同他老婆一块儿去告状好了！”

他们两人闹别扭总是这样，只要关隐达一认真了，陶陶就不说什么了，翘着嘴巴忙别的事去了。

其实关隐达内心是愧疚的，只是容不得陶陶说出来。他也不相信向在远是因为经济问题而畏罪自杀。向在远要是不死，上面根本不会查他的经济问题。陆义骂起人来雷霆万钧，向在远又是从未受过挫折的人，心理素质不行。又想自己的政治前途也许就此终结了，不是只有死了干净？关隐达不止一次在心里安慰自己，向的死他没有责任，但他仍感到自己屁股下的交椅散发着血腥味。

现在容不得想那么多了，要紧的是如何开创工作局面。如今自己坐在县委书记的座位上了，要知道这把交椅真的不好坐了。做官各有各的做法。如果只顾自己上得快，也很容易当这书记。把局面弄得平稳一点，该遮掩的遮掩一下，不让矛盾暴露出来，再拼老本做几件出风头的漂亮事，造造声势，就行了。

关隐达却不想这么干。倒回去十年，他也许会这么做。那会儿他一帆风顺，时刻想着的就是怎么样把官做大。自从他官场开始失意，他什么都想开了，升官发财淡若浮云。他只想一心一意把自己分内的事情做好，求得良心上的安慰。他自己说这是失意而不失志。没想到年初，人大代表们把他推上了县长的位置。如果仅仅说是做官，他自认为早没有这个兴趣了。但既然幸蒙人民的信赖，他就得好好干一场。可政治就是这么令人难以捉摸，他无意之中却卷入了一场肮脏的权力争斗。官场上这类争斗根本无正义可言，真所谓“春秋无义战”。他也仅仅是从策略意义上利用一下矛盾，以便稳固自己的位置。天地良心，他这么做真的只是为了好好干点事。

但不管他现在如何想，他的良心终生不得安宁了。要是事情大白于天下，他这么多年的清白名声也就完了。

关隐达几乎是带着某种负罪感在工作。他内心的这份无奈别人不清楚，只是从表面上看他的态度更加严肃了。也有人见他整天不苟言笑，一脸冷漠，就在背地里说他当了书记，架子就大了，不像原来那么平易近人了。可见是人莫当官，当官都一般！

今天召开县级领导联席会，研究黎南县中长期发展规划。早在一个多月前，他就布置计委结合北京专家的研究成果，拿出了初步方案。计委李主任接受任务时谈了自己的看法，说：“按惯例和工作程序，中长期计划要等后年制定五年计划和十年规划时才做，在下一届人大会上通过。”关隐达听了，大摇其头，说：“老李呀，你以为我们县里的情况还容得我们按部就班，亦步亦趋吗？这规划要经人大通过，我想这个法律程序不能乱。我的意思是，一方面，这个计划一定要尽早做，这样才能尽可能做得完善一点；另一方面，在人大没有通过之前，可以先作为县委建议，在工作中贯彻下去。我觉得我们这样一个县，尤其需要增强紧迫感啊！当然我们需要的是热情而镇定的情绪，紧张而有序的工作。”

先由计委李主任汇报。关隐达优雅地喝着茶，感觉自己正在做一件很庄严的事情。规划本是宏观而抽象的，而他此时的憧憬却是具体而真切的。他希望从此以后，黎南会有一个好的发展规划，今后各届县委都能一以贯之，不再李书记一套张书记一套。

计委李主任汇报完了，大家就开始讨论。政协主席刘志善先发表了意见。不料他话说得委婉，意思分明是否定这个发展规划。

关隐达事先没有想到刘志善会这样。平时开会，通常是大家无关痛痒地说一通，然后书记拍一板，事情就定了。关隐达早就看出这种决策程序貌似民主和科学，其实还是一言堂。因为看上去到会的各位都发表了自己的意见，似乎体现了充分的民主，然后最高决策者集中大家的意见，做出决定。一些决定全局的大事就这么定下来了。好像谁也说不出这决策过程的毛病。这是民主集中制啊！事实上不是这么回事。会上决策的事情，事先大家并不一定都接触过，情况不清楚。到会的除了县级领导，就是各部门的头儿，大家不可能熟悉各行各业的工作。只是会上临时发个材料给你，你一时还没吃透材料，你却要发言了。有时会议准备得仓促，材料都不一定发一个。再说，人在官场上混久了，难免学会了看风向说话，多半顺着领导的决策意图发表意见，所谈的无非是毫无意义的附和。大家发起言来，总是谦虚地说，我谈点个人意见，不一定对。可你别太指望他们会谈什么个人意见。你听他们滔滔不绝，更感觉他们像是在卖弄口才。不发言是不行的，大家会说你胸无经纬。万一没有说的，不妨把别人说过的话再重复一遍。如果重复了别人的话又觉得不好意思呢？就补充说，这一点，我同意某某同志的意见。

关隐达想克服这种决策的弊端。他想下决心组织一批有头脑有责任的专业人员，组成一个松散型的决策咨询班子，就一些大的决策问题预先进行研究。再就是规范会议制度，凡是须提交县委研究的重大事项，务必事先准备好有关文字材料，并提前发给有关人员。现在，他构想中的咨询班子还没来得及成立，但这个发展规划参考过北京专家的研究成果，他心里还是比较踏实的。为了不让大家到会时不得要领，他指示计委提前就将发展规划的讨论稿送给各位到会人员。他原想这一次会议将开得很成功，没想到刘志善发表了如此高见。有不同意见本是正常的，只是刘志善用心不良。弄得不好，大家的思维让刘志善的发言一引导，接下来的意见就一边倒，关隐达的宏图大略就告吹了。

刘志善一说完，关隐达就微笑着说："刘主席的意见很好。大家继续发表意见。这个讨论稿早就发给大家了，大家是不是认真看了？"说到这里，关隐达吸了口烟，有意停顿了一下。在座的便不由自主地拿起几案上的材料。他猜想只怕有个别人不一定看过了。他环视一下会场，又说："请各位充分发表意见。我建议，大家发言不要说套话，直接入题。也不用忌讳什么，说自己想说的话。只要是大家自己认真思考过的意见，哪怕有些偏颇，我想也是有价值的。重要的是说自己的话，不要几句套话就敷衍了。刚才刘主席的意见就让我很有启发。当然也不一定对这么一大本发展规划提出全面的意见，重点提一提自己最关心或者最熟悉的也行。各种意见都可以提。讨论嘛，就是为了把这个规划弄得完善一点。"

关隐达反复说要大家说自己的意见，用意就是让大家别受刘志善的影响。他相信在座各位这一点理解力还是有的。

王永坦接着发言，说："这个规划讨论稿在形成过程中，我同关书记听过多次汇报，有些意见都提过了，这里就没有具体意见补充。"说完这几句，他便重复一下关隐达刚才讲的意思，让大家畅所欲言。王永坦现在虽然仍是代理县长，但地委已预先任命他为县委副书记了，所以他说话的分量便不同了，无形当中替关隐达加重了一块砝码。大家便按关隐达预想的那样，建设性地讨论下去了。

大家整整讨论了一天，会议原则同意了这个规划。关隐达在拍板时，说到工业问题，全场鸦雀无声。大家最关心的也就是工业问题。他说："同志们，我县经济工作中最薄弱的是国有工业，这是我县财政紧张最主要的原因。但凡事都是辩证的，正因为我们的国有企业份额小，在当前国有企业普遍不景气的情况下，我们的包袱也就相对小了些。但无工不富，这是人们喊了多年的一句老话，我们不办工业不行。问题是怎么办工业？"

说到这里，关隐达似乎把头也偏成了个问号。会议室更加静了，好像大家都在思考他的提问。稍停片刻，他接着说："我们在规划中专门讲到了要大力发展个体私营经济，特别是大力支持私营工业的发展。请同志们务必深刻领会这句话的内涵，并在今后的工作中认真组织实施。今后，我们政府原则上不再投资办国有企业，至少在没有找到一条有效的国有企业管理模式之前，我们不会新办。我们黎南的情况是赚得起赔不起。明摆着国有企业办一个垮一个，我们何必要做蠢事呢？"

经委舒主任听了这话，不由得脸上发红。关隐达便朝他笑笑，暗示一种安抚。他当然知道，国有企业办不好，怎么怪得上经委主任？可有些人自己没本事做事，偏好在一边说鬼话，说什么经委主任不该安排个姓舒（输）的，而应找个姓赢（盈）的。只是我们黎南的姓氏，一舒二向三张四李，就是没有姓赢的。企业哪有不亏的？

经委舒主任好像明白了关隐达的意思，也会意而笑。关隐达就接着说："有的同志在讨论中提出来，担心个体私营经济多了，会产生一个阶级。我想就此多说几句。我认为这种担心是善意的，却又是糊涂的。我说如果钱多了就是资产阶级的话，那么我巴不得我们县里六十万父老乡亲都成为资产阶级。怕只怕老天一时还不会这么开眼啊!”

大家轰地笑了起来，大概是觉得关隐达这句幽默话很有意思。他也笑笑，但马上脸色又严肃起来，说：“中央早就说过，请大家不要再在姓‘社’还是姓‘资’上作无谓的争论，可有些同志的观念就是一时改变不了。为什么这个观念如此难以改变呢？有人说这是‘左’的观念，我分析还是封建思想在作怪，说具体一点，就是封建正统观念在左右一些同志的思想。”

也许封建主义这几个字人们早不太听说了，会议室里就有了悄悄的议论。关隐达便喝几口茶，缄默一会儿。下面自然就静下来了。他便继续说，“中国历史上，凡是经历重大社会变革，总有一些人抱残守缺。也许这种人主观上是善意的，客观上却是有害的。譬如近代以来，西方列强以其坚船利炮打开了中国国门，有些开明之士就主张学习西方文明，所谓以夷之长制夷之短。但那时就有了夷夏之辩，认为只有华夏大帝国才是正统的，总担心学了洋人就变成洋人了。回过头我们看现在，所谓资社之争，同一百多年前的夷夏之辩如出一辙，一脉相承。夷夏之辩早已成为历史笑柄，只是我们为这个笑柄付出的代价太大了。那么我们为何不以史为鉴，反而硬要为历史留下新的笑柄呢?”

说到“笑柄”二字，关隐达脸上也有了笑意。但他心里却在仔细把握自己的笑。他想这会儿脸上的笑应是善意的笑，征求意见的笑，而不是一种自命高明的嘲笑。他认为一位成熟的领导，任何情况下都不能嘲笑下级。他回首四顾，感觉同志们的脸上都有了笑容在响应他了，才又说道：“有些同志听了这些话也许感情上受不了。是啊，我作为共产党员，站在一个共产主义者的立场上讲话，为什么反而成了封建主义？同志们，我不强调我的观点都是正确的。理论问题我们可以再讨论，但现实问题就容不得我们再争来争去了。如果有些同志硬要问我，我们鼓励和支持发展个体私营经济，会产生一个什么样的阶级？我不是理论家，无法从理论上说服大家。但我想，至少可以叫他们为生产阶级。他们在生产啊同志们！他们在创造物质财富啊同志们！"

关隐达正声情并茂，滔滔不绝，却见国税局局长老刘在会议室门口探头探脑。他猛然想起地区国税局姚局长来了，老刘今天请假没参加会议，专门陪他们地区的顶头上司。关隐达答应过老刘，同王永坦一道陪他们姚局长吃晚饭。

让地区姚局长等着也不像话，关隐达便三两句说完了散会。

老刘见关隐达和王永坦出来了，笑吟吟迎上来握手，连说对不起，让关书记和王县长会都开不安宁。关隐达笑道："百姓都说，财政爹，税务娘，得罪一家就断粮。我们不敢怠慢啊。"

王永坦也笑了起来，说："是啊，得罪不起啊。"

几个人说笑着下楼来，分坐两辆轿车去了黎南宾馆。

在宾馆前下了车，关隐达远远地就见周述站在那里打手机。他有意装着没看见的样子，继续同王永坦说着话。周述却立即对着手机说了再见，笑笑呵呵地伸出双手朝关隐达他们迎了过来。关隐达就猛然抬头，说："哦哦，是周大记者！什么时候来的？"周述便说："今天上午到的。这次是专门为贵县税务部门来打工的。"关隐达也不停下来，头也不朝周述偏一下，只边走边说："哪里哪里。你周大记者都说打工了，我们这些人干什么去？"周述便一路跟着。"真的是为贵县税务部门打工哩。你们县纳税大户陈大友的事迹很感人，税务部门要我写个专访。我采访了一个下午，内容还很丰富。”

关隐达一听是来采访陈大友的，心里自然不舒服了。这事是不是王永坦安排的呢？他心存疑惑，就故意目视前方，不去望王永坦，免得让王永坦以为他想到什么了。但他突然不说话了，气氛自然就不随便了。周述以为自己哪句话不得体，脸不由得红了。

王永坦大概感觉到了什么，就问周述：“是税务部门向你推荐的典型吧？”关隐达一听这话，就明白王永坦看出他的心迹了，这是在有意洗刷自己。

周述忙说：“是的是的。你们国税局刘局长专门同我联系的，还派人写了个事迹材料给我参考。”周述说罢，目光就在关隐达和王永坦的脸上睃来睃去。

刚才老刘同别人打了几句招呼，稍后了几步。这会儿赶了上来，正好听见周述的话，忙说：“是的是的。这事我们还没有向县委汇报。现在我们县里个体工商业者的税收是个问题，需要树立正面典型，促一促。陈大友最近一次性主动缴税八万八，这在我们县是从未有过的事。”

关隐达心想，县里谁都知道，几个月前他下令逮捕陈大友，人没抓成，陈大友老娘还天天在他家门口蹲着，弄得他很没有面子。这事老刘不会不知道。那么老刘还请周述来宣传陈大友，这就不太寻常。关隐达明白眼前这几个人此刻都在注意他的态度，就说：“要坚持两手抓，正面的典型要宣传，反面的典型要打击。反面的成了正面的也可以宣传，正面的成了反面的同样要打击。这应该像对待任何人和事一样，功过分明。”关隐达这话看似套话，其实透露的就是他的心迹。他知道陈大友的问题，不是主动缴个八万来块钱的税款就可以了事的。但现在不妨糊涂一下，让他们宣传他去。

快到餐厅了，见周述还侧着身子跟在后边，关隐达就说：

“周述同我们一块吃饭吧。”周述还未答话，老刘忙说：“是的，我们是这么安排的，在一块儿吃。”

四十八

关隐达从宾馆回家，刚进屋，陶陶就说：“吴姐回来了，我碰到她了。”关隐达口上哦了声，不说什么，就去了阳台上。阳台上放有一张靠椅，他心里乱的时候，喜欢一个人躺在这里静一下。黎南的夏天很凉爽，不知不觉就到秋天了。关隐达穿着衬衫，感觉有些清冷，问陶陶要衣服。陶陶拿了件薄夹克给他披上，说：“你去年这时候还穿衬衣哩。”夫人只是随便说说，关隐达心里却很有感慨，不知是自己身体一年不如一年了，还是今年的气候作怪。

陶陶洗衣服去了，他独自吸烟。他本是戒了烟的，现在又吸上了。陶陶说过他几次没有用，也就不说了。他一支接一支地吸着烟，阳台上很快就烟雾缭绕了。吴姐上访的事，总让他心里放不下。这女人把小孩托给了亲戚，自己跑省里跑北京去了。社会上关于她告状的传闻越来越多，说什么省里和中央的领导接见了她，在她的告状信上签了字。

陶陶总是三天两头把外面的各种说法带回来。关隐达就说：“你怎么也相信这些了？上面有没有批示，首先我这县委书记应知道。她男人怎么死的，她男人生前有多大的问题，早就定案了。这是铁案，她到处哭哭啼啼就可以翻案?”关隐达口上说得硬邦，心里却不踏实。吴姐这么闹来闹去，总会闹些个什么名堂来的。宋秋山多次打电话来，要他找吴丽做做工作，说她这样纠缠下去，影响不好。宋秋山电话里的语气总是沉沉的，他听着便觉寒气嗖嗖。上回在地区开会，宋秋山又当面同他说过这事。其实宋秋山到底担心什么，关隐达心里很清楚。吴丽自从那天哭骂着离开黎南，一直没有回来过，他也没有机会找她谈话。

陶陶过来晾衣服，挥手撩着浓浓的烟雾，皱起了眉头。这时电话突然响了起来。又是那部保密电话，铃声尖利刺耳。关隐达现在几乎很怕听到这电话铃声了。

果然又是宋秋山的电话，寒暄几句，就说起吴丽上访的事了。关隐达说："我总碰不上她，自从她出去以后，一直没有回来过。"宋秋山说："我听说她回来了，你可以去找她谈谈。"

放下电话，关隐达满腹狐疑。他不明白宋秋山对吴丽的行踪怎么这样了解。宋秋山越是关注吴丽上访的事，关隐达心里就越是忐忑不安。

陶陶晾好了衣服，他说："是不是一起去看看吴丽?"陶陶说："是该去看看。"

吴丽脸色蜡黄，病恹恹地弯在沙发里，见了关隐达夫妇，眼泪水儿就滚下来了，说："谢谢您啊！关书记啊！您同我老向都是好人啊，我清楚啊！我老向死得这么突然，这么奇怪，话都没有给我留下一句，我想不通啊……"

女人拉着他两口子的手哭诉，他根本就插不进话。又不好马上走，他只好耐着性子听着。陶陶一会儿竟进入了角色，也陪着吴丽哭了起来。

关隐达见这场面无法做工作，就趁吴丽抬手揩眼泪擤鼻涕的空隙，劝慰道："你好好休息，多加保重。我们改天再来看你。"

关隐达两口子回到家里，进屋不到一分钟，听到有人敲门。陶陶开了门，见进来的是笑嘻嘻的周述。"关书记，我来拜访一下您，不打搅您吧?"

关隐达站起来握手相迎，说："你说哪里的话?我们之间

从来都是很随便的嘛。”

“是啊是啊，老朋友了!”周述说。

关隐达递上烟，陶陶上了茶。关隐达又叫夫人切西瓜。周述就摆手说：“别太客气了。”关隐达说：“这是中秋瓜，难得吃上了。”

晚饭前在宾馆，关隐达对周述并不太客气。周述躬着腰跟在他背后说话，那镜头可以想见，而这周述当初同向在远总是勾肩搭背。都说现在领导总喜欢同三种人混在一起，就是老板、记者和警察。当然谁也没说领导不可以同这些人混在一起，他们又不是阶级敌人。只是中间的微妙之处谁心里都有数。向在远基本上属于这一类领导。关隐达就要有意做得与他不同。不过周述这样的人，你可以不同他打交道，但得罪他也没有必要。关隐达便在家里尽量热情一些。

周述吃了一块西瓜，连说这瓜好。关隐达就说，好就多吃些。便又递给他一块。周述推让一下，就接了。吃完，周述说：“关书记，您当书记两三个月了，我还没为您效劳过哩。”

关隐达明白周述的意思，便说：“不用宣传我啊。再说，我在书记位置上屁股都没坐热，又有什么值得宣传的呢?”

“可以宣传您的新思路、新举措嘛。”周述说。

关隐达执意不让他宣传自己，说：“我们县委很感谢你过去一段对我们工作的支持，还希望你今后更多地支持。我个人意思是，请你多宣传普通人，特别是那些在实际工作岗位上做出突出贡献的平凡人，包括这次你采访的陈大友这样的人。”

听说陈大友，周述的目光就特别起来。关隐达就猜到周述一定也知道他同陈大友之间的过节了。他便只当没有这回事，表情淡然，说：“宣传好这样的典型，对加强税收征管是有好处的。”

可周述仍说：“我准备同省电视台记者站的人一道，好好策划一下，搞一个有创意的新闻，好好宣传一下您。”

见这个话题老是收不了场，关隐达只得说：“到时候看看吧。但我想要宣传就宣传我们县委、政府一班人，不要突出我个人。工作靠大家干啊。”

儿子通通已睡了一觉，揉着眼睛起来撒尿。小鬼迷迷糊糊摇摇晃晃，差点儿撞在墙上。关隐达忙起身扶着儿子上厕所。周述这才说，不早了，我走了。您休息。关隐达没空，回头笑笑，说声随便来玩。

陶陶从房间出来，看看壁上的石英钟，已是十二点过了。“这个周述，说个没完，也不看时间。”

关隐达笑笑，不说什么。他猜想周述可能早就到他家敲门了，他两口子在吴丽那里，儿子通通没有开门。他俩回来时，周述说不定就在外面哪个阴暗的角落躲着。不然没有那么巧，他俩刚一进屋，他马上就敲门了。说不定周述因为听说了有关陈大友的事，觉得应到这里来一下，免得关隐达对他有看法。

“周述这几年对你没有这么恭敬啊。”已经睡下了，陶陶又说。

关隐达说：“周述这个人，你我早就熟悉，还不了解他?”

这时，关隐达猛然记起应给宋秋山回个电话，可时间已是十二点半了。心想还是明天再回吧。

四十九

这天上午，关隐达坐车从外面回机关，快到大门口了，正好见吴丽提着一个大包，从里面出来，左右看了看，马上钻进了一辆黄包车里，往火车站方向去了。她在家只待了两天，看了看孩子。依这女人从前的身份，怎么也不会去坐黄包车。现

在不得不屈尊了，便显得有些躲躲闪闪。黄包车同关隐达的小车挨身而过时，他瞟了一眼，只看见了吴丽的几个瘦瘦的指头。这只手把车帘紧紧地拉着，不让外面人看见她。关隐达不禁默默感叹起这女人来。一个柔弱而又坚强的女人！她非要为自己男人的死弄个水落石出不可。但他心里清楚，她这么跑来跑去，最多只会给地委增加些工作上的麻烦，事情本身不会有结果的。

这时车内静无声音，关隐达便猜想，前座上的秘书小顾可能也在想吴丽这事。小顾原是他当副书记时带的秘书，他比较满意。他当县长后，本想将小顾从政法委调到政府办来，仍旧跟他跑。但怕别人说话，这样对小顾也不好，就只好带了政府办的小张。他当了县委书记，就有很多年轻人来争着当他的秘书，他都没点头。县委办主任熊其烈明白他的意思，就从政法委调了小顾来。小张仍留下来跟王永坦跑。

“小顾，你等会儿打电话给财政局，叫朱琴到我这里来一下。”关隐达说。

“好的。”小顾答道。

两人这么一叫一答，心里就再没吴丽的事了。关隐达今天要找朱琴好好谈一次。财政这么穷，他们局里竟背着县委新买了辆本田车！弄得群众意见天大！

“朱琴，他妈的……”司机小马冷不防说了这么半句。小马早就看出了关书记对朱琴有看法，他又是个喜欢参政的司机，就说这么半句探探关书记的口风，好借机再参谋几句。关隐达知道小马就这个毛病，反正不在乎他，便只当没听见。

关隐达在办公室坐下不一会儿，小顾跑来说：“电话打了，朱局长马上就到。”说完又递给他一个文件夹。他打开一看，是一叠群众信访件，放在最上面的就是反映建委和国土系统干部作风的。因县房产公司实力不强，县城住房特别紧张，县里只好鼓励城镇居民自己建私房。可从建房审批到最后验收，都要经过建委和国土部门，拜不尽的菩萨过不尽的关。正常的手续群众并没有意见，恨就恨有些人是喂不饱的鸬鹚，嘴巴张得河马大。向在远还抓什么“公仆形象工程”，简直是笑话！

小顾只把文件夹放在他桌上，没有多说，就回自己办公室去了。但关隐达明白小顾的想法，因为他有意把这封群众来信放在最上面。小顾并没有想干预领导决策的意思，只是时不时不露声色地表明自己的观点，尽自己秘书的参谋职责。这也是关隐达欣赏这年轻人的地方。

一会儿朱琴来了，进门就满面春风。关隐达深知这女人就是凭这张笑脸，才使她成为黎南县政坛上的不倒翁。他想让这张笑脸从此永远失去迷人的效力。

“我们正在开着局党组会，听说关书记召见我，我马上休了会，赶快跑来了。”朱琴说。

关隐达似笑非笑的样子，有意钻她的空子，说：“你跑来的？坐你的新本田来的吧！我还打断了你开党组会，不应该啊！”

朱琴听出了关书记话中的意味，脸上不自然起来。关隐达为她倒一杯茶，语气平和地说：“朱琴同志，我坦率地告诉你，你这回买车是错误的。关于这事，我桌上的告状信有厚厚一叠！”

朱琴显得很受委屈，说：“我买了一辆新车，有人就有意见了？我当了八年财政局长了，财政收入连年增长，怎么就不见有人写信给县委要求表扬我呢？”

关隐达严肃起来，说：“朱琴同志，你这个认识本身就是错误的。财政收入增加，财政局固然功不可没。但财政是整个经济的综合反映，财政收入增加了，只能说明我县改革开放以来，整个经济有了长足的发展。财政收入单靠人去收是收不来

的啊！你这话真不应出自一位财政局长之口。”

听了这话，朱琴就来了女人脾气，说：“我的素质不行，县委可以另外考虑我的安排。”

关隐达吸了几口烟，笑笑说：“你这是意气话呢，还是真心话?”他不等朱琴开口回答，又抢着说：“是意气话呢，我只当你没说。是真心话呢，我可以告诉你，县委对干部的使用安排会经常有所考虑的，因为情况不断变化嘛。”

见关隐达暗示了底牌，朱琴就紧张了，态度软了下来。说：“王县长找我谈话时，我汇报过，这买车的钱是问省财政要的，不是用县财政的钱。上面给我钱买车，我何乐而不为?”

关隐达说：“你坐了新车，是乐了，但百姓不乐。百姓哪里知道你用的是什么钱? 既然当了领导，事事就得注意政治影响。我调来不久听说一个笑话，说‘文革’时有个县领导，做了件新衣不敢穿，他老婆没有办法，只好在这新衣上缝了个补丁。他这才穿上。当然这也太过分了。大家都当笑话说，但我觉得这位领导注意影响的精神还是可取的。现在我们有些同志就太不注意影响了。古人尚且知道说，‘尔俸尔禄，民脂民膏。’财政的钱怎么用，最有发言权的实际上是人民群众！财政收入不是靠我们坐在办公室，从天下掉来的，而是老百姓干出来的!”

关隐达语调高了起来，外面都听得见。有人从走廊经过，就脸作神秘状。里面的朱琴老老实实坐着听训，不敢顶嘴。关隐达也发现自己太激动了，就放缓一些，说：“哪怕就是从上面要的钱，也不一定硬要用来买车。”

朱琴申辩道：“这钱是省里戴帽的，专门给我们买车。省财政局的同志体恤我们用车条件不好。”

“你们如果把这钱投到别的地方去，拿去扶贫，拿去盖所小学，未必上面就会追究? 我就不相信！你在财政干了这么久，路子都通，如果真的为县里多争取一些上级财政的支持，你就是大功臣!”关隐达说。

朱琴从未见关书记像今天这样同她谈话，明白事情的严重性了，只好承认错误。她说了一大段检讨话之后，说：“这车我们财政局用的确不合适，我建议交给县委。”

关隐达嘿嘿一笑，说：“你这是什么意思？你以为我找你谈话，就是想占用你的车？我告诉你，我在黎南县委书记的位置上，只坐我的北京213。但我告诉你，这车你也不能坐。”

“那怎么处理这车?”朱琴问。

“你先把车交给县委吧，我们再研究一下。”关隐达说。

谈话完了，朱琴拉开虚掩的门出去。她刚出门，一阵风将门重重地摔上了，响声很大。她吓了一跳，生怕关隐达误以为她还在闹情绪，有意摔门。迟疑一下，她又回头敲了关隐达的门，关隐达说：“请进。”她推开门，站在门口笑吟吟的，问：“关书记，车就送过来吗?”

关隐达在看文件，没有马上抬头，只答道：“不急在这一会儿吧。”

朱琴还站在门口，笑脸扮得很春意，张着口说：“那……”

关隐达这下抬起头了，说：“马上送过来也行啊。你下去同其烈同志衔接一下。”

确信关书记已注意她的笑脸了，她才放心地轻轻掩上门，下楼找熊其烈去了。

关隐达将那封反映建委、国土部门有些干部索拿卡要的信批给纪检和监察，要求从严查办，抓几个坏典型处理一下。

到中午了，关隐达下楼回家。见财政局已把那辆新本田车送来了，停在县委办门前的坪里，很多人围着看。那些人见了关隐达，就笑着点头。关隐达只当没看见那辆车，径直回家了。

下午上班，关隐达找王永坦商量，这车怎么处理。王永坦建议让关隐达用这车，说全地区也只有你这个县委书记坐国产车了。关隐达笑着摇头，说：“让我坐这车，就成笑话了。这不是‘只许州官放火，不许百姓点灯’？我建议，在职的领导都不要用这车，干脆把这车交给老干局，作为老同志用车。向老干局明确一条，不能作为他们局里的日常工作用车，只专供老同志坐。这样我想别人也没有话说了。”

王永坦说：“也只好这样。”

五十

秋寒日浓，不经意就到初冬了。黎南的这个初冬，让人们感受到了一种与往常不同的气氛。

纪检和监察部门配合作了两个星期的调查，在建委和国土局各弄了三个影响最坏的干部，形成文字材料，报到县委。关隐达在上面签了个原则性意见：按有关党员和干部管理条例，从严处理！

这时候，关隐达才进行他藏在心里很久的行动。他同王永坦商量好之后，在常委会上提出来，免掉了现任的财政局长、建委主任和国土局长。女人就是女人，朱琴跑到关隐达办公室哭了一回。这事在县里引起的震动很大。朱琴是大家公认的最有手腕的人物，建委主任和国土局长的资格都很老，他们三人都被关隐达下了，其他的头头脑脑也就服帖了。

就在大家紧张兮兮的时候，关隐达决定召开全体部、委、局负责人会议，再一次部署加强“公仆形象工程”建设。他心里对这个工程有看法，却又只能利用这个工程。搞政治往往就是这么令人啼笑皆非。不过他想把这项工作抓实一点，不搞花架子。在常委会上讨论这事时，他提出，不用存在专门的“公仆形象工程办公室”。抓干部作风，县委这边有组织部和纪检委，政府那边有人事局和监察局，职责很分明。如果再搞这样一个专门的“公仆形象工程办公室”，一方面机构重复了，一方面又削弱了职能部门的职权。

昨天县委办通知，上午八点半准时开会，不得迟到。关隐达八点十五进会场，一问熊其烈，所有人都到齐了。

关隐达往主席台上一坐，台下鸦雀无声。时间没到，关隐达就坐在上面慢慢悠悠地喝茶吸烟。坐在前面几排的局一级负责人都把目光投向他，等着与他的目光对接。一旦碰上关隐达的目光，他们就点头微笑。关隐达也就略加颔首，表示回礼。但关隐达在主席台上，目光多半不注视某一处，而是一片茫然。谁也不看，又似乎谁都在他的视线之内，他这眼神很像他的岳父陶凡。

八点半一到，关隐达示意王永坦。王永坦又看看主持会议的彭副书记。彭副书记就宣布会议开始，先简要说明了会议的主要内容，又说，下面，请县委副书记、代县长王永坦同志讲话，县委书记关隐达同志最后将作重要指示。

王永坦讲话时，下面的秩序也相当好。向在远时代，没有这样好的会议纪律。称几个月前的黎南为向在远时代，这是关隐达内心的小幽默。他知道这幽默只能由他个人闷在心里独自享受。万万不可同别人说的。

王永坦讲完了，关隐达接着说。他没有现成材料，只是凭口讲。他说：“刚才永坦同志讲的，是常委会议认真研究过的，是代表县委的，请大家认真贯彻。我再补充几句。我认为加强‘公仆形象工程’建设，最重要的是三条：一是抓领导，二是抓制度，三是抓奖罚。先说抓领导，同志们，组织上要我这县委书记抓全盘，全盘是什么？我理解，全盘就是在座的各位同志！只要你们以身作则，当好了公仆，全盘工作就上去了。但是，仅仅只是你们自己兢兢业业是不够的，还必须调动全体干部职工的工作积极性。有人说，黎南穷，当干部吃亏，工作不起劲。我说我们现在的确面临着困难，干部的收入也的确不高，工资还时常不能按时兑现。但是，仅仅只是埋怨解决不了问题，大家都应反思一下。黎南有进步，我们都有功劳；黎南有困难，我们都有责任。既然我们当了干部，就应有担当责任的勇气。我在这里宣布一条政策：愿意留在干部岗位上干的同志，就要好好地干，大家共渡难关，共创辉煌。不想干的，可以留职停薪，可以申请调走。反正机关干部不是少了，而是多了。请同志们回去同大家说清楚，一个星期之内拿好主意。这是这次加强‘公仆形象工程’建设的第一步工作。先过了这一关，才谈得上当不当公仆。不然，一切免谈！”

关隐达这次讲话并不长，只讲了四十多分钟。下面的人老老实实记笔记。个别没有带笔记本来的，坐在下面就左不是右不是。开会记笔记，在黎南也早已成为历史了。现在开会，领导讲话都是白纸黑字印好了的，用不着记什么。再说，领导讲的反正都是些“普通话”，记也没有多大意思。

自此，黎南县的“公仆形象工程”建设实实在在开展起来了。用不着下面汇报，关隐达自己可以感受得出。他的案头，群众的检举信比以往明显地少了。

五十一

不久，记者周述又来了。他晚上拜访了关隐达，说：“我听有人议论，你在黎南的声望超过了以往任何一任县委书记。”

“哪里哪里。”关隐达只是这么笑笑，也不想多说什么。

周述说："这次我专门约了电视台的记者一道来，想策划一个好新闻，好好宣传一下你。现在农村在大搞冬种，你押运肥料下乡，这是一个好新闻。"

关隐达听这话很倒胃口。既然是新闻，还用得着这么策划？就是这些记者，搞些假新闻，把舆论工具的形象都搞坏了。再怎么样也用不着县委书记亲自押着运肥车下乡呀？可周述摆出的架势是专门来为你捧场的，你不同意反倒不领情似的。但他真的不想成为他们假新闻中的蹩脚演员，就只好推出王永坦。周述见关隐达执意不肯，就只好去找王永坦。

第二天上班不久，就有一辆卡车开进机关里。卡车货斗罩了篷布，看不出里面装没装货。王永坦同司机握了下手，就爬上卡车。电视台的记者便录了像。录好了像，王永坦便下来，坐进自己的小车里，往他的联系点大坝乡上水村开去。采访车紧随其后，卡车便跟在采访车背后，供随时拍摄。

其实这时车上还没有装上化肥。生产物资公司的化肥仓库在城东，而王永坦的联系点得从城西走。当领导的太忙，去城东装化肥耽误时间。他的秘书小张就同大坝乡书记吴开明挂了电话，说明意思。乡政府正好有一车肥料，应分到各村的，现在还没有分下去。小张同吴开明一商量，暂时借用一下这一车肥料。吴开明也乐得这样，一来这是县长要的，二来乡里可以多得一车肥料。小张最后交代，我们马上就到。请你安排好上肥的人员，同时派人通知上水村，组织村民迎车。

运肥车快到上水村了，王永坦又上了卡车。采访车就拍摄了王永坦坐在驾驶室里的特写镜头。

远远就见很多村民站在村口，那表情就像看西洋景。

在村委会屋前，车停了下来。王永坦开了车门，微笑着下了车。吴开明刚才本是搭坐王永坦小车同时来的，这会儿却像刚见面似的，同村支部书记一道上前握手。又上来一位老太太，颤颤巍巍地握着王永坦的手，说感谢政府，感谢政府！王永坦就说，这是政府应该做的。你老人家健旺啊！可这老人家耳朵好像不太好，听不见王永坦的话，仍只顾说感谢政府，拉着他的手不肯放。可能村干部事先只附在她耳边教了这么一句话。

吴开明见记者拍摄完了，就上前拉开了老太太。

村支书请各位领导进去喝茶。王永坦说，这次就不坐了，下次再坐吧。还有急事要处理，得马上赶回去。村支书就很感激，说王县长这么忙，还在百忙之中抽时间送肥进村，太感谢了。

王永坦交代吴开明，请你帮助他们分一下肥料，我就先走一步了。王永坦上了车，车的后灯女人撒娇似的眨了眨，车子在凹凸不平的村道上蹦几下，扬起了滚滚尘土。吴开明他们却还在后面对着尘土招手。

第二天，省电视台的新闻联播节目就播了这条新闻：县长送肥到田头，党的温暖进农家。关隐达在家看新闻，见王永坦一副风尘仆仆的样子，在农民面前和蔼可亲。记者拍摄了那位老太太的脸部特写，老人家脸上的每一条皱纹都乐开了花。新闻说，王县长握着老人家的手问寒问暖，问她今年冬种还缺什么。老人家只是不停地说，感谢党，感谢政府，感谢各级领导！老人家笑了，她仿佛已经感受到了一种丰收的喜悦！关隐达禁不住笑了笑，陶陶望了他一眼，他就说：“这个周述!”

第三天，省里日报登出了周述采写的同题新闻。关隐达是在一楼县委办值班室随手翻到这张报纸的。他本不想看，但既然翻到了，又有干部在旁，就只好很关心的样子，浏览了一遍。可当他放下报纸时，却隐隐瞟见这则报道被人用指甲划了一个大叉。他只当没看见，径自上楼去了。心想群众的眼睛到底是雪亮的。当领导的做了什么，大家心里都是有数的，最多不明着说你罢了。

关隐达政声日隆，宋秋山的日子却不好过了。宋秋山专门打电话把关隐达叫了去，同他谈了一个晚上。宋秋山狠狠地吸着烟，说："向在远的老婆三天两头跑省里，上北京，搅得上上下下有关领导不得安宁。上头便下了决心，一定要对我们地委这个班子采取组织措施。估计我和陆义都得调走。唉，都怪向在远，他怎么这么不经事，叫陆义一顿骂，就吓死了呢？还有他老婆，那个蛮劲，上面领导谁见了都头痛。要不是出了人命案，我就非得让组织上查个水落石出不可，看谁是清白的。陆义和向在远一伙的做法，是严重错误的嘛，是阴谋诡计嘛！但是出了人命案，就只好捂住盖子算了。我是受委屈的啊，可我以大局为重，就不要求组织上调查他们整我黑材料的事了。"

关隐达心里却叹向在远最不值得。他赔了一条命，宋秋山恨死他了倒可理解，可就连陆义也恨死他了。

宋秋山见关隐达神色凝重，就说："你不用担心。新上的地委书记，可能是周一佛同志。"

关隐达明白这话的意思。周一佛是现任管组织的地委副书记，是宋秋山一手培养的。想必宋秋山对周一佛应有所关照，他往后的日子也不会太艰难。

谈话一直进行到深夜，多半是宋秋山在发牢骚。关隐达只好听着，时不时安慰几句。他知道这次谈话，除了让他提前知道地委班子变动的内情，对他没有任何实际意义。宋秋山找他来，好像也没有任何目的，纯粹只是想找个人倾泻一下。宋秋山平日是极有城府的，从不像今天这样，把心里的话一古脑儿倒出来。是不是因为他知道自己要走了，已不再把自己当做一个地委书记了？关隐达想到这一层，感觉就像刚看完戏之后，马上进后台会见了真实演员。

已经很晚了，关隐达仍要连夜赶回黎南。还有很多事等着他回去处理。他一路上便想，宋陆二人一调走，说不定大家捂得天紧的事就会慢慢暴露出来。他虽然自己问心无愧，但这事一传出，就只好由人家说去了，他的形象就会滑稽起来。这时他隐约感觉到，今天宋秋山找他去谈了大半夜，看上去什么意图也没有，可能就是为了暗示他：大家都要为这事保密。因为这事曝光的话，对谁都不利。这个宋秋山，到底是老谋深算！

不到一个星期，宋秋山向关隐达吐露的事情兑现了。宋秋山调外地，仍任地委书记；陆义调省档案局任局长；周一佛接任地委书记。变动非常神速，三人同时到位。后来有人议论，陆义对这个安排有意见，因为他去的地方他不满意，而宋秋山仍任地委书记。大家也都清楚，省委副书记张兆林为宋秋山说了话。

周一佛上任不久，就宣布了对向在远的处分决定：撤销向在远党内外一切职务，开除党籍。

这是一纸毫无意义的处分决定，因为当事人早已是死灰一把了。它的意义只在弦外，说明这次地委班子的变动同向在远命案没有任何关系。

也许是疲惫了，或者绝望了，吴丽不再上访。她回家睡了几天，仍旧跑去县工商局上班。可她的工作岗位早让人顶了。她找到李局长。李局长说："你无故旷工半年多，按规定早要除名了。但考虑你家实际情况，不作除名处理。但你原来的岗位已安排人了，你去城关工商所吧。"

吴丽哪受得了这种委屈？直骂李局长乘人之危，落井下石。关隐达知道这事后，专门去工商局找了李局长，要求他妥善安排好吴丽。李局长感到很为难，说："这个先例一开，今后再有人无故旷工，我怎么处理？"关隐达说："今后谁家也像吴丽家情况一样，同例办理！"关隐达知道自己说的是蛮话，也只好这样了。李局长没有办法，只得仍旧把吴丽放在局机关。吴丽知道关书记为她做了主，心里感激得不得了。

五十二

黎南的冬天很冷，农民们早就蹲在火炕边猫冬了。可关隐达他们这个时候是最忙的。今年的工作要好好总结，来年的工作要认真部署。开不完的会议，听不完的汇报。省、地的很多会都凑在这一段开，多数会都要求一把手参加。关隐达便坐着他的北京 213 到处跑。忙是忙，但心里很踏实。该发生的事都发生过了，县里的局势平稳。他相信黎南只要这么扎扎实实干下去，很快就会出现一个新面貌。

事情千头万绪，但他最关心的是即将召开的人大会。王永坦将在这次人大会上正式当选为县长。很多人都知道他原来同王永坦关系很微妙，猜想他心里会不会还有别的算盘。但天地良心作证，他的确是支持王永坦的。为了确保人大会顺利召开，他做了不少工作。他不考虑个人恩怨，只希望黎南稳定，不再出什么波动。他支持王永坦当选县长。对黎南的稳定是大有益处的。

下了一场大雪，山城满目银色，很叫人兴奋。关隐达有了踏雪的兴致。但他没时间去满足自己的雅兴，他得干自己该干的事情。很久没有放松自己了。踏雪的记忆很遥远了，那还是小时候，在自己的家乡，那个美丽的山村里。那时候下一场雪往往十天半月融不了，小孩子们就成天在雪里疯。

关隐达坐在自己办公室，望了一会儿窗台上的雪花，便打开了手中的文件夹。又是下面呈上来的关于开会的报告。最近上面几乎天天有会，都要求有关县级领导和相应的部门领导参加。而每从上面开了个会回来，县里就得依葫芦画瓢开一个会议。这么一来，县里天天开会都开不完。关隐达打算改革一下会风，不再上下对应，一个会套着一个会开，而是等到一定时候，多个会议一并开。会议精神很紧急的，就先由有关部门按上面的精神办着。他想好了这个思路，正准备签意见，电话铃响了。一听，是地委组织部来的电话，要求他马上赶到地委组织部去，地委领导找他谈话。这个时候谈什么话？关隐达不由得有些紧张。

陶陶听说他这个天气要上地区，很担心。“天寒地冻，路上不好走，你要小心啊。”关隐达说：“没事的，小马已将车轮上了铁链。路上走慢些就是了。”

一路上关隐达总猜不出这次上地委会是什么事。

路上跑了七个多小时，赶到地委时已是下午三点多了。地委书记周一佛亲自找他谈了话。周一佛说：“你这几年在黎南，特别是当县长和书记以来，干得不错，很有成绩，地委是非常满意的。”听了这话，关隐达心里就开始打鼓，知道自己只怕又要挪地方了。领导开始总结你的成绩，不是要提拔你了，就是要调动你了。他知道这会儿绝不可能提拔他。

果然，周一佛高度评价了他的工作之后，宣布了地委的决定，调他到地教委任主任。“对你的安排，地委是很费了一番考虑的。你在黎南干得很好，那里也需要你。但地教委需要一位文化和理论素质高的领导去，我们反复酝酿，只有你合适些。这个动议，地委是考虑好久了，近两年前，还是在秋山同志手上，就想安排你去啊！”

看来没有价钱可讲了，关隐达只好服从地委安排。听周一佛这口气，好像地委是非常看重他的，左思右想才选了他这么一位高水平的同志去教委管知识分子。可谁都明白，一进教委，只好在那里退休了，政治前程也就此打住了。周一佛也很老练，还巧妙地照应了一下前年要调他去任教委副主任的事，暗示地委一直是器重他的，并不是对他有什么成见。

关隐达不急着回去了。他叫小马和小顾安排房间，说住一晚再走，天黑了路上不安全。

晚上关隐达以为自己会失眠的，却安安稳稳睡了一觉。吃了早点，从从容容上路。一会儿就有了倦意，关隐达叫小马把空调开大一点，就靠在座位上打瞌睡。他太累了，要好好休息休息。

回到县委机关，他发现干部们的眼神很怪异。心想这么快县里就知道他要变动了?

回到家里，陶陶问："说你要走，是真的吗?"

"这就怪了，我人还没有回来，我要走的消息就回来了。"关隐达说。

"哪里啊，你人还没有到地委，这里有人就在传这消息了。我昨天下午去上班，就有人问我。"陶陶说。

关隐达就不说什么了，心想现在根本就无组织机密可言。

陶陶又问："你真愿意走？在这里干得好好的。"

关隐达叹道："要说愿意，我现在愿意回老家，可是身不由己啊!"

下午，关隐达仍去办公室。走到路上，关隐达突然意识到自己已不属于这个地方了。他有一种奇怪的感觉，眼前的一切似乎都罩在一个弥天漫地的大玻璃罩里，而他一个人站在外面。在这个玻璃罩子里面，他分明经历过无数的日子，而这一切不再有任何印迹了。在黎南的历史记载上，只会有简单的一行字：某年某月到某月，关隐达任黎南县委书记。历史就是这样空灵而抽象，全不在乎你个人的感受是如何的真实而具体。

第六章

五十三

孟维周任地委书记不久，西州地区改作西州市。孟维周从县委书记走向市委书记，只用了四年多时间。不知从什么时候起，有人背地里叫孟维周孟公子。据说全省有四大公子，都是最年轻的地市委书记。孟公子最小，还不到四十岁。人们只在私下里叫他们公子，都因公子二字意蕴太丰富了。

西州叫市了，老百姓跟着兴奋。尽管工人仍是没事儿干，尽管农民仍被城管队赶得满街跑。老百姓外出打工，说起自己是西州市人，自我感觉好多了。最幸福的大概是农民，他们大清早醒来，突然就由乡巴佬变成城里人了。

老百姓自顾自己高兴着，没想到官场的人们因为地区改作了市，比任何时候都忙碌了。孟维周经常强调，西州要紧紧抓住地改市这个大好机遇，加快发展。孟维周的指示，大小官员们算是心领神会了。平时官场的人惯用的问候语是：忙吗？西州最近变了规矩，很多人见面就说：抓住机遇！彼此还得客气：哪里哪里，你抓住机遇！知己的朋友碰了面，表情就更加神秘：这回你可要抓住机遇哟！也有人调侃别人：你抓住机遇啊！对方就以牙还牙：他妈的你调戏老子，你才抓住机遇哩！原来地区改作市了，各级领导班子都会有所调整。

很多人吃过晚饭就急不可耐地看手表，等着天黑下来。偏是夏天，天黑得迟。好不容易捱到天黑，他们就一溜烟跑进市委机关。他们爬上桃岭，尽量低着头。桃岭早已不见一株桃树，桔树已长得很茂盛。人们却仍习惯叫这桃岭。这大概是给老地委书记陶凡留下的惟一纪念。桃岭的路灯很灰暗，桔林黑漆漆的。可上桃岭的人仍嫌一路上太亮堂了。他们恨不能成为土行孙，钻进地里丝溜溜地跑，突然就在孟维周或别的市委领导客厅里冒了出来。这些行色匆匆的人，就是上市委领导家去抓机遇去的。

哪里都有喜欢操心的人，专爱理些别人不想让人知道的事。有人发现，自从地区改市的消息越来越明确了，往孟维周家跑的人就越来越多了。孟维周的脾气就越来越大，有次在会上发了火：有些人，天天往市委领导那里跑。有什么好跑的？共产党的官是哪个可以跑下来的？但是，桃岭一直就没冷清过。有人讲得夸张，说到了晚上，往桃岭跑的人，多得就像蚂蚁搬家！

孟维周刚当地委书记时，有人担心他压不住台。他毕竟太年轻了。可是没想到，他坐上这把交椅，居然很能服众。有些老干部怎么也想不明白，孟维周年纪轻轻的，哪来这么高的威信？他们忘记建国初那会儿，自己当上地市级领导也才三十出头。年轻干部却很佩服孟维周，他们对五十年代干部年轻化不清楚，倒是知道西方很多国家元首年纪都不大。就说：孟书记要是生在美国，这个年纪当上总统都说不准！这种人多半碰不着孟维周的面，他们遗憾自己没法当着孟书记说这些话。

西州有句很世故的俗话：欺老不欺小。意思是说，得罪谁都行，别得罪年轻人。年轻人谁说得准？弄不好明天就发达了。孟维周三十二岁就是县委书记了，不到三年就出任行署常务副专员，才一年半工夫，又从副专员位置一步爬到地委书记。人们说起官员的晋升，常用一个字：爬。生动又形象。可这个字用在孟维周身上，就不太贴切了。他是在飞。

西州人都料定孟维周还会飞得更高的。西州本来就早被省里干部叫做机场了。说这里是省级领导起飞的地方。省委副书记张兆林、副省长宋秋山、省委组织部长周一佛，原先都是西州地委书记。最近四任地委书记，只有陶凡就地退下来了。外地人不服气的，就说难怪全省人民富不了，省里领导都是从贫困地区来的。有些干部背地里竟把省委叫做西州省委。

孟维周好像更牛市，光是他的年龄，别人就竞争不过，更不用说他上面有张兆林。早些年，谁上头有人，别人当面不会说他什么，私下里会说这人不过就是抱了条粗腿。现在变了。上面有人，反让人高看许多。没人做思想政治工作，大家也都想通了：朝中有人好做官，本来就是国粹。

孟维周他们体重多在一百五十斤上下，可他们到了省委领导眼里，似乎都成了微缩景观。省里说研究干部，习惯叫定盘子。据说西州的盘子还没有正式定好。那一个个彪形大汉，都想成为省委领导盘子里胡萝卜雕的凤凰，或是一片小火腿肠。西州的盘子省里定，西州各县市和部门的盘子孟维周几个人定。好几个月了，西州上上下下很多人都在跑。跑西州、跑省里、跑北京。只有市委书记孟维周和代市长郭正没怎么跑，他俩早就定在盘子里面了。

有天晚上，市财政局长王洪亮跑到孟维周家。孟维周见他敲门进来，就发火了："洪亮，你还要跑什么？我早就同你说过，你不动。"

王洪亮笑笑：“孟书记，我想汇报个想法，请你能够同意。”

孟维周说：“这话怎么说？我还不知道你是什么意思，就先要我同意。除非你想当市委书记，我让位就是。别的，我不敢笼统就同意了。”

王洪亮仍是笑：“孟书记尽开我的玩笑。我何德何能，敢觊觎这个位置？我是想辞职。”

孟维周吃了一惊，问：“洪亮，你这是什么意思？”

王洪亮说：“请孟书记听我汇报清楚。我有个同学，在国瑞证券当老总。他鼓动我多年了，要我去给他帮忙。只因孟书记你太关心我了，我不敢答应。这次他又找我，我就不好意思了。”

孟维周问：“他准备怎么安排你？”

“给他当副总。”王洪亮说。

孟维周笑笑，说：“洪亮啊，你是宁为鸡尾，不为凤头！”

王洪亮红了脸，说：“孟书记，不瞒你说，他开的薪金高，我就动心了。”

“多少？”

“年薪五十万。”王洪亮说。

孟维周淡然道：“也不高嘛。”

王洪亮不好意思似的，说：“我想改变一下生活，试试自己的潜力。”

孟维周说：“本来，我不该劝你留下来。干部想出去闯闯，这是好事，组织上得支持。但是，你毕竟是党培养多年的相当级别的领导干部。你不想想，市委任命个财政局长，是儿戏吗？”

王洪亮说：“我知道孟书记对我非常器重，所以一直不敢开这个口。但是，我也反复考虑好长时间了，我的这个选择是慎重的。”

孟维周说："既然你去意已定，我就放你走。但是，洪亮，你也先别急着辞职。你先过去干半年再说。半年后，要开人大会了，政府组成单位要定盘子了，你再最后考虑去留。"

王洪亮双手抱拳，打拱不迭，差不多想跪下去了："孟书记，我非常感谢你！你太关心我了，我一定珍惜这次机会。只是，我怕让你为难。这事怎么操作？"

孟维周说："人是活的，还怕想不出办法？我同市委几个头儿研究一下，派你去外地企业挂职学习半年。我们需要很多真正懂经济工作的干部啊！"

说完这事儿，两人就随便聊天。感觉就不像上下级了，而是兄弟似的。孟维周笑道："你发了财，可别忘记老朋友啊！"

王洪亮说："正像我那位同学说的，有财大家发。我怎么会忘记孟书记呢？"

孟维周忙摇手道："洪亮你误会我意思了。你以为我在向你索贿吧？我只是要你莫忘记老朋友啊。"

王洪亮故意把样子做得很难堪，说："孟书记这么说，真让我无地自容了。洪亮没这意思。"

五十四

关隐达的日子过得越来越悠闲。他一屁股坐在教委主任的位置上，六年间再也没动过。

关隐达的性子早已熬得不温不火。他从不发脾气，却是说句算句。像教委这种业务机关，领导换来换去，干部却总在里面呆着。几十年下来，人际关系难免很复杂。关隐达刚去时，有人建议他整顿一下机关作风，重点解决内部不团结的问题。关隐达听了只是笑笑。他从来就不相信批评和自我批评可以解决团结问题。这条被大家奉如圭臬的优良作风太天真了。批评也好，自我批评也好，除了激化或公开矛盾，不会有别的收获。大家也许场面上会讲得漂亮，私下里该怎样还会怎样的。不如回避这个问题。关隐达的策略是只谈工作，不谈别的。他头次主持机关干部会议，只讲了三十分钟话，就宣布散会。干部觉得奇怪，似乎这样子不像开会。很快他们就发现，关隐达原来是位极干练的领导。他讲话不讲究起承转合，总是硬邦邦几条。他一讲完，各科室就知道自己该做什么了。于是分头落实就是了。关隐达原本很会讲官话的，现在有点返璞归真的意思，很烦那些大话套话。

没多久，教委的干部突然发现：机关人际关系好像融洽多了。有人突然感觉到关隐达的高明，奉承说，教委机关几十年的老大难问题，关主任不费吹灰之力就解决了。关隐达听了也只是笑笑。他知道问题并没有解决，只是不让它暴露出来。关隐达心想，有个道理是明摆着的，却没人注意。机关干部，再怎么复杂，他们也不敢在工作上乱来。所以只需抓严了工作纪律，该谁干的事就得谁干，这就行了。机关也像一个人，你不让他坏的东西有机会表现，看他坏到哪里去。

教委机关百多干部，都长着张嘴巴。总有几张嘴巴喜欢说话，关隐达的能耐就传得天远。况且他的书法、文才早就名声在外。早年当上县长，又是人大代表硬推上去的。而他如今对待官场又格外的淡泊。种种机缘或因素，都丰富着关隐达在民间的形象。人们说起关隐达，都很敬重。关隐达并不觉得自己忙，夫人陶陶却老是说，你四十多岁的人了，身体最重要。她今天要关隐达吃冬虫夏草，明天又要他吃高丽参。只要听说什么方子补身体，她就会想方设法弄来。上级银行好几次想任命陶陶当市中心支行行长，她都婉谢了。她说自己这辈子没什么大志向，管好丈夫和孩子就足够了。了解她的人都说，只有陶凡的女儿才会这么散淡。儿子通通已上初二，眼看着就要上高中。

最近陶陶又听说，六味地黄丸男人要长年服用，就像女人要长年服用妇科千金片。星期天，她打发丈夫和儿子吃过早饭，就要出门去。交待关隐达："你管着儿子做作业，我给你买药去。等我回来，再去看爸爸妈妈。"

一家人每周要上桃岭一次，陪老人家吃顿饭。每次都是星期天去，星期六通通学校要补课。关隐达自己是教委主任，一年到头强调不准加重学生课业负担，可是自己儿子照常补课。放假时，严令不准补课。可是学校自有办法。他们化整为零，每次补二十几个学生，还让家长轮流值班，守在教室里。只要上面来人检查，家长就出面纠缠，说补课不关学校的事，都是家长们强烈要求的。他真拿着这事没办法，只好睁只眼闭只眼。

门口就有药店，没多久陶陶就回来了。她进屋就说："这药又不贵，又没副作用。养生药。我买了五十盒。"

"这么多，当饭吃?"关隐达就像很听话的孩子，连说明书都懒得看，只问，"吃几颗?"陶陶抢过药瓶，说："你怎么开交哟，就像三岁小朋友。"她怨着丈夫，心里甜蜜而满足。

她故意淘气，大声念道："药物组成，熟地黄、山茱萸，括号，制，牡丹皮、山药、茯苓、泽泻。功能主治，滋阴补肾。用于头晕耳鸣，腰膝酸软，遗精盗汗……"

关隐达忙压着嗓子叫了声："陶陶!"

陶陶吐吐舌头，笑了起来。通通在里面做作业。"儿子听不懂的。"陶陶继续顽皮，"口服，一次八丸，一日三次。规格，每八丸相当于原药材三克。批准文号……"

关隐达一把夺过药瓶，说："拜托了，文号就不要念了。我一天到晚看文件，听说文号就条件反射，头痛。"

陶陶倒来温开水，递给关隐达，说："你还得修炼。你什么时候有老爸那种心态，就自在了。"

关隐达吞下六味地黄丸，说："老爸能够有个好心态，巴不得。但我总怀疑他的淡泊是做给别人看的。他不把什么都看淡些，又能怎样呢?"

陶陶叹道："做官一辈子，有什么意思!"

关隐达笑道："是没有意思。所以人就要想通达些。我见识过省里一些老领导的秘书、司机，想来真是心寒。那些老书记、老省长，当年谁不是呼风唤雨的人物? 很多人削尖了脑袋想钻到他们身边去，哪怕给他们擦屁眼都愿意。他们的秘书、司机，都风光得不得了。如今他们退下来了，就谁也嫌弃了。他们仍然配有秘书和司机。这些秘书、司机就恨自己运气差，等这些老家伙没用了，他们才轮到这份差事。他们当面叫某老某老，背地里都叫人家老东西。只要哪个老领导病了，他的秘书、司机就暗自高兴，巴不得人家一命归西，他们就可以解放了。陈副省长快八十岁了，身体还很健旺，他的秘书就成天在外面对别人摇头，说怎么得了，哪天是个头哟!"

陶陶听着很生气，说："这些老人家自己也不争气，他们的儿女也不争气。我爸爸若是省级干部，他只要退下来，我坚决不要人家配什么司机、秘书。自己儿女天天守着老人家，多好。都是些狼心狗肺的家伙!"

关隐达笑道："你还真生气了。人没到那步，到那步就会那样的。老领导照样比秘书、比司机、比房子、比车子。他们生病了，有儿女守在医院他们不会满足，宁可让秘书守着。这叫享受待遇。"

陶陶摇头道："官场真是害人，把人都弄成疯子了。"

关隐达笑笑，不再议论这事了。他想官场就是如此，谁也拿它没办法。关隐达琢磨过孟维周对他称呼的变迁，就很有意思。孟维周刚参加工作那会儿，见了关隐达就叫关兄；过了几年，孟维周当了县委副书记、县委书记，就叫他关老兄了。“关”和“兄”中间加个“老”字，意思没变，意味却不同了。关兄是那种刚入仕途的年轻人叫的，显得斯文、拘谨、恭敬。孟维周开始叫关老兄了，老成多了，同关隐达就是平辈之礼。孟维周当上地委领导后，第一次见了关隐达，就直呼老关了。

通通作业完成了，揉着眼睛出了房间。陶陶说：“我们看外公外婆去。”

通通点点头，不多说话。陶陶就说：“儿子你怎么了？比你外公还深沉。”

儿子仍是不说话，面无表情，等着爸爸妈妈叫出门。

关隐达就想儿子让没完没了的作业和考试弄得没朝气了。他摸着儿子的头顶，说：“我们走吧。”

从教委去市委机关要坐两站公共汽车。关隐达体谅司机，星期天一般不用车。却又不想坐公共车，每次都是走着去，只当散步。

路上碰着王洪亮。握了手，关隐达说：“听说你要下海？”

王洪亮说：“关主任消息这么灵通？不是下海，地委派我去企业挂职。”

关隐达就笑笑，说：“你洪亮老弟是什么人物？你是一举一动，万人瞩目啊。好，你们年轻人，还可以好好干一番。”

王洪亮说：“关主任比我才大几岁？就充老大了。我是想就着这个机会，去企业算了。你关主任可要抓住机遇啊。”

关隐达摇头道：“我还有什么机遇可抓？老了。”

两人玩笑几句，握手而别。陶陶说：“王洪亮是个人物。”

关隐达回道：“是个人物。”

走在街上，关隐达的手机老是响。他便不停地接电话，有的是工作电话，有的是朋友问候。陶陶说：“你干脆关了电话。”

关隐达说：“市委最近有个新指示，上班时间，部门主要负责人离开办公室，就得开着手机。晚上和周末，不在家里也得开着手机。”

陶陶说：“你们这官也当得真可怜，人身自由都没有了。”

关隐达说：“都因上次星期日，一帮农民到市政府上访，堵了大门，砸了汽车，市委领导要找下面几个部门的头儿，怎么也找不到。孟维周一发火，就下了这么个通知。”

陶陶突然抿嘴而笑，说：“当年有手机就好了，爸爸找你，不用我去跑腿了。”

关隐达笑道：“就搭帮那时候没手机，不然我哪有机会同你来往？天知道你现是谁的老婆。”

陶陶扯扯儿子，逗他：“那也就没有通通了。”

通通一直在东张西望，根本没听爸爸妈妈在说什么，懵懵懂懂地问：“说什么呀？”

陶陶朝关隐达做了个鬼脸，对儿子说：“妈妈在说那年涨洪水……”

通通抢了话说：“水中漂过来一个木盆，木盆里躺着个小孩，小孩就是通通。讲了一百遍了，没意思。”

关隐达哈哈大笑，说：“现在小孩，都是摔头主义。”

进了地委大院，尽碰着熟人。有些人同他打着招呼，却不太自在。关隐达就知道，他们正像王洪亮说的，是跑到大院里面抓机遇来了。休息日往市委机关跑，能干什么呢？

上了桃岭，沿小路蜿蜒而上，就到了那个幽静的小院。关门闭户的，像是好久没住人了。关隐达每次上岳父家，都感觉这里太冷清了。陶陶叫通通喊外公外婆。通通便叫道：“外公，外婆！”

门开了，外婆满面笑容。“爸爸呢？”陶陶问。

妈妈说：“爸爸睡着。”

陶陶便交待通通小声些，别吵了外公。庭院里有树荫，下面放有小凳。老小几口都坐在外面说话。陶陶妈说："他外公最近老是容易瞌睡。一张报纸看不上半页，就困了。晚上又睡不好。老了。"老人家说着就叹了起来。

陶陶忙说："没事的，爸爸身体算好的。想睡就睡，想活动就活动，别勉强他。"

妈妈摇摇头："你爸爸脾气犟，听不进我半句话。我要他每天下山去，同老人家一块玩玩，他就是不肯去。最多清早打套太极拳，写两张字。余下时间，守着报纸和电视。"

陶陶宽慰妈妈："妈你也不要担心。爸爸好静，随他。"

妈妈笑道："有天我见他吃过早饭，就抱着本书看，心里气他，就逗他。我说老陶，告诉你个好消息。你爸爸认真听着，问什么好消息？我说，你好好读书，会有意外惊喜。你爸爸又问，什么意外惊喜？我说，听说皇帝老子要招驸马了。"

陶陶笑出了眼泪，直问爸爸是什么反应。说笑间，陶凡出来了。陶陶望着爸爸，仍是笑个不停。陶凡拍拍通通的脑袋，问："告诉外公，他们笑什么？"

通通调皮道："外婆说，外公招驸马了。"

陶凡只是笑笑，很慈祥的样子。关隐达早起身搬了凳子，招呼陶凡坐下，问："爸爸身体怎么样？"

"好哩。"陶凡说。

陶陶和妈妈说家常，陶凡和关隐达只是听着。通通坐了会儿，很没意思，就进去看电视，说这会儿有动画片。陶陶就说通通怎么得了，都快上高中了，还这么喜欢看动画片。关隐达说孩子也太辛苦了，该让他轻松一下。

陶凡始终不说话，望着天边的浮云。他表情漠然，目光有些空洞。也许只有关隐达才知道，陶凡内心其实很孤独。关隐达从来不点破这一层，他同陶陶都没说过，免得她伤心。退下来的老干部，多半都在老干活动中心休闲。那里可以打门球、搓麻将，也可以喝茶聊天。但是陶凡从来没去过那里。他当地委书记时，老干部们多次建议，要修老干活动中心。陶凡不同意，说财政太困难了，缓几年再说。后来他退下来了，张兆林想照顾老同志的情绪，却碍着陶凡，也没修成。到了宋秋山手上，陶凡的影响力日渐减了，才修好了老干活动中心。老干部们现在越是玩得自在，越是声讨陶凡的不开明。他们说要是早些年修成活动中心，我们这些老家伙都会多活几年。

当年陶凡本来有着很好的政声，可是后来人们对他的评价慢慢就变了。关隐达能听见的话就很让人无奈了，那么肯定还有很多更不堪的话他没法听说。人们把陶凡主政那十年，叫做陶凡时代。有些干部很愤然，说陶凡时代，西州没出人。他们说的人，专指大人物，就是张兆林、宋秋山、周一佛那个级别以上的大干部。都说陶凡自己上不去，也不让别人上去。说要想陶凡提拔个干部，就像要割他的肉。这个也不成熟，那个也太稚嫩，就他陶凡一个人能干。不像张兆林、宋秋山和周一佛，舍得用干部，讲义气，够朋友。好像只有他陶凡一个是马列主义，别人都靠不住。结果怎么样？现在是人家张兆林、宋秋山、周一佛坐在主席台上讲马列主义，陶凡蹲在家里打瞌睡！

天近黄昏，陶陶帮着妈妈做晚饭去。陶凡起身，四处探寻着。关隐达问："爸爸你要什么？"

陶凡说："我想修修花木。"

"剪子在这里哩。我来弄吧。"关隐达拿来了剪子。

陶凡说："有两把剪子，我俩一起弄吧。"

两人凑在一起，修剪着中华蚊母盆景。陶凡无意间就会流露出对女婿的信任、需要或是依赖。关隐达早就看出了这点，感觉很温暖，又说不出心酸。陶凡微微有些气喘，显出力不从心的样子。关隐达不好过多提醒陶凡保重身体，他知道岳父是不情愿服老的。

陶凡说："昨天向天富来看了我。"

"哦，向天富这个人不错。"关隐达应道。向天富是位县委书记，陶凡手上提的副县长。向天富同关隐达私交一直不错，便常来看看陶凡。陶凡像是随意说起，心里其实很高兴。现在几乎没什么人来看望他了。

"舒培德同你还有往来吗?"陶凡随意问道。

关隐达说："谈不上往来，只是他有时去我家里坐坐。"

陶凡说："他是个聪明人，生意越做越大。可是偏爱往政界钻，我不喜欢。他当了十多年省政协委员了，也不嫌厌烦!"

关隐达说："做生意的，有顶红帽子，好办些。他当年没您支持，生意只怕做不得这么大。"

陶凡说："我也没什么具体支持，多半是他自己拉着虎皮当大旗。"

关隐达叹道："有人讽刺说，中国的经济学，就是真正的政治经济学。因为政治同经济太密切了。您当年只是替舒培德的图远公司题写了招牌，他的生意就兴旺发达了。他能成为西州头号民营企业家，省政协委员，应该说都搭帮您。一块招牌，竟有如此神奇功效，只怕只有在中国才会发生。"

陶凡说："事情的经过你都知道，我当时的用意只是为了推动民营企业发展。"

关隐达说："真是此一时，彼一时。如果是现在，哪位领导替企业题写招牌，中间文章就大了。"

陶凡脸色阴了下，不说话了。他不想说得太实了，没意思。最近西州很热闹的事，陶凡也毫不关心。关隐达好像从来没听陶凡提起过孟维周的名字。陶凡当地委书记那会儿，孟维周才大学毕业，跟着张兆林屁颠屁颠地跑，傻乎乎的什么也不懂。让陶凡心里装着孟维周，简直有些滑稽。关隐达也从来不同陶凡提过孟维周，免得尴尬。

“隐达，我最近有些相信宿命论了。”陶凡突然停了手，没头没脑地说。

关隐达问：“为什么呢？”

陶凡说：“可能是老了吧。我回忆自己经过的很多事情，看似偶然，其实都是必然。我当年用干部时，心里隐约感觉有的人不太对劲，想往上爬就贴着你。但是又想，我是为国家任用干部，又不是为自己培养门生，就放下这些念头。后来果然印证了我当时的感觉。有些人，品质就是不行。”

关隐达插言道：“人上一百，各样各色。”

陶凡接着说：“现在一想，好像干什么事，都有种神秘的预兆。再比如，当年你参加地委办书法比赛，写了首张孝祥的词，《念奴娇·洞庭清草》。我就想小伙子怎么选了这首词呢？这可是贬官的牢骚之作啊！我以为他是故作旷达，其实满腹苦衷。后来你不怎么顺，在县里调来调去好多年，同古时候的贬官差不多。我就想起这事来了，心想未必冥冥之中有什么主宰着人类？”

关隐达笑道：“我现在不是很好吗？我扎扎实实干自己份内的工作，对得起自己的良心。我也没有别的野心了。说到底，不过是为了谋生。”

陶凡点头说：“淡一点好。但人生就是一张纸，一捅破，就什么意思也没有了。你吃的是国家俸禄，就得好好儿替老百姓办事。什么叫事业？现在这些人，只把头上的官帽子看作事业。”

关隐达没想到陶凡今天会讲这些话。老人家退下来多年了，从来都是两耳不闻窗外事。也许人越老，心里就越落寞，过去很多事情都涌来眼前了。

妈妈喊吃饭了。翁婿俩洗了手，回屋里去。陶凡每餐都喝杯黄酒，关隐达也陪着喝上一杯。陶陶已说过多次了，要请个保姆照顾爸爸妈妈，可老人就是不肯要。陶凡退下来后，只想清净些，就把保姆都辞掉了。

吃过晚饭，稍坐会儿，陶陶就说要回去了。她每次都想多陪老人说说话，可通通得学习，只好早早动身。出了小院，关隐达说："走大路吧。"他猜走小路说不定就会碰着上山来拜码头的。尽是熟人，见着不好。

五十五

有幸坐上财政局长这把交椅的，不是市委书记的铁哥们儿，就是市长的大红人。王洪亮是代市长万明山的把兄弟，西州无人不晓。孟维周想，王洪亮既然想去证券公司，自然先同万明山商量过了。他不如做个顺水人情。再说王洪亮平时在孟维周面前也常走动，还算个聪明人。最近又是关键时期，孟维周想同万明山尽量默契些。

万明山自从上次去省委党校学习半年回来，就经常喜欢用个词：动态平衡。大概是他听哪位教授说的。万明山的知识体系中，所谓动态平衡，可能是最高构成。他同孟维周的关系就是一种动态平衡。他多数时候都听孟维周的，有时也暗自叫叫板。

他手下有好些死心塌地的兄弟，却又经常要他的兄弟们多同孟维周联系。他知道哪几个位置自己可以安排，哪几个位置得孟维周说了算。万明山长孟维周十岁，光是县委书记就干了十二年。像他这种资历的人，能同孟维周面子上过得去，已经很不错了。

西州有些干部感念张兆林、宋秋山和周一佛，他们任用干部放得开，提拔了很多人。孟维周就是张兆林重用的，万明山却是宋秋山栽培的。可是，到了孟维周手上，拿着就难办了。再像三位前任书记那样用干部，西州干部就只好出口国外了。内销肯定不行，哪里都想用当地干部，资源有限啊。用干部就像涨工资，算是刚性支出，只能涨不能降，而且要保证必要的涨幅。

陶凡时代，工资涨得慢，干部提得更慢。孟维周感到为难，生怕自己还在任上，人们就拿他同陶凡作比了。最近他的压力更大，毕竟是僧多粥少。

王洪亮想去证券公司，这无意间给孟维周一个新灵感。他想干脆派些干部去企业挂职，可以暂时缓解用人矛盾。但仅仅派干部到本市企业，就没法把这个举措的意义弄得重大。最好也派些干部去省内外大企业。这就得依靠省委协调了。他思考了两天，先不同市委其他领导商量，就给张兆林打了电话。张兆林很赞赏孟维周的想法，说派党政干部去企业挂职锻炼很有必要，这是新时期干部队伍建设的一条新思路，省委表示支持。你们需要派干部去省内或省外哪些企业，我负责出面做工作。通完电话，孟维周还没来得及同万明山商量，张兆林又打了电话过来，说是他同省委组织部研究过了，决定把西州派干部下企业挂职锻炼作为省里试点。孟维周听罢更是兴奋，明白这都是张兆林有意栽培他的意思。

孟维周有了尚方宝剑，便找来万明山商量，却不讲已经向张兆林汇报过了，也没讲省里准备拿西州试点的事。他打算过几天再说去。万明山原是很精明的，立即就明白孟维周的用心，暗自佩服：此人年纪轻轻，手法老成，必成大器。却不点破，只正经道："孟书记这个提议很好，我表示赞同。党政干部中间，真正懂经济工作的同志不多，同发展市场经济的新形势不相适应。我建议市委组织部好好拟个方案。派哪些同志去，要定标准。组织部提个初步名单，请孟书记先过目，再交市委常委会研究。有必要的话，我也可以先看看。我的意见是这个事情要从速办理。”

孟维周听了，就知道万明山猜着了他的意思；他想万明山提出要先看看名单，显然也想利用这着棋做点儿文章。那么这篇文章就两个人共同做吧。孟维周自然也不说穿，微笑着点头：“好吧，我同组织部打招呼。派出去的人员，我俩先把个关。王洪亮同志想去证券公司挂职，我看可以考虑。”

万明山说：“我同意孟书记意见。这事王洪亮同志向我也汇报过。”

这回组织部的工作效率很高，不出一个星期，《中共西州市委关于选拔优秀中青年干部下企业挂职锻炼的决定（草稿）》就出来了。组织部长亲自把草稿送到孟维周桌上。孟维周提笔就把标题中的“下”字改作“到”字。并批示道：一个“下”字，说明我们干部的思想观念还没有彻底转变。我们再也不能高高在上，以为到企业去就是“下去”了。相反，企业站在市场经济最前沿，那里有很多值得我们认真学习的东西。派干部到企业去挂职，就是去锻炼，去当学生。这既是我们培养干部的重要举措，也是加强干部作风建设的重要途径。

孟维周倒不太在意正文，只粗粗瞄了眼，就翻过去了。他是从来不给材料班子当语文老师的，审阅文件只提原则性意见。自己当年也写过材料，知道领导逐字逐句修改文章是很可笑的事。他关心的是后面附上的选拔名单。名单中的人，有的他认识，有的就仅仅是个符号。他认识的人，个别感觉特别好的，就在名单后边批道：建议换个人。

孟维周最后批示：请送明山同志阅后，交市委常委会议研究。

回头看看那几句关于“下”字的批示，孟维周竟暗自得意。可惜这份得意是没法同人分享的，正是妙处难与君说啊！孟维周突然想起了关隐达。多年前，关隐达参加地委机关书法比赛，书写的是张孝祥的一首词，中间有句“妙处难与君说”。那回关隐达可是出尽风头啊。孟维周当时只恨自己字太糟糕了，同是地委领导秘书，好没面子的。他却记死了词中的一句：妙处难与君说。孟维周现在想来，凭关隐达的文才、干才和为人，本可大展宏图的，却就那么落寞下去了。正像拿破仑说的，战局瞬息万变。政界局势也是如此。张兆林本是陶凡重用起来的，后来两人的关系慢慢竟复杂起来了。谁都知道陶张二人很微妙，但谁都说不出个所以然。关隐达只因是陶凡的女婿，在西州就再也起不来了。孟维周其实很敬佩关隐达，无奈各奔其主，他也不好怎么关照。

孟维周当上地委书记后，头个晚上就去拜访了陶凡。陶凡言语上倒是热情，直道小孟不错，年轻人前程不可限量。孟维周做尽了谦虚状，请老书记多提意见，多支持工作。陶凡只是打哈哈，说自己退下来多年了，观念落后，见识过时，适应不了新形势了。孟维周客气着出门，陶凡在后面热情打拱。夜风吹过，孟维周不禁打了个寒战。他意识到陶凡看上去热情，其实很冷淡。

派到企业去的干部很快就到位了。这时，西州市委收到省委组织部文件，正式决定在西州试点，派党政机关干部下企业挂职锻炼。孟维周提笔在文件上签道：已阅。此项工作省委非常重视，建议市委再认真研究一次，就干部下企业挂职锻炼的目的、主要任务、考核办法等等，制定一个详细方案。送市委常委阅。

签完意见，孟维周便打电话给万明山，把省委组织部的意见说了个大概。万明山听着浑身发热，很不舒服。他嘴上却不停地嗯嗯着，还故意加上点笑声，显出很高兴的样子。心想这位孟公子太精了，事情都弄到省里去了，居然同他半字不吐。可是有话说不出，还得没事似的。

五十六

晚上，向天富突然跑到关隐达家来了。两人在客厅里扯上几句，向天富喊应了陶陶说："小陶，我同隐达去书房说说话，你没意见吧。"

陶陶笑道："我还怕你们搞同性恋？你们只怕还没那么前卫。"

向天富道："还前卫。我同隐达，都成了西州最落伍的干部了。"

进了书房，向天富脸就青了，说："隐达，他妈的万明山开始整我了。你知道，他同我有夙怨。我有话没人说，找你扯扯。"

关隐达问："他如何整你？"

向天富说："准备让我去党校学习。"

"多长时间？"

"半年。"

关隐达就摸着万明山的用意了。西州各县市和部门头头中间，就关隐达和向天富资格最老，年纪却很轻。两人都属于陶凡时代的人物。如果说有人想在西州市班子问题上弄些手脚，只有他们俩能量最大。关隐达却是淡泊出了名的，没人会再防范他。但向天富还很牛气，他们县里工作居然干得很不错。不论市里哪项工作评先进，总有他们县的份儿。据说万明山不想让向天富太出风头，有几次都授意有关部门不要评他们县里。

向天富却跑到市里拍桌子，把市里的评比标准逐条背给市里领导听。

关隐达不好多说，只问："你找过孟维周吗？"

向天富说："找孟公子有屁用！我同他又不是兄弟！他俩现在是又打又拉，互相利用。用万明山的话说，就是动态平衡。"

关隐达笑道："万明山的动态平衡算是出名了。"

向天富愤然道："凭万明山肚子里那几滴墨水，去党校学习半年，能记住个动态平衡，就算不错了。有人说党校学习，不过就是学习学习，休息休息，密西密西，联系联系。党校真是个好发明，既可以用来培养干部，又可以用来拉帮结派，还可以用来整人。"

关隐达说："我最近听人说了个段子，很有意思。各级党校的校训都是实事求是，而且都把这几个字立在进门处。我们省委党校不正是这样？一块大石头，就像个影壁。进门后，得绕过这个影壁。教学楼正好就在影壁后面。有人就说，领导干部们是迎着实事求是走去，绕过实事求是而行，背着实事求是学习，离开实事求是工作。"

向天富本是很不高兴的，却忍不住笑了起来，说："这个段子很经典，把我们干部中间存在的问题讲准讲透了。"

关隐达问："你打算怎么办？"

向天富摇头道："我是一筹莫展。"

关隐达说："本来，孟维周那里，我是可以去说说的。管他有用没用。但我仔细一想，又说不得。他们说不定很忌讳我俩，我如果出面说话，他们就会把我们假想成一股势力了。这样一来，对你就更不利。再说，鸡肚子不知鸭肚子事，天知道孟维周又是什么想法呢？"向天富点头说："隐达你说得有道理。好吧，万明山如果硬要做绝了，我会让他有好看的。我仍是人大代表，人大会总得让我参加吧。”

关隐达劝道：“天富，你该忍就忍。”

向天富说：“我们不说这个，不说这个。你就没什么想法了?”

关隐达说：“我早就没什么想法了。正是俗话说的，命里有终须有，命里无莫强求。孟维周我是看着他参加工作的，他成天跟在我屁股后面叫关兄。当时他极不老成，说得说不得的乱说一气。谁想到他会当上市委书记呢？现在你看，他见了我，先打个哈哈，叫声老关，嘴巴就闭得天紧。”

向天富讥讽道：“市委又出台个英明决策，决定派些干部去企业挂职锻炼。时间正好也是半年。不知是谁想出的高招?”

关隐达说：“地委办那帮刁参谋想不出这么高的点子。他们人没到那份儿上，思路就上不到那么高的层次。我想，这不是孟维周的点子，就是万明山的点子。”

向天富讨厌万明山，就说：“万明山没这么聪明。”

“那么十有八九是孟维周的主意。不愧是张兆林的高足啊！”关隐达叹道，“我正为难哩。我的一位副主任上了名单。我们那里都是一个钉子一个眼的，抽谁去都不合适。关键是谁都不想去。”

“我如果不是县委一把手，他们只怕还会派我去企业挂职锻炼哩。”向天富冷冷地笑了声。

关隐达说：“我看了看名单，去省外的就王洪亮一人，去省内其他地市企业的两人，其他都在本市内企业。听说王洪亮是真的想下海算了，证券公司是高薪请他去。”

“王洪亮什么人才？不就是万明山的把兄弟吗?”向天富很是不屑。

关隐达说：“这事已传得沸沸扬扬了，都说那家证券公司老总是王洪亮很要好的同学。现在哪里都玩圈子，无非就是同学圈子、老乡圈子、战友圈子、把兄弟圈子。政界、企业都一样。奇怪的是王洪亮既然想走了，市委却不免掉他的局长职务。”

向天富说：“这不是很明白的事？去企业毕竟有风险，他就先去干半年再说。而外界都知道王洪亮去意已决，必然要往大院里走门子。空着这半年时间钓鱼，有人会日进斗金。”

关隐达想想，说：“只怕是这个道理。王洪亮不用给谁送礼，人家就会把他位置给留着。半年之后，有戏看。”

向天富长叹一声，摇头道：“他们讲得那么冠冕堂皇，其实就是想派些干部出去，好腾出位置任用自己亲信。具体到某个单位，就会成为整人手段。领导不满意哪个人，就建议市委把他作为优秀中青年干部派到企业去。有些人弄不清白，还会沾沾自喜，以为组织上终于慧眼识人了哩。”

关隐达说：“凭心而论，派干部去企业见识一下，也有必要。问题是市里正好在一个特殊时段出台这个举动，就耐人寻味了。如果动机本来就不纯粹，嘴上说得再怎么一本正经，实施起来就是儿戏了。”

向天富说：“本是儿戏，省里却当真了。地委转发了省委组织的文件，说是省里在西州试点，派干部下企业挂职锻炼。其实省里那些人，都是从下面上去的，未必就不知道下面的套路。只是上下之间心照不宣，大家一块儿玩吧。”

“官场上很多事情都是这样，大家都知道是假的，却正儿八经地做。”关隐达叹道，“还没人敢点破，谁点破了就是政治上有问题了。这就是所谓认认真真搞形式，扎扎实实走过场。我说应该建议全体干部每天读一篇《皇帝的新装》。”

向天富说：“是这么个问题。我们在下面当头儿，感触最深。上面布置下来的有些事情，我们知道毫无意义，却必须照着上面的要求做，还得把意义说得天大，弄得大家都像傻子似的。”

关隐达笑了起来，说：“今天我去市委，碰到省委组织部一个熟人，你猜他是干什么来的？居然是来总结干部下企业挂职先进经验来的。干部才下去几天？总结经验的就来了。”

向天富说：“有人批评官出数字，数字出官，却没人批评官出经验，经验出官。官出经验，经验出官，危害照样很大。”

关隐达点头道：“你说到点子上了。有些人就喜欢挖空心思搞出些新套路，且不管它是否切合实际，哪怕是牵强附会，好歹要整出个经验来。回过头我们想想，有些所谓经验当初吹到天上去了，大家一窝蜂跟着学，效果怎样？很多是劳民伤财啊！可是没人算过这笔账。”

向天富说：“谁敢算这笔账？经验出官，创造经验的人一步登天了，正高高在上管着你，你敢说半个不字？现在想想当初张兆林创造的那些先进做法，不是笑话一场？”

关隐达说：“大家都看到了官出经验，经验出官的甜头，就争着创造经验。省委组织部为什么这么重视？不就是想在全国抢先创造个经验出来？只要有笔杆子下来，经验总会有的。”

向天富也只是想找个知心人说说话，没别的意思。两人闲扯着，又说到陶凡了。关隐达说：“他老人家还是在平淡如水，耳根清净。政界的事，他听都懒得听。”

向天富很感慨的样子，说：“不听好啊，不听好啊。陶书记当年，威望多高啊。现在呢，有人说起所谓陶凡时代，就是个清算的语气。隐达，有些话你是听不见的。”

关隐达并不想知道别人都说了些什么，只是淡淡地笑。向天富却说了起来：“有人说起陶老书记，尽是失误。山地开发等于乱砍滥伐，乡镇企业等于环境污染，庭院经济等于小农观念。”

关隐达忍不住说道：“他们说来说去，说得出他老人家半点儿个人问题吗?”

向天富说：“他老人家一没男女作风问题，二没经济问题，硬梆梆一条汉子。可是人家却说他假正经。他处事不讲情面，人家就说他没人情味，不义道。”

关隐达语气有些伤感了：“才多长时间，简直换了个时代了。”

向天富说：“听别人议论陶老书记，我就想到历史真是靠不住的。有人说，陶老书记主政西州那么多年，惟一可称道的就是把招待所改造成宾馆。可又有人说，陶老书记到底还是保守，没有一步到位，现在桃园宾馆是全省最差的地市级宾馆。说这些话的人，就是不尊重历史。当时全省各地市还没一家宾馆，陶老书记首先认识到改善接待条件的重要性，提出改造招待所。为这事儿陶老书记还挨过处分。”

关隐达笑道：“真是滑稽，他老人家主持西州工作十年，到头来人们只记得他一件事，改造招待所。这算什么事儿?”

向天富说：“隐达，老百姓还是看在眼里的。当年很多人都知道陶书记很关心舒培德，却没人敢说他们之间有什么问题。现在舒培德的图远公司更加做得大了，同他交往的就不仅仅是孟公子、万明山了，张兆林同他都称兄道弟的。人们怎么说？都说凡是同舒培德有往来的高官，没一个干净!”

关隐达笑道：“也怪，舒培德也常常到我家去坐坐，每次不是带包茶叶来，就是提几斤水果来。怎么就不见他送我大坨大坨票子？是见我没使用价值了吧。”

向天富说：“隐达，只说明一点，你这人正派。舒培德很聪明的，知道到什么山唱什么歌。他敢给别人送钱，也不敢给你送钱。你是他的老朋友，虽然现在看上去你好像用不着了，但人生如戏，谁说得清你今后会怎么样呢?”

关隐达摇头道：“我就这样了。我是床底下放风筝，再高

也高不到哪里去。不过也难为了舒培德，他有这么多关系要周旋，够辛苦的。”

向天富突然小声说道：“隐达，舒培德可出不得事啊！不论他偷税漏税、非法经营或别的什么事儿，只要哪一处出纰漏，就会有人睡不着。”

关隐达笑道：“有些人正春风得意，头就昂到天上去了。其实我总想，那些人这辈子能够善终就不错了，狂什么?”

向天富见时间不早了，起身说：“我走了。隐达，关键时候，你可要站出来啊。”

关隐达不知向天富说的什么意思，便含糊着点点头。

向天富走后，陶陶问：“什么机密，两人得关着门说?”

关隐达便说了个大概。陶陶说：“向天富人倒不错，就是涵养欠着些。你同他说多了，只怕不太好。”

关隐达说：“我不是个乱说话的人。向天富其实做人做事都是有原则的，不会乱来。我俩交往多年了，我了解他。”

五十七

关隐达刚进办公室，《西州教育》编辑小李就送了最近这期杂志来。这期的卷首语是关隐达亲自写的。他本不想凑这个热闹，可小伙子言辞恳切，推脱不过，就写了几句。写好之后，又觉得用本名发表不妥，就用了个笔名：应答。小刘直说关主任文笔太好了，提出的问题又深刻。关隐达笑笑，并不多说。小刘走后，关隐达打开杂志，浏览了自己的文章。题目很有感情色彩，《孩子，你快乐吗?》。

儿子上初二了，眼看着就要考高中。他每天清早七点出门，晚上七点才能归家。匆匆吃过晚饭，又得做作业。总要忙到深夜，才能上床。见孩子如此辛苦，我干着急。我只能嘱咐孩子他妈，多给孩子弄些好吃的，别让他身体垮下去。

有次我同孩子讲到我的童年和少年，他很是神往。我小时候很苦，但是快乐。我没好吃的，没好穿的，但是有好玩的。我有很多小伙伴，我们爬树抓鸟，下河游泳，上山采蘑菇；我们夜里同邻村孩子两军对垒打仗，或是悄悄钻进甘蔗地里大饱口福；我们正月十三晚上摸黑偷别人家蔬菜煮年粑吃，那是我们老家最古怪最浪漫的乡俗。据说那是贼的节日。大人小孩都兴冲冲地当回贼，图个好玩。那天晚上谁家蔬菜被偷了，不会生气。

我小时候连贼都是有节日的，可我的孩子没有。他只有永远做不完的作业！只有没完没了的考试！

我们没有耐心等待孩子慢慢长大，我们不允许孩子自由成长，我们不给孩子失败的机会，我们不切实际地希望孩子总是最好的，我们用自己的梦想取代孩子的理想，我们甚至不让孩子有自己的向往。

我们没想过孩子还是童年或少年，急切地把很多大而无当的成人智慧塞给孩子。我们忘记了自己也有过童真和顽劣，过早地要孩子为未来预支烦恼。我们把未来描述成地狱，告诫孩子练就十八般武艺应付劫难。我们也许因为自己卑微而饱受冷遇，便想把孩子培养成高贵的种类又去轻贱别人的卑微。

我们对孩子的爱心不容怀疑，但也许我们只是把孩子当作资本在经营，希望获取高额回报。有人对中日儿童作过对比调查。很多日本儿童说长大后想当名出色的工程师、教师、会计师甚至服装师、理发师；而我们中国孩子志向大得很，希望自己长大后成为市长、总经理或科学家。但毕竟更多的人会成为普通劳动者，当市长和总经理的永远只能是少数。那么，我们在向孩子灌输美好希望的时候，其实早就为他们预备好了失望。于是更多的孩子便只能带着失望走向社会，他们也许终生都摆脱不了盘旋在头顶的劣等公民的阴影。

可是我们又不得不这样教育孩子。没有好的学业，就上不了好的大学，就不可能出人头地。我们担心孩子面临的依旧是个势利的社会，我们担心孩子遭遇的将是更激烈的生存竞争。

我真希望我的儿子像野草一样自己去长，却又怕他真的成了野草，被人踩在脚下。

我很想问问儿子：你快乐吗？可是我不敢问。我不知道怎样做父亲！

关隐达想不到自己四十多岁的人了，还写这种文字。可这些文字毕竟是他自己写下的。儿子这一代，活得真没意思。他写这篇短文时，整个儿就是个慈父。那个深夜，他胸口软软的，像是任何东西都塞得进去。他可怜孩子们，却束手无策。整个社会的游戏规则不改变，教育模式就没法变。

关隐达放下杂志，打了孟维周电话："孟书记，你上午有时间吗？我想来汇报一下。"

孟维周也不问他有什么事，只说："老关你来吧，我在办公室等你。"

关隐达叫上车，不到十分钟，就进了孟维周办公室。孟维周亲自倒了茶，递上，问："老关有什么好事？"

关隐达说："孟书记，我们教委班子几个人，分工都很细。我们业务部门不同别的部门，铁路警察，各管一段，不好把谁抽走。所以，我向市委建议，我们教委的同志就不要派到企业去了。”

孟维周说：“派干部去企业学习，是市委认真研究，慎重决策的。省委很支持我们的做法。各部门都有自己的特殊情况，老关，希望你支持我工作啊。”

关隐达笑道：“孟书记这么说，我就不安了。我不是不支持你的工作啊。教委都是业务型干部，组织上培养干部，是有目的性的。如果组织上决定把我们这位同志培养成经济管理型干部，我自然同意。但是，据我对这位同志的了解，他的长处在于教育行政管理。”

孟维周想照顾关隐达的面子，就说：“老关说的也有道理。好吧，我同组织部的同志说说，能换就换吧。”

“感谢孟书记支持。你很忙，我就不多打搅了。”关隐达起身，孟维周伸过手来。

孟维周把关隐达送到办公室门口，扬扬手，进去了。据说孟维周送客很讲究规矩的，下级离开他办公室，他通常只是坐着挥挥手，绝不站起来。送其他市级领导，他会站起来握手，脚是不会移动半步。关隐达却享受着特别待遇，居然让他送到门口。关隐达心里暗笑道，都是跟某位伟人学的。

回到教委机关，早有人等着关隐达了。一位农民模样的人，远远地望着关隐达笑，他却不认识这人。心想只怕哪位乡村教师上访来了。

“隐达，你好!”那人伸过手来。

这人直呼其名，肯定就不是教师了。关隐达凝神半天，问：“对不起，我一下子想不起来了。”

那人红了脸，拘谨起来，说：“我是龙海呀!”

“啊呀呀，是龙海呀!”关隐达忙伸过手去，“老同学，我们二十多年没见面了吧?”

“过来，这是关叔叔。”

关隐达这才见着一位小伙子，远远地站在一边。“关叔叔，你好。”

“快进屋坐去。”

关隐达见龙海提着个编织袋，就说：“龙海你这是干什么?”

龙海嘿嘿笑道：“没什么，就两个西瓜。”

关隐达说：“龙海你也太见外了。大热天的，也不怕难扛。”

进办公室坐下，关隐达倒了茶，问：“什么时候到的?”

龙海却是答非所问，说：“我这孩子，叫龙飞，飞翔的飞。他今年师大毕业，自己不想当老师，我也不愿意让他去教书。想请老同学帮忙，改个行。”

关隐达说：“教书其实很好啊。工作单纯，又有两个假期。”

龙海说：“教书有什么好的?我表弟就是老师，工资都兑不了现。县里向上面汇报，都是说老师工资已全额发放了。老师有意见不敢提。县里威胁老师，为工资的问题告状，谁告状处理谁。”

“有这事?”关隐达问。

龙海说：“我说假话干什么吗?我表弟一个同事，老婆收入也低，他自己每月只拿到三百多块钱，干脆不教书了，踩三轮车去了。他把自己衣服上写了四个大字，骆驼祥子，县里人都知道。那也是大学毕业的哩。”

听罢那位骆驼祥子的故事，关隐达心里竟酸酸的。教师工资搞假兑现，他其实也知道些。但并不清楚这些细节。这几年地方财政越来越紧张，而且像涨洪水，一级级往上淹。乡级财政基本上不存在了，有些乡政府食堂都开不了火。可是乡政府干部还是有办法想，工资欠着，补助照发。慢慢地县级财政日子也不好过了，县里机关干部的工资也没有全部兑现。关隐达同各县领导都交涉过，请他们设法保证教师工资。可是，县里干部工资也没有发足，教师工资欠着些，他也不好太为难县里领导。他只好请各县教委稳住教师，问题慢慢解决，只是不要告状。而下面竟采取强硬手段，谁告状就对谁不客气。

关隐达知道自己说服不了龙海。他说当教师好，是真心话。龙海听了也许会以为老同学在打官腔。龙海上中学时其实很会读书，奇怪的是到了考试就不行了。是运气吧。他好不容易培养了大学生儿子出来，自然指望他有出息。

“你希望儿子干什么呢?”关隐达问。

龙海说：“最好去市政府。还是当干部好。”

“当干部有什么好的? 这孩子好不容易上几年大学，学了些知识。等到当几十年干部下来，他什么都不懂了。”关隐达说着，回头问那孩子，“龙飞，你自己想法呢?”

龙飞说：“我不知道干什么好。”

关隐达问：“你学什么专业的? 有什么爱好?”

龙飞说：“我学的是中文。我爱好文学，在学校是文学社社长。我爱好写诗，在省以上文学刊物发表过二十多首诗。”

“哦!”关隐达笑笑，“写诗是种很高雅的爱好，但还应有种可以谋生的爱好。”

“我爸爸要我当干部。”龙飞说。

龙海就絮絮叨叨起来，尽说当干部的好处。他说家里没势力，在农村尽受欺负。养鱼、养鸡都被偷，干部不管。上缴交不出，一声喊就掀房子。没事在家里打牌，只打毛钱盘，派出所的把你家围了，每人罚三五千。当干部的呢? 他们打牌五十块钱一炮。

龙海越说越啰嗦，他儿子就使眼色。儿子好像爸爸很丢脸似的，脸也红了，手脚也没地方放了。

关隐达说：“好吧，我试试看吧。”

关隐达想留龙海父子俩去家里，龙海硬是不肯，说还得赶回去。关隐达就叫司机送他们父子俩去火车站。

龙飞忙说："关叔叔，我们自己搭公共车去就是了，不用送。"

龙海却不说话，只是咧着嘴笑。他就想坐坐老同学的车，回去好同人家吹牛。

关隐达送父子俩上了轿车，说："你们放心回去，有消息我就告诉你们。"

龙海喜滋滋地坐上轿车，嘴巴笑得合不拢。

次日一早，关隐达就去了市政府办公室。市政府秘书长舒俊是关隐达老同事，同他私交还不错。关隐达走过办公楼长长的走廊，见的尽是熟人，一路听人叫着关主任好。关隐达微笑着，点头过去。有伸手过来的，就握握手。一间办公室门开了，舒俊探头出来，笑道："就知道是你来了。你走到我们这里来，就像明星啊。"

关隐达笑道："我已是流星了。"

坐下，闲聊会儿，舒俊问："你无事不登三宝殿的。什么好事？"

关隐达说："我不绕弯子，请你帮忙安排个大学生。"

舒俊说："老朋友了，我也说直话。我的压力很大。是你自己的亲戚，我就安排；如果只是熟人相托，就算了。"

关隐达笑道："我的表侄。"

"亲表侄？"舒俊笑着问。

关隐达说："我哪来的野表侄？"

舒俊点头道："好吧。你把材料交给我。"

舒俊果然说话算数，不出十天，龙飞就上市政府办上班来了。龙海又上门来，千恩万谢，直说关隐达够朋友，讲义气。

五十八

龙飞没事就去关隐达家里玩。这小孩很灵活，进屋就知道找些事做。关隐达三口之家没什么需要打理的，可龙飞总能忙上一会儿。陶陶悄悄儿说："隐达，这个小龙，当领导秘书，是块好料子。"关隐达就笑道："我当年在你家，可不是这样啊。"陶陶笑了起来，说："你是谁呀？居然能让我老爸相中，也让我这无知少女上当受骗。"两口子说笑会儿，陶陶问："隐达，不知小龙文章如何？通通作文老是上不去，你也没时间管。要不让小龙给孩子辅导一下作文？"隐达想想，说："不妨试试。"

关隐达便叫过龙飞，说："龙飞，你平时忙不忙？"

龙飞说："有忙的时候，闲的时候多。"

关隐达就说："你有空就来玩，想请你帮通通辅导一下作文。你学的是师范，行家里手。"

龙飞说："关叔叔信任我，我就试试。但是我没经验，怕弄不好。"

关隐达说："没事的，你大胆些就行了。你没真正当过老师，或许还好些。现在有些老师，思维太死板了。"

龙飞说："我们上大学后，自己长了些见识，就发现中小学语文教学的确问题很大。语言本是活生生的东西，可是再好的课文，都要被老师肢解得支离破碎。这么评价老师，也许是我们不知天高地厚吧。"

关隐达摇头道："你说的不错，是这个问题。这种教学模式，最要命的是扼杀学生的想象力和创造力，只是为了应考，掌握些八股技巧。龙飞，你就按你们年轻人的性情去教他，让

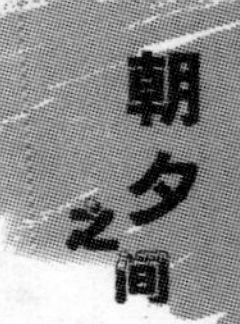

他少些束缚。你不必考虑他是不是为了应付作文考试。”

听了这席话，龙飞真心佩服关隐达了。他骨子里原是很傲气的，总以为父辈们都是老土。他很敬重关隐达，多是因为感恩，再说乡下孩子天生懂得尊卑上下。哪知关隐达的见识同年轻人那么相近。从此以后，龙飞没事每天晚上都往关隐达家里跑。通通也喜欢龙飞，两人玩起来就像亲兄弟。陶陶看着高兴，更是把龙飞当自家人。

有天市里召开部门负责人会议，关隐达早早地就去了。人没到齐，孟维周望着关隐达，玩笑道：“老关，你的文章我拜读了，写得很好。”关隐达一时懵了，想不起哪篇文章了，就说：“孟书记又笑话我了。”孟维周说：“你尽管用了化名，我一看就知道是你写的。”关隐达这才明白，孟维周说的是他给《西州教育》写的卷首语。心想这都是两个多月前的事了，孟维周还记得。说不定孟维周才看到这篇文章。关隐达说：“孟书记指的那篇文章，那就真的是笑话我了。”孟维周说：“读你的文章，我想到了鲁迅那篇有名的《我们怎样做父亲》。可以说是历史的回声啊！”关隐达忙摇头道：“孟书记，你笑话我了。”孟维周又笑道：“读了那篇大作，我就想起老关原本是个诗人。”关隐达说：“孟书记，这时代说谁是诗人，等于骂人啊。”陆续到了些人，有的读过那篇文章，都有同感。大家便都奉承关隐达，说他看问题尖锐，说的都是天下父母的心里话。

散会后，孟维周叫住关隐达，说：“老关，你留一下。”

关隐达便随孟维周去了他的办公室。坐下之后，孟维周半天不说什么事，只是闲聊，问长问短。关隐达感觉孟维周今天有些反常，突然像个老太太了。闲话会儿，孟维周说：“隐达，兆林同志过些日子会来西州调研，具体时间还没定。他给我打了电话，想到时候专门上桃岭去看看陶老书记。我考虑，想安排兆林同志在陶老书记家吃顿饭。”

关隐达玩笑道：“你知道人家张书记愿意陪他老人家吃饭吗？”

孟维周笑道：“隐达，你知道的，兆林同志对陶老书记非常尊重。”

关隐达只好说：“就听你安排吧。这个意思是我去同老人家讲，还是你自己去呢？”

孟维周说：“你说我说都一样。”

关隐达就明白孟维周的意思了，说：“那就我去说说算了。”

孟维周说：“好吧，那就谢谢你了。隐达，最近西州有些不平静啊。”

关隐达听着突然，问：“孟书记指的什么事？”

“有人在背后弄万明山同志的手脚。”孟维周说。

关隐达说：“我们教委机关消息闭塞，还真没听说起过。”

孟维周说：“有人写匿名信到省里，告万明山。从信中看，是相当级别的领导干部在搞鬼。”

关隐达笑道：“当领导的，有人告状，其实很正常。我想上面不会因为一封告状信，就对万明山同志怎么的。”

孟维周说：“这是自然。问题是召开人大会议的时间一天天近了，有人捣乱，会搞得人心惶惶，不利于选举啊。兆林同志对这个问题很关注。”

关隐达听出些名堂了。张兆林的西州之行是来稳定局面的，不能让组织上的选举意图落空。只是关隐达不明白，张兆林为何要专门去看看陶凡？张兆林去省里以后，回西州十数次了，从没想过去看看他老人家啊。

聊完这事，孟维周突然说：“老关，你要发挥老专长，多写些有份量的文章，给市委出点子啊。”

关隐达听出了孟维周的弦外之音，就嘿嘿一笑，含糊过去。他想孟维周的意思，大概是说他写《西州教育》卷首语那样的文章，太轻飘飘了，而且文风也不像官员。似乎还有失体统。没想到孟维周还小他几岁，却如此老气横秋了。今天孟维周对他的称呼也有意思，先是叫他老关，谈到陶凡时两人好像亲切起来，他就成了隐达，最后他又成了老关。

关隐达从孟维周办公室出来，径直上了桃岭。已是初冬，朔风吹过，黄叶翻卷。来到陶家小院，一堆枯叶正巧堆在门口。关隐达心想两位老人只怕老半天没出门了。他拿起墙边的扫把，将那些叶子轻轻扫去。门却吱地响了，先是一条缝，马上就大开了。

“是隐达啊!”岳母说。

“爸爸呢?”关隐达问。

岳母往里屋努努嘴，让关隐达进屋去。却见陶凡正靠在沙发上打瞌睡。电视机却开着。关隐达轻轻坐下，怕吵醒了老人。岳母把电视声音慢慢调小，最后关了。屋里静了下来，陶凡就醒了。

“隐达，就下班了？今天星期几?”陶凡问。

关隐达说：“今天星期三。”

陶凡点头道：“我以为又到周末了。”

闲话会儿，关隐达就把孟维周的意思说了。陶凡说：“我有什么好看的？我百事不理了。”

“张兆林的意思，想到家里来吃顿饭。”关隐达无意间就把孟维周的想法说成了张兆林的意思。其实他也弄不清这到底是谁的意图。

“算是他同群众打成一片?”陶凡摇头笑道。他始终没有明确答应关隐达的话。关隐达心里有底，知道老人家不会让张兆林面子上过不去的。

下午，关隐达去办公室，收到封信。打开一看，却是封声讨万明山的匿名信。信中历数万明山累累罪状，无非是经济问题、女人问题、玩小圈子问题。材料很翔实，点到的当事人都有名有姓。关隐达心想，信中讲的如果确凿，万明山就是肩上扛着十个脑袋也保不了。

晚上，陶陶也问起这事："万明山的事，外面传得很凶。你说是真的吗？"

关隐达说："只怕是事出有因。比方改变城南绿化带设计方案的事，早有耳闻。都说万明山收取了开发商的好处费，就极力主张缩小绿化面积，多腾出地方开发商品房。"

"谁知道得这么详细呢？"陶陶说。

"孟维周说是相当级别的干部在中间弄明堂，不知他们是否知道是谁了。"关隐达说。

陶陶小声问道："隐达，你说会不会是向天富？"

关隐达想了想，说："不是没有这个可能。但是我也反复想过，天富看上去莽撞，其实做事很细的。他要弄手脚，会在人大会上突然行动，不会这么早。早了反而不好。再说，信中点到的人太多了，打击面太宽，也不策略。"

陶陶笑了起来，说："你倒老奸巨猾啊。"

关隐达说："这些还需要学？只要跟着感觉走，谁都懂得。"

五十九

晚上，舒培德打电话来，说想过来坐坐。关隐达说道欢迎欢迎，很是客气。其实他只是不好拂人面子，并没兴趣同舒培德往来。他俩坐下来没多少话说，总是天南地北闲聊，很没意思。

没多久，就听见有人敲门了。开门一看，舒培德正站在门口微笑。

“关主任，好久没来看你了。”舒培德重重地握了关隐达的手，又回头叫陶陶，“嫂子，我老婆跟我到美国，给你带了些化妆品回来。上面尽是外国字，我是一个也不认得。”

陶陶忙摇手：“让她自己留着用嘛。”

“嫂子你这样就见外了。”舒培德说着就把化妆品放在了桌子上。

陶陶只好谢谢了。关隐达玩笑道：“老舒，你一个外国字都不认得，当年你是怎么给美国公司当商务代表的?”

“有翻译，有翻译。”舒培德笑着，就把话题岔开了，说起在美国的见闻。“往美国走一趟，发现自己活得不像人。回国呆上没三天，自己又人模人样了。”

关隐达觉得奇怪，只要同舒培德提到他当年给美国某公司服务，他就躲躲闪闪，似乎那段经历是当了汉奸。关隐达是见过那些买办新贵的，一个个眼珠子往上翻，一口中外合资腔，肩膀耸得比外国人更夸张。

“生意好吗?”关隐达没话找话。

“好哩，托关主任洪福。”舒培德说。

关隐达说：“都说生意越来越不好做，你却是鸿运当头，财源滚滚啊!”

舒培德谦虚道：“哪赚什么钱啊，企业到底还是起步阶段。不瞒关主任说，我有个野心，想竞争全国民营企业一百强，距离还远得很啊。”

舒培德有如此大志，关隐达暗自佩服。可是又想，舒培德若真能进军全国百强民营企业，那么民营企业的质量就得打折扣了。他太了解舒培德了。关隐达也颇感疑惑：难道舒培德走的是民营企业必然之路?他有种预感，觉得舒培德同官场走得太紧密了，前途堪忧。可是不走官场，哪家民营企业又能站起来呢?

舒培德突然掉转话题，说："关主任，我是最不关心政治的。可最近西州的事太麻烦了。万明山只怕危险。外面很多人都在猜，如果万明山当不了市长，谁当最合适。"

关隐达不说话，望着舒培德。舒培德停顿片刻，看看关隐达的反应。见关隐达只字不吐，他便说："有人说，不如请关主任你出山。"

关隐达忙摇头道："开玩笑！市政府还有那么多副市长候选人，随便谁往前站一脚，就到市长位置了。我关某算老几?"

舒培德说："关主任你是谦虚。外面都说，现在副市长里面，论资格，论能力，都在你之下。要说人品，你更是有口皆碑。群众的眼睛是雪亮的啊!"

"老舒啊，这种事情，玩笑都不能开的。最近西州本来就很复杂，如果隔墙有耳，就不是好事了。别人会说我有政治野心，甚至会说那些满天飞的匿名信同我有关。"关隐达严肃道。

舒培德笑道："我有句心里话，说出来请关主任不要批评我。我想，与其让一个不理想的人去当市长，倒不如让群众信得过的人去当市长。"

关隐达点头道："你这话可没错呀!"

舒培德表情神秘起来，说："关主任，我们策划一下，把你推上市长位置。"

关隐达听着并不吃惊，却故意像被火烫了似的，身子直了一下，严厉道："老舒！你不要乱说!"

舒培德说："关主任，我今天是专门来同你商量这事的，没有乱说。我在生意场上滚了二十多年了，没把握的生意我是不做的。这事做起来比生意风险大多了。没有把握，我舒某人吃了豹子胆?”

关隐达问:“你的把握是什么?说来我听听。”

“把握就是这个!”舒培德说着就做了个数钱的动作。

官场上阿堵物大行其道,谁都知道。可舒培德如此露骨,关隐达听着很不舒服。要说他完全不动心,只怕也是假话。他只是觉得奇怪,舒培德在他面前原是从不谈钱的。这几个月西州太乱了,事事得防着点儿。可是他仍有好奇心,想试探舒培德。便说:“老舒,现在官场上有时候要花钱,我知道。但是,仅仅花钱是不够的。哪有你想象的那么简单?只要花钱就得当上官,很多人不背着票子买官去了?”

舒培德说:“关主任,我有胜算。张兆林那里,我可以去跑。四下打点,都算我的。”

“多少钱可以拿下来?”关隐达问。

舒培德回道:“我打算投资两百万。”

关隐达笑道:“老舒,我俩是朋友,这不错。可我也不值得你花两百万啊!”

舒培德说:“我敬重你,关主任。百姓也相信你。群众怎么说当官的,你们自己不知道,我们知道。再说了,关主任,我也有私心。直说了吧,你当市长,我生意也好做些。但是关主任你放心,我从来不乱来的。我如果乱来,不早出事了?盯着我的人多着哩!”

关隐达说:“那我也说直话吧。大家都知道,你同孟维周、万明山都是好朋友。同样是花钱,你何必不花钱保住万明山?”

舒培德说:“关主任,朋友有真朋友,有假朋友。这话就不细说了,没意思。”

关隐达不愿把事情想得如此天真,笑道:“老舒,我很感谢你。有你这样的朋友,也不冤枉了。但是,我对当市长毫无兴趣。”

舒培德摇摇头，又咽把口水，很恳切的样子，说：“关主任，你会做官，但没官瘾，西州人都知道。你值得人尊重的，就这些地方。可是，西州老百姓需要你。你只要站出来，肯定会大展雄风。张兆林、宋秋山、周一佛，我都是常打交道的，都算是朋友。说句不敬的话，他们都能做到省级领导，你可以做得比他们更大。别说我老舒赚了几个臭钱，就狂妄起来了。我说，关主任你不如听我一回，我俩玩一把。”

关隐达笑道：“老舒，这话不要再提了。”

舒培德很失望的样子，说：“关主任，我真佩服你啊！”

关隐达说：“老舒，今晚说的这些话，这里说这里止。”

舒培德叹了声，说：“好吧。”

舒培德走了，陶陶从里屋出来，说：“老关，你到底不糊涂。”

“你都听见了？”关隐达问。

陶陶说：“平时你同别人说什么，我从不在意的。今天我偶然听到一句，太可怕了，就干脆听下去了。你想过舒培德的真实意图吗？”

关隐达说：“我想过，但没法弄清他的真实想法。如果他受人指派，只是想试探我，他犯不着开这么大的玩笑。如果真想把我推上市长位置，我又怀疑他的能力。”

陶陶笑着问道：“你说真话，想不想当这个市长？”

关隐达认真想了想，说：“回去几年，我会希望自己当市长。现在，不想了。”

“可是今天舒培德特意上门来说这事儿，太奇怪了。”陶陶说，“老舒都五十多岁的人了，还拿这事儿开玩笑？”

关隐达点点头，不说话。的确太奇怪了。舒培德非常老道，照说不敢莽撞的。关隐达左思右想，都拿不准。真是个谜！

六十

张兆林迟迟没有来西州。每次都说他要来了，临时又不来了。不是说他去北京开会了，就是有别的重要事情走不开。按照安排，张兆林将下去看几个县，深入到基层去。那几个县城已搞过好几次卫生突击了，都说是要迎接上级领导。老百姓只知道会有大人物驾临西州，并不知道会来个什么角色。机关干部和环卫工人差不多骂娘了，仍不见张兆林的影子。

张兆林不来，孟维周很着急。他怕上面怪罪下来，说他没驾驭能力，好好儿一个西州，叫他弄成一团糟。他又不能公开替万明山避谣，人们会说此地无银三百两。又不能听凭外界传得沸沸扬扬，毕竟这是让市委丢面子的事儿。市委没面子，就是孟维周没面子。有次市直部门负责人开会，孟维周拍了桌子，指责写匿名信的人扰乱视听。关隐达坐在下面听了，心想孟维周到底老成。孟维周声色俱厉，说要从严追查那些别有用心的人，却不对万明山做任何评价。因为万明山是否干净，只有天知道。万一上面认真起来，查出了万明山的问题呢？孟维周不能打自己的嘴巴。可是他表情激动，又让人知道他很为这事儿生气。他只需做到这个样子就行了。

最近电视台的西州新闻收视率之高只怕是空前了。日里夜里都有各种传闻在散布，人们都希望从新闻里得到证实。初冬天气，总是阴霾垂地。人们悄悄议论着西州官场，神色或兴奋或慌乱，好像马上就要变天了。可是吃过晚饭，人们往电视机前一坐，又失望了。万明山仍活蹦乱跳的。他不是主持着重要会议，就是下农村、进工厂，日理万机的样子。老百姓真弄不懂了：为什么大家都知道是坏人的，偏偏人模人样呢？

那辆黑色小轿车每天照样停在办公楼前，里面钻出的仍是万明山。万明山总是满面春风，两手空空，大步流星。后面跟着他的秘书，替他提着包，端着他的茶杯。秘书很瘦小，习惯低着头。这就烘云托月了，万明山越发显得伟岸。自从匿名信事件以来，万明山没在任何场合对此发表过意见。他就像并不知道发生过这种事情，依然故我。功夫了得！细心的人看出个破绽：万明山每天清早都是红光满面，头发梳得溜光。一到十点多钟，就疲惫起来，只能强撑着。他夜里肯定都没睡好，清早只好洗个澡，人就精神焕发了。可那脸色毕竟是热水泡红的，过不了多久就复原了。

龙飞从不在关隐达家里说起市政府的事儿。他每晚都陪着通通做作业，然后回机关去。陶陶就同男人说：“龙飞这孩子少年老成，在官场成得了器。你看，万明山的事儿，他半个字都不提。”关隐达笑道：“你不知道，这种事情外界说得如何如何，市政府里面的人不一定听得见。别人都把他们当成市长身边的人，谁敢同他们说什么？”

关隐达家的日子依然平淡地过着。张兆林来或不来，不关他们的事。就算张兆林来了，无非关隐达也去陪他吃顿饭。有人专门找过关隐达，说张兆林来的时候，地委会安排人去陶老书记家帮厨，用不着林姨忙乎。关隐达听着好笑：不就是来个张兆林吗？如此兴师动众！

周末，一家人照例去看望两位老人。敲了门，听得通通外婆应道：“谁呀，请。”

推门进去，却见陶凡颤巍巍的，站在凳子上，挂他的一张条幅。老太太手扶着凳子，紧张地望着陶凡。关隐达忙跑过去：“爸爸你快下来，让我来吧。”陶陶就嚷了起来，怪爸爸不该爬那么高。老太太苦笑着摇头：“爸爸的脾气你不知道？他要做的事，我拦得住？”

陶凡下来了，倒背着手，一声不吭。关隐达挂好条幅，回头打量，才发现满壁尽是字画。他一看就明白了，陶凡是在为张兆林的造访做准备。看上去老人家对张兆林的到来很淡漠，其实他也许很在意。这可不像陶凡啊，依他老人家过去的心性，哪怕见着联合国秘书长都不会激动的。

“爸爸，你的字也是老当益壮啊。”关隐达只好这么敷衍着。

“不行了，手开始发抖了。”陶凡说。

屋子很是整洁，却少了那种居家过日子的随意。显然是特意收拾过了。关隐达心里说不出的味道，他已没法弄清老人家的心态了。陶陶陪妈妈在厨房忙着，关隐达陪陶凡说话。陶凡闭口不提张兆林，关隐达越发觉得奇怪。

晚饭后回到家里，陶陶说：“隐达，爸爸不知怎么回事了，最近老是失眠。妈妈说，都是因为张兆林说要来看望他。我想这可不像我爸爸啊。”

关隐达不忍心再说什么，只道：“老人家睡眠本来就不好。要带他去看看医生倒是真的。”

六十一

关隐达想起来都有些后怕。舒培德真的出事了。他涉嫌走私成品油，进了铁笼子。舒培德不是谁轻易动得了的人物。他的麻烦只怕很大，不然肯定被保下来了。要抓舒培德，必定要惊动很多人。关隐达听说了这事，暗自倒抽凉气。幸好自己还算清醒，如果听信他的话，凑着热闹想当市长，就贻笑天下了。

没过几天，关隐达收到份奇怪的信。看了半天，才明白过来。他只觉脑袋发麻，眼前一切都变得荒诞起来。

各位领导：

舒培德是个大骗子，他行骗起家，摇身一变成了著名民营企业家，头上戴着很多红帽子。现在他终于现了原形。为了帮助大家了解他的真实面目，我提供一份材料。这是当年舒培德在西州行骗的一份投资意向书，中英文对照。中文看上去堂而皇之，英文翻译过来触目惊心。只因西州官场上没人认得英文，舒培德那位幽默的同学白白浪费了自己的智慧。

舒培德长期同腐败官员勾结，沆瀣一气。舒培德这次因走私而被捕，其实他的罪恶远不止此。深挖下去，只怕是惊天大案。群众正擦亮眼睛，看这出戏如何演下去。

下面是投资意向书的英文翻译：

关于上述投资意向的"翻译"

这是一份无法翻译的投资意向书，我的这种"翻译"方式也将是绝无仅有的。因为前面中文一共五条，所以我也凑出以下五条。不伦不类，敬请包涵。

1. 这是一个骗局，投资意向书的持有者是个骗子。他曾用过许多化名，真名叫舒培德，小名培儿。他在行骗中偶尔使用真名，这是当他看出受骗人比较愚蠢的时候。他谎称自己是美国西蒙·培尔公司商务代表，其实该公司只有天堂或者地狱才有。培尔就是培儿。

2. 这是个天才的骗子。他从小浪迹江湖，大行骗术。七十年代冒充高干子弟行骗大江南北，屡屡得手。后来东窗事发，被判处有期徒刑七年。他一九八一年出狱后重操旧业，骗术更加炉火纯青。他曾冒充西南某酒厂副总经理到东北行骗，骗取货款三十八万元，至今没有败露。此只是一例。

3. 此人聪明绝顶，最能取信于人，惯于混迹官场。所幸的是他只有小学文化程度，不然说不定还会上联合国玩他的骗术。

4. 即使哪位官员识破了他的骗术，说不定早已被他牢牢掌握难以脱身了。所以我奉劝各位官员，莫贪小利，洁身自好。

5. 我是舒培德小学同学，现为某中学英语教师。我曾认真地为他翻译过一些投资意向书或合同书之类。同学相求，不便推辞。但是这位兄弟玩得太火了，弄不好我也会搭进去的。万不得已，出此下策。不要以为是他给我分肥太少我才这么干的。我声明他所做的一切与我概无关系。

关隐达看罢，竟愣了半天。信件是复印的，投资意向书也是原件复印的。此时此刻，这些近乎荒唐的文字不知让多少人害怕、窃喜或疑惑。关隐达的英语忘得差不多了，半认半猜还能知道个大概。他仔细阅读了英语原文，的确是翻译出来的意思。真是奇怪，差不多过去十多年了，就没别的人注意过这份意向书？想当初，舒培德身份尊为美国公司商务代表，同当时的西州地委领导谈判投资事宜，多么威风！而那些半个英语单词都不认得的官员们，拿着这份投资意向书，又是多么滑稽！而这位投资意向书的收藏者也太沉得住气了。

关隐达掐指一算，舒培德假扮美国公司商务代表时，正是伍子全时代。伍子全是从生产队长慢慢爬上地委书记的，没多少文化。据说他最著名的事迹是冬夜里修水库，穿着衬衣挑土。正好有上级领导亲临工地视察，发现了这位先进典型。伍子全就被评为省劳动模范。他从此平步青云，一直当到地委书记。可是文化大革命中，有人却揭发他假积极。原来他衬衣里面偷偷儿穿了件棉背心。此事没人知道是真是假，却在西州广为流传。想让伍子全识破舒培德，也太难为他了。

孟维周打开那封匿名信，顿时傻了眼。心想真是天网恢恢，疏而不漏啊。当年张兆林调省里时，孟维周帮着清理文件资料，偶然发现了这份投资意向书。他本想销毁它，从此天下太平。却留了下来，想着说不定哪天会有用处。那份意向书一直锁在他的保险柜里，几乎让他忘记了。没想到还有别人也存着心眼儿。他原以为没人看出那份意向书的破绽，不然要出事早出事了。

舒培德被捕的前两天，张兆林打电话给孟维周，说这个案子上面很重视，西州市委要加强领导，督促有关部门认真侦查，尽早结案。张兆林讲得很原则，三言两语。孟维周听着心领神会。原来舒培德是沿海走私大案牵出来的，北京方面密切关注，省里已没办法保他了。孟维周明白张兆林的所谓尽早结案，就是不要牵扯太宽。孟维周便立即召见了检察长，只说省委很重视舒培德案子，我们要派政治上绝对可靠的同志来负责，集中时间，从速结案。他没有提起张兆林名字，口口声声只说省委。

孟维周琢磨再三，不知该不该就舒培德的事同万明山细细商量一次。他俩自然通过气的，但说的都是官话。看来情况越来越复杂了，两人得开诚布公才行。他想这封意向书，万明山肯定也收到了。不知他会有什么反应？万明山同舒培德的关系到底深到何种程度，谁也拿不准。外面对万明山的说法越来越多，简直十恶不赦了。孟维周担心听凭舆论泛滥，老百姓情绪会越发激化。他专门跑到省里汇报过，张兆林只说原则话。张兆林的性子，孟维周摸得最透。张兆林的原则话，有时是不得不说，有时说了等于没说。关于万明山，张兆林说的原则话就等于没说话。孟维周推断，在万明山的问题上，省委意见还有分歧。孟维周在办公室踱步足足半小时，最后决定暂时不同万明山碰头。他想静观两天，看万明山会不会来找他。

可是奇怪，过去两天了，竟然没人同孟维周说到意向书的事。他便警觉起来，心想这里面肯定别有文章。他料定这封复印信会满天飞，只怕不下数百人收到了。但人们在他面前都三缄其口，就耐人寻味了。是否都以为他同舒培德过从太密，忌讳提起？孟维周心里难免虚了起来。

孟维周正忐忑不安，张兆林来了电话，要他务必抓紧办结舒培德案子，千万不能因为这事儿影响选举。

孟维周终于明白，省委意见最后统一了，就是仍然要维护组织意图，选举万明山当西州市市长。

孟维周就得同万明山协同作战了。他亲自打了电话，约见万明山。

六十二

马上就要开人大会了。关隐达去市政府汇报工作，秘书长舒俊老远见了他，伸手过来打招呼。两人握着手，使劲摇了摇，却不多说半句话。舒俊只轻声道：“复杂！”关隐达点头笑笑，回道：“复杂！”关隐达接着碰上好几位部门负责人，见面都有些神秘，不多说话，只道：“复杂，复杂。”关隐达暗自好笑，心想西州干部见面的问候语，已从“抓机遇”变成“复杂”了。

完事后，关隐达刚要回教委，孟维周打电话来：“老关，你在哪里？”

“我在市委机关里面。”关隐达说。

“正好，你到我这里来一下吧。”孟维周说。

关隐达叫司机掉转车头，径直上市委办去。关隐达敲了门，孟维周应声请进。“隐达，你这么快呀？”孟维周站起来握手。

关隐达暗想，孟维周又改口叫他隐达了，不知有什么大事要说？孟维周叫秘书过来倒了茶，再请秘书把门带上，交待说：“我同关主任说事儿，不要让别人来打搅。”

“隐达，复杂啊！”没想到孟维周开口也是这话了，“过几天就要开人大会了。这是西州地改市以后第一次人大会，西州人民将第一次通过民主程序选举自己的领导人。可以说，这是西州民主政治建设中的一件大事，是西州人民政治生活中的一件大事。所以，开好这次会议，意义非常重大。确保这次会议顺利召开，是我们全体干部特别是党员领导干部的共同责任。可是，隐达哪，仍有人在弄鬼。但我们要相信市委的组织能力、驾驭能力，特别要相信人大代表的政治觉悟。我坚信，会议一定会开得圆满，开得成功。”

关隐达点着头，听孟维周继续作指示。“隐达，你是老县委书记，任部门领导也多年了，有着丰富的领导工作经验，在西州是举足轻重的人物。市委诚恳地希望你在关键时候，支持组织工作。你是文教卫代表团的团长，这一块，组织上就把它交给你了。”

“我以党性担保，坚决维护组织意图。”关隐达知道这是人大会前的例行谈话，却故意装糊涂，笑道，“孟书记专门找我谈，是不是担心我会不听招呼？”

孟维周也是摇头一笑，说：“隐达你说到哪里去了。每个代表团团长，我都亲自谈过一次了。你是组织上最信任的，我

才最后找你谈。”

“感谢孟书记信任。”关隐达说。

“隐达，对几位资格老的同志，比方你，比方向天富同志，组织上会有考虑的。个别同志因为自己的待遇一时上不去，心里有想法。这也是人之常情，组织上表示理解。”孟维周突然青着脸，眼珠子瞪得滚圆，“但是，有的人如果把这事儿同个人恩怨扯在一起，甚至玩小动作，组织上是决不会姑息的。最近匿名信满天飞，谣言四起，真有些山雨欲来风满楼啊。市委对此意见是统一的，态度是坚决的，那就是要一查到底。”

关隐达始终没说话，只是表情肃穆，点头而已。他感觉孟维周有些威逼利诱的意思，心里不太自在。不知孟维周惟独对他是这个口气，还是对谁都如此？但有一点他是明白的，孟维周说会考虑他的待遇，不过是张空头支票。孟维周现在只需要他听话，老老实实按上面意图举手或画钩，不必顾及许诺能否兑现。兑现了，你表示感谢就行了。没兑现呢？你也没地方打官司。孟维周若是手脚弄得快，没过两年飞黄腾达了，关隐达想骂娘都找人不着了。

“隐达，”孟维周的脸色又渐渐缓和过来，“兆林同志马上就会来西州，一来是调研，二来是指导人大会。张书记很惦记陶老书记，说一定要抽时间看看他老人家。还是按原计划，就在陶老家弄顿便饭吧。让两位老书记畅叙一下，我想会很有意思的。”

“我早同岳父说了，老人家很高兴。”关隐达只是点到为止，不想过分渲染。

从孟维周那里出来，迎面看见辆车停了。注意看看，原来是向天富。关隐达忙下车打招呼：“天富，学习结束了？”

向天富说：“快了。要开人大会了，市委通知我回来。”

关隐达说：“我听说王洪亮也回来了。他不打算下海了，仍旧回来当财政局长。”

向天富说：“这种人，好像官帽子就放在他家衣柜里，想要哪一顶，顺手取取就是。”

关隐达笑笑，摇摇头。

“本来可以多安排个人的，可孟公子自己把着人大主任位置不放。”向天富总是叫孟维周孟公子。

关隐达说：“这是第一次人大会，又这么复杂，他自己当着人大主任，好操作些。他找你谈过了吗?”

向天富说：“正找我去呀!”

关隐达就笑道：“那么你就是孟维周最最信任的人了。”

向天富不明白什么意思，只好糊里糊涂地笑了。站在路边毕竟不能多聊，向天富又要赶着去听指示，就握手告别了。

关隐达回到教委机关不久，向天富打电话过来，哈哈大笑道：“隐达，难怪你说我是他最信任的人。这小子，官话也不多学几句。”

关隐达办公室有人，就只是打哈哈。

向天富又笑道：“人家给我封官许愿了，给你封了什么官?”

关隐达含混道：“同你一样。”

向天富说：“我表态很坚决，表示一定以党性担保，确保组织意图。我相信所有人都是这么表态的。”

“对对对。”关隐达说，“再联系好吗?”

向天富意识到关隐达不方便，就说：“隐达，最近我不同你联系了。开完会吧，省得别人说我们搞串联。隐达，记住我同你说过的那句话啊。”

关隐达想不起什么话了，只好说：“行行。”

六十三

人大会开幕的前一天，张兆林来到了西州。市委先召集了县处以上领导干部会议，听取张兆林同志重要讲话。张兆林没带讲稿，开口就说只讲三句话：回顾过去，成绩很大；面对现实，困难很大；展望未来，希望很大。这三句话却讲了差不多三个小时。张兆林的口才在西州早就出了名的。他这三句话，西州干部也不知听过多少次。他当年在西州当地委书记，下到基层去，如果事先没做准备，总是喜欢说这三句话。这三句话可谓放之四海而皆准，无论何时何地都可以搬出来。

张兆林高度评价了西州地改市后的工作成绩，特别提到派党政干部下企业挂职锻炼，说这是新时期加强干部队伍建设的一大创举，实践证明是行之有效的。省委通过认真总结西州经验，准备明年在全省铺开这项工作。张兆林说到这里，话锋一转，说："这说明，西州广大干部是有想象力的，是有创造力的，是值得广大群众信赖的。人大会在即，我们将开辟西州民主政治建设新的历史篇章。我们广大党员领导干部，要以高度的政治责任感，本着对人民负责的态度，认真组织领导好这次会议。党性强不强，不是抽象的，而是具体的。就看你是否贯彻执行党的意图。"

张兆林说到这里，停顿几秒钟，严肃地扫视着会场。全场鸦雀无声，都注视着张兆林。关隐达发现张兆林正望着他，便感觉脸上有蚂蚁爬，痒痒的。他马上意识到自己几乎是自作多情。张兆林的目光，正像当年陶凡的目光，空茫而遥远，似乎望着所有的人，其实他谁也没看。那笼罩一切的，与其说是目光，不如说是气势。

关隐达知道张兆林并没有望着他了，脸上仍痒痒的。突然感觉有人戳他的手，关隐达没来得及回头，有人递过张条子。打开一看，见上面写道：

回顾过去，胃口很大；面对现实，野心很大；展望未来，麻烦很大。

关隐达知道这是在说张兆林。谁在这种场合开玩笑？他把条子悄悄撕碎了。过会儿，关隐达又收到张条子，上面写道：

> 有奖竞猜。请猜猜主席台上的人各有多少存款。猜对省级干部一人，奖励所猜金额百分之五十，但最高奖金不超过一千万元；猜对地市级干部一人，亦奖励所猜金额百分之五十，但最高奖金不超过五百万元。请按干部管理权限，将答案分别寄给中纪委和省纪委。

关隐达看看四周，发现大家都陌生着脸，望着主席台，全神贯注。好像这条子是从天上掉下来的。关隐达不想惹麻烦，又撕掉了这张条子。

政协会也和人大会同期召开。西州街头四处飘红，尽是热烈祝贺之类的标语。每个单位门前都摆放了鲜花，这是上面规定了的。西州还没有鲜花市场，不知这么多的鲜花是哪里来的。懂得套路的人便猜想，有人光是做这笔鲜花生意都赚了一大笔。

人大会开幕那天，天气很好。孟维周特意穿上套藏青色西装，显得老成持重。他的身旁是神采奕奕的张兆林，很温和、很有涵养的样子。万明山健步走向报告席，作《政府工作报告》。张兆林偏过头，同孟维周耳语几句。两人就点点头，又正襟危坐着。看着万明山终于站在这里慷慨陈词，他们放心了。

会议代表必须住到会上。听完《政府工作报告》，就是中饭时间。关隐达不急着去餐厅，先回房间。开门一看，见桌上放着两个大礼包。知道是会议上发的，每人一个。关隐达猜里面无非就是两瓶名酒，两条名烟，或别的东西。礼包下面印着行字：祝贺西州市第一届人民代表大会胜利召开。这行字前面却又贴着张红色小纸条。关隐达觉得奇怪，撕开红纸条，吃了一惊。前面被粘去的竟是“西州图远实业有限公司”。原来这些礼品是舒培德的图远公司出资捐赠的。为了消除舒培德案子的阴影，张兆林和孟维周做了很多工作。可是会务人员却太偷懒了，居然不愿换掉这个纸盒。这个小纸条太显眼了，只怕谁都会撕开看看的。

会议开得很平稳，代表们认真讨论《政府工作报告》。市里领导深入到各代表团去，同代表们座谈。电视台滚动播出大会盛况，正在热播的一个电视连续剧暂时取消了。各大单位上电视台点播歌曲，向人大会致贺，这就是西州特色了。头一家致贺单位是西州市财政局：王洪亮同志率财政局全体干部职工祝贺“两会”胜利召开，祝各位代表、委员身体健康！个中人一看就明白，这就是各单位头头儿在向市委表忠心。可是会期只有几天，需要点歌的单位却很多。这就得同电视台拉关系。广播局长平时没什么人找，那几天竟成了热门人物。单位头头儿都去拍他的肩膀，请他批条子，尽量把点歌时间往前安排。电视台拿着不好办，只好启动经济杠杆，提价。可是真正有钱的单位却是不出钱的。比方财政局和公检法，都是电视台得求着些的，只好免费。

张兆林有个重要活动，电视台却是不好报道的。他抽时间上了桃岭，看望陶凡。张兆林作为省里领导，不用去代表团。孟维周和关隐达都向会务组请了假，陪同张兆林上桃岭。那天太阳很温暖，陶家庭院里放了沙发和茶几。长沙发横摆着，张兆林和陶凡促膝而坐；两侧另放了单人沙发，孟维周和关隐达各坐一边。林姨不肯坐到前面来，搬了张小凳坐在一边，望着大家微笑。端茶倒水的是宾馆派过来的服务员，垂手一旁，听凭这边笑语朗朗，她们只是木然地站着。今天张兆林和孟维周都没有带秘书来，就连地委秘书长们也没谁跟着来。张兆林有意这么安排，显得是私人拜访，更亲热些。

“陶书记，西州这几年变化很大，群众很满意。这都得益于您老和前面的各位书记打了个好基础。空中建不起楼阁啊。”张兆林说。

陶凡摇头笑道：“现在空中可以建楼阁了。美国的空间站，不就是建在太空里吗?”

张兆林笑道：“陶书记还是那么幽默!”

关隐达心想老人家平时只是严肃有余，就缺少幽默。他知道陶凡不想太领张兆林的情，故意这么说说。张兆林也许暗自难堪，只好说陶老书记幽默。

孟维周说：“张书记，陶书记很支持市委工作，对我们这些年轻干部很关心哩。”

陶凡就像没听见，依旧同张兆林说话。孟维周是没话找话，客套而已。陶凡是不怎么把他放在眼里的。关隐达见着尴尬，就招呼孟维周吃水果。

吃中饭了，张兆林说：“我们仍是坐在外面吃，这么好的阳光。您说呢陶书记。”

“好吧。”陶凡点头道。

桌子很快就摆好了。这时，市委秘书长马云涛急匆匆赶来了。关隐达忙起身招呼，请他一块儿吃饭。马云涛点头笑笑，就叫孟维周：“孟书记，汇报个事情。”

孟维周边说边站起来：“什么大事，这么着急?”

孟维周随马云涛走到庭院一角，小声说着什么。马云涛的样子有些神秘，孟维周却没事似的低着头。马云涛正要从包里拿什么，孟维周轻轻摇了摇手。孟维周摇手的动作有些诡秘，好像生怕别人看见。关隐达装着不在意，其实什么都看在眼里。他猜肯定是会上出什么问题了，不然马云涛不会急急地跑来，孟维周也不会那么故作镇定。

两人不能多说，这边毕竟坐着张兆林和陶凡。马云涛过来打声招呼，说还有事情要办，不吃饭了。孟维周表情看上去平静，可关隐达总发现他有些不对头。这时，陶凡起身上洗手间，孟维周便说："张书记，汇报个事情。"说着就要站起来。关隐达忙回避了，说："你们就在这里谈吧。"林姨也跟着关隐达进了屋。

关隐达回到屋里，坐在客厅里捱时间。他想百分之百是出事了。陶凡从洗手间出来，见关隐达坐到屋里来了，也就不出去了。老人家原来清白得很哩。过会儿，听见孟维周喊道："隐达，请陶书记来吃饭了。"关隐达这才让老人家走在前面，两人出去了。

关隐达替岳父待客，道："张书记、孟书记，喝点白酒?"

张兆林说："陶书记喝点什么?"

林姨忙接过话去，说："老陶不能喝酒。"

没想到陶凡自己却说："今天就喝点白酒吧。"

关隐达笑道："今天爸爸他高兴。平时，他只喝一点点儿黄酒。"

张兆林便很高兴的样子，说："陶书记破例喝白酒，我脸上可有光了。"

陶凡笑道："兆林，是我这把老骨头有光。你如今是省委领导，我是下级啊。"

张兆林忙直了下身子，说："陶老您这么说就言重了，等于批评我。我们几位，包括隐达，都是您老栽培的啊。"

陶凡摇头道："哪里哪里。我现在只是个普通党员，你们都是我的领导。"

席间也没什么要紧话说，无非就是些客套。孟维周总是偷偷儿看表，掩饰着心里的急躁。关隐达看出明堂来了，就想尽量早些结束饭局。他便轮番敬酒，气氛造得很热烈，又不让大家太多闲聊。反正也没什么话好说。气氛弄好了，吃饭时间缩短些，大家面子也就过得去了。吃饭时间通常是主人把握的，今天有些主客不分。陶凡和关隐达是主人，想尽量热情些；张兆林和孟维周是领导，也想尽量热情些。两边都觉得时间太短了不太好。可是张兆林和孟维周急着有事去，关隐达也看出了些意思。彼此心领神会，时间差不多了，关隐达就说："下午张书记和孟书记还要开会，就早点儿休息?"

张兆林抬腕看看表，说："好吧，让陶老早些休息。"

陶凡却说："我没事的。进屋坐坐?"

张兆林说："改天再来看您老吧。"

陶凡便站起来同他们握手，老人的眼神浑浊起来。张兆林叫道："隐达，你也同我们一起走吧。"关隐达便回头同老人家打了招呼。陶凡站在那里挥手，说："你们走吧。"关隐达猛然意识到，老人家有些惆怅。原来陶凡想请张兆林进屋坐坐，看看他的那些字画。可是今天张兆林根本就没有跨进屋子半步。老人家白忙了一场，肯定又失望，又羞愧。

关隐达上了张兆林的车。他坐前面，张兆林同孟维周坐在后面。车开到半路，张兆林叫司机停车。司机将车靠边，不知何事。张兆林对司机说："请你回避一下，我们商量工作。"

关隐达觉得奇怪，首长谈工作通常是不回避司机的。肯定是天大的事了。司机一下车，关隐达莫名其妙地紧张起来。他几乎有种被绑架的感觉，好像张兆林正拿枪抵着他的背脊。

张兆林缓缓说道："隐达，我同维周同志正式找你谈话。"

关隐达很想镇定自己，可胸口忍不住怦怦儿跳。他回过头，碰着张兆林那严厉的目光。张兆林的目光只在他脸上飞了一下，就掉向窗外。窗外本是阳光灿烂，叫车窗的太阳纸挡住，天就灰蒙蒙的。

“隐达同志，”张兆林声音平和，却透着股冷气，“有代表把你作为市长候选人提出来了，你有权作为候选人参加选举。组织上想听听你的态度。”

关隐达脑子热了一阵，万万没想到会出现这种情况，说：“怎么可能呢?”

“隐达同志，你表态吧。”孟维周说。

关隐达说：“我早就表过态了，坚决维护组织意图。”

“可是迹象表明，有人正想阻挠组织意图的实现。我知道，隐达同志不会参与这种事情的。”张兆林微笑着。

关隐达觉着张兆林的笑脸里很有文章。心想张兆林和孟维周也许以为是他在弄鬼，只怕把西州最近出现的怪事儿，都算在他头上了。关隐达沉默着，一声不吭。空间太狭窄了，气氛更显得紧张。车内的空气好像在飞速裂变，快胀破车厢了。关隐达的脑子也在飞速运转，他不能随便应付这事儿。

孟维周说：“隐达，你也有权放弃被选举权。”

关隐达心想这是在威逼他了。僵持了这会儿，他的头脑清醒些了，心情也平静下来。他想自己当年正是这样被推上县长位置的，真有意思。他现在并没有当市长的兴趣，只是见不得张兆林这咄咄逼人的样子，也为孟维周的着急可笑。

“张书记，孟书记，”关隐达语气轻松，“不妨设想一下，哪怕我放弃了被选举权，原定候选人就一定选得上吗?再者，说句良心话，现在民主政治建设并没有成熟，有人敢离开组织意图另推候选人，是冒着风险的。我想这是历史的进步。我如果放弃了，等于出卖和慈善，置别人于被动和难堪，也许太不道德。做官是一时，做人是一世。”

气氛又沉默了。半天，张兆林说：“好吧。隐达同志，我同维周找你谈，并没有带主观意见，只是想知道你的态度。你有权参加选举。就这样定吧。我作为老同事，以个人身份，还是祝你选举成功。”

关隐达笑道：“我并不抱这个希望。”

“隐达你放下包袱吧，以最佳心态接受人民代表和组织的挑选。”孟维周笑道。他在人民代表后面故意加上组织二字，是想让关隐达知道，你可不要忘了，你到底还是组织的人。

关隐达听着却另有想法。他想自己如果真被人民代表选上了，就是有违组织意图。他已经违背组织意图当过一届县长了，还怕再当一届市长？只是他并没有多少胜算。孟维周已找各代表团团长谈过话了，而各代表团团长又会找代表一一谈话。孟维周这个层次的领导谈话多半堂而皇之，讲的都是见得了人的场面话；到了下面头头儿那里，他们找代表们谈话只怕就是满口江湖腔了。江湖腔更有鼓动性。

张兆林不再说话，孟维周也噤口不言。关隐达手在膝盖上轻轻划着，这是他的习惯动作。他比划了好久，才意识到自己原来反复写着四个字：壮怀激烈。

下午开会时间到了，关隐达径直去了会议室。议程仍是分组讨论。他刚进会议室，突然掌声满堂。关隐达笑笑，抹抹脸上，说：“你们起什么哄？我脸上没有墨水吧。”

有代表说：“关主任，你被作为市长候选人推上去了。”

关隐达笑道：“你们看看我这样子，像个当市长的人吗？我可没打这个算盘啊。”

下午本是继续讨论《政府工作报告》，可是关隐达根本掌握不了会议。代表们谈着谈着，就会把话题扯到选举。关隐达不时提醒大家，回到讨论议题上去。可代表们哪有兴趣讨论

《政府工作报告》？关隐达其实也想听听代表们的想法，也就由他们议论去。听大家说来说去，关隐达才知道上午很是热闹。原来舒培德昨天夜里畏罪自杀了。舒培德的家人硬说是有人杀人灭口，在街上抬棺游行。消息马上在会上传播起来，情况就变得复杂了。人们悄悄议论，舒培德同孟维周、万明山的关系肯定说不清。很快，两句顺口溜就在代表们中间散布开来：公子不公，明山不明。关隐达暗自吃惊，孟维周也被搭进去了。代表们越说越激愤，甚至那个大礼包也被人拿出来当靶子，说是让一位犯罪分子赞助人大会，真是莫大的讽刺。

关隐达不再制止代表们议论，让他们说去。情绪是野火，会越烧越旺的。关隐达现在知道了，有两个代表团提议他作为市长候选人，一是他自己所在的文教卫代表团，一是向天富所在的代表团。他终于想起来了，向天富要他关键时候站出来，原来是这个意思。他想向天富能量不小，肯定会做很多工作。代表们继续讨论着，都说要真正行使人民代表的权力，选群众满意的人。有位代表玩笑道："我们坚决选关主任。一夫当关，万夫莫开！"

到了中饭时间，"一夫当关，万夫莫开"就在会上传开了。这成了关隐达绝妙的竞选广告。关隐达想回避一下人们的注意力，没有在会上用餐，跑到桃岭去了。没想到陶凡居然知道会上的事了。他问："隐达，你自己怎么想的？"

关隐达说："我本来没兴趣，但有人推我，我不好放弃。不然，等于把别人耍了。爸爸，你是怎么知道的？"

陶凡没回答他的话，只道："我想，你的胜算很大。"

关隐达问："爸爸，我看不出把握在哪里。"

陶凡说："你知不知道会上有顺口溜说，公子不公，明山不明？群众把孟维周同万明山捆在一起，怀疑他们同舒培德不清白，这就对你有好处。孟维周要洗涮自己，必然丢车保帅，踢开万明山。”

关隐达恍然大悟，很佩服老人家。陶凡叹道：“但是，你的市长会当得很艰难。”

“艰难我不怕。我只会好好儿干事，干不下去不干就是了。”关隐达说。

陶凡说：“你今天应该在会上吃饭，不要躲起来。”

关隐达想想，老人家说得真有道理。选举他当市长的舆论已悄然形成，代表们就想同他打打招呼。其实就是暗送秋波，表示会投他的票。他匆匆吃过晚饭，下山而去。

一进宾馆，就碰见向天富。两人只握握手，笑笑，就各自走了。马上就有很多代表过来打招呼，握手言笑。别的代表就没顾及了，都说会投关主任票。关隐达只说谢谢，不多说话。进了房间，同屋的科委主任张青说：“隐达，你哪里去了？老有人找你。还是那句话，群众的眼睛是雪亮的啊。”

关隐达说：“谢谢同志们信任。你知道，我早没什么政治野心了。但是有这么多人相信我，我总得对得起人。能选上，我尽职尽责，死而后已。选不上，又不会掉我一坨肉。管他哩。”

张青说：“你不知道，今天下午又出怪事了。”

“什么事？”关隐达问。

原来，下午趁代表们讨论，有人将每个房间都放了两份材料，揭发有关领导同舒培德的关系。本来会议保安做得很好的，但散发材料的人可谓机关算尽。他们居然印制了会议材料袋，冒充会务人员，让服务员开了门，大大方方把材料放在每个代表的桌子上。市委知道情况后，火速派人收走了材料。可是，几乎所有代表都看了材料了。

“都说了什么？”关隐达问。

张青说：“信中点到很多人，包括张兆林、宋秋山、周一

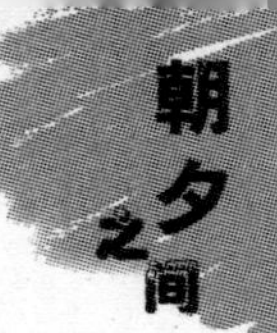

佛、孟维周、万明山。居然还有份舒培德供词的复印件。估计是检察院内部出问题了。”

关隐达听着真吓了一跳，说：“事情弄到这地步了?”

张青笑道：“隐达，舒培德也提到你和你岳父。”

“啊?”关隐达脸都青了。他虽说心中没鬼，但就怕人信口雌黄，蓄意陷害。

张青又笑笑，说：“舒培德还算够意思，他说在他接触过的领导中，只有你们翁婿俩令他敬佩。说你们俩从未收要过他们任何好处。”

关隐达苦笑道：“舒培德是好心办坏事啊!”

这个晚上，不断有人造访关隐达。他们只是来随便坐坐，用意却很明白。深夜，关隐达已睡着了，电话突然响起来。没想到是孟维周打来的：“隐达，你睡了吗?这样吧，你到二号楼 208 来一下，张书记想找你谈谈。”

半夜里惊醒，心脏本来就跳得慌。又说是张兆林急着找他，关隐达胸口很不舒服，几乎想吐了。他去洗漱间洗了个冷水脸，奔二号楼而去。

门一开，张兆林微笑着站起来，把手伸得老长。关隐达健步走过去，握了他的手。

“隐达坐吧。”张兆林满脸是笑，“隐达同志，我向省委汇报过了。省委研究，决定全力以赴支持你竞选市长。明山同志找我谈了，他自己想放弃被选举权。我看这样也好，对稳定西州，对他自己，都有好处。你同维周是老同事，彼此了解，我看你们会配合得很好的。”

关隐达说：“感谢张书记信任。这次我可是随波逐流，身不由己啊。”

“这是民意。我们必须尊重人民群众的意愿，这是我们党的宗旨所在。”张兆林很有感触的样子，意味深长地点着头，

“隐达同志，有个别人说，组织上决定支持你竞选，是听信舒培德的话。简直荒唐。组织上对干部是有个基本认识的，我们认为你各方面条件都好，能够担负起市长责任。但是，有人在中间弄手脚，过后组织上会严肃查处。会上流传一些顺口溜，甚至有人在会场上传纸条子。我们认为这是严重的政治事件。政治纪律，我们是决不含糊的。”

关隐达听出张兆林的意思，这是在威慑他。也就是说，支持他选举，是万不得已的事。不然人大会就开不下去，省委丢脸就丢大了。但是，事后如果查出来关隐达同那些非法行为有关系，组织是不会放过他的。关隐达心情灰了起来。不管怎么样，他将很尴尬地当选。从当选之日起，组织上就准备将他顺当地换下去。当年他被选上县长，又糊里糊涂当上县委书记，没多久就被弄下来了，调到市教委当主任。

张兆林今晚不论说什么话，脸上总是洋溢着笑容，好像他格外开心。他越是笑，关隐达越知道他很不愉快。张兆林亲自到工作多年的西州来指导选举，竟弄成这种局面，他脸上是没有光的。别人会抓住这些事说他驾驭能力不行，甚至省书记会批评他办事不力。

关隐达回到房间，已是凌晨四点了。太困了，他倒在床上就呼呼睡去。

六十四

关隐达一觉醒来，已是七点半。张青已起床出去了。关隐达忙涮牙洗脸，奔食堂去。他立即意识到天地似乎变了。代表们同他打招呼更加热情而自然。可是奇怪的是，他往一张餐桌坐下，竟再没别的人敢来了。后来王洪亮来了，嘻笑着坐了下

来。关隐达问："洪亮，怎么不当老板了?"王洪亮笑道："我到底是组织上培养的人，骨子里不是当企业老板的料子。在那里经济待遇不错，可就是找不到自己的感觉。还是回来算了。"王洪亮的语气就完全是汇报的味道了。慢慢才有些部门头头坐下来，同关隐达打招呼。他注意看看，围着他坐着的都是些场面上走得开的人，比方公安局长、检察院长、法院院长。关隐达暗自感叹，发现人们无意间已经把他当作市长了。人们一旦把他当作市长，自然就想到了距离，不敢在他面前太随便了。而这些凑过来陪他坐着的人，都是自以为有脸面的。官场况味，可悲可叹啊!

会上再也见不到万明山的影子。大家再也不去议论他了，却猜想他这回只怕真的栽了。也没人再议论张兆林或孟维周，知道他们仍会安然无恙，多说了也没意思。却又听说公安方面在追查"条子事件"，说是有人恶意中伤领导同志。无奈找不到条子的下落。张青悄悄儿对关隐达说："隐达，有人说是你把那条子撕了，不然只怕有人会倒霉。有人会很感激你的。"关隐达说："那都是些玩笑话，当真干什么?也不知谁让查的，岂不是此地无银三百两?"

正式选举之前，马云涛同舒俊一道跑到关隐达房间。马云涛很是恭谨："隐达同志，这是我们起草的你个人简介，要发给代表的，请你过目。"

"我就不用看了吧。"关隐达说着，就接过了简介。他知道这几百字的文字，看似简单，却很有讲究的。每个措词，都传达着组织意图。他细细看了看，发现简介还过得去。想必是孟维周他们已审阅过了。他只改动个别字，就说："行吧，就这样。"

等马云涛汇报完了，舒俊说："隐达同志，这是市政府办替你起草的致辞。"

关隐达接过稿子，问："什么致辞?"

舒俊说："你正式当选后，向代表们有个致辞。"

关隐达就笑了起来，说："这个就免了吧。我万一没被选上呢?"

马云涛同舒俊都摇头而笑，说怎么可能呢？你是众望所归啊。

关隐达坚持不看那份致辞，马舒二人只好告辞。他心想那几句话，到时候即席讲讲就是了，何必事先准备讲稿呢？再说他也看不起死板的秀才文章，自己讲讲还好些。他注意到马云涛和舒俊都没以前同他那么随便了，不再叫他隐达或老关，当然也不便马上叫他关市长，而是按党内习惯，叫他隐达同志。他还没正式当选，工作班子却已围着他运转起来了。

选举很顺利，关隐达当选为市长。掌声很热烈，震耳欲聋。关隐达起身致谢，抬手往下压了几次，可他每压一次，掌声又掀起一个新高潮。张兆林和孟维周都坐在主席台上，这时就站起来，伸手往下寻找关隐达。关隐达拍着手，慢慢走向主席台，同主席团成员一一握手。选举之前，安排关隐达坐主席台，可他执意坐在下面。会上也没太多花絮，早些天传得沸沸扬扬的事儿，暂时淡出人们的话题。

孟维周庄严宣布："下面，请刚刚当选的西州市人民政府市长关隐达同志致辞!"

关隐达虽说没准备文字讲稿，可腹稿却早已酝酿成熟了。他只讲了短短两分钟，却博得长达一分钟的掌声。张兆林和孟维周就像很多领导一样，鼓掌只是个象征性动作，手掌根本没挨到一块儿去。不能指望他们的手掌能发出脆响。但他们的笑容很像回事，台下代表们正望着他们哩。

关隐达不能马上就来市政府上班，他还得交待一下教委工作。可是舒俊当天晚上就跑他家里汇报来了，请示一件事情，

想让龙飞当他的秘书。舒俊一直认为龙飞是关隐达的亲戚，派龙飞当他秘书，更合适些。关隐达不便解释，只好同意了。

次日一早，龙飞就跑到关隐达家，开始他的秘书生涯了。关隐达只说声小龙来了？就不多说话。他拿出公文包来，龙飞忙伸手接了。关隐达心想：又一个诗人死了。

后　　记

我见识过一种高论，大意是说按照西方的文学定义，只有卡尔维诺的《寒冬夜行人》才是小说，而中国传统的小说只是故事。我有自知之明，依着这个高论去评判，我的小说就不是玩意儿了。这里面的小说和故事是个什么概念，也许太深奥了，我琢磨再三，不得要领。如果我的小说不再是小说了，也没什么大不了的；可叹的是人类几千年的文学记录顷刻间化为乌有了，只剩了个孤独的卡尔维诺。不知卡尔维诺九泉有灵，他会愿意吗？卡尔维诺在他的美国讲稿中说自己对未来文学是乐观的；既然如此，我相信他对人类文学过去的成就也该不会如同某些高人那么漠然吧。相反，卡尔维诺对文学先贤的不朽事功恰恰推崇备至。

我本是很不喜欢某些高人言必称希腊的。但既然有人提到了卡尔维诺，那么话题还是从卡尔维诺说起。这位被有些中国高人鼓吹得神乎其神的大师说自己年轻时也想通过写作表现自己的时代，并想“满腔热情地尽力使自己投身到推动本世纪历史前进的艰苦奋斗之中去”，“文笔应该敏捷而锋利”。这个时候，卡尔维诺头脑中的文学是沉重的。但他很快就觉悟了，发现自己年轻时候对文学的理解是错误的。于是卡尔维诺就成了让某些中国高人推崇的世界级大师。

也许很多中国作家知道自己注定成不了大师，他们便不想去剽窃《寒冬夜行人》之类。至少我现在仍愿意像卡尔维诺年轻时那样幼稚着。作家写小说主要是给普通百姓看的（当然也有高明的作家专门替某些高人的研究而写作）。可是我始终不明白，很多连百姓都懂的道理，到了高人那里竟然糊涂了。比方说，普通百姓嫌中国那些关注现实的小说写得太收敛了，而高人们则指责这些小说过多地反应了阴暗面；普通百姓说某些现实题材小说把某类人的嘴脸刻划得维妙维肖，而高人们则担心有人会依样画葫芦；普通百姓认为作家应有社会良知，而高人们却总疑心作家有什么不良居心；普通百姓赞赏作家犀利的笔锋，高人们却偏说作家在玩味某些消极东西；普通百姓知道小说同社会调查报告是有区别的，而高人们则批评有些小说没有全面地反映生活。普通百姓同高人的区别还可随便列出很多。普通百姓和高人，该相信谁呢？因为我们有时候说少数服从多数，有时候又说真理往往掌握在少数人手里。但是，文学有对与错之分吗？我想没有。但是文学有优劣，分高下。普通百姓看问题，往往只用常识作判断，而不会应用什么高深学理去论证。通常情况下，评判文学，常识就够了。可是某些高人，也许学富五车，却往往无视常识。说句不客气的话，我不怀疑这些高人的智慧，却怀疑他们的良心，至少怀疑他们的诚实。难道他们真的不知道百姓欢迎什么样的文学？难道他们真的不知道现在中国更需要什么样的文学？难道他们真的不知道伪现实主义多么的无聊？难道他们真的不知道中国如果只剩下了“准风月谈”和“高科技文学”会是多么有害？

“高科技文学”是我刚刚发明的一个名词。我的文学的概念是浅显的而不是深奥的，是可为街谈巷议的而不是放在试管里作研究的，是适合大多数普通人阅读的而不是为了去领某项诺贝尔科技发明奖的。可是我注意到有人正试图把文学弄成高科技。不是一般的高科技，而是尖端科技。只要有人说，你的大作我看不懂。那些高明得自以为像爱因斯坦的作家就高兴了，脸上露出高深莫测的笑容，笑容里自然还有对无知群氓的嘲讽。有些文艺理论家通常要标榜自己站在理论最前沿，自然要替“高科技文学”摇旗呐喊。于是，在某些高雅的小圈子里，“高科技文学”就有了欣欣向荣的气象。

玩“高科技文学”的那些人，只要有人同他说现实主义，他就会怪笑。似乎谁再现实主义就可笑，谁不卡尔维诺就寒伧。他们眼里，现实主义太老土，太原始，太不尖端。可是，他们其实“念念不忘”的仍是现实主义：他们就像刚孵活的小鸡，拼命想挣脱现实主义的蛋壳；他们就像幻化成人的狐狸精，时时留神自己不要露出现实主义的尾巴；他们就像男人变性做了女人，总担心自己嘴上长出现实主义的胡须。哪怕他们的文学真的“高科技”了，现实主义仍是他们终身与之顽强战斗的假想敌。

我的一个很愚蠢的问题是：“高科技文学”拼着老命想要远远地跑到现实生活之外（其实谁也做不到）到底是为什么？难道像卡尔维诺说的，文学仅仅只是为了减轻生活的重量吗？倘若果真如此，用得着作家们费这么大的力气吗？我们可以找副扑克玩算命游戏，我们可以猜谜语讲荤段子，我们可以钻进电游室同美国三军鏖战，我们如果口袋充实还可以醉生梦死。

我想，文学本质上是良心，而不是玩具，尽管有时候它看上去很好玩的。比方《唐·吉诃德》、比方《好兵帅克》、甚至比方《西游记》，它们某种意义上将永远是人类的精神玩具。我随便说到的这几部小说，理论家们也许会将它们归到不同的

主义里去，我却认为它们本质上都是现实主义的。而优秀的实现主义作家，多少都会有些唐·吉诃德的勇武，好兵帅克的天真，齐天大圣的顽皮。正因为他们的勇武、天真和顽皮，文学才永远不至于丧尽天良。

图书在版编目（CIP）数据

朝夕之间/王跃文著．—西安：陕西师范大学出版社，2002.4
ISBN 7－5613－2425－1
Ⅰ.朝… Ⅱ.王… Ⅲ.长篇小说-中国-当代 Ⅳ.I247.5
中国版本图书馆 CIP 数据核字（2002）第 023765 号

图书代号： SK230400

朝夕之间
作　　者：王跃文　　**责任编辑：**周　宏
特约编辑：柳　阳
封面设计：蒋宏工作室
版式设计：李牧阳
出版发行：陕西师范大学出版社
（西安市陕西师大 120 信箱　邮编：710062）
印　　刷：一二零一工厂
开　　本：850×1168　1/32
印　　张：11.25
版　　次：2002 年 5 月第一版
印　　次：2002 年 5 月第一次印刷
ISBN 7－5613－2425－1/I·249
定　　价：18.00 元

读者信息卡

谢谢您购买《朝夕之间》，请您抽出几分钟时间填写如下信息卡，如果您认为某项内容不妥可以空过去，填好后剪下寄到如下地址：

邮　编：100027

电　话：010－84482728－112

传　真：010－64615429

地　址：北京市朝阳区东三环北路东方东路9号　东方国际大厦5层

联系人：柳阳

EMAIL：liuy@book321. com

您所提供的信息将被我们储存在数据库里，成为我们更好地为您服务的依据。我们将不定期地为您寄上新书目录。

您的地址：

邮编及电子邮件：

姓名：

请写下您的意见和建议，或者有什么书稿或选题要推荐给我们：

A 您的年龄：

1.□20岁以下　2.□21－30岁　3.□31－40岁　4.41－50岁　5.□51-60岁　6.□60岁以上

B 您的性别：1.□男　2.□女

C 您的职业：

1.□中小学生　2.□大学生　3.□中小学教师　4.□大中专教师　5.□农民　6.□国企员工　7.□私企员工　8.□三资员工　9.□党政机关干部　10.□企业管理人员　11.□科研人员　12.□新闻出版工作者

13.□医务工作者　14.□法律工作者　15.□军人/警察　16.□待业/下岗□离退休人员　17.□其他（请注明）

D 您的学历：

1.□初中及以下　2.□高中或中专　3.□大学　4.□硕士　5.□博士

E 您所学的专业：

1.□理科　2.□工科　3.□文科　4.□医科　5.□商科　6.□农科　7.□其他

F 您是通过何种途径知道这本书的？

1.□广告　2.□报刊、书评　3.□书店陈列　4.□老师推荐　5.□亲戚、同事、朋友介绍　6.□其他（请注明）

G 您在何处购得此书？

1.□新华书店　2.□民营书店　3.□商场、超市书店　4.□互联网　5.□书摊　6.□读者俱乐部　7.□出版社邮购　8.□书市或图书节　9.□其他

H 您对本书的简单评价：

1.□内容好：充实、生动、精彩、精深、可读性强

2.□内容尚可：较充实、较生动、可读性一般

3.□内容差：空泛、冗杂、乏味、低俗、可读性差

I 编校质量： 1.□很好　2.□尚可　3.□差

J 印刷、装帧： 1.□讲究　2.□尚可　3.□欠佳

K 价格： 1.□便宜　2.□合理　3.□偏贵　4.□很贵

L 您家有电脑吗？ 1.□有　2.□没有

M 您经常上网么？

1.□没错，我是网虫　2.□一般用用　3.□上过网，不过不常用　4.□知道而已

N 您上网通常做：

1.□读书　2.□看新闻　3.□购物　4.□查询商务信息　5.□聊天、上BBS　6.□玩游戏　7.□交友　8.□查找专业资料　9.□其它